HEF BUTHE

DAS ERBE DER LOGE

ROMAN

BASTEI LÜBBE

BASTEI LÜBBE TASCHENBUCH
Band 15 599

1. Auflage: Dezember 2006

Bastei Lübbe Taschenbücher in der Verlagsgruppe Lübbe

Lektorat: Helmut W. Pesch
Einbandgestaltung: Hilden Design, München/Sandra Taufer
Titelbild: Eigenarchiv Hilden Design, München
www.hildendesign.de
Satz: SatzKonzept, Düsseldorf
Druck und Verarbeitung: Ebner & Spiegel, Ulm
Printed in Germany
ISBN-13: 978-3-404-15599-6 (ab 01. 01. 2007)
ISBN-10: 3-404-15599-8

Sie finden uns im Internet unter
www.luebbe.de

Der Preis dieses Bandes versteht sich einschließlich
der gesetzlichen Mehrwertsteuer.

Prolog

»... da sind Sie endlich. Wir haben bereits ablaufendes Wasser«, empfing der Zweite Offizier mit vorwurfsvollem Ton die Gruppe von Männern, die sich bei eisigem Westwind und Schneetreiben die glitschige Gangway hochkämpfte.

Er zählte die vermummten Gestalten kurz durch und hieß drei wartende Männer, die Landverbindungen zu lösen.

»Der Kapitän erwartet Sie in der Messe ...« Er ging vor und öffnete eine Tür, die ins Innere des Schiffes führte.

Der Raum war nicht dafür konstruiert, zweiunddreißig Leute aufzunehmen. Wie das ganze Schiff überhaupt nicht für den Transport von Passagieren erdacht worden war.

Die sechstausend Tonnen große *Drachenfels* war ein Frachter für Stückgut und sonst nichts. Die fünfzehn Mann Besatzung hatten es relativ komfortabel. Aber diese zusätzliche menschliche Fracht überforderte die Kapazität des Handelsschiffes bei weitem.

So gewöhnten sich die Neuankömmlinge gleich daran, mit dem Wenigen, das zur Verfügung stand, auszukommen.

Die hochfahrenden Maschinen übertrugen vibrierend ihre Arbeit auf die ganze stählerne Konstruktion und kündeten davon, dass es jetzt keine Rückkehr mehr gab.

Zurück blieben zweiunddreißig Familien, die jetzt, zwei Stunden vor dem Jahreswechsel 1935/36, darauf hofften, ihre Väter und Ehemänner wiederzusehen.

Ihre Hoffnung würde vergebens sein ...

1

Meine Recherchen brachten mich seit Tagen kein Stück weiter. Wo ich auch nachfragte, stieß ich auf Kopfschütteln und teilweise unverhohlene Ablehnung.

Dem Mann war einfach nicht beizukommen.

»Kölscher Klüngel«, knurrte ich böse und beendete das Computerprogramm, als das Telefon klingelte.

»Bist du oder deine Zeitung an einem historischen Fund interessiert?«, fragte Martins verrauchte Stimme und verriet durch einen satten Husten gleich, dass er erregt war und dadurch sein Asthma auf höchsten Touren lief.

Martin arbeitete seit seinem Studium als Architekt für Hochbauten, und dementsprechend war sein Arbeitsplatz, zu dem er mich hinaufscheuchte.

Trotz oder wegen des Lastenaufzuges, der mich kurzfristig in die Höhe beförderte, war ich schweißgebadet, als ich seinen Arbeitsplatz erreichte. In mehr als hundert Metern Höhe über der Domplatte musste ich allen Willen aufbringen, meine Panik unter Kontrolle zu halten.

Das Gerüst, obwohl ich versuchte, meine hundert Kilo wie eine Feder auf beide Füße zu übertragen, schien jeden meiner Schritte mit einer Vibration zu quittieren. Das Ding konnte nicht halten, zumal ich keinerlei Streben entdecken konnte, die dieses Gebilde mit dem Boden verbanden.

»Stell dich nicht so an«, empfing er mich. »Du läufst wie auf

Eiern. Das Ding verträgt fünfhundert Kilo auf dem Quadratmeter.«

»Toll ...« Ich kämpfte mich in seine Richtung und versuchte gleichzeitig, nicht hinunterzuschauen und trotzdem die Planken unter mir im Auge zu behalten, auf die ich trat.

»Mann, überwinde deine Höhenangst wenigstens, bis du die Fotos gemacht hast ...«, fuhr er mich an und setzte ein Stemmeisen in das Loch, das er bereits in vier Steine der Mauer geschlagen hatte.

Eine Windböe versetzte das Gerüst in Schwingung und meinen Magen in peristaltische Bewegung. So zog ich es vor, die letzten Meter auf allen vieren zurückzulegen.

»Los, komm schon. Hier ist noch nie jemand abgestürzt ...« Martin hielt mir hämisch grinsend die Hand zur Hilfe hin.

»Dann bin ich der Erste«, stöhnte ich und ließ mich zu seinen Füßen nieder.

»Du machst jetzt Fotos von dem Ding. Jetzt, um die Lage zu dokumentieren, und nachher, wie ich es rausziehe«, kommandierte er ohne weitere Rücksicht auf meinen Zustand und trieb das Eisen mit einem Hammer hinter das, was er »Ding« nannte und das wie eine Stahlkassette aussah.

»So geht das nicht ...«, ließ er sich nach fünf Minuten des vergeblichen Bemühens schweißgebadet neben mir nieder. »Wenn ich den Kasten rausziehe, geben auch die anderen Steine nach. Und das fehlt mir gerade noch.«

»Wie kamst du darauf, dass hier etwas eingemauert ist?«, versuchte ich den Ansatz eines Interviews.

Martin zündete sich eine Zigarette an und schaute am Turm hoch. »Ich kam überhaupt nicht darauf. Was wir hier machen, sind reine Sanierungsarbeiten, wie sie schon seit hundert Jahren immer und überall am Dom laufen. Oder hast du ihn mal ohne Gerüste gesehen?«

Daran konnte ich mich allerdings wirklich nicht erinnern. Schon als Kind hatte ich die Steinmetze bewundert, die in – für mich mit meiner Höhenangst – unvorstellbaren Sphären arbeiteten. Und die alten Kölner waren sich sicher, dass die Welt untergehen würde, wenn der Dom jemals vollendet wurde.

»Mir war nur aufgefallen«, fuhr Martin fort und schnipste die Zigarettenkippe zur Domplatte hinunter, »dass diese Steine einen untypischen Verwitterungsgrad hatten. Sie sind aus Trachyt und nicht wie die übrigen an dieser Turmseite aus Sandstein.«

»Und warum ist das so?«, presste ich hervor. Der Wind hatte aufgefrischt, und das Schwingen des Gerüsts zerrte an meinen Magennerven.

»Wir werden es sehen, wenn ich den Kasten raushabe«, murmelte er und machte sich wieder an die Arbeit. »Und du verschwindest besser vom Gerüst, bevor du den Menschen da unten auf die Köpfe kotzt. Im Baucontainer steht eine Flasche Korn im Erste-Hilfe-Kasten.«

Eine Stunde und drei Schnäpse später setzte Martin den Kasten geräuschvoll auf den Schreibtisch.

»Von wegen historisch ...«, fluchte er und wischte mit dem Ärmel den Staub vom Deckel. »Das ist eine Munitionskiste aus der Nazizeit.«

Ich hatte zwar noch nie eine solche gesehen, aber die Aufschrift »Heeresmunition 900« und der Reichsadler sprachen für seine Vermutung.

»Und wie kommt die in über hundert Metern Höhe in den Nordturm des Kölner Doms?«

Martin setzte die Kornflasche an und nahm einen großen Schluck.

»Die Frage ›Wie‹ lässt sich mit ein bisschen Glück vielleicht noch anhand der seit hundertfünfzig Jahren geführten Aufzeichnungen rekonstruieren. Aber das ›Warum‹ sollte dich als Journalist interessieren.«

»Das wird uns der Inhalt erklären«, grübelte ich laut, denn irgendetwas an der Aufschrift passte nicht in meine Erinnerung an diesen Adler. Wo er sonst den Kreis mit Hakenkreuz in den Fängen gehalten hatte, war die grüne Lackierung abgeschabt und mit einem scharfen Gegenstand ein gleichseitiges Dreieck aus zehn senkrechten Strichen in das Blech geritzt worden.

»Ich darf den Kasten nicht aufmachen«, brummte Martin, während ich das Gebilde von allen Seiten fotografierte. »Der ist Eigentum der Verwaltung. Nur die kann bestimmen, was damit geschieht.«

»Und wie soll ich daraus eine Story machen?«, reagierte ich etwas ungehalten. »Was soll ich schreiben, wenn nachher die Telefone nicht mehr still stehen, jeder Leser wissen will, was da drin war, und du samt Verwaltung dich nicht mehr vor neugierigen Kollegen retten kannst?«

Martin nahm noch einen Schluck und zündete sich die x-te Zigarette an.

»Ich weiß nicht …«, rang er mit sich. »Das verstößt gegen alle Vorschriften für Funde am, um und im Dom.«

»Verstößt eine Nazi-Hinterlassenschaft an einem solchen Ort nicht auch gegen sämtliche Vorschriften?«, versuchte ich seine Beamtenhaltung aufzuweichen.

Da ich Martin schon aus dem Gymnasium kannte, wusste ich, dass er seine Unentschlossenheit gern hinter Sturheit und manchmal Jähzorn verbarg. Eine gefährliche Mischung, die aus einem ehemals viel gefragten Stararchitekten einen bedeutungslosen, mehrfach wegen Körperverletzung vorbestraften Vorarbeiter gemacht hatte.

»Du hast mich gerufen, um einen historischen Fund zu dokumentieren. Wenn du ihn nicht öffnest, muss ich behaupten, dass du mich vom Gerüst geschickt hast, um ihn zwischenzeitlich zu manipulieren ...«

Das saß. Ich hatte seinen schwachen Punkt getroffen und nun zwei Chancen: Entweder schlug er mich zusammen, oder ...

»Na schön. Wenn du was Falsches schreibst, überlebst du das Wochenende nicht.«

Er drehte den Kasten so, dass ich das Schnappschloss bequem öffnen konnte, und schüttelte sich in einem Asthma-Anfall.

»Du solltest dich nicht mit so staubigen Sachen befassen ...«, meinte ich sarkastisch und ließ die Schlossklammer aufspringen.

Langsam hob ich den Deckel an, der sich knirschend im Scharnier bewegte. Martin beobachtete mich mit halb geschlossenen Augen und griff zum Telefon.

Der Deckel klappte zurück und schlug scheppernd auf den Schreibtisch.

»Wen rufst du an?«, fragte ich beiläufig und zerrte an einem Paket, das von gelblichem Ölpapier eingehüllt war.

»Den Dompropst.«

Jetzt war Eile angesagt.

Der Dompropst war der Hausherr im Dom. Wenn er nicht wollte, dann würde ich nie erfahren, was in dem Kasten war. Wie ich den alten Herrn und seine Einstellung zur Presse kannte, würde er keine Sekunde zögern, mich wegen Hausfriedensbruch anzuzeigen.

Das Papier zerriss und gab den Inhalt frei.

Heraus fielen eine Reihe von grauen Büchlein mit dem Reichsadler, ein prall gefüllter Ledersack, ein in Leder gebundenes Buch, das nur ein goldenes Dreieck als Prägung auf Vorder- und Rückseite trug, und ein ledernes Etui.

Mich hatte das Jagdfieber gepackt, sodass ich nicht zugehört hatte, was Martin mit dem Propst gesprochen hatte. Aber es schien nicht positiv für mich zu sein, denn Martin war schon wieder am Grübeln, was er tun sollte.

Mit fliegenden Fingern blätterte ich die grauen Büchlein durch.

Es waren alles Soldbücher aus der Nazizeit.

Der lederne Einband war in einer Sprache gedruckt, die ich nicht lesen konnte.

Das Etui enthielt ein überdimensioniertes Kartenspiel und der Sack etwas, was wie zwei Kilo weißer Kandiszucker aussah.

»Los, raus hier.«

Martins Pranke umspannte mein Genick, zog mich schmerzhaft hoch und beförderte mich aus dem Container.

Bevor ich mich versah, endete ich im freien Fall auf der Domplatte.

Etwas zerbarst neben mir, was mal eine Kamera gewesen war.

Glück im Unglück.

Anders konnte ich es nicht bezeichnen. Die Kamera war zwar ein Totalschaden, aber der Datenspeicher hatte die Tortur überstanden und gab anstandslos die Fotos an meinen Laptop weiter.

Kurz vor Redaktionsschluss hatte ich meinen Bericht für die Samstagsausgabe fertig.

Um Martin nicht zu schaden und meine Glaubwürdigkeit nicht in Frage zu stellen, hatte ich den Inhalt der Munitionskiste nicht erwähnt. Insgeheim hoffte ich aber, dass das geschehen würde, was ich prophezeit hatte: Fragen über Fragen von berufenen und weniger berufenen Lesern über den Inhalt an die Domverwaltung.

Da ich die einzigen Fotos über die Freilegung besaß, lag das Urheberrecht bei mir. Vielleicht konnte das noch von Nutzen sein, mir zu einer spannenden Story zu verhelfen.

Dass dieses »Vielleicht« in einer Katastrophe enden würde, ahnte ich zu diesem Zeitpunkt nicht. Der Kasten hatte in seiner ursprünglichen Bestimmung schon Munition enthalten. Aber die wirkliche Brisanz seines jetzigen Inhalts sollte sich erst Wochen später herausstellen.

Während die Druckmaschinen Hunderttausende von Blatt Papier für die morgige Ausgabe ausspuckten, versuchte ich mir den kurz überflogenen Inhalt des Kastens in Erinnerung zu rufen.

Im Laufe meiner Jahrzehnte als Journalist hatte ich eine Art optisches Kurzzeitgedächtnis entwickelt, das zwar nicht die Präzision eines Fotoapparats hatte, aber doch imstande war, Gesehenes für ein paar Stunden zu speichern. Nur ein paar Stunden Schlaf, und alles verschwamm zu einem nebulösen Mischmasch, von dem ich am nächsten Tag nicht mehr wusste, ob es Fiktion oder Tatsache gewesen war.

Doch meine Fähigkeit hatte offenbar gelitten. Obwohl der Beutel mit dem »Kandiszucker« eine Art Schatzsucher-Reflex in mir ausgelöst hatte, waren mir die Soldbücher die einzig wirklich verbliebene Erinnerung.

Die Namen der Inhaber auf der ersten Seite hatten keinen Reiz bei mir ausgelöst. Nur dass alle im Rang eines Offiziers, vom Leutnant bis zum Major gewesen waren. Keine Mannschafts- oder Unteroffiziersränge. Auf der Seite zwei war bei mir hängen geblieben, dass alle Ausstellungsdaten identisch und vom gleichen Kompaniechef unterzeichnet worden waren.

Alles zusammen drängte sich mir als Frage auf: Was sollte dieser Kasten an solch einem unmöglichen Ort?

Kein Mensch, der etwas zu verstecken hatte, würde sich einen Kirchenturm aussuchen, der vielleicht alle Jahrhunderte mal eingerüstet wurde. Denn ohne solch ein Hilfsmittel war dem Versteck nicht mehr beizukommen.

War das beabsichtigt? Sollte der Kasten für immer verschwinden? Dann gab es Millionen andere Möglichkeiten, um das weniger aufwendig zu bewerkstelligen.

Ich konnte es drehen und wenden, wie ich wollte. Es gab nur die eine Erklärung: Wer immer den Kasten dort eingemauert hatte, musste vom Fach gewesen sein. Und wer war vom Fach, kannte sich mit dem präzisen Bearbeiten von Steinquadern und ihrer Handhabung in solchen Höhen aus?

Nur Steinmetze der Dombauhütte.

Wie mir Martin mal erzählt hatte, gab es seit hundertfünfzig Jahren genaue Aufzeichnungen in der Dombauverwaltung, wann was und wie durch wen am Dom gefunden oder renoviert worden war. Es durfte demnach kein Problem sein, herauszufinden, wann an dieser Stelle das letzte Mal ein Gerüst errichtet worden war.

Am Montag musste ich mir etwas einfallen lassen, um an diese Informationen zu kommen. Denn auf Martins Hilfe würde ich nach dem heutigen Vorfall nicht mehr bauen können.

Da ich dieses Wochenende keinen Redaktionsdienst hatte, genoss ich eine lange Nacht vor dem Fernseher mit Pizza und allem, was der Arzt verboten hatte. Es war schon gegen Mittag, als mich die Türglocke mit ihrem fiesen Dauerton aus dem Bett scheuchte.

Durch den Türspion zeigte sich das verzerrte Gesicht des ohnehin schon vom Schnaps und Bier aufgedunsenen Hausmeisters.

Kaum hatte ich die Tür geöffnet, waberte mir eine Alkoholfahne entgegen, gefolgt von einer Schimpfkanonade und einem Päckchen, auf dem unsere Samstagsausgabe lag.

»Die Flurreinigung stelle ich Ihnen in Rechnung«, bellte er abschließend und ließ beides fallen.

Mit dem nackten Fuß schob ich den Karton in den Flur und

nahm die Zeitung, froh, sie nicht selbst aus dem Briefkasten vier Stockwerke tiefer holen zu müssen.

Nach einer gehörigen Portion Speckeiern und Toast – viel mehr konnte ich sowieso nicht zubereiten – genoss ich es, mal einen Samstag unsere Zeitung als Leser zu sehen. Was hatten meine Kollegen so alles zustande gebracht, wie war der Leitartikel meines ach so geliebten Chefredakteurs – kurz, alles Eindrücke, die ich in der Tageshektik längst nicht mehr wahrnahm.

Mein Artikel sprach durch die Fotos für sich. Der Text war durch das Layout etwas gekürzt und dadurch eine Idee zu missverständlich.

Aber was sollte es? War ohnehin nicht mehr zu ändern.

Als ich dem Badezimmer zustrebte, nahm die Drohung des Hausmeisters, mir die Treppenhaus-Reinigung anzulasten, in meinem Bewusstsein Form an.

Um den Karton, den ich hinter die Eingangstür geschoben hatte, breitete sich etwas Dunkles aus. So, als sei darin eine Flasche Rotwein zerbrochen, deren Inhalt sich nun durch die Pappe gearbeitet hatte.

Vorsichtig testete ich mit dem Finger. Die Flüssigkeit roch nach nichts, war rot und leicht schmierig.

Schnell prüfte mein Langzeitgedächtnis alle bekannten Flüssigkeiten und kam nur zu einem Schluss …

Nervös öffnete ich das Paket völlig unsachgemäß mit einer Küchenschere und überlegte bei dem freigelegten Inhalt, ob ich zu dieser Tageszeit schon einen Schnaps vertragen könnte.

Ich konnte und nahm erst einmal einen großen Schluck aus der Flasche.

Fieberhaft suchte ich nach einer Möglichkeit, wie ich dieses »Präsent« entsorgen konnte, ohne mein Parkett weiter mit Blut zu besudeln.

Gummihandschuhe? Ging nicht. Die hatte ich letzte Woche entsorgt und vergessen, neue zu besorgen.

Putzlappen? Ging auch nicht. Ich besaß nur einen, den ich zum Aufwischen benötigen würde.

Die Plastiktüte mit dem Leergut fiel mir als einzige Rettung ein. Hoffentlich hatte sie kein Loch. Ich stülpte sie mir wie einen Handschuh über, griff mir den blutenden Kadaver und zog die Tüte darüber.

Nachdem beide tropfsicher in der Spüle verstaut waren, begannen meine Gedanken auf die Jagd zu gehen. Wer hatte sich den dummen Scherz erlaubt, mir einen frisch getöteten Hahn, dem zudem der Kopf abgeschlagen und getrennt beigefügt war, vor die Tür zu legen? In einem Karton, der nur meinen Namen als Empfänger trug, sonst nichts.

Obwohl ich kein Fachmann war, konnte das Tier höchstens eine Stunde tot sein. Es war noch warm.

Eine Kralle fehlte.

Voodoo, war alles, was mir im Moment dazu einfiel.

Keinem meiner Bekannten, die vielleicht den einen oder anderen Anlass hätten, mich zu ärgern, würde es einfallen, ein ganzes Huhn derart zugerichtet vor meine Tür zu legen. Als tiefgefrorenes Suppenhuhn mit einem Petersilienstrauß im Bürzel vielleicht. Aber dieser Gockel strahlte eine Warnung aus. Hier wollte mich jemand darauf hinweisen, dass mein Kopf in Gefahr war, wenn ...

Die fehlende Kralle ...

Sie konnte ein Symbol für die schreibende Hand des Journalisten sein.

Den ganzen verbliebenen Tag lief ich unruhig von einem Zimmer ins andere und landete letztendlich doch wieder am Spülbecken. Als wollte ich mich vergewissern, dass es vielleicht doch nur ein Traum war. Es war keiner, und das Federvieh fing langsam an zu stinken.

Wohin damit?

Zur Polizei oder erst einmal einfrieren?

Für beides war es zu spät, und ich entschloss mich, die Plastiktüte samt Inhalt bei Dunkelheit in der Mülltonne verschwinden zu lassen.

2

Da ich fest darauf gesetzt hatte, dass mein Artikel irgendeinen Hinweis oder zumindest eine Reaktion aus der Leserschaft provozieren würde, die mir einen Weg weisen konnten, hatte ich am Montag Mühe, meine Enttäuschung zu unterdrücken.

Als sei der Artikel nicht erschienen, fehlte jede Art von Rückmeldung.

Wenn sonst spektakuläre Funde gemeldet wurden, fühlten sich Fachleute wie Hobby-Forscher bemüßigt, in ellenlangen Leserbriefen ihr Wissen kundzutun. Auf diesen Kasten rührte sich nichts. Als habe sich plötzlich die gesamte Leserschaft entschlossen, diesen Fund nicht zur Kenntnis zu nehmen.

»Wir sind hier auf etwas gestoßen, was Köln nicht wissen will ...«, folgerte der Chefredakteur, der sich auch nicht erinnern konnte, jemals einen solchen Mangel an Resonanz erlebt zu haben. »Selbst unsere Mitbewerber halten den Atem an«, fügte er kopfschüttelnd hinzu.

Das gab mir noch mehr zu denken. Normal war, dass sich die Zeitungsverlage sofort untereinander kurzschlossen, wenn einer von uns etwas veröffentlichte, was der andere nicht hatte. So wurden auch schon mal Fotos gegen einen kleinen Kostenbeitrag ausgetauscht. Aber hier geschah absolut nichts.

Wussten die da draußen mehr als ich und duckten sich vor der Vergangenheit?

Der alte Munitionskasten sorgte für eine überzogene Länge der

Montagskonferenz und begann langsam mehr kreative Köpfe zu binden, als mir das alles wert schien. Eine Vermutung meiner Kollegen jagte die andere. Aber es waren eben keine Fakten und blieben Vermutungen, die nicht für eine Veröffentlichung geeignet waren.

Die Sekretärin reichte einen Zettel herein, den der Chefredakteur kurz überflog und mir weiterschob.

»Das ist doch dein Klient? Mach dich auf die Socken, bevor die Polizei die Finger darauf hat.«

Der Name auf dem Zettel reicht aus, um aus meinem Übergewicht einen Hundert-Meter-Sprinter werden zu lassen.

Wenn die Uhrzeit auf der Meldung stimmte, dann hatte ich mit meiner Stadtkenntnis einen Vorsprung von zehn Minuten, bevor Polizei und Staatsanwaltschaft den Unfallort absperrten. Auch der möglicherweise nötige Rettungswagen konnte nicht vorher da sein.

Aber es war wie immer, wenn man es besonders eilig und kein Blaulicht auf dem Dach hat.

Mutter versucht, einen Hund mitten auf der Straße zu bändigen, der einen umgestürzten Kinderwagen hinter sich her zieht; Opa würgt seinen Wagen an jeder Kreuzung ab, der Müllwagen ist heute doppelt so breit; die Schule ist gerade aus und spuckt Hunderte von Kinder über die Straße.

Aus den zehn Minuten Vorsprung waren zwanzig Minuten Verspätung geworden. Alles, was an Blaulicht in dieser Zeit einsatzbereit gewesen war, schien sich vor dem Grundstück zu versammeln.

Langsam ließ ich meinen zehn Jahre alten, immer dreckigen Golf auf den Gehsteig rollen und überlegte, wie ich auf das Gelände kommen konnte.

Die Wohngegend zählte zu denen, in der es sich die Leute leisten konnten, das Gelände eingeschossig zu bebauen, um dann immer noch einen Gärtner beschäftigen zu müssen, der die restlichen fünftausend Quadratmeter pflegt.

Ein Zivilwagen hielt neben mir, und das Fenster fuhr herunter.

»Ich hoffe, Sie haben ein gutes Alibi«, brummte der ältere Herr auf dem Beifahrersitz und zog die weißen Augenbrauen hinter der starken Brille hoch.

Mein Glück schien mich nicht ganz verlassen zu haben. Hauptkommissar Kögel gehörte der aussterbenden Rasse von Beamten an, die die Presse nicht als Aasgeier betrachtete, sondern wusste, dass eine faire Zusammenarbeit zu beiderseitigem Vorteil sein konnte.

»Los steigen Sie ein«, forderte er mich auf. »Ich wollte sowieso mit Ihnen reden.«

»Wofür brauche ich ein Alibi?«

Bei ihm wusste man nie, wo der Spaß aufhörte und der Ernst begann.

Der Wagen rollte durch die Absperrung und hielt vor einer offnen Garage, aus der ein Porsche, ein Mercedes S-Klasse und ein Ungetüm von Oldtimer hervorblinzelten.

»Na ja. Der Tote war ja nicht gerade Ihr Freund«, lächelte er verschmitzt und stieg aus.

Das stimmte. Was da in Form von einem Paar angewinkelten Beinen in Jeans unter dem Packard Club 733 Sedan mit Klappverdeck aus den Dreißigern hervorschaute, war das unrühmliche Ende meiner Recherchen.

Dr. Hermann Seid. Landtagsabgeordneter.

Seit Monaten verfolgte ich die Spuren eines Korruptionsfalls, die alle bei ihm zu enden schienen.

Durch Verfügungen und Unterlassungsklagen hatte er sich bisher erfolgreich gegen mich gewehrt.

»Nun machen Sie schon die Fotos, und dann warten Sie hinter der Absperrung auf mich«, drängelte Kögel.

Viel würden die Bilder nicht hergeben. Fast eine Garagen-Idylle. Ein riesiger Wagen, unter dem die Beine eines Menschen hervorschauten, der ein x-beliebiger Mechaniker sein konnte, und ein abgelassener Wagenheber.

Ich bückte mich, um unter den Packard zu fotografieren. Im kurzen Schein meines Blitzlichtes reflektierte etwas am Boden neben dem Toten.

Da es fast unter der Wagenmitte lag, hieß der Kommissar einen jungen Beamten, danach zu angeln.

Es war eine Spielkarte, wie ich sie schon einmal gesehen hatte ... im Kasten vom Dom.

Kögel betrachtete sie kurz und gab sie der Spurensicherung.

»Eine Tarotkarte«, murmelte er beiläufig, »und Sie machen jetzt, was ich gesagt habe«, grummelte er mich an.

Ich nutzte die Zeit, um mir die Wohngegend zu Fuß anzusehen, und umrundete das Karree.

Es war schon erstaunlich, was die Leute hier sich für Villen leisteten. Manche standen hoch erhobenen Firstes in parkähnlichen Geländen. Andere versteckten sich verschämt hinter getrimmten Hecken, bei denen man nur am unterschiedlichen Bewuchs sehen konnte, wo ein Gelände aufhörte und das andere begann.

Bildete ich es mir nur ein, oder war es wirklich so?

Es war kein Laut zu hören. Kein menschlicher und auch keiner von irgendwelchen Tieren. Obwohl noch früher Nachmittag war, wirkte das ganze Terrain wie ausgestorben. Wie eine Filmkulisse, die einer neuen Belebung harrte.

»Na, schauen Sie sich Ihren neuen Gegner aus?«, klopfte mir jemand auf die Schulter.

Es war Kommissar Kögel, der mir wohl schon eine Weile gefolgt war, ohne dass ich ihn bemerkt hatte.

»Nein. Ich überlege nur, was ich falsch mache.«

»Ein bisschen spät, finden Sie nicht?«, lächelte er, als habe er verstanden.

»Wir beiden haben unsere Berufe frei gewählt. Die geben nun mal keine Villen her. Also, was soll's?« Er hakte sich bei mir unter, als seien wir beste Freunde, die sich gegenseitig auf dem Heimweg von einer Zechtour stützten. »Was ist mit diesem Kasten los – und vor allem, was war da drin?« Sein Griff um meinen Oberarm wurde stärker.

»Was heißt ... *war?*«

»Was ich sage.«

Er ließ mich wieder los und trottete neben mir her. »Es geht mich von der Mordkommission zwar nichts an. Aber der Kasten ist am Samstag vom Props als gestohlen gemeldet worden.«

»Hoppla!«, entfuhr es mir.

Wenn ich ehrlich zu mir gewesen wäre, dann hätte ich schon am Freitag darauf geschworen, dass der Inhalt das Wochenende nicht überleben würde.

Ist es Intuition oder Erfahrung, die einem Menschen nach vielen Jahren der gleichen Tätigkeit hellseherische Fähigkeiten verleiht?

Nur hatte ich den unverzeihlichen Fehler begangen, mich von Martin davon abschrecken zu lassen wenigstens noch ein paar Fotos des Inhalts zu machen.

»Machen wir ein Geschäft ...?«, weckte mich Kögel aus meinen Betrachtungen.

»Welches?«

»Sie sagen mir, was in dem Kasten war, und ich Ihnen, was ich von dem Unfall des Doktors halte.«

Dieser alte Fuchs spielte, wie er es immer tat, wenn er etwas haben wollte, das ihm sonst schwer zugänglich war. Er war gedanklich auf gleicher Höhe mit mir und hatte sofort bedacht, dass ich durch den einfachen Unfalltod meines Hauptdarstellers für eine zukünftige

Headline über die Machenschaften im Landtag in der Redaktion schlechte Karten haben würde. Mein Zugpferd war einfach unter den Wagen gekommen. Das war zu wenig, um noch einen Chefredakteur zu begeistern.

»Woher soll ich wissen, was da drin war?«

Kögel legte den Kopf in den Nacken und deutete auf ein paar Vögel.

»Sehen Sie: Der Herbst kommt früh dieses Jahr. Die Mauersegler sammeln sich bereits und nehmen das Wissen des Sommers mit in den Süden.«

Ich verstand.

Martin hatte den Kasten pflichtgemäß bei der Verwaltung abgegeben. Am Freitagabend war natürlich niemand mehr da gewesen, also hatte er ihn irgendwo deponiert. Ob er nun selbst den Inhalt untersucht hatte oder nicht, war unerheblich. Auf jeden Fall hatte er mich als Einzigen benannt, der hineingesehen hatte.

»Ich sage nur, was ich gesehen habe, wenn Sie mir einen zusätzlichen Gefallen außer Ihrer Meinung zu dem Unfalltod von Dr. Seid tun«, versuchte ich mir mehr Spielraum zu verschaffen.

Kögel setzte die Brille ab und rieb sich die Nasenwurzel. »Na schön. Ich kann immer noch Nein sagen.«

»Beschaffen Sie mir Informationen, wann das letzte Mal der Nordturm an dieser Stelle eingerüstet war und wer damals die Steinmetze waren.«

Einen Moment hielt er im Schritt inne und schaute dem abziehenden Vogelschwarm nach.

»Sie brauchen jetzt wohl ganz dringend einen Aufreißer?«, murmelte er und hakte sich wieder bei mir unter. »Na schön. Den sollen Sie haben. Ich beschaffe die Informationen, wenn Sie mir jetzt endlich sagen, was Sie in dem Kasten gesehen haben.«

»Zweiunddreißig Soldbücher. Alle datiert Januar 1934. Ein paar

Pfund Rohdiamanten, ein in schwarzes Leder gebundenes Buch mit einer goldenen Dreieckprägung und einen Satz Karten wie die heute bei dem Toten gefundene.«

Kögel pfiff durch die Zähne und schob die Brille über seine Stirnfalten.

»Januar '34? Sind Sie sich da ganz sicher?«

Er umspannte jetzt mit beiden Händen meinen Oberarm wie jemand, der seinen letzten Halt vor dem Absturz von einer Klippe suchte.

»Ganz sicher.«

Langsam gingen wir zum Unfallort zurück.

Erst jetzt fiel mir auf, dass es nicht den sonst üblichen Auflauf von Gaffern gegeben hatte. Niemand der Nachbarn schien sich für den geballten Einsatz von Blaulichtern zu interessieren.

Eine merkwürdige Gegend.

Der Kommissar hatte seit meiner Bestätigung, dass ich mir sicher sei, kein Wort mehr gesprochen. Nachdenklich spielte er mit seinem Schlüsselbund und ließ dabei ein silbernes Kegelholz an einer Kette um den Zeigefinger rotieren.

Hin und zurück. Hin und zurück.

»Kommen Sie mal mit«, winkte er mir zu folgen und betrat die Villa.

Es waren nicht die ersten Privaträume eines Toten, die ich betrat. Aber es war das erste Mal, dass ich in die Intimsphäre eines Kontrahenten eindrang.

Die kleine Eingangshalle wirkte kühl, distanziert, aber teuer. Weißer Marmor kontrastierte mit schwarzen Ebenholz-Statuetten. Alles war mit der Präzision aufeinander abgestimmt, mit der Dr. Seid meine Attacken immer wieder abgewehrt hatte.

Von hier führten fünf ebenfalls schwarze Türen mit silbernen Türklinken ins Innere.

Kögel öffnete jede und schaute kurz in den Raum.

»Was suchen wir?«

»Bücher«, murmelte er und öffnete die nächste Tür, die in einen Gang führte.

Hier zweigten nochmals fünf Zimmer ab, die allesamt nach hinten zum Garten lagen.

»Hier ist es.«

Wir betraten einen Raum, der wie ein Zwischending von Wohn- und Arbeitsraum eingerichtet war. Auch hier herrschte Schwarz-Weiß gepaart mit Chrom vor.

Eine Wand wurde vom Boden bis zur Decke von einem Bücherregal beherrscht.

»In dem Kasten war doch ein Buch.« Kögel prüfte die Reihen der sich darbietenden Rücken. »Sehen Sie hier ein vergleichbares?«

»Wie kommen Sie auf die absurde Idee, dass es dieses Buch noch einmal gibt, und dann ausgerechnet hier?«

Er zuckte mit den Schultern und begann seiner Größe entsprechend mit der Durchsuchung der unteren Buchreihen.

»Ein kluger Mann hat mal gesagt, eine Idee ist nur eine gute Idee, wenn man anfangs nicht glaubt, dass sie funktioniert«, brummte er. »Überlegen Sie doch mal. Es macht Sinn, Rohdiamanten zu verstecken. Auch Soldbücher verstehe ich noch, wenn man eine nicht ganz hasenreine Vergangenheit hat. Aber ein Buch und ein Satz Tarotkarten ...? Das ergibt überhaupt keinen Sinn. Verstanden?«

»Kein Wort«, antwortete ich wahrheitsgemäß.

»Ist auch egal. Suchen wir weiter.«

Meine Finger liefen über die Buchrücken, um ein Leder zu ertasten, wie ich es in Erinnerung hatte. Solch eine Qualität wurde heute nicht mehr verarbeitet. Weich wie Samt und doch von speckiger Konsistenz.

Was ich aber berührte, ließ mein Gehirn nicht anspringen und rufen: *Das ist es!*

»Erinnern Sie sich, ob das Dreieck erhaben geprägt war?«, fragte Kögel und hielt ein schwarzes Buch in der Hand.

»Ich glaube, ja«, kramte ich in meinem geistigen Speicher. War mir aber nicht sicher.

»Dann war es hier. Sehen Sie ...« Er hielt mir ein Buch hin. Der Staub, der sich zwischen die Bücher gesetzt hatte, hatte auf der Vorderseite des Nachbarbuches die Umrisse eines Dreiecks hinterlassen.

»Es war Mord«, konstatierte der Kommissar. »Der Wagenheber ist nicht defekt. Er wurde abgelassen, als Dr. Seid unter dem Wagen lag. Und das schon vor über vierundzwanzig Stunden, sagt der Mediziner.«

Ich muss wohl ein ziemlich dummes Gesicht gemacht haben, denn Kögel verzog das erste Mal seine Mundwinkel zu einem Lächeln.

»Sie können mir schon glauben. Dem Mörder ging es nur um das Buch. Und das ist in Hebräisch geschrieben.«

Er verstand es, mich fassungslos zu machen. Wie konnte er das wissen?

»Ganz einfach«, sagte er und stellte das Buch an seinen Platz zurück. »Der Staub ist auf dem vorderen Deckel dieses Buches. Wenn das verschwundene Buch nicht auf dem Kopf gestanden hat – wovon ich bei der Pingeligkeit des Toten ausgehe –, dann trug es das Dreieck auf der Rückseite. Und die ist bei hebräischen Büchern nun mal die Vorderseite, da diese Schrift von rechts nach links geschrieben wird.«

»Aha«, war alles, was ich im Moment dazu sagen konnte.

Seine Schlüsse waren mir zu schnell, als dass dies selbst ein alter Hauptkommissar so einfach aus dem Ärmel seiner Intuition schütteln konnte.

»Warum muss dann ein Mensch sterben, wenn er ein Exemplar von diesem Buch hat? Ich bringe doch auch niemand um, weil er die gleiche Bibel wie ich hat.«

Kögel kratzte sich am Kopf. »Keine Ahnung. Aber Sie sind gar nicht so dumm. Vielleicht steht in beiden Büchern etwas, was zusammengehört. Vorausgesetzt, der Kastendieb und der Mörder sind ein und dieselbe Person. Was ich allerdings vermute.«

Obwohl es warm war, schüttelte mich ein Schauer. Was folgerten wir beiden hier eigentlich? Es waren alles nur Hypothesen, die wir aber betrachteten, als sei es die größte Selbstverständlichkeit der Welt, dass es so war und nicht anders.

Der tote Hahn fiel mir wieder ein. Aber das passte nun wirklich nicht ins Bild. Obwohl ...

Er war am Tag meines Artikels über den Fund am Nordturm vor meine Tür gelegt worden.

»Fang jetzt nicht an zu spinnen!«, rief ich mich zur Ordnung.

3

Der Artikel über das heute Gesehene fiel mir schwerer, als ich gedacht hatte. Stunde um Stunde quälte ich mich mit neuen Anläufen, die ich wieder verwarf.

Obwohl ich Dr. Seid manches Mal die Pest oder einen Unfall an den Hals gewünscht hatte, fiel es mir doch schwerer als geglaubt, aus der Distanz zu schreiben. Irgendwie hatte sich zwischen uns eine Seelenverwandtschaft gebildet, bei der der Tod eines von uns beiden nicht vorgesehen war.

War ich mitschuldig daran?

Kurz vor Redaktionsschluss hatte ich meine Story fertig, und wie ich fand, war es eine der schlechtesten, die ich jemals verbrochen hatte.

Wenn ich sonst die Plattform meiner Zeitung dazu genutzt hatte, kein gutes Haar an ihm zu lassen, würden sich meine Leser jetzt fragen, ob ich noch ganz bei Verstand war. Aber ich brachte es einfach nicht fertig, etwas Schlechtes über ihn zu schreiben. Aus und vorbei. Vergeben und Vergessen.

Seine Fraktion konnte keinen besseren Nachruf verfassen.

»Trotzdem werde ich mich mal näher mit deiner Vergangenheit befassen«, schwor ich ihm beim ersten Bier in meiner Stammkneipe am Dom und widmete mich einem Buch über das Tarot.

»Ist hier noch frei?«

Die Frage konnte nicht von einem Einheimischen kommen. An einem Stehtisch ist in Köln immer noch ein Platz frei. Ohne vom Buch aufzusehen, machte ich eine einladende Handbewegung.

»Vielen Dank«, sagte eine etwas verrauchte Stimme und setzte ihre Handtasche auf die Platte.

Ein kurzer Blick von mir ... dann noch einer.

Die Frau war etwa Mitte Dreißig, mittelgroß, südländischer Typ mit dunklen Haaren. Und sie hatte Augen, die mich sofort in ihren Bann zogen.

»Sie sind nicht von hier?«, versuchte ich den Ansatz einer Kommunikation und schalt mich gleich einen Narren.

Wenn sie nicht auf den Mund gefallen war, würde ich als Gegenfrage »Sieht man das?« erhalten. Und was sagte ich dann, um nicht unhöflich zu wirken?

Sie bestellte einen Kaffee und zündete sich eine Zigarette an.

Extrem schöne Hände hatte sie auch noch.

»Nein, ich bin aus Israel«, umschiffte sie die Klippe, die ich mir selbst gebaut hatte.

Woher sie fast perfekt Deutsch konnte, traute ich mich schon nicht mehr zu fragen.

»Ich heiße Hannah. Hannah Motzkin«, kam sie mit entwaffnender Offenheit meinem stillen Wunsch entgegen, sie kennen zu lernen.

»Peter Stösser. Angenehm«, stellte ich mich mit einer leichten Verbeugung vor, da ich nicht wusste, ob es in Israel unhöflich war, einer Frau gleich die Hand zu reichen.

»Der Journalist, der den Bericht über den Kasten vom Dom ...?«

Woher wusste sie, dass ich mich hinter dem Kürzel »PS« versteckte, das ich ausschließlich unter meinen Artikeln verwendete?

»Ich wollte mich ohnehin mit Ihnen in Verbindung setzen«, redete sie munter drauflos. »Vielleicht können Sie mir helfen, meine Vergangenheit zu durchleuchten. Ich habe nach dem Tod meines

Vaters in seinem Nachlass etwas gefunden, was ich gerne ergründen würde. Alleine komme ich nicht weiter.«

Wenn es jemand anderes als diese interessante Frau gewesen wäre, der mich um Hilfe gebeten hätte, wären mir sämtliche Ausreden der Welt eingefallen, es nicht zu tun. Aber diese Hannah hatte etwas, was ich bei einheimischen Frauen bisher vermisst hatte – was mit der Grund war, weshalb ich auch nie einen Drang verspürt hatte, eine längere Bindung einzugehen.

»Wissen Sie, ich weiß nämlich nicht, wer mein Vater wirklich war.«

Das hätte ich auch ganz gerne gewusst. Aber meine Mutter hatte ihr ganzes Leben geschwiegen, wenn ich danach fragte. Irgendwann war es mir zu dumm geworden, und ich hatte mir die Geschichte ausgedacht, dass er in einem russischen Lager nach dem Krieg umgekommen sei. Damit war die Angelegenheit für mich vom Tisch, und ich konnte das Mitleid meiner Lehrer und Mitschüler zu manchem Vorteil für mich nutzen.

». . . ich habe da etwas gefunden, was wie ein Codebuch aussieht«, holte mich Hannah an den Tisch zurück. »Es ist in Hebräisch gedruckt.«

»Ist das ein Grund, in Köln nach der Familienvergangenheit zu suchen?«

»Ja. Die Druckerei, die es 1935 hergestellt hat, war in Köln. Das geht aus dem Impressum hervor. Aber die gibt es nicht mehr. So weit bin ich schon vorgedrungen.«

»Was ist so Wichtiges an dem Buch?«

Mir fehlten die Zusammenhänge, ihren Weg von Israel nach Köln nur über das Impressum eines Buches herzuleiten. In dieser Zeit war bestimmt noch eine Reihe hebräischer Bücher von deutschen Verlagen gedruckt worden. Denn ernsthafte Probleme bekamen die jüdischen Deutschen erst mit den im September 1935 erlassenen Nürnberger Gesetzen. Diese beschnitten massiv die Bürgerechte dieser Volksgruppe und waren Wegbereiter für die spätere »Arisierung« mit all ihren Folgen.

»Was an diesem Buch so interessant ist?«, überlegte Hannah laut. »Wie soll ich Ihnen das erklären, ohne Ihnen erst einen Exkurs im Alt-Hebräischen geben zu müssen.«

»Bloß nicht«, wehrte ich ab. Ohne Computer- Schreibprogramm hatte ich noch nicht einmal die neue deutsche Rechtschreibung verinnerlicht.

»Können Sie sich vorstellen, dass es Schriften gibt, die ohne Vokale auskommen?«, versuchte sie es dennoch.

Nein, das konnte ich beim besten Willen nicht.

»Dennoch ist es so. Die heiligen Bücher Moses und die Ur-Thora sind so abgefasst. Zwar verwendet man Vokale im Hebräischen beim Sprechen, sie werden nur nicht als unmittelbare Buchstaben dargestellt.«

»Und wie versteht man die?«, fragte ich zweifelnd, während ich mir in Gedanken die Möglichkeit ausmalte, nur mit Konsonanten sinnvolle Wörter bilden zu können.

Hannah lächelte geheimnisvoll, als wollte sie sagen: Na also, Peter. So blöd bist du ja doch nicht.

»Das ist das Geheimnis und der Streit von Schriftgelehrten und Kabbalisten, die heute noch nach einem gemeinsamen Nenner suchen, an welcher Stelle welcher Vokal einzusetzen ist, damit die Botschaft einen eindeutigen, für alle gleich gültigen Sinn bekommt.«

Gehört hatte ich schon von Thora- und Talmudschulen in Jerusalem. Dass die sich aber um die Platzierung von Vokalen stritten, war mir neu.

»Und was stimmt dann an Ihrem Buch nicht?« Denn nach diesem Vortrag war es offensichlich, dass sie auf etwas dergleichen hinauswollte.

Sie zündete sich wieder eine Zigarette an und blies den Rauch nachdenklich in die Luft.

»Es ist eine Zusammenfassung des ersten Buches der Thora. Aber da, wo Vokale einen Sinn ergeben könnten, werden Markierungen benutzt, die völlig sinnlos sind. Und ich kenne keine andere Sprache der Welt, in der Umlaute wie im Deutschen mit zwei Pünktchen obendrauf geschrieben werden.«

»Und das halten Sie für einen Code?«, fragte ich, immer noch zweifelnd.

»Anfangs nicht«, fuhr sie leiser fort und hielt die Hand mit der Zigarette vor den Mund, als wolle sie verhindern, dass ihr jemand im Lokal von den Lippen ablesen konnte. »Bis ich ein Foto fand, das eine Gruppe von deutschen Offizieren einer Ausbildungskompanie aus dem Jahr 1935 zeigte. Unter anderem war mein Großvater darauf zu sehen. Verstehen Sie jetzt den Zusammenhang?«

Ich verstand überhaupt nichts. Es lag wohl daran, dass ich erst nach Kriegsende geboren worden war und mich nur im Rahmen meiner journalistischen Ausbildung so grob wie irgend möglich mit der deutschen Nazizeit beschäftigt hatte.

Hannah schüttelte unwillig den Kopf, als wolle sie etwas dazu sagen, aber sie tat es nicht.

»Mein Großvater ist 1936 als Jakob Motzkin nach Palästina gekommen. Er war in Frankfurt und Köln an einer Bank beteiligt und Jude. Was macht ein Jude in einer deutschen Ausbildungskompanie dieser Zeit?«

Jetzt fiel bei mir der Groschen. »Haben Sie das Buch und das Foto noch?«

»Ja, in einem Banksafe hier in der Stadt.«

Diese Frau verstand es, nicht nur meine Begierde, sondern auch mein Interesse zu wecken. Was hatte sie, auf das ich ohne Vorwarnung meines Egos ansprang? Diese Art Seelenverwandtschaft zwischen uns vom ersten Wimpernschlag an war frappierend. Sie schien mir zu vertrauen, und ich war mir ohne Wenn und Aber sicher, dass sie nur mich ausgesucht hatte, ihr zu helfen.

»Wie kommen Sie darauf, dass ich Ihnen helfen könnte?«

Es war mein letzter Versuch, vielleicht doch noch ein Argument für ein Nein zu finden. Aber ich wusste bereits, dass ich jetzt unter keinen Umständen mehr ablehnen würde.

»Fahren Sie mich ins Hotel?«

Die Hotelbar war mit plaudernden Menschen besetzt, die sich aus allen Berufen der darstellenden Branchen zusammenzusetzen schienen. Vertreter, die ihren Standdienst auf der benachbarten Messe ableisteten, Marketing-Strategen, die deren Chefs berieten, und Schauspieler, die sich am Set einer der vielen Filmproduktionen in der Stadt tummelten.

»Darf ich Sie zu einer Kleinigkeit einladen? Es ist spät geworden, und ich bekomme Hunger«, sagte Hannah mit einem Lächeln und benahm sich so, als sei sie schon seit Wochen Gast in diesem Haus.

Sie wählte einen Tisch, der etwas abseits war, doch einen Überblick über das Geschehen an der Bar zuließ.

Sie bestellte ein Steak, blutig, ohne alle Beilagen, und ich rang mich zu einer Frikadelle mit Kartoffelsalat durch. Es war nicht meine Tageszeit zum Essen. Ein paar Kölsch waren mir kurz vor Mitternacht lieber.

»Kommen wir zu Ihrer berechtigten Frage«, griff sie meine Frage von vor fast einer Stunde auf. »Ich bin durch den Artikel auf Sie gekommen. Die Fotos des Kastens haben mir gleich gesagt, dass Sie mein Mann sind. Bei Ihrem Verlag habe ich mich nach Ihnen erkundigt, und die haben mir gesagt, wo ich Sie nach Feierabend finden kann. Der Rest war dann nicht mehr schwer. Zufrieden?«

Hannah war jetzt Frau Motzkin und nicht mehr das weiche Mädchen von vorhin. Lag es am Ambiente des Hotels, oder hatte sie zwei Gesichter? Die sinnlichen Augen verengten sich, die vollen Lippen wurden zu Strichen, und ihr Kinn wurde energischer.

»Nein, ich bin nicht zufrieden.«

Der Service unterbrach uns mit dem Essen, und sie machte sich mit chirurgisch präzisen Schnitten über das Steak her, während ich lustlos in meinem Kartoffelsalat herumstocherte.

»Das habe ich mir gedacht.« Sie tupfte die letzten mit Bratenblut getränkten Reste mit Brot vom Teller. »Kommen Sie in einer halben Stunde auf mein Zimmer. Nummer 810. Dann werde ich Ihnen etwas zeigen.«

Den Ober wies sie an, alles auf ihre Rechnung zu setzen, und entfernte sich mit dem katzenhaften Gang, den ich schon vorher beim Verlassen des Lokals an ihr bewundert hatte. Da war nichts Laszives, nichts Gestelltes oder Überkandideltes. Sie bewegte sich wie eine Raubkatze auf der Pirsch. Lautlos und ästhetisch.

Ich hatte wohl ein Bier zu lange gewartet.

Auf mein Klopfen an 810 öffnete ein Bär von einem Mann und zog mich in den Raum.

»Dreißig Minuten hat es geheißen. Nicht eine Stunde«, knurrte er und stieß mich in den Raum.

»Joshua«, kam ihre Stimme aus dem anderen Zimmer, »benimm dich. Wir sind hier Gäste.«

Dieser Joshua machte meine letzte Hoffnung zunichte. Mit verschränkten Armen stand er wie in einem schlechten Krimi vor der Appartementtür und fixierte mich.

»Entschuldigung. Er meint es nicht so.«

Hannah trug ein weißes Gewand, wie ich es in Filmen gesehen

hatte, die im Arabischen spielten. Ihre dunklen Haare glänzten wie lackiert, und ihr Teint schien eine Spur heller zu sein.

Vorsichtig legte sie eine Tasche auf den Tisch, die sich rundherum mit einem Reißverschluss öffnen ließ. Sie griff hinein und reichte mir ein Buch.

»Kennen Sie das?«

Es war genau das Buch, das ich im Kasten gesehen und gefühlt hatte. Weich, samtig und doch speckiges Leder. Und es trug auf dem Einband das erhabene goldene Dreieck.

»Der Kasten, den Sie fotografiert haben, trug genau dieses Dreieck. Deshalb bin ich auf Sie gekommen.« Sie setzte sich neben mich. »Sie haben das Buch schon einmal gesehen. Stimmt's?«

»Wie kommen Sie darauf?«, versuchte ich mich unwissend zu stellen.

»Ich sehe es an Ihrer Reaktion. Also, was war noch in dem Kasten?«

»Keine Ahnung. Fragen Sie bei der Dombauverwaltung nach«, wiegelte ich ab und rückte etwas zur Seite. Ihre Nähe strahlte plötzlich etwas Unnahbares, Gefährliches aus.

»Habe ich schon. Die waren nicht sehr kooperativ. Nur ein etwas missmutiger Steinmetz, ein Martin Hofmann oder so ähnlich, sagte mir, dass Sie der Einzige sind, der hineingeschaut hat.«

Irgendwie sah ich mich in die Schulzeit zurückversetzt, wenn der Lehrer fragte, wer diesen oder jenen Unfug angerichtet hatte und alle Finger auf mich zeigten.

Mich begann die Frage zu beschäftigen, was Martin bei seinem Telefonat mit dem Probst an besagtem Tag für eine Anweisung erhalten hatte. Seine gewalttätige Überreaktion mir gegenüber kannte ich schon von früher. Meist hatte ich sie auch glimpflich überstanden. Nur, was veranlasste diesen sonst maulfaulen Kerl, jedem, der nach dem Kasten fragte, mich als Kenner des Inhalts zu benennen, und seit wann war er Sprecher der Verwaltung?

»Was verlangen Sie für die Auskunft?« Hannah hatte sich in den Sekunden meines Grübelns wieder in eine Schmusekatze mit großen Augen und sinnlichen Lippen verwandelt. »10 000 … 20 000? Sagen Sie, was sie dafür wollen. Ich stelle sofort einen Scheck aus.«

Diese Masche wirkte wie aus einem billigen Film und gefiel mir nicht.

»Darf ich mal das Foto sehen?«

Sie nestelte in der Mappe herum, die noch allerlei weitere Dokumente zu enthalten schien.

»Dies ist mein Großvater.« Sie deutete auf einen der Männer in Uniform.

Es war das übliche Gruppenfoto. Die vordere Reihe sitzend, die Unterarme auf den Oberschenkeln, die hintere stehend. Ernste Gesichter schauten in die Kamera. Am unteren Rand des bereits stark an Oxydation durch mangelhafte Fixation leidenden Bildes war in Sütterlinschrift »Ausbildungskompanie 108/III/35« mit einbelichtet worden.

Ich zählte. Es waren zweiunddreißig Offiziere verschiedener Rangstufen. Zweiunddreißig Offiziere der Wehrmacht und zweiunddreißig Soldbücher im Kasten … Eine verrückte Vorstellung ging mir durch den Kopf.

»Oder wollen Sie lieber, dass ich mit Ihnen schlafe, oder alles zusammen?«, erhöhte sie ihr Angebot.

Das war zweifellos eine verlockende Vorstellung. Aber ihre Zielstrebigkeit, alles zu geben, um den Inhalt des Kastens zu erfahren, verwirrte mich mehr, als dass es mich erregte.

»Ich könnte Ihr Vater sein«, wehrte ich mit leicht tadelndem Unterton ab.

»Haben deutsche Väter keine Lust mehr?«, kam es schnippisch lockend zurück. Dabei zog sie ein Gesicht wie eine freche Göre und fuhr sich mit der Zunge über die Lippen.

»Nein. Auch deutsche ›Väter‹ haben keine Lust, belogen zu werden«, erhob ich mich, um aus ihrer langsam zu heiß werdenden Nähe zu kommen. »Sie suchen nach der Vergangenheit Ihres Großvaters. Was ist mit Ihrem Vater? Der müsste doch mehr Interesse daran haben.«

Hannah winkte dem immer noch wie ein Schrank mit gekreuzten Armen vor der Tür stehenden Joshua, das Appartement zu verlassen.

»Mein Vater ist vor sechs Wochen bei einem Bombenattentat in Tel Aviv ums Leben gekommen.«

Sie wechselte so schnell den Gesichtsausdruck und ihre Körperhaltung, dass ein Chamäleon von ihr noch etwas lernen konnte. Plötzlich war sie wieder die Trauer unterdrückende Tochter.

Einen Moment war ich unschlüssig, ob ich jetzt gehen sollte, oder ...

Ich zog einen Stuhl vom Schreibtisch heran und setzte mich so, dass der Couchtisch, auf dem die Mappe lag, zwischen uns war.

Sie rutschte wie zum Sprung bereit auf die Sofakante. »Was muss ich noch tun, damit ich endlich erfahre, was in diesem verdammten Kasten ist?«

Ihre Tonlage nahm jetzt wieder glaubhafte Formen an, und ich verschränkte meine Arme vor der Brust, um auch optisch zu verdeutlichen, dass ich mich auf keine weiteren Spiele einlassen würde.

»Die Wahrheit sagen. Nichts als die Wahrheit«, brummte ich.

Sie überlegte einen Augenblick und zündete sich eine Zigarette an.

»Na gut. Ich bin 1968 in Haifa geboren und arbeite als Dozentin für Deutsch und Geschichte an der Universität von Tel Aviv. Mein Großvater war bis zu seinem Tod 1980 als Diamantenhändler tätig. Mein Vater übrigens auch. Großvater sprach nie ein Wort über seine

Vergangenheit und hat sich auch geweigert, Deutsch zu sprechen. Mein Vater lehnte es ab, diese Sprache überhaupt zu erlernen.«

Es entstand eine Pause, in der sie mit hin und her wandernden Pupillen nach weiteren erzählenswerten Fakten zu suchen schien.

»Bevor Sie das noch fragen wollen«, fuhr sie nach einer weiteren Zigarette fort, »nein, ich bin nicht verheiratet – zumindest bin ich es nicht mehr, seit mein Mann vor fünf Jahren bei einem Anschlag im West-Jordanland ums Leben gekommen ist –, und Kinder habe ich auch keine. Ich sehe keinen Grund, bei der politischen Lage in Israel Kanonenfutter zu gebären. Auch bin ich weder gläubig erzogen worden, noch bin ich es aus eigenem Antrieb. Sie sehen, dass ich eine ganz normale, moderne Frau bin.«

Ganz normal.

Was war daran ganz normal, dass eine junge Frau den Verlust eines Familienmitgliedes nach dem anderen erwähnte, als sei das der Alltag einer Israeli? Und was war daran normal, dass ich mich auch noch schuldig dafür fühlte?

Was war an dieser Situation überhaupt normal?

»Haben Sie manchmal, wie zum Beispiel jetzt, größere Mengen Diamanten bei sich?«

»Wie kommen Sie darauf?«, zog sie die Augenbrauen hoch.

»Weil Sie mit einem Bodyguard reisen.«

Ihr bisher kontrolliertes Gesicht flackerte für einen Moment, wie eine Neonlampe, die sich noch einmal zwischen Leben und Tod entscheiden musste.

Aber sie hatte sich schnell wieder im Griff. »Gut beobachtet. Ich wusste, warum ich Sie um Hilfe gebeten habe ... Ja, ich transportiere auf meinen Reisen manchmal größere Mengen. Meine Mutter führt das Geschäft weiter, und ich spiele den Kurier.«

Mir kam wieder so eine verrückte Idee. »Wissen Sie, ob Ihr Großvater diesen Diamantenhandel schon vor dem Krieg betrieben hat?«

Hannah überlegte und zündete sich wieder eine Zigarette an, obwohl die letzte erst halb angeraucht im Aschenbecher vor sich hin qualmte.

»Sicher bin ich mir nicht. Was ich von ihm weiß, habe ich von meinem Vater. Aber wie ich das Geschäft kenne, muss man sich sehr lange um eine Reputation bemühen, um in dieser Branche einen Namen zu bekommen. Also gehe ich davon aus, dass dem so war. Worauf wollen Sie hinaus?«

»Auf den Inhalt des Kastens.«

Es hatte keinen Sinn, sie länger hinzuhalten. Mehr Beweise der Ernsthaftigkeit ihrer Nachforschung empfand ich langsam als Quälerei für uns beide, und ich war ja selbst an diesem mysteriösen Fund interessiert.

Also erzählte ich ihr, was der Fund beinhaltet hatte.

»Wo ist der Kasten jetzt?«, fragte sie nach einer langen Pause, in der sie ruhelos das Zimmer auf und ab gegangen war und fortwährend den Deckel ihres Feuerzeuges hatte auf- und zuschnappen lassen.

»Als gestohlen gemeldet.«

»So, so ...«, war ihr einziger Kommentar, als überrasche sie das nicht im Geringsten, und sie setzte den Rundgang fort.

»War es solch ein Spiel?« Sie zog ein Lederetui aus der Mappe und schob es mir hin.

Es war das gleiche Leder, das ich kurz in der Hand gehabt hatte. Nur war es an den Nähten etwas abgegriffener. Das im Kasten hatte den Eindruck gemacht, als sei es noch nie benutzt worden. Bei diesem wiesen die Karten an den Rändern deutliche Gebrauchsspuren auf, wogegen die anderen wie frisch aus der Druckerei gewirkt hatten.

»Kennen Sie Tarot?« Sie ließ sie sich wieder mir gegenüber nieder.

»Nein.«

»Ich zeige es Ihnen mal anhand der zweiundzwanzig Trumpfkarten – insgesamt sind es achtundsiebzig Karten mit unterschiedlicher Wertung –, was es damit auf sich hat.«

Gekonnt mischte sie die Karten und breitete sie mit dem Bild nach unten vor mir aus.

»Konzentrieren Sie sich auf etwas und deuten Sie auf eine beliebige Karte.«

Kartenspiele waren nicht gerade meine Lieblingsbeschäftigung, daher zögerte ich. »Und was kommt dabei heraus?«

Hannah lächelte seit Stunden mal wieder und lehnte sich zurück.

»Tarot – niemand weiß so richtig, wo es eigentlich herkommt – wird das mystische Spiel oder Spiel der Seele genannt. Die Wertigkeiten der Karten sind eng mit der Kabbalah, dem jüdischen Mystizismus, verknüpft. Daher gilt es in der katholischen Religion als Satansspiel. Aber das Dreieck auf diesem Buch und dem Kasten sind ein Synonym sowohl für das mystische Dreieck der Kabbalah wie auch für die christliche Dreifaltigkeit. Ersparen Sie mir, ins Detail gehen zu müssen. Sonst sitzen wir noch in einem Jahr hier. Also los, deuten Sie auf eine Karte.«

Meine Hand kreiste über den zweiundzwanzig Karten wie eine Wolke, die sich nicht entscheiden konnte, wohin sie den in ihr schlummernden Blitz schleudern sollte.

»Sie müssen sich etwas vorstellen«, flüsterte Hannah ganz leise, als wolle sie mir einen Gedanken einhauchen.

»Diese hier«, ließ ich endlich meinen Finger landen.

»Halt!« Sie rutschte auf die Sofakante vor. »Sind Sie sich ganz sicher, dass es diese Karte sein muss, oder wäre auch eine andere möglich?«

Irritiert zog ich meine Hand zurück und überlegte. Warum war es plötzlich so schwierig, aus nur zweiundzwanzig Möglichkeiten eine Entscheidung zu treffen? Ich empfand das erste Mal in meinem Leben, dass ein doch relativ begrenztes Angebot unsere menschlichen Fähigkeiten, nur ein Entweder-Oder zu sehen, schon bei weitem überstieg und ein mickriges Vielleicht als Frucht gebar. Die Frucht, die alles beinhaltete, was mit »das geht mich nichts an« so einfach dahergesagt wurde.

Wütend über meine Zögerlichkeit beharrte ich auf dieser Karte, und Hannah deckte sie mit einer lasziven Handbewegung auf.

»Es ist die Sieben, auch der Wagen genannt«, hielt sie die Karte hoch.

»An Ihrem Gesicht sehe ich, dass Sie eine Verbindung zu dieser Karte herstellen können«, flüsterte sie, als wolle sie mich jetzt nicht noch zusätzlich erschrecken.

Denn ich war erschrocken, da ich an genau diese Karte gedacht hatte. Es war die Karte, die neben dem toten Dr. Seid unter dem Auto gelegen hatte.

»Und was bedeutet diese Karte?«, presste ich mit einem Kloß im Hals hervor.

Ein Lächeln huschte über ihr Gesicht.

»Eigentlich nichts Schlechtes. Die Sieben war schon immer eine heilige Zahl. Die Zahl der Vollendung. Sie bedeutet aber auch Aufbruch, wenn man gewillt ist zu erkennen, dass in der Vergangenheit Fehler gemacht wurden. Erneuerung also.«

Vollendung. Das war der richtige Ausdruck für den Tod eines Politikers.

Der Mörder schien diese Karte wohl gewählt zu haben. Er wollte etwas damit sagen. Und zwar denen, die damit etwas anzufangen wussten.

Ich kam nicht umhin, Hannah von Dr. Seid zu erzählen; in wenigen Stunden würde es ohnehin in der Zeitung stehen.

Sie hörte ruhig zu und biss sich dabei auf die Unterlippe, bis Blut kam.

»Das wären also schon drei Bücher«, murmelte sie zu sich selbst, »die irgendwie untereinander eine Verbindung, zusammen mit dem Tarot, haben. Aber welche? Und stehen die Soldbücher im Zusammenhang mit dem Foto?«

Die Rohdiamanten schienen sie nicht zu interessieren.

4

Es war Mittagszeit, als ich Kommissar Kögel in der Kantine auftrieb.

Missmutig stocherte er in einem gemischten Salat herum, und genau so nahm er mich zur Kenntnis.

»Sie haben mir noch gefehlt. Heute hat sich alles gegen mich verschworen. Da sind Sie das Letzte, was ich gebrauchen kann.«

Angewidert schob er den Teller von sich.

»Noch zwei Jahre bis zur Pensionierung, und was tut meine Frau? Sie verbündet sich mit dem Polizeiarzt. Beide finden ganz plötzlich, dass ich zu dick sei. Das ist das Ergebnis.« Er deutete auf den Salat.

»Warum gehen Sie nicht jetzt schon in den Ruhestand?«, versuchte ich ihn gesprächsbereiter zu stimmen.

»Hä, genau das ist das Problem. Kennen Sie meine Frau?«

Ich schüttelte den Kopf. Mir war noch nicht einmal bekannt, dass er verheiratet war.

»Sehen Sie. Sonst würden Sie mir nicht so einen dusseligen Vorschlag machen. Wenn ich mir vorstelle, schon ab morgen jeden Tag ihren Putz- und Abnehmfimmel ertragen zu müssen, dann ginge ich noch auf meine alten Tage in die Fremdenlegion, und ... nein, ich habe mich nicht um das Gerüst gekümmert. Ich werde mich überhaupt um nichts mehr in der Richtung kümmern.«

Wütend steckte er sich ein Zigarillo an und blies den Rauch lautstark in den Raum, obwohl auf jedem Tisch und unübersehbar am Buffet ein Rauchverbotschild stand.

»Wenn Sie hinsichtlich des Kastens oder Dr. Seid Wünsche oder Fragen, vielleicht auch Anregungen haben, wenden Sie sich bitte vertrauensvoll an das LKA. Die haben nämlich jetzt alles in der Hand. Wir einfachen Kripoleute sind zu blöd für so hoch komplizierte Fälle wie den Mord eines Politikers. Die sterben nämlich anders als normale Menschen.«

Diese Wendung hatte ich nicht erwartet, aber ich hätte sie ahnen können. Einen toten Politiker überließ man nicht der Basis, schon gar nicht, wenn er monatelang im Schussfeld der Presse gestanden hatte.

Mein Versprechen, Hannah – und damit auch mir – über die Schiene Kögel zu helfen, drohte ins Leere zu laufen.

Mit dem LKA konnten Journalisten reden wie mit einem Tresor, den man versuchte durch Beschwörungsformeln zu öffnen. Wie es aussah, musste ich mir etwas einfallen lassen, um mit Martin wieder ins Gespräch zu kommen.

Mein Handy gab in der Brusttasche Laut.

Es war Sam. Das Jüngste unserer Redaktionsmitglieder und ein Technikfreak. Seine Leidenschaft war es, Passwörter im Computer zu knacken, wenn jemand seines vergessen hatte, und Notruffrequenzen abzuhören. Stolz verwies er darauf, dass er für den Fall, dass die Frequenzen auf digitales System umgestellt würden, bereits das geeignete Programm entwickelt hätte, um auch diese in Stereo zu empfangen.

Atemlos berichtete er über einen Notruf und endete mit dem unnötigen Hinweis, dass es sich wieder um einen meiner Verdächtigen im Korruptionsfall handelte.

»Bleib mal dran«, bat ich ihn und hielt das Mikrofon zu.

»Hauptkommissar Kögel, sind Sie noch für bürgerliche Leichen zuständig?«

Der dickte gerade seinen Kaffee mit fünf Stück Würfelzucker ein und drückte das Zigarillo in der Untertasse aus.

»Was soll der Quatsch?«, murrte er über den Tassenrand hinweg.

»Wiederhole das bitte«, bat ich Sam und reichte das Handy an Kögel weiter.

»Scheiße«, reichte er mir das Gerät zurück. »Ich sollte gegen euch Zeitungsfritzen wegen unerlaubten Abhörens der Polizeifrequenzen vorgehen. Los, kommen Sie.«

Dieses Mal war ich noch vor jedem anderen Blaulicht vor Ort.

Auf der Fahrt informierte ich Kögel über den vergangenen Tag mit Hannah, in der Hoffnung, dass er bei seiner selbstmörderischen Fahrt etwas davon behalten und zu unserem gemeinsamen Nutzen umsetzen würde.

Eine ältliche Frau mit Schürze wartete in der offenen Eingangstür einer Jugendstil-Villa.

»Oben ...«, stotterte sie und rang mit den Tränen. »Oben hängt er. Er sollte doch gar nicht hier sein.«

Der Kommissar stürmte mit einer Vehemenz die Treppe hinauf, die dem Polizeiarzt und seiner Frau ob seines vermeintlichen Übergewichts die Schamröte ins Gesicht getrieben hätte.

Da hing er. Der Baulöwe Hermann Müller.

Er baumelte an einem Seil, das um den Stützbalken eines überdimensionierten Dachstudios geschlungen war.

Müller war ein Spezi von Dr. Seid gewesen und auch in etwa seine Altersklasse. Mehrfacher Millionär, und ich hatte ihn im Verdacht gehabt, dass er die Partei von Seid reichlich unterstützt hatte, um den Zuschlag für eine Müllverbrennungsanlage zu bekommen.

»Dem können wir nicht mehr helfen«, meinte Kögel und winkte mir mit einer Tarotkarte, die er dem Toten aus der Einstecktasche seiner Jacke gezogen hatte, ihm zu folgen.

Die ersten Blaulichter bremsten knirschend im Hof, als wir in der Unmenge von Zimmern, die dieses Haus beherbergte, so etwas wie eine Bibliothek gefunden hatten.

Die Müllers schienen eher Baupläne, Bilanzen und Kontoauszüge zu bevorzugen.

Die Regale waren vollgestopft mit Kunstbänden, aber keine lesbare Literatur. Wir konnten uns anstrengen, wie wir wollten. Aber ein kleiner samtig-speckiger Ledereinband war nicht zu finden. Nicht einmal ein staubiger Hinweis, dass hier ein Buch gestanden haben könnte.

Dafür fiel mir ein heller Fleck an der Wand auf. Hier hatte einmal, vor gar nicht langer Zeit, ein kleines Bild gehangen.

»Hören Sie mir gut zu«, unterbrach mich Kögel bei meiner Betrachtung, ob dieser Fleck mit den Abmessungen des Fotos der zweiunddreißig Offiziere übereinstimmen konnte. »Ich muss mich jetzt um meine Leute kümmern. Versuchen Sie, etwas zu finden. Aber wenn Sie es sich mit mir nicht dauerhaft verscherzen wollen, dann verzichten Sie dieses Mal zu Gunsten Ihrer Konkurrenz, der ich schon sagen werde, was sie zu schreiben hat, auf Ihren Bericht. Haben wir uns verstanden?«

Er händigte mir die Karte aus und verschwand, ohne dazu meine Meinung abzuwarten.

Ich betrachtete die Karte, die er mir in Form einer Beweismittelunterschlagung überlassen hatte, und erschrak.

Hannah hatte die letzte Nacht keine Ruhe gegeben, mich von der Macht der Tarot-Karten zu überzeugen. Zweimal hatte sie mich noch eine Karte aussuchen lassen. Dreimal hatte sie es auf mein Drängen hin für sich getan.

Bei mir war noch einmal die siebte Karte aufgedeckt worden, und das letzte Mal diese, die ich jetzt in der Hand hielt.

Die Karte mit der XII und dem Bild eines hängenden Mannes.

»Wie trefflich«, brummte ich für mich hin. Der Tarot-Mörder, wie ich ihn soeben getauft hatte, bewies schwarzen Humor.

Aber obwohl ich alles andere als ein abergläubiger Mensch war und dem Okkulten schon überhaupt nicht traute, begann es mir kalt den Rücken hochzukriechen. Hier trieb jemand ein perfides, ausgeklügeltes Todesspiel.

Ich war mir sicher, dass bei der Leiche ein Abschiedsbrief gefunden wurde, der auf einen Selbstmord hinwies. Auch hier würde die Polizei nicht die geringste Spur eines Verbrechens finden. Und Müller war kein Politiker. Also durfte es die Tarotkarte nicht geben, damit das LKA Kögel nicht schon wieder ins Handwerk pfuschte.

Und ich sollte dieses Mal nicht darüber berichten dürfen.

Damit würde ich in der Redaktion kein Verständnis finden, der Chefredakteur würde auf die Pressefreiheit pochen und ich den Artikel notgedrungen schreiben müssen. Also hatte ich etwas zu finden, das mir für die nächste Story wieder einen Vorsprung sicherte.

Die älter Frau, die uns im Eingang erwartet hatte, saß in der Küche vor einer Flasche Korn und versuchte mit einem Geschirrtuch ihrer Tränen Herr zu werden.

»Jesses«, stöhnte sie in einem bayrischen Tonfall, als ich mich zu ihr setzte, »das ist eine Katastrophe. Der Herr Müller und seine Familie wollten doch erst am Wochenende aus dem Urlaub zurückkommen. Jesses, er war so ein guter Chef. Was wird nun aus mir? Ich bin schon seit über zehn Jahren hier Haushälterin und war selbst nur ein paar Tage auf Urlaub bei meiner Schwester in Garching. Jesses. Und als ich heute Mittag nach dem Rechten sehen wollte, da hab ich mich schon gewundert, dass die Tür nicht abgesperrt war.«

Sie goss sich nach, und ich bemerkte aus dem Augenwinkel, dass Kommissar Kögel in der Tür stand und zuhörte.

»Gibt es dieses Foto im Haus?«, hielt ich ihr das Bild von der Ausbildungskompanie 108 hin.

Sie schnäuzte sich und putzte umständlich die Brille.

»Ja, scho. Das hängt im Arbeitszimmer. Der Chef hat immer gesagt, dass sein Vater darauf ist und dass er stolz auf ihn war. Mehr weiß ich nicht.«

»Wo war die Familie im Urlaub?«, schaltete sich Kögel ein und winkte mir zu kommen.

»Irgendwo in der Karibik. Dom-Rep hat er gesagt. Aber das Land kenne ich nicht«, schluchzte sie und setzte gleich die ganze Flasche an den Mund.

»Sagen Sie jetzt ja nichts«, knurrte der Kommissar auf dem Rückweg. »Ich weiß es, Sie wissen es. Aber sollten wir jetzt einen Verdächtigen finden, wir könnten ihm nichts nachweisen. Es war Selbstmord. Er hat einen Abschiedsbrief hinterlassen. Seine Firma ist pleite und er schon seit über zwölf Stunden tot.

Sie haben mir vorhin so viel über diese Hannah, was weiß ich, erzählt, warum haben Sie das Foto vergessen? Ich sollte mich mal persönlich mit dieser Frau unterhalten. Natürlich nur, wenn Sie daraus nicht gleich wieder eine Schlagzeile machen.«

Ich verstand und schwieg.

Es würde nur eine kleine Notiz über den Selbstmord des Baulöwen Hermann Müller von mir geben, der aus Verzweiflung den Freitod gewählt hatte, eine Frau, drei minderjährige Kinder und siebenhundert Mitarbeiter auf einem Berg von Schulden hinterließ.

5

Hauptkommissar Kögel hatte auch verstanden.

Pünktlich tauchte er im Foyer des Hotels auf. Anstatt seiner verbeulten Kordkombination trug er dem Anlass entsprechend einen gedeckten Abendanzug mit Krawatte.

Es hatte mich einige Überredung gekostet, ihm zu verklickern, dass er Hannah als fremde Staatsbürgerin nicht einfach als x-beliebige Zeugin vorladen konnte. Dafür wollte sie sich mit einem Diner revanchieren.

Joshua holte uns an der Rezeption ab und führte uns zu ihrem Appartement.

»Der trägt doch wohl keine Waffe?«, flüsterte Kögel, dem dieser Bodyguard nicht geheuer vorkam.

»Fragen Sie ihn«, zischte ich zurück. »Aber vermeiden Sie diplomatische Verwicklungen.«

»Das fehlte noch«, winkte er ab, »und Sie als Berichterstatter mittendrin. Sehe schon die Schlagzeile: Kölner Kommissar legt sich mit Mossad an.«

Vor der Tür trafen wir mit zwei Bediensteten zusammen, die Servierwagen schoben. Makellos polierte Silberglocken verbargen den Inhalt.

»Essen wir etwa auf dem Zimmer?«, brummelte Kögel. »Das sieht ja nach einem konspirativen Treffen aus.«

»Nehmen Sie sich zusammen. Joshua kann uns wahrscheinlich verstehen«, fauchte ich.

Aber der zuckte mit keiner Wimper und öffnete die Tür.

»Ihr Besuch«, kündigte er uns auf Deutsch an.

Hannah sah bezaubernd aus. Ein weißer Hosenanzug mit einem gewagten Dekolleté ließ ihre dunklere Haut wie Schokolade wirken.

»Bitte«, forderte sie uns mit einer einladenden Handbewegung auf einzutreten.

In der Mitte des Raums war ein festlich geschmückter Tisch eingedeckt, auf dem Kerzen in einem siebenarmigen Leuchter leicht im Durchzug flackerten.

Während meine Augen sich nicht von Hannah losreißen konnten, die als einzigen Schmuck ein goldenes Dreieck mit Diamanten um den Hals trug, hatte sich Kögel schon mit der Situation vertraut gemacht.

»Erwarten Sie noch jemanden?«, fragte er mit einem Blick auf den Tisch, der für vier gedeckt war.

Auf die Idee, dass vielleicht Joshua die fehlende Person sein konnte, kam er nicht.

Hannah, die gerade die Kellner einwies, nickte. »Oh, ja, Entschuldigung. Ich vergaß zu erwähnen, dass uns noch ein zusätzlicher Gast die Ehre geben wird. Er muss jeden Moment eintreffen.«

Kögel zog die Augenbrauen hoch und die Mundwinkel hinunter. Ein untrügliches Zeichen dafür, dass ihm die Situation nicht passte.

»Darf man hier rauchen?«, überspielte er seinen aufkommenden Groll.

»Ich bitte sogar darum«, lächelte Hannah entwaffnend. »Dann bin ich hier nicht die Einzige, die am Pranger steht. Darf ich mal eines von Ihren Zigarillos probieren?«

Kögels Miene hellte sich auf. Das Eis war gebrochen.

Etwa fünf Minuten später geleitete Joshua einen alten, schwarz gekleideten Mann mit wallender weißer Haarpracht herein.

Schnell drückte sie das Zigarillo aus und begrüßte ihn auf Hebräisch wie einen alten Freund.

»Darf ich vorstellen: Professor Isaak Hofmann. Ein alter Freund unserer Familie und noch gar nicht so lange im Unruhestand«, wie sie augenzwinkernd hinzufügte.

Kögel wippte mit dem Zigarillo zwischen den Lippen und musterte den Ankömmling.

Ich sah ihm an, dass er schon wieder seiner Berufskrankheit nachging: in seinem Zentralcomputer einen erkennungsdienstlichen Abgleich vorzunehmen, ob ihm dieser Mensch schon einmal untergekommen sein konnte. Erst dann nahm er die hingereichte Hand des alten Herrn und den Glimmstängel aus dem Mund.

Der Professor war für ihn ein unbeschriebenes Blatt.

Das Diner war perfekt arrangiert und von erlesener Qualität.

Kögel schien seine guten Vorsätze vergessen zu haben, ein paar Kilo abnehmen zu wollen. Auch der Professor bediente sich, als habe er nur für dieses Essen tagelang gefastet.

Nur die Vorspeise hatte den Kommissar und mich ins Schwanken gebracht, was das denn nun sein sollte. Es sah aus wie eine ausgebleichte Frikadelle, die man in Fischhaut eingewickelt hatte.

Nur der Professor hatte jubelnd zugegriffen – »›Gefillte Fisch‹, dass ich das noch einmal erleben darf!« – und das gleich zum Anlass genommen, uns die Entstehung, Zusammensetzung und Geschichte dieser Speise zu erklären.

Laienhaft ausgedrückt, war es eine kalte Fischfrikadelle, die nicht gebraten, sondern in einem Sud aus Gemüse und Fischgräten geköchelt wurde. Die Fischhaut wurde herumgewickelt, damit sie dabei nicht auseinanderfiel. Der erkaltete und gelierte Sud wurde dazu gereicht.

Auch wenn man ihren Ursprung im armen polnischen Judentum des vorvorletzten Jahrhunderts vermutete, zu Zeiten also, in denen Fleisch und Öl zum Braten unerschwinglich waren, würgten wir beide jeweils nur eine der Höflichkeit halber mit einer ganzen Flasche Carmel Sauvignon Blanc hinunter.

Den Rest sicherte sich der Professor als Wegzehrung, wie er schmunzelnd bemerkte.

»Nun«, begann Hannah nach einem süßen Mandellikör, der meinen dringenden Wunsch nach einem Bier nur noch verstärkte, »ich habe den Professor gebeten, mir zu helfen. Er ist in dieser Stadt geboren, konnte vor den Nazis fliehen und ist gleich nach dem Krieg zurückgekommen. Kaum jemand kennt die neuere Stadtgeschichte so wie er. Aber bitte, Isaak, erzähl du.«

Waren es gute oder schlechte Erinnerungen, die den Professor bewogen, nach einem überreichlichen Essen noch einen weiteren ›gefillten Fisch‹ zu verspeisen? Oder konnte man davon süchtig werden?

»Ja, ähm«, begann er mit vollem Mund, »es gab bis etwa 1934 eine jüdische Freimaurerloge.«

Er spülte den letzten Bissen endlich mit einem Likör hinunter.

»Es war eine angesehene Loge, die sogar von Kaiser Wilhelm 1896 ihre Ernennung erhalten hatte. Die Aufzeichnungen, die ich fand, besagen, dass es um die fünfzig Logenbrüder gewesen sein müssen. Alles hochgestellte Persönlichkeiten aus Wirtschaft und Forschung. Die Loge muss sehr sozial eingestellt gewesen sein, denn ich habe im Stadtarchiv ein paar Aufzeichnungen gefunden, die belegen, dass sie sich in der schlechten Zeit bis 1932 stark um sogenannte Randgruppen gekümmert hat. Das waren Kriegskrüppel von 1914-18, Kriegerwitwen und Waisen. Ab 1934 verschwindet jeder weitere Hinweis auf die Loge.«

Er goss sich erneut einen Mandellikör ein und griff nach einem »gefillten Fisch«. Zog aber die Hand zurück, als schwebe plötzlich ein nur für ihn sichtbarer Geist darüber.

»Ja, wo war ich stehen geblieben?«, tauchte er wieder in die Realität. »Ach so. Es gibt seitdem keine Spuren mehr von der Loge und den Brüdern. Als mich aber Hannah auf den Inhalt des Kastens aufmerksam gemacht hat, bin ich zu meinem Freund, dem Dompropst. Wir spielen gelegentlich noch Schach miteinander. Er hat mir Einsicht in die Restaurierungsbücher gewährt.«

Kögel, der den Ausführungen eher gelangweilt gefolgt war und aus seiner Serviette ständig neue Skulpturen gefaltet hatte, horchte auf.

»In diesem Jahrhundert hat am Nordturm vorher nur einmal ein Gerüst gestanden, um die schlimmsten Schäden des Bombenangriffs von 1943 zu beheben. Und das war 1953.«

Es entstand plötzlich ein Schweigen im Raum, als habe dieses Datum bei allen einen Schock ausgelöst.

Der Professor sackte in sich zusammen und ließ den Kopf auf die Brust fallen, Kögel erwürgte seine Serviette, Hannah zündete sich eine Zigarette an, und ich war benommen wie nach einem K.o.-Schlag.

»Joshua, bringen Sie bitte den Professor nach Hause. Er ist müde«, unterbrach Hannahs Stimme meinen einsetzenden Denkprozess, der sich nicht wesentlich von dem Kögels unterscheiden durfte. »Und nehmen Sie den ›gefillten Fisch‹ für ihn mit. Lassen Sie sich vom Kellner eine Folie geben. Es ist die Leibspeise des Professors. Dann brauche ich Sie nicht mehr. Danke.«

Joshua machte sich erst gar nicht die Mühe, den alten Mann zu wecken, sondern trug ihn mitsamt dem Stuhl aus dem Raum. Den Teller mit den Fischfrikadellen balancierte er mit der anderen Hand.

»Sind Sie nun zufrieden, Hauptkommissar?«

Aus Hannahs Gesicht war jede Spur von Verbindlichkeit gewichen, und ihr Teint schien ein paar Töne heller zu werden.

Kögel schüttelte den Kopf. »Nein. Absolut nicht. Der Professor und auch Sie sehen Verbindungen zwischen dem Kasten und Ihrem Großvater. Das mag ja sein. Aber was soll jetzt noch die Loge dabei?«

Hannah begann wieder mit dem Deckel ihres Feuerzeuges zu spielen. Wie sie den Rauch des Glimmstängels einatmete und nicht mehr ausstieß, deutete für mich auf einen bevorstehenden Vulkanausbruch hin.

Aber es tat sich nichts.

Das Klicken des Deckels hörte auf, und die gesammelten Lungenzüge kamen wie Schwaden aus der Nase eines Drachen.

»Ich habe den Professor, ohne es zu wissen, in seine Vergangenheit zurückgejagt. Er ist Kriegswaise, Jahrgang 1918. Er und seine Mutter konnten nur mit Hilfe dieser Loge überleben. Und die ›Fischele‹ sind seine einzige positive Erinnerung an diese Zeit. Das war damals eine Armenspeise, wenn Ihnen das überhaupt etwas sagt. Und jetzt bitte ich Sie zu gehen, mit dem Wissen, dass dieses Dreieck, das auch ich trage, das Zeichen dieser Loge war.«

Kögels Gesicht zuckte. Er rang mit sich, sagte aber nichts. Langsam erhob er sich, schob den Stuhl an seinen Platz zurück und verabschiedete sich mit einer leichten Verbeugung.

Leise, ganz leise klickte die Tür ins Schloss.

»Endlich«, stöhnte Hannah und fuhr sich durchs Haar. »Ich kann den Kerl nicht leiden. Ich kann überhaupt keine Polizei leiden. Die sind doch auf der ganzen Welt gleich. Gib denen einen Posten und eine Uniform, dann vergessen sie ganz schnell, wie sie als Bürger in Unterhose aussehen. Komm, Papi, ich schulde dir ein paar Bier und mir einen Whisky.«

Damit hakte sie sich lachend bei mir ein, und wir schlenderten wie Vater und Tochter zur Bar.

Eine Tochter in diesem Alter machte einen Mann gleich um Jahre jünger, stellte ich schmunzelnd fest und genoss es, dass Gäste und Personal bewundernd lächelten. Auf die Idee, dass man sie für meine Geliebte halten könnte und ihr Lächeln eher etwas anderes ausdrückte, kam ich nicht.

»Seit wann trinken Sie Alkohol?«, stellte ich verwundert fest, als sie sich gleich einen doppelten Whisky bestellte.

»Erstens heiße ich Hannah, zweitens sollte ich ein Junge werden, und drittens habe ich alle Unarten der Welt. Also sei vorsichtig«, beharrte sie darauf, dass wir uns duzen.

»Na schön, was hältst du von dieser Karte?« Ich schob ihr das Blatt hin, das Kögel bei dem Baulöwen gefunden hatte.

»Noch ein Toter?«, zog sie die Augenbrauen hoch.

»Ja, er hat sich erhängt.«

Hanna wedelte mit der Karte und biss sich wieder auf die Unterlippe.

Es dauerte bei ihr eine Zigarette und bei mir ein Bier lang, bis sie wieder aus ihrer Gedankenwelt zurück an der Bar war.

»Da stimmt was nicht. Diese Karte deutet zwar auf Veränderungen hin, ist aber im Grunde sehr positiv. Der Mörder ist entweder ein Spaßvogel, oder er meint mit den Karten etwas anderes.«

»Und was?«

Sie bestellte noch einen Whisky und eine Zigarre. »Eine Brasil, wenn Sie haben«, wies sie den Barkeeper an. »Ich brauche jetzt was Stärkeres.«

Ich beobachtete die Prozedur, mit der sie die Tabakrolle professionell vorbereitete, und wartete auf einen größeren Hustenanfall.

Aber der kam nicht.

»Herrlich, das schmeckt doch gleich ganz anders.« Sie ließ den Rauch über die Zunge gleiten und fuhr mit der Zunge am Deckblatt entlang. »Wenn es nicht so eine Prozedur wäre, würde ich wohl Pfeifenrauchen bevorzugen.

Aber zum Thema: Nein, ich glaube nicht, dass der Mörder wirklich die Bilder auf den Karten meint. Das hat sich vermutlich gerade so ergeben. Es sind die Zahlen.«

Das klang logisch. Aber was sollte man mit zwei Zahlen von insgesamt zweiundzwanzig möglichen anfangen, wenn man die Null der unbewerteten Karte des Narren mitrechnete?

Hanna zuckte die Schultern und schmauchte weiter.

»Keine Ahnung. Der Logik folgend muss es noch ein paar Karten geben, bis ...«

»Bis was?« Eine fürchterliche Ahnung stieg in mir hoch. Der Unbekannte war dabei, eine Botschaft zu formulieren, und dazu benötigte man in der Regel mehr als zwei Hinweise. »Du meinst, dass da noch mehr Tote folgen?«

»Muss wohl so sein«, grinste sie, als würde der Whisky langsam Wirkung zeigen, »sonst versteht sie ja keiner. Die Botschaft, meine ich. Und wie kommst du darauf, dass es ein Mann ist? Glaubst du vielleicht, Frauen seien keine raffinierten Mörder?«

Das stimmte. Warum sprach man generell vom *Mörder?* Jeder setzte bei einem solchen Kapitaldelikt voraus, dass es ein Mann sein musste.

Die Polizei sprach im Maskulinum, und wir Rindviecher der Presse plapperten es ungefragt nach. Wie viele Morde wurden in der Geschichte nicht aufgeklärt, weil vorausgesetzt wurde, dass es ein *Mörder* gewesen sein musste?

Hier klaffte ein Zwiespalt der Geschlechter.

Der Mann ging grundsätzlich davon aus, dass nur seinesgleichen die Kraft, Frechheit und den Mut hatte, jemand zu töten. Die Steinzeit ließ grüßen.

Und die Frau? Auch sie sprach nur vom Mörder. Ich hatte bis heute niemals eine Frau gehört, die sich dieser Vorverurteilung eines Geschlechts nicht angeschlossen hatte.

»Wie willst du weiter vorgehen?«

Eine gute Frage.

Ich war bisher davon ausgegangen, dass der Kasten noch vor dem Krieg eingemauert worden war. Wie es jetzt aber aussah, erhielt der Fund eine eine bisher nicht geahnte Brisanz.

Bei meiner ersten Annahme wäre die Möglichkeit sehr gering gewesen, dass es noch viele Menschen gab, die überhaupt noch davon gewusst hätten. Aber bei dem Jahr 1953 stieg die Wahrscheinlichkeit der Mitwisser ins Unkalkulierbare. Der Personenkreis hatte sich, vorausgesetzt, dass der Steinmetz damals mindestens zwanzig Jahre alt gewesen sein durfte, bevor man ihn in diesen Höhen arbeiten ließ, um mindestens achtzehn Jahre verjüngt. Damit kamen jetzt nicht mehr die über Neunzigjährigen in Frage, sondern die weitaus größer Gruppe der Siebzigjährigen.

»Ich muss mit Martin Hofmann sprechen.«

»Diesem Muffel?« Hannah verzog das Gesicht. »Du hast mir doch erzählt, dass ihr beide nicht gerade Freunde seid.«

»Genau deswegen. Warum hat er mich die Freilegung dokumentieren lassen und nicht einen anderen Reporter?«

»Das wäre sehr schade gewesen«, lachte sie laut. »Dann würde ich hier womöglich mit einem Jüngling sitzen, der mich anbaggert, oder einem frustrierten Familienvater, der mich mit seinem Weltschmerz nervt. Brrrr!« Sie schüttelte sich bei dem Gedanken. »Es sollte so sein, und nicht anders.« Sie lächelte verschmitzt.

6

Irgendwie hatte ich am Morgen danach die Kurve nicht gekriegt und war zu spät in der Redaktion.

»Wo steckst du? Zu Hause warst du nicht, und dein verdammtes Handy ist auch nicht an«, empfing mich der Chefredakteur.

»Sam hat wieder eine Meldung von einem Unfall mitgehört. Nur ist das schon über zwei Stunden her. Also, vergiss es und fang mal an, deinen Saustall von Schreibtisch freizuschaufeln.«

Es war ein Kampf gegen Windmühlen, den er schon seit Jahren führte, um uns Redakteuren Ordnung beizubringen. Da Schreibtischaufräumen bei ihm zur Standardstrafe bei Verfehlungen gehörte, die nur noch durch Recherche im Archiv verschärft werden konnte, nahm ich seine schlechte Laune nicht persönlich.

»Kam gegen halb neun rein«, sagte Sam und spielte mir die Aufnahme vor.

»Unfall am Nordturm mit Todesfolge ...«, war alles, was ich noch wahrnahm. Dass Sam mir noch hinterherrief, ein Kollege sei bereits vor Ort, registrierte ich kaum noch.

Kögel war im Begriff, in seinen Wagen zu steigen, und die Tür des Rettungswagens wurde gerade geschlossen, als ich angehetzt kam.

»Oho, funktioniert Ihre Buschtrommel nicht mehr?« Er verzog sein Gesicht zu einem hämischen Lächeln. »Oder hat Sie die schöne Jüdin letzte Nacht alle gemacht?«

»Arschloch«, entfuhr es mir.

»Vorsicht, mein Lieber«, drohte er mit dem Finger, »wenn Sie heute nicht so beschissen aussehen würden, könnte ich das als Beamtenbeleidigung auffassen. Los, steigen Sie ein.«

Wir fuhren einmal um den Innenstadtring, und Kögel schien meinen wirklich nicht erhebenden Zustand auf seine noch vorhandene Belastbarkeit prüfen zu wollen. Sein Zigarillo stank im geschlossenen Wagen abscheulich und begann bei mir einen Brechreiz hervorzurufen.

»Kotzen Sie mir ja nicht in den Wagen«, meinte er, mich aus dem Augenwinkel beobachtend. »Erzählen Sie mal. Wie ist das denn so, mit 'ner halb so alten Frau? Geht das noch mit sechzig?«

Ich kniff die Lippen zusammen und schluckte den Magensaft wieder hinunter.

»Verstehe«, lachte er und schlug aufs Lenkrad. »War wohl nichts. Würde ich auch nicht drüber reden ... bei dem, der da vom Gerüst gestürzt ist, geht auch nichts mehr. War doch Ihr Jahrgang, oder?«

»Muss ich ihn kennen?«, presste ich hinter vorgehaltener Hand hervor.

»Stellen Sie sich nicht dumm«, knurrte er und öffnete endlich das Fenster um den Stummel hinauszuwerfen. »Nachdem gestern die Zahl 1953 gefallen ist, hatten wir beide doch den gleichen Gedanken. Nur leider ist uns jemand zuvorgekommen. Aus über hundert Meter Höhe ... das ist kein schöner Anblick. Hier, das hatte er bei sich.«

»Schon wieder eine Beweismittelunterschlagung?«, revanchierte ich mich für seine dumme Frotzelei.

»Maul halten und ab jetzt jedes Vorkommnis dokumentieren! Hier läuft ein Irrer rum, und ich kann das LKA nicht ausschließen, wenn die auf die gleiche Idee kommen wie wir beide. Der Mörder hinterlässt nicht die geringste Spur. Noch nicht einmal etwas, was man auf eine DNA untersuchen könnte. Bisher handelt es sich um einen Selbstmord und einen Unfall. Am Fall des Landtagsmitgliedes sollen sich die da oben von mir aus die Zähne ausbeißen. Es wird ihnen immer ein Glied in der Kette fehlen. Verstanden?«

Und wie ich mal wieder verstand. Hauptkommissar Kögel hatte auf seine alten Tage Blut geleckt und sah in diesem Fall eine letzte Möglichkeit, noch kurz vor der Pensionierung eine schöne Stufe hochzufallen.

Aber das war nicht mein Problem. Für mich war nur wichtig, dass er sich in meine Hand begeben hatte und ich nun an der Quelle saß ... und die Tarotkarte, die er bei Martin Hofmann gefunden hatte. Sie trug die Nummer XI. Die Gerechtigkeit.

Verspürte ich da so etwas wie Genugtuung?

Der starke Martin war von einem Gerüst gefallen, das plötzlich Schwächen gezeigt hatte. Ein paar Sicherungen hier, ein paar Bolzen dort gelockert, und schon war es ein Unfall, mit dem sich die Berufsgenossenschaft herumzuschlagen hatte.

Die Kripo würde jedenfalls bald vermelden, dass eine Fremdeinwirkung nicht nachzuweisen gewesen war. Vielleicht hatte Martin sogar noch Restalkohol im Blut. Dann löste sich das Problem für alle Beteiligten ohnehin in Dunst auf.

Ich war gespannt, was Hannah daraus deuten würde. Denn solch ein Witzbold schien der Mörder – oder die Mörderin – nicht zu sein.

»Was haben wir jetzt vor?«, nahm ich Kögel gleich beim Wort.

»Werden Sie bald sehen«, murmelte er angespannt und begann sich mit Blaulicht den Weg durch den Verkehr zu bahnen.

Wenige Minuten später bogen wir in die Südstadt ab. Dieses Kölner Viertel mit seinen teilweise noch aus der Kaiserzeit stammenden Mietshäusern hatte sich im Laufe der Jahre zu einem Tummelplatz von Rentnern, Studenten, Künstlern, kinderreichen Familien und Angehörigen anderer Nationen entwickelt. Hier gab es noch so etwas wie Nachbarschaft, die einander kannte und auch half, wo es nötig war. Kleine Geschäfte wehrten sich mehr oder weniger erfolgreich gegen die Handelsriesen und vermittelten das Flair einer noch heilen Welt.

Nur mit Parkplätzen war es auch hier schlecht bestellt. Kögel stellte den Wagen kurzerhand in eine Einfahrt und ließ das Blaulicht laufen.

»Jetzt bin ich es leid«, knurrte er und schloss den Wagen ab. »Wollen doch mal sehen, was wir hier finden.«

Fast im Laufschritt erreichten wir einen Hauseingang, der schon seit Jahrzehnten keine Renovierung mehr erfahren hatte.

Kögels Blick flog die Klingelreihe entlang.

»Dritter Stock«, stellte er grunzend fest und hetzte die ausgetretenen Holzstufen hinauf.

»Hier ist es«, keuchte er und deutete auf eine der drei Wohnungstüren, an der ein kleines Messingschild den Namen »M. Hofmann« trug.

Er nestelte einen Satz Spezialschlüssel aus seiner Tasche und hatte in Sekunden das Sicherheitsschloss geöffnet.

»Na, na, tut man denn so was? Ich denke, es war ein Unfall. Dann ist das hier ein Einbruch«, drohte ich mit dem Finger.

»Seit wann fragen Journalisten nach Gesetzen?«, flüsterte er und schloss die Tür hinter uns.

»Entweder war schon jemand vor uns hier, oder dieser Hofmann war ein Schlamper.«

Die Wohnung sah allerdings wie nach einer gewaltsamen Durchsuchung aus. Alle Schubladen waren herausgerissen, Kleider lagen wild durcheinander herum, selbst das Geschirr aus dem Küchenschrank lag zerborsten auf dem Boden.

Hier stimmte etwas nicht. Das war nicht die Handschrift unseres Unbekannten. Der hatte bisher seinen Tatort so verlassen, als wenn es ihn nie gegeben hätte.

Kögel schien der gleichen Meinung zu sein. Er rief die Spurensicherung über Handy herbei.

»Hier will uns einer verarschen«, schimpfte er ungehalten. »Das war nicht unser Mann ...«

»Oder hier legt jemand eine falsche Spur«, gab ich zu bedenken.

»Glaube ich nicht. Denn fällt Ihnen etwas auf?«

Ich schaute mich um, konnte aber nichts Auffallendes entdecken, außer, dass alles nicht mehr an seinem Platz zu sein schien.

»Bis auf eins.« Er deutete auf den Kühlschrank und öffnete ihn.

Das Gerät hatte ein Tiefkühlfach. Kögel räumte dieses aus und hielt etwas hoch, was wie ein mit Eis überzogener Lederbeutel aussah.

»Wer auch immer hier war, ist ein Stümper.« Seine Stimme klang triumphierend und gleichzeitig abwertend. »Die älteste Methode seit der Erfindung der Eistruhe, Sachen, die man schützen will, einzufrieren. Es kommen nur Profis drauf, darin zu suchen. Anfänger haben Angst und somit keine Zeit nachzudenken.«

Er legte den Beutel in die Spüle, ließ heißes Wasser darüberlaufen, öffnete ihn und griff hinein.

»Seit wann friert man Kandiszucker ein?«, hielt er mir eine Hand voll hin. »Erinnern Sie sich, diesen Beutel schon einmal gesehen zu haben? Sie sagten doch etwas von einem Lederbeutel mit Rohdiamanten. Und ich gehe sofort freiwillig in Frühpension und zu meinem Hausdrachen, wenn das hier nicht mindestens zwei Kilo Rohdiamanten sind.«

Dieser alte Fuchs nötigte mir wieder einmal Respekt ab.

Martin hatte den Kasten verschwinden lassen und der Dombauverwaltung einen Diebstahl gemeldet. Was ja nicht einmal gelogen war.

Aber wo war der Rest?

Mit einem herumliegenden Küchenmesser begann ich das restliche Gefriergut zu öffnen.

Kögel zog die Augenbrauen hoch und schien sich zu amüsieren.

»Suchen Sie vielleicht diese Soldbücher im Spinat oder in der Pizza? Vergessen Sie es. Dieser Hofmann war nur an den verwertbaren Gegenständen interessiert. Den Rest hat vielleicht schon die Müllabfuhr entsorgt.«

Das wollte und konnte ich mir nicht vorstellen. Nicht sein kann, was nicht sein darf, verwarf ich diesen Gedanken, dass für meine Story schon wieder das Ende der Fahnenstange erreicht sein sollte.

Hannah hatte den Wert der Soldbücher und diesen Bibeltext höher eingeschätzt als ein paar Pfund Diamanten, die sie noch nicht einmal zur Kenntnis genommen hatte.

»Wir sollten mal mit dem Dompropst reden«, klammerte ich mich an den letzten vorbeischwimmenden Strohhalm.

»Und was bitte wollen Sie mit dem reden?«, knurrte Kögel und setzte eine auf dem Boden liegende Küchenwaage zusammen. »Ob er weiß, wo der Kasten mit dem Rest ist? Der wird froh sein, dass das Ding spurlos verschwunden ist, und hoffen, dass es nie mehr mit seinem Dom in Verbindung gebracht wird. Es sei denn . . .«, überlegte er einen Moment und wog dabei die Diamanten in der Hand. Die Waage ging nur bis fünfhundert Gramm. »Der Probst weiß ja hiervon nichts.« Er schwenkte den Beutel. »Da aber alles, was im und am Dom ausgegraben wird, der Kirche gehört . . .«

Zwei Männer und drei Frauen von der Spurensicherung trafen ein, und Kögel wies sie ein, wonach wir suchten.

Den Beutel übergab er dem Leiter der Gruppe und ermahnte ihn: »Aber lassen Sie die Finger daraus. Ich habe ihn genau gewogen. Es sind genau einundzwanzigtausendachthundertdrei Komma fünf Karat.«

»Trauen Sie der Polizei nicht mehr?«, wollte ich scherzhaft wissen, als er mich zu meinem Wagen zurückfuhr.

»Haben Sie das gesehen? Überall dominieren langsam die Weiber. Nicht mal im Fernsehen gibt es mehr richtige Kommissare. Alles Weiber. Und da soll ich noch der Polizei trauen? Und Ihnen gebe ich den guten Rat, seien Sie vorsichtig mit dieser Jüdin. Mehr sage ich nicht, sonst halten Sie mich noch für einen Spielverderber oder gar einen Rassisten.«

»Wissen Sie etwas über sie?«

Ich war mir sicher, dass er Hannah bereits überprüft hatte und mehr wusste, als ich wissen sollte.

»Das ist ja meine Befürchtung.« Wieder steckte er sich eines dieser stinkenden Rillos an. ». . . nichts über sie zu erfahren. Nicht einmal die Israelis wollen oder können über sie Auskunft geben.«

Das Thema gefiel mir nicht. Dass er ein Macho war, der die Frau lieber in ihrer von der männlichen Gesellschaft – und vor allem der katholischen Kirche – zugewiesenen Rolle am Herd und bei den Kindern sah, kostete ihn die bei mir soeben gewonnenen Pluspunkte.

»Wie sind Sie auf Hofmann gekommen?«, wechselte ich das Thema, um nicht unhöflich zu werden.

»Ich habe mir die Diebstahlsanzeige von den Kollegen kommen lassen. Da waren so viele Ungereimtheiten drin, dass ich ihn mir die nächsten Tage ohnehin vorgeknöpft hätte. Aber das konnte nur jemand sehen, der mehr über den Kasten wusste.«

»So wie Sie?«

»Ja, schon gut«, lenkte er ein. »Ich muss ja nicht jedem auf die Nase binden, dass ich es von Ihnen habe.«

Mein Auto war noch nicht abgeschleppt worden. Das Presseschild hinter der Windschutzscheibe hatte einmal etwas Positives bewirkt. Dafür stapelten sich die untergeklemmten Strafzettel unter dem Scheibenwischer.

»Auf der Domplatte ist auch für Journalisten das Parken verboten«, grinste Kögel. »Aber ich könnte das abbiegen, wenn Sie mich für Ihren Artikel über Martin Hofmann einmal Ihr Chefredakteur sein lassen würden.«

Ich überschlug die Summe der Knöllchen und befand, dass sein Vorhaben nicht schlimmer sein konnte als die Aussicht, eine Woche kein Geld für Bier zu haben.

»Was soll ich schreiben ...?«

7

Meine Mailbox zeigte mehrere Anrufe aus Hannahs Hotel an. Aber ich hatte kein Bedürfnis, mir schon wieder eine Nacht mit ihr um die Ohren zu schlagen.

Dreißig Jahre Altersunterschied waren reizvoll und ließen Blut in Wallung geraten, von dem ich nicht einmal wusste, dass ich es überhaupt hatte. Aber jede Nacht ...?

Ich nahm Kögels Warnung als willkommene Ausrede, diesen Abend mal wieder unter Freunden in meiner Stammkneipe zu verbringen. Ohne Frau.

Weit nach Mitternacht zog ich mich am Treppengeländer in den vierten Stock hoch.

»Oh je«, ertönte von oben eine bekannte rauchige Stimme. »Schaffst du es noch alleine, oder soll ich helfen?«

Die letzten Stufen versuchte ich mir nichts anmerken zu lassen und den aufrechten Gang wieder einzuführen.

»Was machst du denn hier?«, stellte ich die immer gleiche dumme Frage von Betrunkenen, wenn sie überrascht wurden.

»Ich suche eine Toilette. Beeile dich!« Hannah trat von einem Bein auf das andere.

Es dauerte länger als sonst, bis der Schlüssel ins Schloss glitt.

Und mir fiel nichts Besseres ein, als mir in dem Augenblick, in dem Hannah in der Toilette verschwand, darüber Gedanken zu machen, ob ich die Kloschüssel geputzt hatte. Dass die Brille hochgeklappt war, konnte ich jetzt auch nicht mehr ändern.

»Entschuldige, dass ich dich so spät noch nerve«, ließ sie sich neben mir auf dem Sofa nieder, ohne den Zustand meines stillen Örtchens und die nicht beantworteten Anrufe zu erwähnen. »Ich muss die erste Maschine nach Johannesburg nehmen. Aber ich glaube zu wissen, was die Karten sagen sollen.«

»Es gibt noch eine«, murmelte ich.

»Umso besser. Lass mich erklären, was es damit auf sich haben kann.«

Sie sagte das, als sei es völlig normal, dass hinter jeder Karte auch ein Toter hing oder lag.

»Mach nicht so ein Gesicht. Ich habe es doch prophezeit. Und wenn jetzt drei Karten immer noch keinen Sinn ergeben, dann wird es noch ein paar Tote geben. Bis es eben einen Sinn ergibt. Also versuche mir bitte jetzt ein paar Minuten zu folgen. Oder soll ich dir vorher noch ein Bier zum Nüchternwerden holen?«

Das fehlte noch, und ich schüttelte den Kopf.

»Ich habe dir hier etwas aufgezeichnet«, sie breitete zwei Blätter auf dem Couchtisch aus, »was wahrscheinlich der Code ist, um die Botschaft der oder des Unbekannten zu entschlüsseln, und vermutlich auch dazu führen wird, dass wir irgendwann den Gesamtcode in diesem Buch verstehen können.«

Es folgte die Erklärung einer Tabelle, mit der ich auch ohne ein paar Bierchen zu viel meine Probleme gehabt hätte.

Hannah ging davon aus, dass das hebräische Alphabet aus nur 22 Schriftzeichen bestand, im Gegensatz zum deutschen Alphabet, das ohne Umlaute 26 Buchstaben umfasste.

Jedes Schriftzeichen, das man sehr laienhaft mit einem Buchstaben vergleichen konnte, hatte eine Ziffer. So wie bei uns das »A« Nummer 1, und »Z« Nummer 26 im Alphabet waren.

Jedem Schriftzeichen war eine Trumpfkarte des Tarot zugeordnet.

»Verstehst du das bis hierher?«, überprüfte sie meine Aufnahmefähigkeit.

Ich nickte notgedrungen.

»Gut. Wir haben jetzt drei Trumpfkarten. Den Wagen mit der Kartennummer VII, den Hängenden mit der Nummer XII und die von heute, die Gerechtigkeit mit der XI. Diese Karten suchst du am rechten Rand und vergleichst, welches Schriftzeichen ihr zugeordnet ist. Kannst du immer noch folgen?«

»Ich brauche doch ein Bier«, stöhnte ich.

»Bleib sitzen. Du kommst ja nicht mehr hoch. Wo ist es?«

Ich deutete Richtung Küche, aus der es Sekunden später kam: »Typisch Junggeselle. Bei mir sieht es auch nicht anders im Kühlschrank aus.«

Sie kam mit zwei Flaschen zurück und stieß mit mir an. *»Le chaim!«* Nach einem großen Schluck fuhr sie unbeirrt fort: »Der Wagen ist dem Schriftzeichen Sieben zugeordnet, die Gerechtigkeit der Acht und der Gehängte der Zwölf. Jetzt suchst du nur noch im deutschen Alphabet, welche Buchstaben diesen Zahlen entsprechen. Das ist das »G«, das »H« und das »L«. Da daraus kein Wort zu bilden ist, muss es noch ein paar Tote geben, deren Karten du in die Liste einträgst, bis es einen Sinn gibt.«

»Makaber«, knurrte ich, »wie kommst du auf diesen Code?«

Sie lächelte vielsagend, und langsam kamen meine Sinne zurück. Lag es an ihrem Parfum, das mich wieder nüchtern und noch mehr werden ließ?

»Diese Art Code ist das ganz kleine Einmaleins des Geheimdienstes.«

Kögels Warnung fiel mir ein.

»Erfährt man deshalb nichts über dich?« Im gleichen Augenblick, als mir das herausrutschte, hätte ich mich selbst ohrfeigen können.

Hannah richtete sich auf und faltete die Hände über den Knien. »Ich habe es mir schon gedacht, dass dieser Kommissar versucht hat, Informationen über mich zu bekommen. Aber die bekommt er nur, wenn ich das will. Ist das Thema damit beendet?«

Ihr Gesicht war unnahbar geworden und nahm erst wieder freundliche Züge an, als ich mich entschuldigt hatte.

»Na gut. Das war es, was ich dir eigentlich zeigen wollte.« Sie stand auf und strich ihren Rock zurecht.

»Was sind zwei Kilo Rohdiamanten wert?«, startete ich einen leisen Versuch, sie doch noch ein paar Stunden bei mir zu halten.

Einen langen Augenblick fixierten mich ihre braunen Augen, ohne mit einer Wimper zu zucken, und die Zähne vergruben sich wieder in der Unterlippe, wie sie es immer taten, wenn sie angestrengt nachdachte.

»Du hast den Kasten gefunden?«

Achtung, Kögel, Warnung!, drängte sich meine Ratio vor das Verlangen, sie einfach in den Arm zu nehmen und noch einmal eine Nacht lang ein junger Mann sein zu dürfen.

»Nein, habe ich nicht. Mich interessiert nur, was ein paar Pfund Rohdiamanten wert sind.«

Es war nicht zu übersehen, dass sie mir nicht glaubte. Aber das Chamäleon wechselte die Farbe, wurde weicher und lieblicher und damit …

»Kann ich so nicht sagen. Dazu müsste ein Fachmann die Qualität prüfen. Welche Farbe haben sie? Haben sie Einschlüsse? Wie viel ist das Basisgewicht? Was kann man durch Schleifen herausholen und … vor allem, haben sie einen lückenlosen Herkunftsnachweis?

Ohne den ist die Ware heute kaum noch verkäuflich – und du verkaufst mich bitte nicht für dumm. Ich habe mir sehr gut gemerkt, was du über den Inhalt des Kastens erzählt hast.«

Weicher, lieblicher und gefährlicher, rundete ich meinen Eindruck ab.

»Erzähle. Ist das die Karte der Gerechtigkeit?«

Es war nicht mehr zu leugnen. Ich war ein alter Trottel, der dabei war, dieser Frau zu verfallen, und erzählte ...

Ohne den geringsten Versuch, sich mir wieder zu nähern, hatte sie im Stehen zugehört.

»Na schön. Dann hat es die Person jetzt noch eiliger, die Botschaft zu vollenden. Vielleicht ergibt sich daraus ein Rückschluss auf meinen Großvater. Ich muss jetzt weg.«

Sie beugte sich von hinten über mich, nahm meinen Kopf in beide Hände und hauchte mir einen Kuss auf die Stirn.

»Sei vorsichtig. Ich bin in einer Woche wieder da.« Mit diesen Worten strebte sie dem Ausgang zu und verharrte einem Moment, bevor sie die Wohnungstür öffnete.

»Diese Menge Rohdiamanten ist nach heutigem Kurs vierzig Millionen Dollar wert. Wenn die Qualität und der Schliff stimmen. Aber ohne Zertifikate ...? Nicht einmal fünf Prozent davon. Und noch einen guten Rat, damit ich dich noch lebend wieder vorfinde: Sei vorsichtig mit diesem Kögel! Er ist nicht das, was er vorgibt. Egal, was er über mich sagt ...«

Die Tür klickte sehr, sehr leise in Schloss, und ich war mit zwei Blatt Papier in ihrer Handschrift und dem Nebel eines betörenden Parfums allein.

8

Seit Tagen stand eine nervenschonendere Türglocke auf meinem Einkaufszettel.

Aber ich war zurzeit noch nicht einmal in der Lage, meinen Wecker richtig zu stellen. So war es schon wieder neun Uhr, als mich dieses schäbige Läutwerk aus dem Schlaf riss und nicht aufhören wollte, bis ich an der Tür war.

Der Spion ergab nichts. Jemand hielt ihn von außen zu.

»Wer ist da?«, versuchte ich mit noch nicht geschmierter Stimme zu erfahren.

»Kögel. Los, werden Sie schon wach!«

»Moment . . .«

Schnell schlüpfte ich in eine Hose und öffnete die Wohnzimmerfenster. Es roch immer noch nach Hannah.

»Wird auch langsam Zeit«, knurrte er und reichte mir die Zeitung, die auf einem Kuvert lag. »Sie sollten Ihrem Metzger sagen, dass man Steaks nicht einfach in einen Umschlag packt. Da läuft ja schon das Blut raus. Wo kann ich mir die Hände waschen?«

Ich wies ihm die Gästetoilette und verbarg das von dunkler Flüssigkeit durchnässte Kuvert unter schmutzigem Geschirr in der Spüle.

Wenn das darin war, was ich vermutete, dann sah ich ein noch größeres Problem auf mich zukommen, als ich bisher verdrängt hatte.

»Sie sind wohl nicht oft auf der Gästetoilette?«, kam er schmunzelnd heraus. »Oder stehen Sie auf Voodoo? Sieht ja fast wie in einem Film aus, den ich mal gesehen habe.«

Ich war wirklich äußerst selten in dieser Toilette. Da sie mir zu eng für jede Art Geschäft war, wurde sie eigentlich nur genutzt, wenn ich Gäste hatte. Und das war schon seit Wochen nicht mehr der Fall gewesen. Deshalb hatte ich Hannah heute Nacht auch die Toilette in der Dusche benutzen lassen.

Kögel hatte die Tür offen gelassen, sodass ich gleich sehen konnte, was er gemeint hatte.

Von der kleinen Kugelleuchte über dem Spiegel hing eine Hühnerkralle herab. Der Spiegel selbst war mit roten Dreiecken versehen. Ob es Blut oder Lippenstift war, konnte und wollte ich nicht prüfen.

Mit einem Ruck riss ich die Kralle ab, wobei die Leuchte auch gleich folgte und klirrend im Waschbecken zersprang.

»So wie Sie reagieren, scheint in Ihrer Wohnung jemand ein und aus zu gehen, wie es ihm passt«, konstatierte Kögel, der mich beobachtet hatte. »Kann Sie jemand nicht leiden? Vielleicht der Hausmeister, der mir erzählt hat, dass Sie öfter blutige Päckchen erhalten?«

Ohne auf eine Antwort von mir zu warten, die ich ihm sowieso nicht hätte geben können, trabte er in die Küche und setzte das schmutzige Geschirr beiseite.

Wie mit einem Sezierbesteck benutzte er Messer und Gabel, um das durchtränkte Kuvert zu öffnen.

»Da kann Sie wirklich jemand nicht leiden«, meinte er, während er den Inhalt in die Spüle schüttete. »Sehen Sie . . .«

Ein frisch abgeschlagener Hahnenkopf starrte mich aus gebrochenen Augen an und hatte eine blutdurchtränkte Karte im Schnabel.

Die Null, der Narr im Tarot.

Panik stieg in mir auf. Der Schweiß trat aus allen Poren, und mir wurde übel.

»Ich glaube, Sie brauchen jetzt erst einmal einen Schnaps und dann Polizeischutz«, hörte ich den Kommissar wie durch eine Wand und torkelte ins Wohnzimmer.

Die Listen ... Hannahs Listen, schoss es mir durch den Kopf. Er darf sie nicht sehen.

Schnell wischte ich sie vom Tisch unter die Couch und stellt meine Beine davor.

»Das nenne ich einen ordentlichen Haushalt. Da findet man den Schnaps, wo er hingehört.« Er stellte mir die Flasche Korn auf den Platz, wo vor Sekunden noch die beiden Blatt Papier gelegen hatten, »und nicht wie bei mir. Meine Alte spielt Versteck mit mir. Wenn ich mal einen heben will, muss ich die Flasche suchen. Darf man hier rauchen?«

»Ich bitte darum.«

Vielleicht schaffte es sein stinkender Tabak, Hannahs Parfum zu überdecken, bevor seine Nase Witterung aufnahm.

Dass der Kerl hier in meiner Wohnung aufgetaucht war, gefiel mir schon nicht. Aber noch weniger gefielen mir seine hinterfotzigen Fragen und Anspielungen.

»Was führt Sie her?«, versuchte ich langsam wieder in die Offensive zu kommen.

Die ersten Qualmwolken waberten durch den Raum, und Kögel inspizierte meine Bücherwand.

»Sie sind vielseitig interessiert«, stellte er mehr beiläufig fest.

»Unser Artikel führt mich her«, fuhr er fort und ließ sich in den Sessel mir gegenüber fallen. »Es hat funktioniert. Der Dompropst wünscht einen Besuch von Ihnen, einmal um seinen Zorn darüber auszulassen, und zum anderen möchte er mittels einer Gegendarstellung diesen ›journalistischen Rufmord‹, wie er sich ausdrückte, zurechtrücken. Wir haben um zwei Uhr einen Termin mit ihm.«

»Wieso ›wir‹? Ich bin für den Artikel verantwortlich.«

Kögel grinste und hüllte sich für einen Moment in Tabakschwaden.

»Genau. Deshalb habe ich mich als Vertreter des Gesetzes und Leser Ihrer Zeitung mit eingeladen. Ich muss doch feststellen, ob an diesem Artikel etwas dran ist.«

Kanalratte war noch das freundlichste Wort, das mir zu ihm einfiel. Er hatte den Artikel verfasst, ich hatte ihn in eine grammatikalische Form gebracht und das Kopfschütteln des Chefredakteurs einstecken dürfen.

»Wissen Sie, was mich das an Überredungskunst gekostet hat, dass das Ding überhaupt gedruckt wurde? Der Chef ist stinkkatholisch und allergisch, wenn es gegen eine Person der Kirche geht.«

Kögel hob abwehrend die Hände. »Machen Sie sich nicht ins Hemd. Die Idee war von Ihnen und hat funktioniert. Mehr brauchen wir nicht.« Endlich erhob er sich und drehte sich suchend um. »Gibt es hier keinen Aschenbecher?«

Ich deutete zur Küche. »Tun Sie es zu dem Vieh in der Spüle!«

»Tut mir leid, dass ich keine Zeit habe, Ihnen beim Spülen zu helfen.« Ein hämisches Lächeln umspielte seinen Mund. »Ich hole Sie eine halbe Stunde vorher ab. Kommen Sie mir nicht auf die Idee, mit einer halben Flasche Korn zum Frühstück selbst zu fahren.«

Endlich konnte ich die Liste unter dem Sofa hervorziehen. Ergab diese Karte endlich einen Sinn? Dann sah ich für meine Sicherheit schwarz.

Fieberhaft suchte ich den »Narr« am rechten Rand. Er war dem einundzwanzigsten Schriftzeichen zugeordnet. Schnell zählte ich mit den Fingern das deutsche Alphabet durch. Es war das »U«. Aber egal wie ich die vier Buchstaben miteinander kombinierte, sie ergaben keinen Sinn.

Ich atmete auf. Meine Zeit war noch nicht abgelaufen, und das Morden würde weitergehen.

Die Frage, warum ich eine Karte erhalten hatte und noch am Leben war, verdrängte ich in die hinterste Ecke meines Gehirns.

Vielmehr überlegte ich, wie meine Wohnung gegen weitere unbefugte Zutritte zu schützen war. Mir fiel nichts dazu ein, da ich gesehen hatte, wie Kögel mit Leichtigkeit ein ähnliches Schloss wie meines bei Martin geöffnet hatte.

Eine Alarmanlage, die das ganze Haus zusammenheulte? Ich hasste Lärm.

Eine Video-Überwachung musste her, die mit der Tür gekoppelt war.

Und was war nachts?

Ein Kontakt in der Tür, der das Licht im Gang einschaltete! Das war es, und ich würde mich gleich nachher darum kümmern.

9

Da ich von meinem Aufgabengebiet in der Redaktion her nie etwas mit Kultur zu tun hatte, kannte ich den Propst nur von Fotos und Artikeln meines dafür zuständigen Kollegen.

Dr. Hilmar Bongartz, den ich mir laut Kögels Ankündigung wie einen durch die Presse verunglimpften alten Reißwolf vorgestellt hatte, der nun zum Gegenschlag ausholen wollte, war genau das Gegenteil. Ein freundlicher Herr, um die siebzig, gepflegt und von ausgesuchter Höflichkeit.

»Bitte, meine Herren, nehmen Sie Platz«, bot er uns zwei gemütliche Sessel in einer Sitzgruppe an.

Auf dem Tisch stand Wasser, Kaffee und Knabbergebäck, aber kein Aschenbecher, wie Kögel missmutig feststellte.

Dr. Bongartz rückte seinen Sessel so, dass er uns jeweils zur Linken und zur Rechten hatte.

»Ich glaube, dass ich Ihnen erst was erzählen muss«, begann er bedächtig und legte dabei die Hände wie zum Gebet zusammen. »Ich hoffe, Sie haben Zeit mitgebracht, denn ich habe mir für heute nichts Weiteres vorgenommen.«

Er wartete unsere Reaktion ab und nickte auf unsere positive Bestätigung.

»Gut. Fangen wir bei diesem Kasten an … Ich wusste schon länger, dass es ihn gibt. Genau gesagt, weiß ich es auch nur aus zweiter Hand, nämlich von meinem Vorgänger. Ich war damals noch Student«, fügte er fast entschuldigend hinzu.

»Aber was ich Ihnen erzählen werde, ist alles schriftlich belegt, und gleich vorweg: Dass Martin den Kasten entwendet hat, um sich an den Rohdiamanten zu bereichern, wie Sie es in Ihrem Artikel schrieben, glaube ich nicht. Hier scheint mir ein perfides Spiel zu laufen, das dem Andenken des Toten nicht würdig ist.«

Er beugte sich vor und schenkte uns schweigend Kaffee ein.

»Es war im September 1945, so steht es in den Privataufzeichnungen meines Vorgängers, Gott habe ihn selig, als ein britischer Offizier bei ihm auftauchte. Köln war damals fast nur Schutt und Asche, doch der Dom stand noch wie ein Mahnmal und gleichzeitig Orientierungs- und Anlaufpunkt für Verirrte.

Dieser Offizier suchte ein Gebäude, eine Art Tempel. Aber den Stadtteil, den er suchte, gab es nicht mehr.«

Unsere Löffel klirrten beim Umrühren des Zuckers in den Tassen, und meine Anspannung, die ich vor dem Gespräch gehabt hatte, wich einem Wohlsein, hervorgerufen durch die ruhige und souveräne Ausstrahlung dieses Kirchenmannes.

»Dieser Major muss sehr verzweifelt gewesen sein, denn wie sich herausstellte, war er aus Köln und hatte gehofft, seine Familie wiederzufinden, die er auf Druck der Nazis 1935 hatte verlassen müssen, um eine Sonderaufgabe in englischem Mandatsgebiet zu erfüllen. Er war ein angesehener Bankier dieser Stadt, aber jüdischen Glaubens.

Man versprach ihm, dass seiner Familie nichts geschehe, solange er seine Aufgabe fürs Reich erfülle. Man nannte das damals Sippenhaftung ...«

... die *Drachenfels* erreichte am 7. Januar nach stürmischer Fahrt durch die Biskaya Vigo.

Überkommende Brecher verwandelten bei minus zehn Grad die Decks und Aufbauten in bizarre Eisskulpturen, sodass den zweiunddreißig zusätzlichen Passagieren nichts anderes übrig blieb, als sich so dünn wie möglich zu machen, um dem seemännischen Personal nicht im Wege zu stehen.

Der Erste Offizier hatte sich alle Mühe gegeben, einen Plan zu erarbeiten, wie und wann sich nunmehr siebenunddreißig Männer fünfzehn Kojen teilen konnten. Aber es half nichts. So mussten zusätzliche Hängematten im Maschinenraum gespannt werden, und selbst die Offiziere teilten ihre Kajüte mit zwei Passagieren.

»Wo sind wir hier?«, fragte einer der Männer, als die *Drachenfels* gegen Mitternacht langsam in den Hafen glitt.

Die Luft war zwar kühl, aber nicht mehr frostig, sodass die Gruppe den Ausblick auf die hell erleuchtete Stadt an Deck genoss.

»Vigo, hat der Kapitän gesagt«, murmelte einer.

»Aha. Und wo liegt Vigo?«

»In Spanien«, antwortete ein anderer.

Dann wurde lange nichts gesprochen, bis der Befehl von der Brücke kam, das Deck frei zu machen.

Wie ihnen der Kapitän schon vor zwei Tagen angekündigt hatte, mussten die Männer so lange im Kabelgatt verschwinden, bis das Schiff den Hafen wieder verließ.

»Denken Sie daran, meine Herren«, hatte er gesagt, »dass ich den Auftrag habe, Sie sicher an Ihr Ziel zu bringen. Da kann ich kein Risiko eingehen, dass man durch Ihre Anwesenheit auf einem dafür nicht geeigneten Schiff falsche Schlüsse von Seiten der Behörden zieht.«

Nun saßen sie in diesem dunklen, feuchten Raum auf allerlei Tauen und Ketten herum und hörten die ganze Nacht, wie die Winschen tuckerten, um die Ladebäume ihre Fracht aus den Luken an Land hieven zu lassen.

»Könnte man nicht von hier aus versuchen, wieder nach Hause zu kommen?«

»Und was willst du da?«, kam es aus der Dunkelheit, die nur manchmal vom Glimmen einer Zigarette ein wenig freundlicher wurde. »Dich gibt es dort nicht mehr. Hast du das schon vergessen? Wir sind keine deutschen Staatsbürger mehr. Man hat unsere Identität ausradiert und deutsche Soldaten aus uns gemacht. Und wenn wir ankommen, sind wir wieder Juden. Aber englische mit wieder einer anderen Legende.«

»Ich könnte es probieren«, kam es trotzig zurück. »Was soll denn aus meinem Geschäft, meiner Frau und den drei Kindern werden?«

Niemand antwortete ihm, denn ähnliche Fragen stellten sich alle. Jeder von ihnen hatte es zu etwas gebracht. Ihre Väter waren teilweise fürs Vaterland im Ersten Weltkrieg gefallen, und jeder hatte seine Familie verlassen.

Die Sonne stand schon hoch am Himmel, als sich endlich das Schott öffnete und sie geblendet an Deck konnten.

Der Smutje berichtet begeistert davon, dass man eine ganze Tonne Südfrüchte an Bord genommen hatte, und beeilte sich, mit einem opulenten Frühstück die Nacht vergessen zu machen.

Ein Laderaum war frei geworden, in den der Kapitän einen Zwischenboden hatte einziehen lassen. Hier richteten sie sich für die nächsten Tage ein und konnten bei geöffneter Luke sonnenbaden, ohne vom Wind gestört zu werden.

Einmal noch mussten sie sich unsichtbar machen. Als das Schiff die Straße von Gibraltar passierte, englische Flugzeuge das Schiff im Tiefflug kontrollierten und eine Fregatte der Royal Navy mittels Lichtsignal den Kapitän aufforderte, das Schiff, seine Ladung und seinen Bestimmungshafen zu identifizieren.

Die See war ruhig, und die Luft wärmer und weicher geworden.

Gespräche über die Heimat wurden immer seltener. Jeder von

ihnen hatte sich langsam daran gewöhnt, dass es nun absolut keinen Weg mehr zurück gab …

Dr. Bongartz erzählte die Geschichte so spannend, als sei er damals selbst dabei gewesen. Kögel vergaß darüber sogar das Rauchen, und mein Kaffee war inzwischen kalt geworden.

»Und wo sollten diese Leute hin?«, drängte ich den Propst weiterzuerzählen …

… ein kurzer Zwischenstopp in Messina, wo der Rest der Ladung gelöscht und Treibstoff übernommen wurde, sie aber nicht mehr unter Deck verschwinden mussten, war die letzte Landverbindung, die nochmals manchen darüber nachdenken ließ, doch noch nach Hause zurückzukehren.

Aber der Kapitän hatte in ihre Köpfe geschaut und bewaffnete Wachen an der Gangway aufstellen lassen.

Zwei Tage später passierten sie Kreta an Steuerbord und am nächsten Tag Zypern an Backbord. Am 20. Januar 1936 ankerte die *Drachenfels* auf Reede vor Beirut.

Bei Einbruch der Dunkelheit versammelte sich die Gruppe im Laderaum um den Kapitän.

»Meine Herren, wir haben Ihr Ziel erreicht. Nur müssen wir den Ablauf etwas ändern. Wie Sie wissen, war es geplant, Sie in zwei Gruppen nach Beirut zu schleusen. Das geht nun nicht mehr, da die Engländer misstrauisch geworden sind. Sie werden heute Nacht gemeinsam von Bord gehen und weiter südlich an Land gesetzt. Machen Sie sich bitte bereit … und viel Glück.«

Niemand sprach mehr von da an. Jeder war mit sich selbst und seinen Gedanken beschäftigt.

Wenn es noch irgendwo einen versteckten Funken Hoffnung gegeben hatte, dass dies alles nicht wahr war, nicht wahr sein durfte, so wich dieser dem dumpfen Gefühl der Angst.

Es war Mitternacht vorbei, als ein Kutter an der landabgewandten Seite der total verdunkelten *Drachenfels* längsseits ging und drei schwarz gekleidete Männer an Bord kletterten.

Der Kapitän wechselte ein paar Worte mit ihnen und wies die Besatzung an, ein paar Dutzend Kisten an Tauen zu dem Kutter hinabzulassen.

»Das sind sicher Waffen«, flüsterte einer der Männer.

Aber niemand antwortete ihm.

Einer der schwarzen Männer bedeutete der Gruppe, ihm zu folgen.

»Wer ist hier der Anführer?«, flüsterte er auf Hebräisch.

Hauptmann Helmut Bauer alias Joshua Krodensky alias Mitinhaber einer Kölner Bank hob die Hand.

»Ab sofort herrscht Sprech- und Rauchverbot. Bitte, beeilen Sie sich.«

Der Mann schwang sich über die Reling und kletterte die Jakobsleiter hinunter.

Die Gruppe folgte ihm. Es war ein schwieriges Unterfangen für Männer, die keine Seeerfahrung hatten. Eine Hand krallte sich in die Sprossen der Leiter, die sich bei jeder Stufe unter dem Körper wegzudrehen drohte, die andere Hand hielt krampfhaft das einzige Gepäckstück, das man ihnen gelassen hatte. Einen kleinen Koffer mit dem Nötigsten.

Drei Stunden fuhren sie an der Küste nach Süden, wo man sie in der Nähe von Sidon an Land setzte.

Zwei LKWs brachten die Gruppe noch vor Morgengrauen in die Berge, wo sie ein paar Tage in einem Schuppen in den Olivenhainen blieben. Jeden zweiten Tag kam jemand und versorgte sie mit Lebensmitteln. Aber niemand sprach mit ihnen über ihr weiteres Schicksal. Nach zehn Tagen erschienen mehrere Männer, die die Gruppe in zwei Hälften aufteilten.

Die erste Gruppe setzte sich sofort in Marsch, um zu Fuß Haifa zu erreichen, wozu sie weitere zehn Tage benötigten.

Die andere Gruppe wandte sich nach Norden …

»Was soll diese lange Geschichte«, murrte Kögel, der sich wieder zu langweilen begann und lautstark das Kaffeegebäck zwischen seinen Zähnen zermalmte. »Ich meine, dass uns das mit dem Kasten nicht weiterhilft.«

»O doch. Nur Geduld, verehrter Kommissar«, hob Dr. Bongartz beschwichtigend die Hand. »Es ist wichtig, dass man ein klein wenig ausholt, um zu verstehen, was es mit diesem Kasten auf sich hat und dass Martin garantiert nichts mit ihm zu tun haben konnte.«

Ich fand die Erzählung des Propstes spannend, da mir langsam dämmerte, was es mit den Soldbüchern auf sich hatte. »Bitte fahren Sie fort. Der Kommissar ist momentan etwas unter Zeitdruck. Aber ich nicht.«

Kögel verstand, dass ich das für ihn als Aufforderung zum Gehen gemeint hatte, und grinste.

Er blieb sitzen und knackte weiter Kekse.

»1936 war ein Jahr des Umbruchs in Europa«, fuhr der Propst mit seiner sonoren Stimme fort. »Dieser österreichische Gefreite ordnete in seinem Vierjahresplan die ›Wehrhaftmachung‹ des Reiches an. Mussolini schlägt die Aufstände in Abessinien nieder, und in Spanien schickt sich Franco an, das Volksfront-Regime militärisch in die Zange zu nehmen. In Palästina steckt die englische Mandatsregierung zwischen zwei Fronten. Sie haben sowohl den Juden Land versprochen, als auch den Arabern zugesichert, deren Land vor jüdischem Zugriff zu schützen.

Um sich nicht mit den aufständischen Arabern anlegen zu müssen, die sich gegen die Ausweitung der jüdischen Siedlungspolitik mit Gewalt wehren, steht man im Geheimen Pate bei der Gründung der Haganah, einer jüdischen Schutztruppe.

Beim nördlichen Nachbarn, dem Libanon, haben die Franzosen das Mandat und das gleiche Problem. Nur proben dort die Christen und Drusen den Aufstand gegen das laxe Vorgehen der Franzosen wider die türkische Oberschicht, die Land und Leute aussaugen.

Und dann tritt in dieser Zeit ein gewisser Admiral Canaris auf die Bühne. Seines Zeichens seit Januar 1935 Chef der deutschen Abwehr und eine ebenso schillernde wie undurchschaubare Persönlichkeit. Ein Feingeist, aber auch ein genialer Stratege.«

Kögel verdrehte die Augen, aß den letzten Keks und schaute auf die Uhr. »Tut mir leid, Doktor. Aber jetzt habe ich wirklich noch einen wichtigen Termin.«

Kurz angebunden verabschiedete er sich, und der Propst drehte die Augen wie beim Gebet zum Himmel.

»Das wurde aber auch Zeit«, murmelte er. »Viel wäre mir nämlich bald nicht mehr eingefallen. Ich habe die Aufzeichnungen meines Vorgängers schon ziemlich ausgeschmückt. Hoffentlich haben Sie sich nicht auch gelangweilt. Aber ich konnte nicht anders, nachdem dieser Mann sich in meine Einladung an Sie einfach mit einbezogen hatte.«

Er kramte in seiner Jackentasche und zog eine Packung Zigarillos hervor.

»Stört es Sie, wenn ich rauche?«

»Ich bitte darum«, stimmte ich dieses Mal aus vollem Herzen zu.

Die ersten Schwaden durchzogen den Raum, und ich sog sie ein wie Weihrauch.

»Was sollten die Gruppen in Palästina und was wurde aus ihnen?«

Der Propst zog die Stirn in Falten und betrachtete die Glut des Zigarillos.

»Was sie sollten, ist nicht überliefert. Hier sind wir auf Spekulationen und unsere Geschichtskenntnisse angewiesen. Ich kann mir vorstellen, dass Canaris, der ein pragmatischer Mann gewesen sein muss und dem es egal war, welche ethnische Gruppe für seinen Geheimdienst arbeitete, sie als eine Art fünfte Kolonne eingesetzt hat.

Da diese Männer allesamt hochgebildet und weltgewandt waren, sollten sie auf der einen Seite die Logistik der aufrührerischen Juden und orthodoxen Christen im Norden stärken, damit die Mandatstruppen gebunden waren, die man sonst gegen Mussolinis Truppen in Abessinien hätte einsetzen können. Auf der anderen Seite sollten sie vermutlich Kontakte zu den arabischen Königshäusern suchen. Denn nichts war für die deutsche Wirtschaft wichtiger, als über ausreichende Ölvorräte zu verfügen. Und dafür waren diese hochkarätigen Bänker und Kaufleute die richtigen Leute.«

Der Propst stemmte sich aus dem Sessel hoch und holte aus einer mit Schnitzereien reich verzierten Truhe eine Flasche und zwei Gläser.

»Ich hoffe, Sie wissen einen zwanzig Jahre alten Cognac zu schätzen.« Er setzte, genussvoll mit der Zunge schnalzend, die Glasschwenker auf den Tisch und entkorkte die Flasche. Es machte den Eindruck, dass er froh war, endlich eine Gelegenheit zu haben, mit jemandem über die Geschichte dieses Kastens zu reden.

Nachdem wir uns gegenseitig die Einzigartigkeit dieses Getränkes versichert hatten, fuhr er fort.

»Ja, der Verbleib dieser zweiunddreißig Männer scheint eine Geschichte für sich gewesen zu sein. Da werde ich aus den Aufzeichnungen meines Vorgängers auch nicht richtig schlau. Es scheint so, dass sich die gesamte Gruppe nach Kriegsbeginn in Haifa der Haganah angeschlossen hat. Die muss sich aber bald in eine gemäßigte und eine militante Gruppe gespalten haben.

Die Gemäßigten arbeiteten weiter mit den Engländern zusammen, wogegen die anderen den Kampf gegen die Araber verschärften und ab zirka 1940 auch gegen die Briten vorgingen. Dabei muss ein größerer Teil dieser Canaris-Truppe wohl zum jüdischen Widerstand übergewechselt sein.«

Dr. Bongartz machte eine Pause und sah seinen Rauchkringeln nach, die wie kleine UFOs von der tief stehenden Abendsonne zu zarten Silberringen verzaubert wurden, bevor sie sich auflösten.

»So wie dieser Rauch ist manchmal unser Leben«, sinnierte er. »Voller Feuer beginnst du etwas, ballst deine Kraft, um dann festzustellen, dass dein Ansatz völlig falsch war. Dann löst sich alles in seine Bestandteile auf.

So muss es den zweiunddreißig Männern gegangen sein. Anfangs blieb ihnen keine Wahl, als Juden diesen Auftrag anzunehmen, um ihre Familien zu retten. Dann kam der Krieg und machte eine Heimkehr vollends unmöglich. Leidensgenossen, die Deutschland und die nunmehr besetzten Gebiete noch hatten verlassen können, berichteten von Deportationen in großem Ausmaß.

Können Sie sich vorstellen, was Sie machen würden, wenn die Hoffnung auf ein gutes Ende mit jedem Monat mehr schwindet? Die Chance, jemals Ihre Familie wiederzusehen, mit jeder ankommenden Information über Säuberungsmaßnahmen im großen Stil wie ein Schlag in den Magen ist? Diese Ungewissheit, ob die eigene Familie dabei ist und Ihnen irgendwann Ihre Vernunft sagt, dass sie dabei sein muss? Aber durch einen dummen, hässlichen Zufall befinden Sie sich in dem Land, das der Traum von Millionen von Juden ist, die es niemals erreichen werden. Sie befinden sich mitten in einem seit Moses niemals mehr da gewesenen Freiheitskampf für das Recht auf ein eigenes Land und müssen sich jetzt entscheiden, auf welcher Seite Sie stehen …

Wie hätten Sie sich entschieden?«

Der Propst hatte sich von Frage zu Frage in einen Rausch hineingesteigert. Einen Rausch, der erkennen ließ, dass er kein einseitiger Prediger eines einseitigen, allein selig machenden Glaubens war.

Und er gab sich zu meinem Glück selbst die Antwort.

»Jeder von uns hätte sich an diese letzte Möglichkeit geklammert, doch noch einmal etwas aus sich zu machen. Dieses Mal nicht für und in einer Gesellschaft, in der es nach Jahrhunderten ganz plötzlich eine Schande war, anderen Glaubens zu sein.

Ich hätte mir auch ein hübsches Mädchen gesucht und noch einmal eine Familie gegründet.«

»Haben das die zweiunddreißig getan?«, versuchte ich ihn langsam wieder auf das Thema zu bringen.

Der Doktor nickte und goss Cognac nach.

»Ja, so hat es der damalige Propst aufgezeichnet. Dieser Major scheint ihn sehr beeindruckt zu haben.«

»Wie kam dann der Kasten in den Turm?«

»Welcher Kasten?«, kam es zurück, als habe er vergessen, was der Anlass unseres Gespräches gewesen war. »Ach natürlich. Der Kasten!«, schlug er sich mit der flachen Hand an die Stirn.

»Ja, dieser Major stellte sich als wahres Gottesgeschenk heraus. In dem Chaos jener Tage verstand er es, Lebensmittel, Medikamente für die Bedürftigen der Gemeinde zu beschaffen und auch dringend benötigte Baumaterialien, um einige Teile des Domes wenigstens provisorisch vor dem endgültigen Zusammenfall zu sichern.

Als einzige Gegenleistung erbat er sich, dass dieser Kasten so lange in unzugänglicher Verwahrung des Domes blieb, bis er oder einer seiner ausdrücklich von ihm befugten Brüder, wie er sich ausgedrückt hat, diesen wieder an sich nehmen würde.«

Mein Herz begann schneller zu schlagen. Der Augenblick der Wahrheit schien zum Greifen nah.

»Wo wurde dieser Kasten dann ›unzugänglich‹ deponiert?«

»Wo wohl?«, lachte er, als sei das die dümmste Frage der Welt. »Da, wo ihn Martin gefunden hat. Es war schließlich sein Vater, der ihn dort eingemauert hat.«

Mein Erstaunen über diese Aussage stand mir wohl deutlich ins Gesicht geschrieben, denn um Martins familiäre Verhältnisse hatte ich mich schon in der Schule nicht gekümmert.

»Wussten Sie nicht, dass die Familie Hofmann bereits in vierter Generation als Baumeister am Dom beschäftigt war? Sein Urgroßvater war schon am Endausbau der Türme um 1880 beteiligt, und kaum jemand kannte den Dom so wie die Familie Hofmann.«

Ich überlegte kurz, ob mir dieses Wissen in irgendeiner Form behilflich sein konnte, verwarf das aber. Die Hofmanns schienen integre Mitarbeiter der Dombauhütte gewesen zu sein.

»Dann wurde der Kasten 1953 an der bekannten Stelle eingemauert. Warum nicht an einer weniger schlecht zugänglichen Stelle, wo war er in der Zwischenzeit, und wer konnte an ihn heran?«

»Langsam«, hob Dr. Bongartz die Hände. »Wie kommen Sie auf 1953?«

»Durch die Aussage von Professor Hofmann.«

Der Propst schüttelte den Kopf und ging zu seinem Schreibtisch, dem er ein rotes Buch entnahm.

»Hier liegt ein Missverständnis vor. Der Professor hat mich gefragt, wann in diesem Jahrhundert das letzte Mal ein Gerüst an dieser Stelle gestanden hat. Aber der Kasten ist bereits 1947 an seine Stelle verbracht worden. Ohne Gerüst.«

Mir kamen die Bilder meines jämmerlichen Versuches in den Sinn, mich auf dem Gerüst halbwegs aufrecht zu halten. Wie das ohne solch aufwendige Sicherheitsmaßnahmen hatte praktiziert werden können, war für mich unvorstellbar.

»Ein Gerüst war zu der Zeit undenkbar. Woher sollten die Materialien dafür kommen?«, fuhr der Propst fort. »Der Dom hatte bereits 1943 einiges abbekommen. Was damals noch an seinem Platz geblieben war, konnte mangels Menschen und Material nicht repariert oder gesichert werden.

Als langsam die ersten Steinmetze aus dem Krieg zurückkamen, war es vordringlich, das Verbliebene wie Kapitelle, Wasserspeier und anderes zu bergen, um es vor dem Absturz zu bewahren. So wurde mit einfachsten Mitteln – herabgelassene Planken als Arbeitsbühnen, an Seilen gesicherte Handwerker – improvisiert, was das Zeug hielt.

Und nun zu Ihren anderen Fragen, wenn Sie mir danach sagen, warum Sie solch ein Interesse an dem Kasten bekunden.«

Er blätterte in dem roten Buch und schlug eine Seite im letzten Drittel auf.

»Dies sind die Original-Aufzeichnungen meines Vorgängers. Ich lese wörtlich vor:

›23. Dezember 1945. Das erste Weihnachten im Frieden. Ich habe den Major eingeladen, das Fest mit uns zu verbringen. Er hat aber abgelehnt. Er muss zu seiner Familie und seinem Kommando nach Palästina zurück. Er gab mir einen alten Munitionskasten, der mit einem Vorhängeschloss versehen war, mit der Bitte, ihn sicher aufzubewahren.

Ich bin ihm diesen Dienst schuldig und habe den Kasten in seinem Beisein in meinem Tresor verschlossen. Er nahm mir das Versprechen ab, dass, sollte der Kasten nicht in meiner Dienstzeit abgeholt werden, nur der jeweilige Propst über das Vorhandensein informiert werden darf. Als Inhalt gab er auf meine Frage an, dass es sich um das Erbe der Loge handele.‹

So weit der ›Originalton‹ von damals.«

Er klappte das Buch zu und nahm die Brille ab.

Einen langen Augenblick schien sich sein Bewusstsein zu verabschieden und mit Erinnerungen zu spielen. Seine Augen starrten mich an, aber sahen mich nicht.

»Zufrieden?«, kam wieder Leben in ihn.

»Leider nein. Der Kasten war nicht verschlossen, als ich seine Bergung dokumentiert habe.«

»Nicht?«, schrak er hoch, setzte die Brille auf und blätterte wieder in dem roten Buch. »Hier steht aber, dass der Kasten mit einem Vorhängeschloss gesichert war. Das verstehe ich nicht. Sind Sie ganz sicher ...?«

Wenn ich mir über manches in meinem Leben schon lange nicht mehr sicher war, aber darüber mit absoluter Gewissheit. Der Kasten hatte kein Schloss, als Martin ihn freilegte.

»Wer war 1953 der Bauleiter?«

Sekundenlang war das Ticken einer Standuhr das einzige Geräusch im Raum.

»O nein. So nicht«, sprang der Propst auf. »Bevor Sie hier Herrn Hofmann senior oder seinen Sohn verdächtigen, was Ihre Zeitung ja schon tut, erzählen Sie mir, was es mit dem Kasten auf sich hat.«

Der alte Herr ließ sich nicht so schnell einschüchtern, wie ich es gehofft hatte. Es blieb mir nichts anderes übrig, als auch ihm zu beichten, dass ich den Inhalt des Kastens gesehen hatte.

Meine und Kögels Vermutungen der Zusammenhänge ließ ich weg.

»Vierzig Millionen Dollar«, sank er stöhnend wieder in den Sessel, nachdem er meinen Ausführungen zugehört hatte. Dabei hatte er sich die ganze Zeit wie ein Raubtier zum Sprung mit beiden Fäusten auf der Schreibtischplatte abgestützt. »Mein Gott, und das in unseren Mauern! Was wir damit hätten alles reparieren können! Wir brauchen dringend eine neue Orgel ...«

»Die Diamanten sind sichergestellt. Wenden Sie das Kirchenrecht an«, versuchte ich ihn wieder positiv zu stimmen.

»Wie soll das denn funktionieren?«, wurde er ungehalten. »Wir haben dieses Vermögen doch dort selbst treuhänderisch verbuddelt. Und Sie sagen ja, dass sich darin noch zweiunddreißig Soldbücher befanden. Für wie senil halten Sie mich? Das heißt, dass es womöglich noch mindestens die gleiche Anzahl von Erben gibt, die darauf Anspruch erheben können. Nein, nein, mein Lieber, so einfach ist das nicht. Aber ich werde mich schlau machen, wer 1953 die Bauleitung hatte, und es Sie wissen lassen. Guten Tag.«

Die Auster war zugeschnappt, und ich würde wohl eine geraume Zeit warten dürfen, bis sich der Propst für oder gegen eine weitere Zusammenarbeit mit mir entschließen würde.

Eins musste ich aber noch wissen. Ich hatte die Türklinke bereits in der Hand und drehte mich noch einmal um.

»Hieß dieser englisch-jüdische Major Motzkin?«

Laser konnten Metalle schneiden. Wenn Dr. Bongartz' Augen in diesem Moment über die Fähigkeit verfügt hätten, mich auf diese Weise zu töten, hätten sie es sicher getan.

Wenn er höflich war, wovon ich ausging, benutzte er nur irgendeinen abfälligen Tiernamen für mich, um mir durch seine Augensprache klarzumachen, was er von mir hielt.

Er hatte den Zeitungsartikel zu spät durchschaut, der ihn nur provozieren sollte, uns Informationen zu geben, mit denen die Kirche sonst mehr als sparsam war.

10

»Und, wissen wir jetzt mehr?«, empfing mich Kögel, der im Auto gewartet hatte.

»Nein. Nur dass der Kasten 1953 manipuliert worden ist. Entweder ist was hineingetan oder herausgenommen worden.«

Kögel pfiff durch die Zähne. »Und wer könnte das getan haben?«

Dass nur Herr Hofmann senior derjenige gewesen sein konnte, stand für mich außer Frage. Viel wichtiger für mich war, dass die Identität von Hannahs Vater geklärt war.

Mit dem Kasten sollte sich Kögel weiter herumschlagen. Dafür wurde er bezahlt.

»Nein, mein Lieber«, protestierte er, »so einfach geht das nicht. Sie sind der Einzige, der den Inhalt gesehen hat. Sich jetzt einfach als erfolgreicher Schmusekater auf oder unter die jüdische Lady zurückzuziehen und sich sonst wo streicheln zu lassen, nur weil Sie dem Großvater einen Namen geben können, werde ich nicht zulassen. Oder haben Sie vergessen, dass Sie auch eine Karte bekommen haben und …?«

»… und ich zu viel über die Morde weiß, die Sie vor dem LKA als Unfälle tarnen«, nahm ich seine Drohung vorweg.

Er nickte lächelnd und startete den Wagen.

»Sie sind doch ein kluger Kerl. Deshalb lade ich Sie zu einem Feierabendbierchen ein.«

Das war genau das, was ich heute nicht mehr brauchen konnte.

Dieser Bluthund, der offensichtlich alles tat, was das Gesetz selbst dem geringsten Bürger verbot, nur um vielleicht noch Polizeirat zu werden, ging mir gewaltig auf die Nerven.

»Zur Redaktion bitte«, dirigierte ich die Fahrroute. »Ich sollte mich langsam darum kümmern, was in meinem Fach ist. Wenn meine Kündigung dabei sein sollte, melde ich mich gerne noch auf ein Bier.«

Kögel verzog missbilligend das Gesicht, aber er setzte mich vor dem Verlag ab.

»Schreiben Sie jetzt ja nichts, was nicht mir abgesprochen ist«, gab er mir als Mahnung auf den Weg.

Oder war es eine Drohung? Egal. Ich hatte nur noch den dringenden Wunsch, für eine Weile allein zu sein, um die letzten Tage in meinem Kopf zu sortieren, in dem langsam alles aus dem Ruder zu laufen begann.

Die Redaktionsräume waren eigenartig beleuchtet. Nur jede zweite Deckenleuchte brannte, die Computer liefen, aber von meinen Kollegen war niemand zu sehen.

Aus der hintersten Ecke des Großraumbüros hörte ich Tastengeklimper. Es war Sam, der etwas schrieb und dabei seinen obligatorischen Kopfhörer aufhatte, mit dem er die Notruffrequenzen verfolgte.

Ich tippte ihm auf die Schulter, aber er murmelte nur: »Hab Sie schon gesehen«, ohne seinen Blick von Bildschirm zu wenden.

»Was ist denn hier los?«, hob ich eine der Ohrmuscheln des Hörers leicht an.

Er streifte den Kopfhörer in den Nacken und drehte sich um. »Dicke Luft. Die Staatsanwaltschaft war hier. Mit 'nem Hausdurchsuchungsbefehl. Sie hat man auch gesucht. Wo waren Sie? Hatten Sie ihr verdammtes Handy nicht an?«

Nein. Das hatte ich heute Morgen bei dem Durcheinander zu Hause vergessen.

Aber wenn ich ehrlich war, hatte ich eine abgrundtiefe Abneigung gegen dieses Kontrollgerät, bei dem der Anrufer immer mit der Frage begann: Wo bist du jetzt?, bevor er zu seinem Anliegen kam.

»Was haben die denn gesucht?«

Sam zuckte mit den Schultern.

»Keine Ahnung. Das müssen Sie den Chef fragen, und der ist mit den Redakteuren im Konferenzraum beim ›Pow-Wow‹.«

»Beim was ...?«

»Kriegsrat«, klärte er mich auf und wollte den Kopfhörer wieder über die Ohren ziehen.

»Moment«, hielt ich ihn davon ab, »können Sie mir Informationen über diese Namen beschaffen?«

Ich schrieb ihm die zwei Namen auf einen Zettel. Joshua Krodensky und Helmut Bauer. Vermutliches Geburtsdatum um 1900 in Köln.

Sam sah mich prüfend an. »Hängt das auch mit dem Kasten zusammen?«

»Ja. Aber kein Wort zu jemand.«

»Bis wann?«

»Gestern«, klopfte ich ihm auf die Schulter und machte mich auf, die Höhle des Löwen aufzusuchen.

Das Gemurmel im Konferenzzimmer erstarb schlagartig, als ich den Raum betrat.

Die Anwesenheit der Geschäftsleitung deutete mehr auf eine Krisensitzung als auf eine Beratung zwischen Chefredakteur und Journalisten hin.

»Da kommt ja der Staatsfeind Nummer eins«, ergriff der Verlagsinhaber das Wort und deutete mir, neben ihm Platz zu nehmen.

Statt eines von mir bereits einkalkulierten Donnerwetters reichte er mir freundlich lächelnd die Hand.

»Mein lieber Peter Stösser, ich habe die Personalabteilung angewiesen, Ihren Vertrag zu ändern. Ab sofort ist ein funktionstüchtiges Handy in Ihrer Tasche Vertragsbestandteil. Bei Zuwiderhandlung erfolgt die fristlose Kündigung.«

Ein unterdrücktes Lachen ging durch den Raum, und mancher meiner Kollegen fasste sich verstohlen in die Tasche, um das Vorhandensein seines Telefons zu überprüfen.

»Nun erzählen Sie mal, was es mit diesem Kasten auf sich hat, dass sich sogar schon die Staatsanwaltschaft und das LKA bemühen, unsere morgige Auflage zu erhöhen.«

Das war es, was wir in unserer Branche als »kalt erwischt« bezeichneten.

Meine Gehirnzellen begannen verrücktzuspielen. Wo und wie sollte ich anfangen, ohne mich in Vermutungen zu verstricken und ohne meinen Informanten Kommissar Kögel an den Pranger zu stellen? Wie es aussah, hatte das LKA mich als Zeugen gegen ihn im Visier. Nur wie konnten sie eine Verbindung zwischen dem toten Landtagsmitglied und dem Kasten herstellen, die mir selbst noch nicht klar war?

Das Ansinnen des Verlagsinhabers, mich offen gegenüber allen Kollegen zu äußern, kam im denkbar ungünstigsten Moment. Ein unbedachtes Wort eines der Anwesenden in der Öffentlichkeit konnte eine Lawine auslösen, die von niemandem mehr zu kontrollieren war.

Mir musste etwas einfallen, um hier ohne große Rede und Gesichtsverlust rauszukommen. Und zwar schnell.

»Tut mir leid, Dr. Junke«, wandte ich mich, um Zeit zu gewinnen, betont langsam an den Verlagschef. »Ich weiß nicht, was das LKA hier gesucht haben kann. Könnten Sie mich bitte vorher darüber aufklären, bevor ich hier brisante Informationen preisgebe, die weitere Menschenleben kosten können, was ...«

Das einzige Telefon im Raum klingelte. Es stand da, wo normalerweise unser Chefredakteur saß, dessen Platz nun Dr. Junke eingenommen hatte.

Hatte jemand meine Erklärungsnot geahnt und mir Zeit zum Nachdenken verschafft?

Junke hörte kurz zu, nickte und reichte mir den Hörer.

Die Stimme war unverkennbar.

»Schwingen Sie Ihren Arsch mit Kamera und Blitzlicht vor den Haupteingang. Wir haben einen neuen Unfall.«

Kommissar Kögel kam wie aufs Stichwort zu richtigen Zeit.

Aber woher wusste er, wo ich im Haus zu finden war? Die Pforte war schon seit Stunden nicht mehr besetzt, und ohne eine Telefondurchwahl zu wissen, landete jeder Anrufer auf dem Anrufbeantworter, der die Geschäftszeiten herunterleierte.

»Sie haben sich morgen um zehn Uhr bei der Staatsanwaltschaft zu melden«, hörte ich den Chef noch hinter mir herrufen, dann war ich schon im Treppenhaus.

Kögels Wagen stand mit laufendem Motor und geöffneter Beifahrertür auf dem Gehsteig.

»Wer ist es dieses Mal?«, rang ich nach Luft, die keine war.

Er rauchte wieder dieses stinkende Kraut.

»Der ›gefillte Fisch‹«, murmelte er und wendete das Fahrzeug mit schreienden Reifen.

»Warum haben Sie eigentlich nie ein Handy dabei, wenn es um wichtige Angelegenheiten geht?«

Ich sagte nichts dazu.

»Da muss ich wie ein Depp im Verlag herumlaufen, um mir von einem jungen Kerl mit Kopfhörer erzählen zu lassen, dass ihr heute eine Hausdurchsuchung hattet. Verdammt noch mal, davon sollte ich wissen! Es geht schließlich für mich um alles oder nichts.«

Die Frage, wie er um diese Tageszeit ins Gebäude gekommen war, ersparte ich mir.

»Wo hat man den Professor gefunden?«

»Auf dem jüdischen Friedhof in der Venloer Straße.«

»Um diese Zeit?«

Es war bereits nach zweiundzwanzig Uhr.

»Nein. Man hat ihn schon vor einer Stunde auf einer Grabplatte liegend gefunden. So als warte er darauf, dass sich der Stein unter ihm auftut. Er ist, vorbehaltlich des Obduktions-Ergebnisses, ohne Fremdeinwirkung gestorben. Aber er hatte diese Karte in der Tasche ...«

Kögel zog eine Tarotkarte aus der Brusttasche und reichte sie mir zwischen Zeige- und Mittelfinger.

Im Schein der vorbeihuschenden Straßenlaternen erkannte ich die Karte des ... Teufels.

»Ist das nicht langsam mystisch?«, sprach Kögel seine Gedanken aus. »Bei keinem der Toten ist die geringste Spur von Fremdeinwirkung zu finden. Keiner hatte eine ersichtbare Verbindung zu den anderen. Manchmal glaube ich fast, dass hier jemand eine alte Rechnung begleicht.«

»Und wer?«

»Der Mossad oder die Kirche. Vielleicht steckt auch Ihre Jüdin dahinter. Was weiß ich.«

Hannah und der israelische Geheimdienst. Kögel sprach das aus, was ich bisher nicht einmal in Erwägung zu ziehen gewagt hatte.

Gleichzeitig mit dem Verschwinden des Kastens war sie aufgetaucht. Von da an schien eine tödliche Jagd nach ... ja, was? entstanden zu sein.

»Vergessen Sie die Diamanten«, blätterte der Kommissar wieder in meinen Gedanken. »Was wir im Gefrierfach gefunden haben, sind einfache Bergkristalle. Nichts wert. Und gleich noch etwas: Diese Ausbildungskompanie 108 ist nirgendwo verzeichnet. Entweder war sie strikt geheim, was ich bezweifle, dann gäbe es keine Fotos davon, oder sie war ein Ablenkungsmanöver.«

»Das heißt, dass Sie die Geschichte des Propstes ...?«

»Kein Wort habe ich ihm geglaubt. Der musste sich was ausdenken, um das Ansehen des Kölner Doms wieder zurechtzurücken. Wie edel! Da vertraut ein jüdischer Offizier ausgerechnet den katholischen Ketzern sein Geheimnis an. Das kann er jemand erzählen, der noch an den Klapperstorch glaubt.«

Kögel redete sich in Rage, setzte das Blaulicht aufs Dach und reagierte sich in einer halsbrecherischen Fahrweise ab.

»Aber dass es den Kasten gibt, glauben Sie doch?«, versuchte ich ihn wieder zu dämpfen.

»Puh, wenn ich das nicht glaubte, dann würde ich mir nicht als einziger Polizeibeamter in Deutschland einen Privatjournalisten ans Bein binden. Kann mir nämlich was Schöneres vorstellen, als dauernd Kindermädchen für meinen einzigen Augenzeugen zu spielen.«

Bergkristalle.

Vielleicht war genau das der Anlass für eine Abrechnung. Denn so ohne Weiteres konnte ich die Ehrlichkeit des Propstes nicht in Zweifel ziehen. Womöglich hatte jemand 1953 die Diamanten gegen diese Steine ausgetauscht, und das war erst jetzt vom Dieb entdeckt worden.

Oder war der Dieb auch gleichzeitig der rechtmäßige Eigentümer? Aber was sollten die dann bei Martin im Kühlschrank? Wo waren die echten Diamanten, und hatte Hannah sich deswegen nicht dafür interessiert, weil sie wusste ...?

»Konstruiere hier nichts«, rief ich mich zur Ordnung. »Hier passt nichts zusammen.«

11

»Wo fahren wir hin?«

Kögel jagte den Wagen über die Autobahn in südliche Richtung.

»Nach Bad Godesberg. Zum Haus des Professors«, kam es widerwillig zurück.

Was hatte der alte klapprige Mann abends auf einem jüdischen Friedhof in Köln zu suchen, der mit öffentlichen Verkehrsmitteln eine halbe Tagesreise entfernt war?

»Was hoffen wir hier zu finden?«

»Weiß ich auch nicht«, murrte der Kommissar. »Vielleicht sind wir einmal vor dem Unbekannten da und finden irgendetwas, das uns langsam eine Richtung weist. Sonst werde ich noch verrückt.«

Ohne lange zu suchen, hielt er vor einem kleinen Haus, das in einer älteren Wohngegend lag.

»Sie kennen sich hier aus?«

Er nickte. »Ja. Habe hier meine Kindheit verbracht. Kinderlandverschickung nannte man das damals, wenn es in den Städten zu gefährlich wurde. Und Köln war ab 1943 eine gefährliche Stadt.«

Das Blaulicht nahm er vom Dach und verstaute es im Fußraum.

»Nehmen Sie das!« Er drückte mir eine Stablampe in die Hand und begann in ihrem Lichtkegel sein Schlüsselersatz-Werkzeug zu sortieren.

»Hatte der Professor keine Hausschlüssel dabei?«

»Würde ich sonst so einen Aufwand treiben?«, knurrte er und hatte beim ersten Versuch das Schloss auf.

Die Tür quietschte leicht in den Angeln und ließ einen Schwall von abgestandener Luft hinaus. Es roch nach einer Mischung aus ranzigem Bohnerwachs, angebranntem Essen und alter Wäsche.

Meine Hand tastete an der Wand entlang nach einem Lichtschalter.

»Still«, zischte Kögel fast unhörbar.

Meine Hand blieb, wo sie war, auf einem mit Ölfarbe gestrichenen Rauputz, und mein linker Fuß versuchte möglichst ohne Geräusch einen festen Stand zu finden.

Der Kommissar tastete meinen Arm entlang abwärts, bis er die Hand mit der Lampe erreichte und entwand sie mir lautlos.

Jetzt vernahm ich es auch. Es hörte sich an, als raschele jemand mit Papier, dann ein kurzes Scharren.

Der Strahl der Lampe blitze auf und erleuchtete ein Tür am anderen Ende des kleinen Flurs.

»Stehen bleiben, Polizei«, brüllte Kögel und stürmte los.

Er stieß die Tür auf und verschwand in dem Raum dahinter.

Meiner Finger ertasteten etwas, das sich wie ein altmodischer Lichtschalter anfühlte. Ich legte den Hebel um, und eine müde Funzel versuchte eine uralte Garderobe zu beleuchten. So ein dunkelbrauner, aufrechter Holzkasten, der in der Mitte einen Spiegel trug, welcher an beiden Seiten von Schränken flankiert wurde, über die sich eine Hutablage spannte.

Kögel kam fluchend aus dem Raum und hielt etwas Undefinierbares am ausgestreckten Arm, was sich bei näherem Hinsehen als eine zu fette Katze herausstellte.

»Lachen Sie jetzt bloß nicht«, warnte er mich schlecht gelaunt.

Ich konnte mir das Lachen trotzdem nicht verkneifen. »Nehmen Sie die doch mit. Das Tier braucht jetzt ein neues Zuhause, und

Ihre Frau hat jemand, den sie den ganzen Tag auf Diät setzen kann.«

»Armleuchter«, fauchte er und schüttelte den Stubentiger, der jämmerliche Laute von sich gab. »Das meine ich nicht. Hier, machen Sie mal Ihre Augen auf.«

Er spreizte das dichte Fell am Hals der Katze.

»Der Typ war schon wieder schneller. Nur scheinen ihm langsam die Menschen auszugehen, dass er tote Hähne und fette Katzen als Boten nutzen muss.«

Unter dem Halsband der Katze klemmte die Karte IV, die des Herrschers.

»Der spielt mit mir und treibt mich langsam in den Wahnsinn«, grübelte der Kommissar laut und nahm das Tier auf den Arm, um es zu kraulen.

»Warum muss es ein Mann sein? Warum nicht eine Frau?«

Kögel zog die Stirn in Falten und setzte die Katze behutsam ab. »Sie schon wieder mit Ihrer Theorie! Aber das ist doch völlig egal, ob Männlein oder Weiblein. Die Tatsache bleibt nun mal, dass diese Person uns an der Nase herumführt, wie es ihr passt. Los, gehen wir suchen, was sie jetzt schon wieder hat mitgehen lassen.«

Ich fasste das Spiel dieses Menschen nicht als »an der Nase herumführen« auf. Hinter der Vorgehensweise steckte eine Logik, die wir noch nicht sahen.

Er oder sie wusste genau, was wann zu geschehen hatte, und steuerte uns. Somit war es kein Problem, immer einen Schritt voraus zu sein.

Wie es Hannah vorausgesagt hatte, waren uns in schneller Reihenfolge drei Karten zugegangen. Heute morgen die im Schnabel des Hühnerkopfes, vor ein paar Stunden die des Professors und jetzt die am Halsband der Katze.

Die Person schien unter Zeitdruck zu stehen.

Wir durchsuchten das Haus.

Die Räume waren so, wie man sich das bei einem alten Professor vorstellte, der offensichtlich die ganzen Jahre hier ohne Hilfe gehaust hatte. Altmodisch, überladen und schmuddelig. Seit seiner Rückkehr nach Deutschland hatte Professor Hofmann augenscheinlich nichts mehr fortgeworfen. Berge von gebündelten Tageszeitungen in verschiedenen Sprachen türmten sich sogar neben dem Bett, wo sie als Lampentisch umfunktioniert worden waren.

Warum sammelte jemand alte Zeitungen? Das ließ mich nicht mehr los, während ich Kögel half, den Inhalt von Schränken und Kommoden zu untersuchen.

Auf dem Dachboden sah es noch schlimmer aus. Hier war der Friedhof alter Möbel und Koffer, die mit ihren dutzenden von Aufklebern aus vergangenen Zeiten von einer regen Reisetätigkeit ihres Besitzers sprachen.

Ein Lederkoffer stach mir besonders ins Auge. Sein über einen Rahmen geschlagenes Schweinsleder strahlte nach wie vor die Eleganz des Reisenden alter Zeit an Bord luxuriöser Passagierschiffe aus. Zwei brüchige Aufkleber der Cunard-Linie, damals die vornehmste Schifffahrtsgesellschaft, unter deren Flagge auch die *Queen Mary I* gelaufen war, deuteten auf eine Reise 1934 von Southampton nach Kapstadt hin.

Wenn ich mich richtig an das Gespräch im Hotel erinnerte, dann war der Professor damals erst sechzehn und nagte am Hungertuch.

Ich öffnete die Schnallen des Koffers und war enttäuscht. Er enthielt nur alte Anzüge und Schuhe.

»Zum Teufel, was machen Sie da?«, grummelte Kögel, der sich mühte, mit seinen Spezialschlüsseln einen alten Schrank mit Glasfenstern aufzubekommen.

»Das waren noch Schlösser«, grunzte er und schlug kurzerhand eine Scheibe mit der Stablampe ein.

Säuberlich klopfte er die verbliebenen Glassplitter aus dem Rahmen und reichte mir die teilweise verschimmelten Bücher an.

Ein schwarzer Ledereinband war nicht dabei. Das fühlte ich gleich.

Schwitzend schleppten wir an die vierzig Bände in die Küche, in der ein Esstisch den einzigen freien Platz ohne Gerümpel darstellte.

Es dauerte wohl zwanzig Minuten, bis wir alle Bücher nach Auffälligkeiten durchsucht hatten. Kögel zog ein Gesicht, das für sich schon Bände sprach und seine Enttäuschung widerspiegelte.

»Was sollen wir mit dem Schrott?«

Er zündete sich ein Zigarillo an, was ich dieses Mal für eine gute Idee hielt, um den abgestandenen Mief der Bücher zu überdecken.

Ja, was sollten wir mit teilweise handgeschriebenen Kladden? Es handelte sich um eine chronologische Sammlung von Geschäftsberichten, Vermögensauflistungen, Kassenabschlüssen und Bilanzen verschiedener Unternehmen aus den Jahren 1935 bis 1939.

»Wozu interessiert sich ein Professor für Geschichte und Geologie für Geschäftsunterlagen, die noch nicht einmal ich verstehe?« Kögel hob die Katze hoch, die sich inzwischen als Kater herausgestellt hatte. »Oder verstehen Sie etwas von Bilanzen?«

Ich verneinte.

Vielleicht ergaben die Zeitungen einen Sinn. Ich machte mich daran, die Päckchen näher zu untersuchen, die im ganzen Wohnzimmer gestapelt waren und zwischen sich nur einen schmalen Laufweg frei ließen.

»Sind Sie jetzt komplett verrückt?«, schimpfte der Kommissar. »Wissen Sie, wie viel Uhr es ist? Wir haben nach Mitternacht, und ich und der Kater kriegen langsam Hunger.«

Da ich nicht reagierte, redete er weiter auf den Kater ein, als ob er mich auf dem Arm hätte.

Die Stapel hatten System, das konnte ich schnell erkennen. Jedes

Bündel war ein Jahrgang und für mich als Zeitungsmensch teilweise Kleinodien, die es so in Köln, ja in ganz Europa nicht mehr geben konnte.

»Wir nehmen alles mit«, entschied ich und begann die Zeitungen zum Auto zu tragen.

»Sind Sie des Wahnsinns?«, brüllte Kögel hinter mir her.

»Wissen Sie, was das Zeug wiegt?«

Ich nickte, obwohl er es im Dunkeln nicht sehen konnte. Das waren mindestens fünfhundert Kilo, wenn wir die Bücher noch hinzurechneten.

»Das kommt überhaupt nicht in Frage«, versperrte er mir den Weg zurück ins Haus, indem er seine ganze Leibesfülle in den Türrahmen quetschte. »Das ist ein Dienstfahrzeug und mit uns zusammen mindestens um zweihundert Kilo überladen.«

»Dreihundertachtzig plus Kater«, verbesserte ich und versuchte ihn aus der Tür zu drängen. »Das Zeug bleibt auf keinen Fall über Nacht hier im Haus.«

»Und ob es hierbleibt«, stemmte er sich gegen meine Versuche. »Was wollen Sie damit, und wo wollen Sie es überhaupt lagern?«

Es hatte keinen Sinn. Ohne Gewaltanwendung brachte ich ihn nicht von der Stelle.

»Na gut«, gab ich nach, »Können wir uns vielleicht im Haus darüber unterhalten? Bei den Nachbarn geht bereits das Licht an, und gleich erscheint der Dorfsheriff, der dumme Fragen stellt und ein Protokoll schreiben muss, das ich heute um zehn Uhr dem Staatsanwalt in Köln erklären darf.«

Ein Ruck ging durch seinen Körper, und er ließ die Türbalken los, die er bisher wie angenagelt umklammert hatte.

»Warum sagen Sie mir das jetzt erst?«, flüsterte er plötzlich, als stünden bereits alle Nachbarn um uns herum. »Los, kommen Sie rein. Dazu muss uns noch etwas einfallen.«

Manchmal konnte es von Vorteil sein, dass Wirte ihre Sperrstunde überzogen und sich um zwei Uhr morgens daran erinnerten, was sie einem guten Stammgast schuldig waren.

Nachdem Kögel und ich solche Orte wie das Morddezernat, meinen Keller oder den Verlag als Aufbewahrungsmöglichkeit für die papierene Hinterlassenschaft des Professors verworfen hatten, krochen wir mit durchschlagenden Stoßdämpfern und am Boden schleifendem Auspuff in den Hof der Wirtschaft.

Meine Füße standen auf zwei Zeitungsstapeln, die sonst nirgendwo im Wagen mehr Platz gehabt hätten, und auf meinen Schenkeln hatte es sich der Kater bequem gemacht, der auch irgendwie alt und muffig roch.

»Ich kann das arme Vieh doch hier nicht verhungern lassen«, hatte Kögel sich selbst motiviert, das Tier mit nach Hause zu nehmen.

Stöhnend und am Ende unserer Kräfte ließen wir uns auf einem Paket *Völkischer Beobachter* 1939 und einer Sammlung der *Financial Times* 1950 auf ein Bier nieder, das uns der Wirt noch gereicht hatte, bevor er die Lichter löschte.

Die Garage, die als Lager diente, war trocken, sauber und gut beleuchtet, sodass ich wusste, wo ich die nächsten Nächte verbringen würde.

Ich stand beim Kommissar jetzt in der Pflicht, ihm meine Theorie beweisen zu müssen. Und sollte diese stimmen, dann hatte ich die Story meines Lebens.

»Hoffentlich haben Sie recht«, verabschiedete sich der dicke Mann mit dem dicken Kater, »und verquatschen Sie sich ja nicht bei der Staatsanwaltschaft ... und sagen Sie diesem jungen Mann mit den Kopfhörern, dass er sich nicht beim Abhören unserer Frequenzen erwischen lassen soll!«

Ich verschloss sorgfältig die Garage und machte mich die paar hundert Meter zu Fuß auf den Heimweg.

So nüchtern war ich um diese Tageszeit schon lange nicht mehr durch Köln geschlendert und nahm das erste Mal bewusst wahr, wie viele Zeitungsboten um diese nachtschlafende Zeit unterwegs waren.

Heute würde kein Artikel von mir drinstehen, aber bald. Da war ich mir sicher und musste bei dem Gedanken laut lachen, wie Kögel um drei Uhr in der Frühe seiner Frau erklärte, woher die fette, stinkende Katze kam und warum die jetzt als neues Familienmitglied mit auf den Diätplan sollte.

Mir war etwas mulmig, als ich die Haustür aufschloss, und ich durchsuchte sofort alle Räume nach Spuren ungebetener Besucher.

»Jetzt spinnst du aber«, schalt ich mich, als ich auch noch einen Blick in die Gefriertruhe warf, und beruhigte mich erst, als ich auch dort keine Auffälligkeiten entdecken konnte.

Vor dem Schlafen trug ich die beiden heute hinzugekommenen Tarotkarten in die Liste ein.

Die Teufelskarte des Professors. Sie hatte die XV, Nummer fünfzehn, was im Deutschen dem »O«, entsprach. Die Herrscherkarte unter dem Halsband des Katers mit der IV entsprach auch in unserem Alphabet dem vierten Buchstaben, dem »D«.

Hoppla, da ergab sich ein Sinn. In der richtigen Reihenfolge erhielt ich das Wort »Gold«.

Die beiden verbliebenen Buchstaben »U« und »H« konnte ich nicht einordnen. »Noch nicht«, murmelte ich, bevor mich der Schlaf in sein Reich holte.

12

Wenn ich mal Lust dazu verspüren sollte, würde ich mich journalistisch der Frage annehmen, warum Staatsanwälte ausgesprochene Unsympathen sind. Lag es an ihrem Beruf als staatliche Wachhunde des Gesetzes, an ihrem persönlichem Unvermögen, die Welt positiv zu sehen, oder am permanent schlechten Gewissen derer, die mit ihnen unfreiwillig zu tun hatten?

Pünktlich, aber unrasiert, dazu hatte die Zeit nicht mehr gereicht, erschien ich in der Staatsanwaltschaft.

Das einzig Positive an dem Staatsdiener, der mich zum »Gespräch« bat, wie er sagte, war sein Name am Türschild.

Fröhlich hieß er. Anton Fröhlich.

Das war aber auch alles.

Kein freundliches Wort der Begrüßung, kein auch nur gespieltes Lächeln, mit dem er die Distanz zwischen uns zu überbrücken versuchte. Als sei es ein Staatsakt, verglich er pingelig die Daten meines Ausweises mit denen, die über mich auf einem Blatt in einer Akte bereits vermerkt schienen.

»Herr Stösser«, begann er. Seine Augen ruhten auf mir, aber sahen durch mich hindurch, als liefe dahinter ein Film ab. »Es geht um den eigenartigen Tod des Landtagsabgeordneten Dr. Hermann Seid.«

Durch ein kurzes Hochziehen meiner Dackelfalten auf der Stirn deutete ich so etwas wie ein Überraschtsein an.

»Wie Zeugen am Ort des Geschehens übereinstimmend aussagen, sind Sie, nachdem Sie die Fotos gemacht hatten, die als Beweis in Ihrer Zeitung erschienen sind, mit Hauptkommissar Kögel ins Haus gegangen. Stimmt das?«

Vorsicht, meldete sich mein Instinkt, der geht anders vor, als Kögel es dir eingetrichtert hat.

»Ja, und?«, bestätigte ich.

Fröhlich nickte, ohne eine Miene zu verziehen, lehnte sich zurück und spielte mit einem Kugelschreiber, den er wie ein Waage auf dem Zeigefinger balancierte.

»Was haben Sie dort gesucht?«

»Hinweise auf den Täter.«

»Wie kamen sie beide darauf, dass es Mord war?«

Der Kugelschreiber wippte weiter auf dem Finger, und ich hatte plötzlich Sodbrennen. Ein untrügliches Zeichen bei mir, dass eine Falle auf mich lauerte.

Die Fragen dieses noch nicht einmal vierzig Jahre alten Staatsanwaltes waren so nichtssagend, dass er mich für einen trotteligen Journalisten halten musste, den er durch unsinnige Fragen aus der Reserve locken konnte.

»Was soll es sonst gewesen sein? Der Wagenheber war abgelassen worden.«

Fröhlich schüttelte den Kopf und ließ den Schreiber wie ein Trickdieb von einem Finger zum anderen laufen.

»Der Wagenheber war defekt.«

»Aha«, nahm ich mich zurück. »Und was soll ich dann hier?«

»Die Witwe des Verstorbenen und seine Sekretärin schwören, dass streng vertrauliche Akten an diesem Tag aus dem privaten Büro des Abgeordneten verschwunden sind, die er über das Wochenende zu Hause bearbeiten wollte.«

Das war allerdings ein interessanter, aber gefährlicher Aspekt.

Ein Unfall? Ob das stimmte, konnte ich nicht überprüfen. Hier stand Kögels Aussage gegen die der Staatsanwaltschaft. Wenn es keiner gewesen war, dann hatte es der Mörder auf einiges mehr abgesehen als nur auf den schwarzen Lederband. Wenn doch, dann …

»Die Durchsuchung in Ihrem Verlag hat nichts ergeben. Also gehen wir davon aus, dass Sie es woanders versteckt haben.«

»Wie kommen Sie auf mich?«, prustete ich los. Auf einen Angriff von dieser Seite war ich nicht vorbereitet.

Fröhlich verzog das erste Mal seine Mundwinkel zu einem Lächeln. »Sie haben sich seit Monaten mit dem Toten vor der Öffentlichkeit in Ihrer Zeitung gefetzt, ohne wirkliche Beweise für seine angebliche Korruption erbringen zu können. Reicht das?«

Und ob das reichte. Hier wurde mein legitimes Recht, als Journalist den Finger in die Allgemeinheit interessierende Wunden zu legen, schlicht gegen mich verwandt.

Vehement bestritt ich, Unterlagen an besagtem Tag aus dem Haus entwendet zu haben, und verwies auf Kögel als Zeugen.

Fröhlich schüttelte den Kopf.

»Hauptkommissar Kögel sagt aus, dass er nicht die ganze Zeit mit Ihnen in diesem Zimmer gewesen sei.«

»Dann täuscht er sich«, knurrte ich.

Hier wurde etwas gegen mich konstruiert, dessen Sinn ich nicht sah. Worauf wollte dieser immer noch lächelnde Fröhlich hinaus?

»Wenn es diese Akten gegeben hat, dann können die auch vorher verschwunden sein«, begann ich langsam an meiner Verteidigung zu arbeiten. »Dr. Seid war immerhin schon mehr als einen Tag tot, als er gefunden wurde.«

»Das stimmt«, grinste er weiter, als gehöre diese plötzlich gespielte Freundlichkeit zu einer Variante des verschärften Verhörs. »Aber Sie sind der Einzige, der ein handfestes Interesse an Beweisen gegen Dr. Seid bekundet hat. Oder glauben Sie, dass Herr Kögel lügt?«

»Ja, verdammt noch mal«, verlor ich die Fassung und hieb mit der Faust auf den Tisch.

Der Staatsanwalt lehnte sich zurück und faltete die Hände vor dem Bauch. Eine lange Minute schaute er wieder durch mich hindurch.

»Na gut«, richtete er sich wieder auf. »Ich mache Ihnen jetzt ein Angebot ...«

Sein Lächeln wich wieder der Maske des unerbittlichen Staatsdieners.

»Nehmen Sie es an, dann hat dieses Gespräch nie stattgefunden, und ich lasse die Angelegenheit auf sich beruhen. Lehnen Sie ab, leite ich ein Verfahren gegen Sie ein. Mit allem, was das Gesetz so hergibt.«

»Ich höre«, sagte ich in Ermanglung einer anderen Wahl und war mir sicher, dass ich annehmen musste.

Denn sollte es zu einem Verfahren kommen, konnte ich meine Informantin nicht mehr decken, die mich auf die Unregelmäßigkeiten von Dr. Seid erst aufmerksam gemacht hatte. Sie war seine Sekretärin.

»Na gut«, hob Fröhlich an, der die Pause genutzt zu haben schien, um die richtige Formulierung für sein Angebot zu überprüfen. »Sie hängen derzeit mit dem Hauptkommissar zusammen wie zwei Kletten. Das ist bei diesem alten Eigenbrötler nicht selbstverständlich, dass er sich bei seiner Arbeit von Journalisten zuschauen lässt. Außerdem reißt er seit neuestem jeden dubiosen Fall an sich.«

Er zählte den Baulöwen Müller, Martin und Professor Hofmann auf.

»Das ist auch nicht mehr typisch für ihn. Seit er seine Pension in Reichweite hat, schickt er eigentlich nur noch seine Leute. Mir ist aufgefallen, dass nach Ihrem Artikel über diesen Kasten eine gewisse Nervosität bei einigen hochrangigen Leuten in der Stadt entstanden ist. Ich bin nicht von gestern, dass ich glauben würde, diese Häufung von Todesfällen innerhalb einer Woche ginge mit rechten Dingen zu. Schon gar nicht, seit sich Herr Kögel auffällig in die Arbeit des Raubdezernats einmischt. Was ist da los?«

Das war kein Angebot mehr. Das war eine geschickt eingefädelte Erpressung, und ich konnte mir noch nicht einmal die Stühle aussuchen, zwischen die ich mich jetzt setzen musste.

Hier Kögel, der sich inzwischen als gleichgesinnter Jäger herausgestellt hatte, da ein Paragrafenhengst, der wohl auch nur seine Karriere im Sinn hatte, und dort meine Pflicht als Journalist gegenüber meinem Verlag.

Ich schickte ein Stoßgebet an alle mir bekannten Heiligen, mir eine Erleuchtung zu senden.

Ich musste auf dieses »Angebot« eingehen, obwohl ich es nicht durfte. Kein Informant würde mir je wieder trauen, wenn publik wurde, dass ich mit der Staatsanwaltschaft zusammenarbeite.

Damit war ich auch für jeden Verlag als bestes Pferd im Stall wertlos und durfte froh sein, wenn ich noch Abnehmer für Storys über das Vereinsleben der Stadt finden würde.

»Kommissar Kögel ist nicht, was er vorgibt zu sein«, hörte ich Hannahs Stimme und: »Du bist Journalist.«

Im Himmel gab es noch eine fraktionsübergreifende Kommunikation. Einer der katholischen Heiligen schien mein Gebet an einen jüdischen Engel weitergeleitet zu haben. Anders konnte ich mir darauf keinen Reim machen, dass meine Entscheidung jetzt sehr schnell feststand.

»Verehrter Herr Staatsanwalt«, erhob ich mich, »dieses Gespräch hat für mich nie stattgefunden. Guten Tag.«

13

Kögel lehnte wie ein Clochard an meinem Wagen. Unrasiert, die Hände hatte er in seiner verbeulten Leinenhose vergraben, den karierten Sommerhut in den Nacken geschoben und ein Zigarillo im Mundwinkel.

»Na …?«, war alles, was er sagte.

»Sie fehlen mir gerade noch«, brummte ich missmutig. »Warum haben Sie mir nicht gesagt, dass man Sie auch schon befragt hat, und was sollte dieser Blödsinn mit … Sie seien nicht die ganze Zeit mit im Zimmer gewesen?«

Kögel stieß sich vom Auto ab und grinste.

»Wollte Sie nicht erschrecken, und regen Sie sich nicht wegen dieser blöden Mappe auf. Fröhlich hat nichts in der Hand. Ich habe ihn nur ein bisschen verwirrt. Die beiden Weiber wollen was vertuschen, und Fröhlich scheint ihnen dabei zu helfen.«

»Warum sollte er das?«

»Weil er der Liebhaber von Frau Seid ist. Aber bevor Sie sich falsche Hoffnungen machen: Er kann nicht der Mörder des Ehemannes sein. Los, fahren wir. Ich muss Ihnen etwas zeigen.«

Ein paar Minuten später bogen wir in den Hof der Gaststätte ein.

»Würden Sie bitte mal die Garage aufschließen. Das Schloss ist so alt, dass mein Besteck Probleme hat«, deutete er auf seinen Spezialschlüsselsatz.

Die Garage war nicht mehr so, wie wir sie letzte Nacht verlassen hatten. Die Zeitungsbündel waren aufgeschnürt und nach einer mir nicht ersichtlichen Reihenfolge geordnet.

In der Mitte stand ein Kneipentisch mit einem Stuhl und eine Klappliege.

»Haben Sie hier etwa übernachtet?« Ich hob einen Aschenbecher hoch, der nur Rillostummel enthielt.

Kögel zuckte mit den Schultern. »Was sollte ich machen? Der Kater war keine gute Idee, und da habe ich mir gedacht, ich versuche mich schon einmal an diesem Papierkram. Dafür habe ich vom Wirt ein ausgiebiges Frühstück bekommen. Alles dabei, was es bei mir zu Hause schon lange nicht mehr gibt.«

Er schnalzte mit der Zunge und streichelte sich über den Bauch.

»Kommen Sie«, winkte er mich zu einem Stapel, den er wechselweise aus den Firmenkladden und Zeitungen zusammengesetzt hatte. »Ihre Vermutung war richtig. Die Firmenabschlüsse haben mit den Zeitungen zu tun.«

»Nicht die Zeitungen mit den Firmen?«, versuchte ich richtig zu stellen.

Enttäuschung machte sich in mir breit. Eigentlich hätte ich froh sein sollen, dass mir jemand die Arbeit abgenommen hatte. Aber ich fühlte mich wie ein Kind an Weihnachten, dem man die Vorfreude nahm, indem die Eltern seine Geschenke auspackten.

Eifrig, zu eifrig schichtete Kögel die Ergebnisse seiner nächtlichen Sortierung vor mir auf den Tisch.

»Es handelt sich um vierunddreißig Firmen, die ehemals in jüdischem Besitz waren. Ich habe hier ihre Namen notiert.«

Mit einem stolzunterlegten Ton, als habe *er* die Zusammenhänge geahnt, präsentierte er mir ein Blatt Papier.

»Und was schließen Sie daraus?«, murrte ich.

Der Mann verstand es, sich in Szene zu setzen.

»Die vom Professor gesammelten *Völkischen Beobachter* melden, so hieß das damals wohl, kurz in verschiedenen Rubriken, welche jüdischen Unternehmen damals ›arisiert‹ wurden und welchen Vorteil das fürs Reich brachte und ähnliches Blabla. Das geschah, wie die Erscheinungsdaten belegen, 1937 und 1938.«

»Und?«, war alles, was ich von mir gab, und wartete, ob er zu dem gleichen Schluss gekommen war wie ich.

»Diese Firmenabschlüsse sind auch darunter.« Er deutete auf die Kladden. »Interessant wird es aber erst mit den Jahrgängen 1949 und 1950 der *Times*.«

Der Wirt unterbrach Kögel mit der Tageskarte und dem dezenten Hinweis, dass die Garage auch zur Wirtschaft gehöre. Übersetzt hieß das, dass er auch außerhalb des Gastraumes Umsatz erwartete.

»Was ist mit dem Kater passiert?«, wollte ich zwischen zwei Bissen Schnitzel und Pommes wissen.

»Erinnern Sie mich bloß nicht daran«, japste der Kommissar mit vollem Mund. »Das Vieh ist es anscheinend gewöhnt, in einem Bett zu schlafen. Und dazu hat er sich sofort meines ausgesucht. Das könnte ich ja gerade noch ertragen. Aber meine Frau hat ihn umgehend in die Wanne gesteckt … Haben Sie schon mal mit einer nassen Katze im Bett gelegen?«

Er schüttelte sich und setzte seinen Teller vor die Garage, vor der seit geraumer Zeit die Hauskatze auf und ab schlich.

»Hier«, legte er mir zwei Ausgaben der *Times* neben die Pommes. »Schlagen Sie die mal auf. Sie werden sich wundern.«

Kögel hatte die Artikel im Wirtschaftsteil, die eigentlich nur unkommentierte Mitteilungen waren, rot markiert.

Die Ausgabe vom 10. Januar 1949 meldete, dass ein Oberst der »Zwah Haganah LeIsrael« namens Jakob Motzkin bei dem damaligen Militärgouverneur der britischen Zone in Deutschland, General Robertson, einen Antrag gestellt hatte, die unter den Nazis beschlagnahmten Besitzstände an ihre jüdischen Eigentümer zurückzuerstatten.

Die Ausgabe vom 15. Februar 1950 bezog sich auf diesen Antrag. Hier hieß es, dass das britische Militärgouvernement sich außerstande sah, dem Wunsch Folge zu leisten, und auf den Verantwortungsbereich der Gerichtsbarkeit der Bundesrepublik Deutschland hinwies.

Diese beiden, eigentlich wertfreien Randbemerkungen der Geschichte enthielten eine Brisanz, die ich als Außenstehender nur erahnen konnte.

»Es geht noch weiter«, legte mir Kögel eine Zeitung vor, die ich kannte.

Es war eine Ausgabe meines Verlages vom Mai 1953.

Diese berichtete unter »Regionales«, dass ein Anwalt eine jüdische Interessengruppe vertrat. Sein Ziel war es, eine irgendwie geartete Einigung zwischen den enteigneten und Nachkriegseigentümern von diversen Firmen, Liegenschaften und Beteiligungen zu erreichen.

Name des Anwalts: Dr. iur. Isaak Hofmann.

»Ganz schönes Durcheinander, stimmt's?«, grinste Kögel, der die Hauskatze auf dem Arm trug und streichelte.

Das war mehr als ein Durcheinander. Jetzt passte nicht nur nichts mehr zusammen, es fingen auch die Details an gegeneinander zu arbeiten.

»Steht noch etwas in den anderen Zeitungen?«, deutete ich auf die Haufen, die noch am Boden lagen, aber offensichtlich auch schon von Kögel durchgesehen worden waren.

»Eine ganze Menge«, brummte er, und die Katze schnurrte wohlig. »Nur können wir damit nichts anfangen. Alles Namen, die auf einen jüdischen Ursprung hinweisen.«

Jüdischen Ursprung. Genau das war es.

»Sind Sie auf einen Namen Joshua Krodenzky gestoßen?«

Kögel überlegte einen Moment, setzte die Katze auf dem Tisch ab, die einen Buckel machte und mich anfauchte, bevor sie das Weite suchte.

»Ja, hierin wird dieser Name erwähnt.« Er legte eine Ausgabe meiner Zeitung vom Juni 1953 vor. »Scheint so etwas wie der Sprecher gewesen zu sein. Woher haben Sie den Namen?«

»Wenn Sie dem Propst besser zugehört hätten, wüssten Sie es«, wies ich ihn zurecht.

Auch dieser Artikel war eigenartig emotionslos wie die anderen. Er wirkte, als sei es dem Schreiber peinlich, überhaupt darüber berichten zu müssen. Hier waren nur Wörter aneinandergereiht worden, denen man noch nicht einmal Sinn durch eine Interpunktion gegeben hatte. Lustlos und abweisend hing er in der Spalte und schrie: »Lies mich nicht. Ich bin ein einziger Druckfehler.«

Die Gruppe von zehn israelischen Bürgern, die sich seit einer Woche in der Stadt aufhalten, trat durch ihren Sprecher Herrn Krodenzky heute erstmals an die Öffentlichkeit und bedankten sich für den freundlichen Empfang in ihrer ehemaligen Heimat und bat gleichzeitig um Verständnis daß man erst ganz am Anfang der Verhandlungen über eine Wiedergutmachung sei. Herr Krodensky betonte die Einsicht und Bereitschaft der Stadtregierung sei positiv. Danach begab sich die Gesellschaft in Begleitung des Rabbis zum Oberbürgermeister.

JS/18. Juni 1953

»Wollen Sie wissen, was ich denke?«, mischte sich Kögel in meine Überlegungen.

»Nein«, denn ich ahnte, was jetzt kam. Aber ich war nicht seiner Meinung.

»Ich sag es trotzdem. Dieser Professor war der Drahtzieher. Als er merkte, dass seine Kraft am Ende war, musste er die Botschaft mit den Karten noch irgendwie loswerden. Eine hat er Ihnen geschickt, eine sich selbst in die Tasche gesteckt, und eine hatte der Kater am Halsband.«

»Blödsinn«, wehrte ich ab. »Der Mann schlief ja schon nach ein paar Sätzen ein. Woher sollte der die Energie nehmen, einen Baulöwen zum Selbstmord zu treiben, einen zweihundertfünfzig Pfund schweren Ingenieur vom Gerüst zu stoßen, und dann noch die körperliche Fitness besitzen, bei mir in den vierten Stock zu klettern, nur um ein Voodoo-Zeichen anzubringen?«

»Das weiß ich selbst«, kläffte Kögel zurück. »Er hat einen Helfer, der alles für ihn besorgt.«

»Und wen?«

»Zum Beispiel diesen Bodyguard Joshua. Wo steckt der überhaupt?«

Kögels Art, die Dinge zu sehen, war mir zu einfach, denn die Botschaft der Tarotkarten schien noch nicht vollständig zu sein. Die beiden Buchstaben »U« und »H« hingen noch in der Luft und wollten sich nirgends einfügen lassen. Was konnte man noch als dritten Buchstaben einsetzen, damit daraus ein Sinn wurde?

»Hut«, »Uhr«, mehr war nicht möglich.

Goldhut? Golduhr ...?

Mein Gehirn versuchte weitere Assoziationen zu bilden, streikte aber nach ein paar Sekunden.

Mein Handy holte mich in die Gegenwart der Hinterhofgarage zurück. Es war Sam. Ich mochte seine betont kühle Präzision, hinter der er zwar die Unsicherheit des jungen Mannes versteckte, die aber komplizierte Zusammenhänge in wenige Worte kleiden konnte.

»Ist Hauptkommissar Kögel bei Ihnen? Dann sagen Sie ihm, dass er über Funk gerufen wird. Und für Sie habe ich etwas ...«

Ich hielt das Mikrofon kurz zu. »Immer wenn man Sie braucht, haben Sie Ihr Handy vergessen.«

Kögel tastete seine Taschen ab und fluchte. Mit großen Schritten eilte er zu seinem Wagen, der vor dem Lokal geparkt war.

»... etwas, womit ich nicht weiterkomme.«

»Die Namen?«, fragte ich ins Blaue.

»Genau. Sie sollten sich das aber selbst ansehen.« Damit brach Sam die Verbindung ab.

»Ich muss weg«, hechelte der Kommissar. »Scheint sich dieses Mal um einen wirklichen Mord zu handeln. Banküberfall mit Todesfolge. Ich melde mich.«

Damit war ich allein mit all diesen stummen Zeugen der Vergangenheit.

Was sollte ich jetzt damit machen? Sie bargen Informationen, die wiederum einen Schlüssel benötigten, den ich nicht hatte. Den Schlüssel, um mehrfach geänderte Identitäten ins Heute zu übertragen.

Zweiunddreißig deutsche Geschäftsleute jüdischen Glaubens waren 1936 mit einer »arischen« Vita nach Palästina gegangen, um dort mit einer neuen englisch-jüdischen Legende eingeschleust zu werden. Einer von ihnen war noch einmal nach dem Krieg nachweislich in Köln gewesen, unter seinem wirklichen Familiennamen. Und die anderen? Welche Namen hatten sie dann angenommen? Wer von denen wollte mit den Tarotkarten etwas sagen, wem und vor allem warum?

Weil ich nicht alle Zeitungen in meinen Golf bekam, nahm ich nur die von Kögel aussortierten Unterlagen mit und rief einen befreundeten Spediteur an, den Rest bei sich einzulagern.

Da ich nicht die geringste Lust verspürte, heute noch jemandem über den Weg zu laufen, der meinte, mein Vorgesetzter sein zu müssen, erkundigte ich mich telefonisch beim Pförtner. Das Glück war auf meiner Seite. Die Chefetage befand sich geschlossen auf einer Verbandstagung.

Dementsprechend war die Stimmung in der Redaktion. Die meist hektisch aggressive Stimmung war einem kollegialen Schwätzchen bei Kaffee und Kuchen und manchem sonst unter Verschluss gehaltenen Tropfen gewichen.

Nur Sam machte ein selten ernstes Gesicht zwischen seinen Kopfhörern und stierte auf den Computerbildschirm.

»Kögel hat sich zurückgezogen«, murmelte er. »Hat ein SEK angefordert. Ist inzwischen Geiselnahme, aber schauen Sie sich das mal an . . .«

Er deutete auf den Bildschirm, rief in der Datei »Archiv« das Jahr 1953 und unter Suchbegriff »Judentum in Köln« auf.

Es erschien ein Logo, wie es jeder kannte, der sich ins Internet einloggen wollte: Bitte Passwort eingeben.

»Das ist seit 11.00 Uhr und bei jedem Jahrgang von 1945 bis 1955 so«, schimpfte er. »Ich kann eingeben, was ich will. Sobald ich auf die Mikroverfilmung dieser Zeit zugreifen will, werde ich durch dieses verdammte Passwort abgeblockt.«

»Vorher ging es?«

Er hielt mir ein paar Ausdrucke hin, wobei einer den Artikel enthielt, den ich vor einer halben Stunde noch in Form der Originalzeitung in der Hand gehabt hatte.

»Seitdem ich den Namen, der da drinsteht, Krodenzky oder so ähnlich, zur weiteren Suche eingegeben habe, geht nichts mehr.«

Elf Uhr heute Morgen.

Zwanzig Minuten vorher hatte ich das Büro von Staatsanwalt Fröhlich verlassen.

»Können Sie das Passwort knacken?«

Im gleichen Augenblick wurde mir bewusst, dass ich mich mit dieser Frage in Sams Hand begab, und hieß mich einen Trottel. Noch sechs Jahre bis zur Pensionierung, und ich spielte James Bond. Dabei kannte ich diesen jungen Mann kaum, eigentlich überhaupt nicht. Vor fünf Monaten hatte ihn der Chefredakteur kurz als Volontär vorgestellt, der bei uns einen Teil seiner Ausbildung absolvieren würde.

Die anfängliche Skepsis von uns alten Hasen gegen Neulinge, die uns nur Zeit stahlen und Fragen über Vorgänge stellten, die wir als unser eigenes Betriebsgeheimnis betrachteten, war schnell gewichen. Sam hatte sich gleich nahtlos in die Redaktion eingefügt, als habe er noch nie etwas anderes getan.

»Ich meine, was kann man da tun?«, verschlimmbesserte ich mich.

Sam zog unmerklich die Augenbrauen hoch, sah mich aber nicht an.

»Es geht alles«, flüsterte er. »Am besten fragt man die Geschäftsleitung. Aber ich denke darüber nach.«

»Nein. Vergessen Sie es«, trat ich den einzig möglichen Rückzug an und machte mich daran, meinen Artikel über die Geschehnisse der letzten Stunden zu verfassen.

14

Beim Schreiben des Artikels war mir auch optisch bewusst geworden, wie verworren die Situation war.

Ich saß buchstäblich auf einem Berg von Informationen, die hinten und vorne nicht zusammenpassen wollten. Die Karten waren der einzige rote Faden, der aber nur die frustrierende Erkenntnis zuließ, dass er noch nicht zu Ende gesponnen war.

»Wie soll das jetzt weitergehen?«, sinnierte ich in meiner Feierabendkneipe zum Fenster hinaus und beobachtete das Treiben der Leute um die Domplatte herum.

»Ich liebe bodenständige Männer«, krächzte eine unverwechselbare Stimme hinter mir. »Bei dir weiß ich wenigstens, wann man dich in welcher Kneipe finden kann.«

Hannah hauchte mir einen Kuss auf die Wange und musterte mich.

»Du siehst nicht aus, als hättest du viel geschlafen«, beendete sie die Prüfung.

»Was machst du denn hier?«

Etwas Dämlicheres fiel mir vor Überraschung nicht ein.

Ihre Augen blitzten kurz auf und verrieten einen Wimpernschlag lang, dass sie sich über meine unpassende Frage ärgerte.

»Ich habe dich höflicher in Erinnerung«, schmollte sie und kramte in der Handtasche, bis sie Zigaretten und Feuerzeug gefunden hatte.

»Bin mal gespannt, wann man uns Raucher unter Artenschutz

stellt.« Genussvoll blies sie die ersten blauen Schwaden an die Decke. »Nicht einmal in der ersten Klasse darf man mehr rauchen. Es wird Zeit, dass ich nach Hause komme. Da hat man noch Verständnis für solch kleine Laster ... Und warum ich schon hier bin? Eigentlich wollte ich sagen: aus Sehnsucht nach dir. Aber das lasse ich wohl besser. Woran ist der Professor gestorben?«

Einen Moment stutze ich. Woher wusste sie vom Tod des Professors? Bisher hatte kein Pressemedium darüber berichtet, und mein Artikel erschien erst morgen.

»Keine Ahnung«, zuckte ich mit den Schultern.

»Die Obduktion ist noch nicht abgeschlossen. Vielleicht an den Tarotkarten, die man bei ihm fand.«

Hannah verzog das Gesicht, als habe der Zahnarzt beim Bohren einen Nerv getroffen.

»Karten? Tarotkarten?«, wiederholte sie mit sich überschlagender Stimme. »Hast du die selbst gesehen?«

»Ja, natürlich. Jede einzelne«, stotterte ich etwas verwirrt.

»Das meine ich nicht«, winkte sie ab. »Hast du gesehen, wie und wo die Karten beim Professor gefunden wurden?«

Die Frage war berechtigt. Ich war weder beim Fund des Professors auf dem jüdischen Friedhof zugegen gewesen, noch war ich mir sicher, dass die Karte im Halsband des Katers nicht von Kögel ...

»Verdammt«, entfuhr es mir. Außer bei der Karte unter dem Sedan hatte ich mich darauf verlassen, was Kögel behauptet hatte. Auch bei den Karten des Baulöwen und bei Martin war ich nicht zugegen gewesen, und das Päckchen mit dem Hahnenkopf konnte auch von Kögel sein.

»Merkst du langsam etwas?« Hannah zog die Augenbrauen hoch. »Dieser Kommissar spielt ein Spiel. Dazu wirst du mir jetzt jedes noch so geringe Detail der letzten Tage erzählen, denn ich war auch nicht nur in Diamanten unterwegs.«

Ich erzählte, und ihr Gesicht spiegelte eine im Zaum gehaltene Schlacht der Gefühle wider.

Danach entstand eine Denkpause, in der der Feuerzeugdeckel in ihrer Hand unaufhörlich auf- und zuschnappte und die Schneidezähne eine rote Furche in ihre Lippen bissen. Dann schien sich eine Trance über sie zu senken. Mit halb geschlossenen Augenlidern murmelte ihr Mund mit blutverschmierten Zähnen Worte, die ich nicht verstand.

Das Plaudern an den Nachbartischen wurde weniger und verstummte dann ganz. Ich fühlte die Blicke der Leute wie Nadeln auf mir ruhen, traute mich aber nicht, in die Runde zu sehen.

Hannahs Stimme wurde lauter und glich jetzt in der Intonation einem Gebet.

»Geht es Ihrer Partnerin nicht gut? Soll ich einen Arzt rufen?«, fragte der Köbes mit weit aufgerissenen Augen, die besorgt prüften, welche Wirkung dieses Schauspiel auf seine Gäste haben würde.

»Nein, verdammt«, fuhr ihn Hannah an, die nur darauf gewartet zu haben schien, dass sie jemand mit einem Stichwort aus der Hypnose holte. »Ich habe nur ein Gedicht aufgesagt«, schlug sie einen versöhnlichen Ton an und bestellte eine große Runde für die Umstehenden.

»Was war das denn?«, erkundigte ich mich leise, nachdem wir uns alle zugeprostet hatten und der übliche Feierabend-Lärmpegel wieder durchs Lokal schwang.

»Ich habe mich bei meinem Großvater öffentlich entschuldigt. Lass uns gehen.«

Mit ernstem, fast versteinertem Gesicht schob sie einen Fünfziger unter das leere Bierglas und zog mich aus dem Lokal.

»Fährst du mich ins Hotel?«

»Du solltest dich anschnallen«, versuchte ich auf der Fahrt eine Regung von ihr zu provozieren.

Aber sie reagierte nicht und spielte weiter mit dem diamantenen Dreieck um ihren Hals und sah nur zum Fenster hinaus. Dass sie sich mit etwas beschäftigte, verriet nur das Spiel ihrer Kaumuskeln.

»Willst oder kannst du mir nicht sagen, was dich beschäftigt?«

Hannah befühlte mit einem Papiertaschentuch, ob ihre Lippen noch bluteten, und knurrte etwas, was wie »Ich bin eine dumme Kuh« klang.

»Sind das die Unterlagen vom Professor?« Sie deutete hinter sich, wo ich die Kladden und Zeitungen auf der Ladefläche und der umgeklappten Rückbank gestapelt hatte. »Die kommen mit aufs Zimmer. Vielleicht finden wir da einen Hinweis«, befahl sie mit einer Stimme, die Widerspruch nicht duldete, »und trottel hier nicht rum. Wir haben keine Zeit«, mäkelte sie an meinem Fahrstil.

Es dauerte fast eine halbe Stunde, bis wir den Pförtner und den von ihm aus Verzweiflung gerufenen Empfangschef überzeugt hatten, dass durch meinen Schrotthaufen von Auto keine Schande fürs Hotel entstand, sondern dass dieses Fahrzeug eine Fracht enthielt, die unbemerkt auf das Zimmer von Hannah zu bringen war.

Über den Lieferanteneingang, einen Speiseaufzug und verpackt in zwei Wäschetrollys gelangten die Papiere endlich in Zimmer 810.

»Was soll dieser Aufwand?«, wollte ich schwer atmend wissen, nachdem ich die Pakete im Salon des Appartements nach Jahrgängen geordnet auf dem Boden verteilt hatte. »Außer Kögel weiß niemand, dass es diese Zeitungen gibt.«

Hannah machte wieder dieses Chamäleon-Gesicht, von dem ich nicht wusste, ob es der Teufel oder Engel in ihr war, der sich mir gerade darstellte.

»Genau das bezweifle ich.« Sie ließ sich auf den Sessel fallen, in dem sie schon einmal gesessen hatte, um mir das Tarot zu erklären. »Warum verweigert man dir dann den Zugang zum Archiv?«

Diesen Zusammenhang nicht zu erkennen konnte auch nur einem betriebsblinden Journalisten wie mir passieren.

»Ich habe mir deine erste Inhaltsangabe über den Kasten auf dem Weg nach Johannesburg durch den Kopf gehen lassen und nicht vergessen, dass du eine Erklärung über die Rohdiamanten gesucht hast. Anfangs hielt ich das für nicht wichtig. Gold und Diamanten waren zu jener Zeit das einzig wertbeständige Zahlungsmittel. Dann habe ich einem sehr, sehr alten Geschäftsfreund meines Großvaters und Vaters die Geschichte erzählt, und es stellte sich heraus, dass er einer dieser dreiunddreißig Männer war, die damals Deutschland verlassen mussten.«

»Zweiunddreißig«, verbesserte ich.

Hannah schenkte zwei Gläser mit Whisky randvoll ein. Ein mir schon bekanntes Ritual und ein Zeichen, dass ich heute Nacht kaum eine Chance haben würde, in meinem eigenen Bett zu schlafen.

»Es waren dreiunddreißig«, beharrte sie. »Keiner von uns hat daran gedacht, dass es auch noch den Fotografen gab, der bekanntlich hinter der Kamera steht.«

Auf die Idee würde tatsächlich niemand kommen, der nicht selbst dabei gewesen war.

Was hatte Kögel zu der Ausbildungskompanie 108 gesagt? Dass es sie nie gegeben hatte. Und wenn das so war, dann hatte der Mann hinter der Kamera kein Interesse daran, selbst auf einem »Scheinfoto« zu erscheinen.

»Und, was ist mit diesem überzähligen Mann?«, köderte ich sie mit ihrem unüberhörbaren Wunsch, mehr zu erzählen.

Hannah legte die Füße hoch und zündete sich eine Brasil an. Der Größe der Zigarre nach wurde es eine längere Geschichte.

»Die Geschichte, die mein Großvater dem damaligen Dompropst erzählt hat, war Tränendrüsen-Kino. Wahrscheinlich um diesen Kasten irgendwo unterzubringen. Köln muss so zerstört gewesen sein, dass er sich das einzige Bollwerk ausgesucht hat, das noch nahezu unversehrt geblieben war …

… am 20. Januar 1936 landeten die dreiunddreißig Männer südlich von Sidon an.

Nachdem sie, mit über dem Kopf gehaltenem Koffer, durch das brusthohe Wasser an den Strand gewatet waren, empfingen sie zwei dunkel gekleidete Männer, die sie auf hinter dem Strand versteckte LKWs verteilten.

Sie waren nun im Gelobten Land. Aber auf der falschen politischen Seite. Sidon lag im französischen Mandatsgebiet des Libanon, aber ihr Bestimmungsort war Haifa in der englischen Zone.

»Wir fahren in die falsche Richtung«, murmelte einer der Männer, der am hinteren Ende der Ladefläche die Plane beiseitegeschoben hatte.

»Tatsächlich«, bestätigte ein zweiter, nachdem auch er die Richtung geprüft hatte. »Die bringen uns nach Norden.«

Unruhe machte sich breit. Irgendetwas war schiefgelaufen.

Vorhaben, den LKW zu kapern oder abzuspringen, wurden schnell diskutiert, aber genauso schnell wieder verworfen. Die Sonne war bereits aufgegangen und machte die Flucht bei Tag in einem fremden Land zu einem unkalkulierbaren Risiko.

Etwa zwei Stunden später bogen die Wagen in einen Feldweg ab und erreichten eine Art Militärlager. Mit vorgehaltenen Gewehren wurden die dreiunddreißig Männer von Uniformierten in eine Sporthalle getrieben und eingeschlossen.

Nach zwei Tagen, in denen man sie nur mit dem Nötigsten versorgt hatte, wurden sie einzeln von einem französischen Hauptmann verhört.

Schnell wurde ihnen bewusst, dass ihre Ankunft verraten worden war und alles darauf hinauslief, sie als Spione vor ein Standgericht zu stellen. Man verurteilte sie zu zehn Jahren Haft und brachte sie in ein Lager in der syrischen Wüste.

Hier vegetierten sie mit Verbrechern jeden Schlages bis 1940. Acht waren zu diesem Zeitpunkt an Krankheiten gestorben, vier auf der Flucht erschossen worden, und sechs hatten den Ausbruch geschafft und versucht, alleine Palästina zu erreichen. Von ihnen wurde nie mehr etwas gehört.

Nachdem die deutschfreundliche Vichy-Regierung die Verwaltung der verbliebenen französischen Gebiete übernommen hatte, wurde der Rest von ihnen freigelassen und zerstreute sich in alle Winde ...

Hannah nahm die Füße vom Tisch und schenkte wieder ein.

»... Großvater und dieser Mann aus Südafrika schlugen sich nach Saudi-Arabien durch. Jetzt in eigener Sache.«

»Was erzählst du mir da?«, unterbrach ich sie. Die Geschichte begann mich zu langweilen. Der Propst hatte spannender erzählt.

»Ignorant, blöder«, kam es fauchend zurück. »Wenn du mitgezählt hast, dann sind ohne meinen Großvater und diesen Südafrikaner noch dreizehn Männer von dreiunddreißig übrig geblieben.«

»Na und?« Ich verstand nicht, worauf sie hinauswollte.

»Ich fasse es nicht«, schlug sie die Hände vors Gesicht, »sind alle Journalisten so blöd?«

Sie sprang auf und begann hektisch in den Zeitungsstapeln zu wühlen. »Dies alles hat der Professor doch nicht zum Spaß gesammelt«, wedelte sie mir mit einigen Ausgaben vor dem Gesicht herum. »Er hat eine Interessengruppe vertreten, die Wiedergutmachung wollte. Und man kann nur jemand vertreten, der noch lebt. Kapierst du das endlich?«

Ihre Stimme steigerte sich zu einem schmerzhaften Diskant, und ihre Augen funkelten wie Rubine.

Langsam dämmerte es mir.

»Das war aber 1953«, gab ich zu bedenken. »Glaubst du, dass davon noch jemand lebt?«

Hannah ließ die Zeitungen fallen und warf sich wieder in den Sessel. »Nein. Wohl kaum. Aber es kann Erben geben. Denn genauso wie mein Großvater können auch andere Überlebende nach dem Krieg nach Köln zurückgekommen sein.«

Jetzt begann mich ihre Geschichte doch mehr zu interessieren. »Wie kam dann dein Großvater zu dem Kasten?«

Hannah zog die Beine an den Bauch und umschlang sie mit den Armen.

»Das versuche ich dir ja gerade zu erklären«, schmollte sie. »Der Kasten kam zu ihm. In Riad traf er einen englischen Bekannten, der für das Königshaus von Ibn Saud ein Bankhaus aufbaute und ihm sofort einen Posten als Direktor anbot.

Großvater muss dabei sehr erfolgreich gewesen sein, denn als er 1944 nach Eretz Israel kam, bot ihm Ben Gurion an, die Basis eines Finanzsystems für den späteren Staat Israel zu entwerfen. Aber Großvater lehnte ab. Die Alliierten standen bereits vor Paris, und es war eine Frage der Zeit, wann Deutschland aufgeben musste. Es wurden dringend Männer gesucht, die Deutsch sprachen, sich mit der Mentalität auskannten, und Großvater meldete sich, in der Hoffnung, bald seine Stadt und seine Familie wiederzusehen.

Er erhielt einen englischen Offiziersrang und als Überraschung die Soldbücher. Diese hatten die Engländer in Beirut gefunden, als sie 1941 die Vichy-Franzosen aus dem Land gejagt hatten.«

»Und die Rohdiamanten. Wie kamen die da rein?«

Hannah schüttelte unwillig den Kopf und zündete sich ein Zigarillo an.

»Die hat er da reingetan. Das saudische Königshaus hatte ihn und den Südafrikaner für ihre Dienste fürstlich mit den Diamanten bezahlt. Ein Teil war sein Startkapital für den späteren Handel in diesem Geschäft, und der andere sollte der Grundstock für eine neue Loge in Köln werden ... was gibt es da zu lachen?«

Ich stellte mir gerade vor, was passieren würde, wenn das bekannt wurde. Der Propst würde seine Steinmetze zu Sicherheitsleuten umschulen lassen müssen, um den Dom vor Räubern zu schützen, die ihn auf der Suche nach verborgenen Schätzen abzutragen begannen.

»Blödmann!«, schimpfte Hannah. »Lass uns lieber überlegen, wie wir mögliche Erben ausfindig machen, die in dieser Form Rache für was auch immer nehmen. Denn es fehlen noch Karten. Das Wort ist noch nicht vollständig. Da läuft immer noch ein Irrer oder eine Irre herum.«

Ich hob abwehrend die Hände.

»Wie sollen wir das denn anstellen? Wir haben drei Namen deines Großvaters. Wobei wir nicht sicher sind, dass überhaupt einer davon richtig ist. Von den anderen zweiunddreißig haben wir noch nicht einmal einen Anhaltspunkt. Vergiss es ...«

Hannah kratzte sich am Kinn und murmelte etwas auf Hebräisch. Der Feuerzeugdeckel schnappte wieder hin und her.

»Doch, wir haben zwei Namen. Wir müssen nur noch herausfinden, wie sie vorher geheißen haben. Wie waren die Namen der beiden ersten Toten?«

»Seid und Müller. Warum?«

»Du sagtest, dass bei dem einen der Abdruck des Buches auf den beiden angrenzenden Büchern im Regal zu sehen war. Bei dem anderen hatte die Haushälterin das Foto – mein Foto – als das erkannt, das an der Wand fehlte.«

»Bravo.« Ich klatschte angedeutet Beifall. »Du vergisst nur, dass den Fall Dr. Seid das LKA in der Hand hat und der Staatsanwalt alles daransetzt, um es vor der Presse als Unfall darzustellen. Und dieser Baulöwe hat anscheinend Selbstmord begangen. Was willst du also mit diesen Erkenntnissen tun?«

Sie lächelte verschmitzt und schenkte die Gläser wieder voll. »Den Rabbi fragen.«

»Wie bitte …?«, verschluckte ich mich am Whisky.

Triumphierend, als hätte sie gerade den Stein der Weisen entdeckt, schaute sie mir zu, wie ich versuchte mich frei zu husten.

»Was soll denn ein Rabbi helfen?«, würgte ich unter Atemnot hervor.

»Wart's ab.« Sie schnipste lachend mit den Fingern und begann abwechselnd mit den Händen einen Takt zu klatschen. Dabei bewegte sie den Oberkörper von der Hüfte an wie eine sich im Wind wiegende Ähre.

15

»Sind Sie vom wilden Affen gebissen?«, empfing mich Kögel in der Hotelhalle und deutete wütend auf meinen Artikel auf der Titelseite. »Mich geht das jetzt nichts mehr an. Dank ihrer zum Himmel stinkenden Dummheit hat mich das LKA vom Fall des ›Tarot-Mörders‹, wie Sie sich auszudrücken belieben, endgültig abgezogen. Jetzt sehen Sie alleine zu, wie Sie mit dem Zorn der Justiz und ihrer komischen Jüdin weiterkommen.«

Mit vor Erregung zitternden Händen zündete er sich ein Zigarillo an und blies mir den Rauch ins Gesicht.

»So. Das wird Ihnen von jetzt an jeden Tag passieren, von einer Seite, die Sie noch nicht kennen gelernt haben. Und da hilft Ihnen auch das Abhören der Frequenzen nicht mehr.«

Er machte auf dem Absatz kehrt und ließ mich stehen.

Einen Moment verunsicherte mich sein Auftritt, und ich fragte mich, ob ich den Artikel vielleicht doch zum falschen Zeitpunkt geschrieben hatte. Schüttelte aber die Bedenken schnell ab. Der Artikel eines engagierten Journalisten kam immer für irgendwen zum falschen Zeitpunkt. Mit den teilweise überzogenen Reaktionen der Betroffenen hatte unser Beruf zu leben. Sie waren das Salz in der Suppe, das eine Story erst für den Leser interessant machte und ihr nicht nur das Leben einer Eintagsfliege bescherte.

Dass ich allerdings die Schnelligkeit der Reaktionen unterschätzte, wurde mir spätestens bewusst, als ich die Ansammlung von Polizei und Fahrzeugen vor meiner Wohnung sah.

Eine Sekunde überlegte ich, ob ich einschreiten sollte. Verwarf das aber. Der Zorn der Justiz hatte sich schon voll entladen, denn die Beamten trugen bereits Kartons aus dem Haus und verstauten sie unter den neugierigen Blicken meiner Mitbewohner in einem LKW.

Hier konnte ich momentan nichts mehr für mich tun und fuhr in die Redaktion.

Das Mädchen am Empfang lächelte gequält und winkte mir.

»Du sollst sofort bei der Verlagsleitung erscheinen«, flüsterte sie. »Es ist schon ein ganzer Schwung von Anwälten beim Chef. Viel Glück«, hauchte sie.

Dr. Junke ließ mich nicht lange warten.

»Sie sind ein Unglücksrabe«, brummte er einigermaßen emotionslos und hieß mich zwischen vier Anwälten Platz zu nehmen. »Warum müssen Sie ausgerechnet an dem Tag den Artikel schreiben, an dem keiner Ihrer Vorgesetzten im Haus ist, um ihn zu redigieren? Jetzt ist der Teufel los. Natürlich macht man mich für die Konsequenzen verantwortlich. Der Polizeipräsident ist auf der Palme, der Bürgermeister kann sich nicht mehr beruhigen, die Parteien schlagen sich die Köpfe ein, und die Anwälte aller Richtungen drohen mit Klagen. Aber egal. Es ist nun mal passiert.«

Er stand auf und schaute mit in den Taschen versenkten Händen zum Fenster hinaus.

Die Anwälte raschelten mit Papieren oder knipsten mit den Kugelschreibern.

»Haben Sie wenigstens handfeste Beweise für Ihre Behauptungen?«, fragte Dr. Junke, ohne sich umzudrehen. »Irgendwo in Dateien versteckt, oder wenigstens einen Zeugen, der Ihnen und damit uns den Rücken decken kann?«

Ärger quoll in mir hoch.

Hatte keiner, der sich über meinen Artikel aufregte, verstanden, dass ich alles in Frage gestellt hatte? Sozusagen eine Behauptung mit negativem Vorzeichen verfasst hatte, wie sie in unserer Branche üblich war, wenn man nur Halbinformationen hatte, um auf den Busch zu klopfen?

Nein, die Geschäftsleitung war schon so weit von der Basis abgehoben, dass sie sich nur noch mit Zahlen und deren rechtlichen Absicherung befasste. Das journalistische Handwerkszeug schienen sie bereits vergraben zu haben.

Ich zuckte mit den Schultern.

»Tut mir leid. Ich muss meine Informanten schützen«, zog ich mich in meine einzig verbliebene, momentan von keiner Seite angreifbare Bastion zurück.

Hoffentlich kam nie jemand dahinter, dass wir schon auf die Hilfe eines Rabbis hofften; denn Kögel als Informanten zu bezeichnen hätte bei der Staatsanwaltschaft nur ein müdes Lächeln hervorgerufen.

»Na gut«, drehte sich Dr. Junke zu mir und sah mich prüfend an. »Wir können nur hoffen, dass die Gegenseite nicht mehr hat. Aber ein Opfer werden Sie bringen müssen ... Sie sind mit sofortiger Wirkung bis auf Weiteres beurlaubt. Was auch immer Sie jetzt unternehmen, ist nicht im Verlagsinteresse. Verstehen wir uns?«

Ich hatte es kommen sehen.

Wenn ich mit dem Informantenschutz mauern musste, würde diese fiese, aber beliebte Beurlaubung unweigerlich ausgesprochen. Eine einfache, aber wirksame Art, sich und den Verlag aus der Schusslinie, vor allem der konkurrierenden, zu bringen.

Aber es war nicht mein erster Zwangsurlaub in einem Zeitungsverlag, daher hielt sich meine Erschütterung in Grenzen. Mich interessierte etwas anderes. Die ganze Zeit hatte mich aus einem Bücherregal, das die ganze gegenüberliegende Wand bedeckte, ein Buchrücken nahezu hypnotisiert. Ich musste diesen Einband wenigstens einmal in der Hand haben und überlegte, wie ich beim Verlassen des Raumes an ihn kommen konnte.

Es gab nur zwei Möglichkeiten:

Entweder ich ging, wie ich gekommen war, direkt vom Tisch zur Tür ... dann kam ich in Erklärungsnot. Um an das Buch zu kommen, musste ich drei Schritte rechts von der Tür machen.

Oder ich nahm den längeren Weg um die Anwälte und Dr. Junke herum. Dann kam ich auf dem Weg zur Tür automatisch am Regal vorbei.

Langsam und jedes Geräusch vermeidend erhob ich mich aus dem Sessel.

Die Anwesenden schienen mich nach der ausgesprochenen Beurlaubung nicht mehr zur Kenntnis zu nehmen und unterhielten sich über Abwehrmaßnahmen für den Verlag. Ich war plötzlich ein gelöstes Problem für sie, dass es galt auch optisch als nicht mehr anwesend zu registrieren.

»Melden Sie meinen Urlaub der Personalabteilung, oder soll ich es tun?«, fragte ich, als ich Dr. Junke die Hand zum Abschied hinreichte.

»Gehen Sie schon«, knurrte er, »das macht meine Sekretärin.«

Der Weg um den Chef und zum Regal war frei.

Nur fünf Schritte bis zu diesem Buch, das günstig zwischen seinen bunten Brüdern stand. Ich brauchte mich weder zu strecken noch zu bücken, um es zu erreichen. Fünf verdammte Schritte, die mir wie eine Ewigkeit vorkamen.

Ich hatte die Anwesenden jetzt nicht mehr im Blickfeld und

mich ritt der Teufel, wie er es nur bei einem Wahnsinnigen wie mir konnte …

Jetzt … Ich war aus dem Zimmer und niemand rief hinter mir her.

Ein kurzes Durchatmen, und ich verabschiedete mich artig bei der Sekretärin. Dann konnte mich niemand mehr halten.

Es blieb mir noch eine halbe Stunde; ich musste mich beeilen. Betont lässig durchquerte ich die Redaktion und sammelte meine persönliche Habe vom Schreibtisch, holte den Laptop und die Kamera aus dem Schließfach und fuhr in die Tiefgarage, ohne noch mit jemand gesprochen zu haben.

Es hatte auch niemand gefragt. Als hätten sie es alle schon vor mir gewusst, hatte sich keiner der Kollegen in seiner Arbeit stören lassen und mich nicht zur Kenntnis genommen.

»Na gut, dann bin ich eben vogelfrei«, knurrte ich und gab dem Golf die Sporen.

»Wo kommt der denn schon wieder her?«, meckerte ich Hannah an und wies auf den Wagen, der vor der Synagoge parkte.

»Dir scheint heute Morgen auch nichts zu passen«, gab sie zurück. »Das Rührei war dir zu glibbrig, der Speck zu matschig und der Tomatensaft aus der Dose. Fehlt nur noch, dass du an mir auch noch etwas zu meckern hast. Manchmal könnte man meinen, dass du mit der männlichen Linie meiner Familie verwandt bist. Denen konnte man nach dem Aufstehen auch nichts recht machen. Los, komm jetzt, der Rabbi wartet nicht gern.«

Sie schlang sich ein Kopftuch um und betrat die Synagoge.

»Setz das bitte auf!« Sie reichte mir ein Kippah aus schwarzer Pappe. »Das gehört sich so, wenn man einen Gebetsraum betritt«, beantwortete sie mein zweifelndes Gesicht.

»Das weiß ich auch«, brummte ich.

Mir war nur nicht recht, dass Joshua uns folgte, der aus heiterem Himmel plötzlich wieder auf der Bildfläche erschienen war.

Hannah musterte, wie meine Augen missmutig an diesem Koloss von Mann auf und ab wanderten, der keine Reaktion zeigte und über mich hinwegsah, als sei ich nicht vorhanden.

»Benehmt euch«, flüsterte sie mit drohendem Unterton und forderte Joshua mit einer Handbewegung auf voranzugehen.

Wir durchquerten den schmucklosen Raum. Joshua öffnete eine Tür und zog den Kopf ein, um hindurchzukommen.

Dahinter schloss sich ein Treppenhaus an, das uns ein Stockwerk höher führte. Von einem Gang zweigten mehrere Türen in andere Räume ab, aber Joshua steuerte zielsicher auf eine zu, als kenne er sich hier aus.

Auf Hannahs Klopfen öffnete ein Mann mittleren Alters und begrüßte sie und Joshua wie alte Bekannte auf Hebräisch.

Während die drei wohl Höflichkeiten in ihrer Sprache austauschten – ich sah Joshua das erste Mal lächeln –, schaute ich mich um.

Auch dieser Raum war seltsam spartanisch ausgestattet. Keine persönlichen Dinge, wie man sie sonst in Büros fand. Nicht die geringste Kleinigkeit gab einen Hinweis auf die Erinnerungen und Vorlieben des Menschen, der hier arbeitete.

Ein mächtiger Schreibtisch beherrschte die Mitte des Raumes. Es war ein prächtig geschnitztes Möbel, das ohne die Berge von Papier, die sich auf ihm stapelten, bestimmt das Herz eines Antiquars hätte höher schlagen lassen.

Links und rechts neben dem Fenster prangten ähnlich schöne Schränke mit ihrer handwerklichen Kunst.

Dagegen wirkte der verchromte Computertisch, der sich im rechten Winkel an den Schreibtisch lehnte, wie ein Stilbruch höchsten Ranges.

Die übrigen Wände waren vom Boden bis zur Decke mit Regalen zugestellt.

»Darf ich vorstellen«, unterbrach Hannah meine Betrachtung. »Herr Peter Stösser, Rabbi Menachem.«

Der Rabbi deutete eine Verbeugung an und gab mir die Hand.

»Sehr erfreut, Sie kennen zu lernen. Bitte nehmen Sie Platz«, lächelte er, und ich glaubte einen Kölner Tonfall in seiner Stimme zu hören. »Ja, ich bin ›ene kölsche Jung‹«, las er in meinem Kopf. »Ich bin hier geboren und habe unter anderem auch hier studiert. Aber diesen heimischen Singsang bekommt man nie richtig los. Egal welche Sprache man noch dazulernt. Stimmt's?«

Es folgte ein herzhaftes Lachen, das alle eventuellen Vorbehalte gegen einen Mann diesen Glaubens hinwegwischte.

Er vergrub sich hinter dem Schreibtisch und durchsuchte einen Stapel von Schnellheftern. Die Lachfalten um seine Augen wechselten in Sorgenfurchen auf der Stirn. Endlich hatte er die gewünschte Mappe, wobei die darübergestapelten allesamt auf den Boden rutschten.

»Liegen lassen«, winkte er ab, als Hannah Anstalten machte, sich danach zu bücken. »Es ist das untrügliche Zeichen, dass ich mehr Ordnung halten sollte.

Also ...«, er schlug den Ordner auf, in dem das bekannte schwarze Buch obenauf lag, »mein lieber Herr Stösser, meine liebe Hannah, Joshua, ihr habt mir mit diesem Buch ein schönes Ei ins Nest gelegt.«

Er durchsuchte die Papiere erneut und tastete sich ab.

»Ach, da ist sie.« Fast triumphierend zog er seine Brille aus der Brusttasche und putzte sie bedächtig mit einem karierten Taschentuch. »Was Sie, Hannah, als Code erachtet haben, ist tatsächlich einer ... nur nicht so, wie wir uns das anfangs vorgestellt hatten.«

Der Rabbi schlug das Buch auf und hielt uns die Seiten hin, auf denen er hebräische Wörter grün angemarkert hatte, die, sogar für mich erkennbar, an verschiedenen Stellen mit deutschen Umlautmarkierungen versehen waren.

Er legte das Buch so vor sich auf den Schreibtisch, dass wir es im Blickfeld behalten konnten.

»Der Code ist so einfach, dass es mir peinlich ist zuzugeben, dass ich die halbe Fachwelt per Internet verrückt machen musste, um dahinterzukommen. Es gibt wohl jetzt keinen Schriftgelehrten des Hebräischen mehr, der nun nicht über mich lacht«, fügte er fast traurig hinzu.

Ein paar Wimpernschläge lang versank er in Schweigen und schüttelte den Kopf.

»Die einfachsten Codierungen sind meist die genialsten und schwer zu knacken, da wir zu kompliziert denken.«

Ich schaute irritiert in die Richtung, aus der diese Erklärung kam. Es war der erste zusammenhängende Satz, den ich in akzentfreiem Deutsch von Joshua gehört hatte. Mein fragender Blick suchte eine Reaktion in Hannahs Gesicht, die zwischen uns saß.

Sie zuckte nur mit den Schultern und machte eine hilflose Handbewegung.

»So ist mein kleiner Bruder eben. Er versteht es, Dinge auf den Punkt zu bringen.«

Hatte sie »kleiner Bruder« gesagt?

Ich beugte mich vor und besah mir an ihr vorbei dieses Exemplar von Bruder. Die zierliche Hannah und dieser Riese sollten miteinander verwandt sein? Das bedurfte einer Klärung.

Ein Lächeln huschte um die Mundwinkel des Rabbi.

»Danke, Joshua, dass gerade du mich tröstest. Aber lasst mich bitte für unseren Meister des deutschen Wortes kurz erklären, was es mit der Grundsätzlichkeit unserer Sprache auf sich hat.«

»Meister des deutschen Wortes«, das hörte sich aus dem Mund

eines Rabbis wie ein Ritterschlag an. Nie zuvor hatte jemand meinen Beruf mit einer solchen Erhabenheit umschrieben, und ich genoss es, dass Hannahs Hand anerkennend meinen Schenkel tätschelte. Oder war es als Beruhigung gedacht, dass der Rabbi es schelmisch gemeint hatte?

»Sehen Sie, Peter, die hebräische Schrift hat ein Alphabet. Sie ist aber eine Konsonantenschrift. Da diese Sprache schon sehr alt ist und in großen Teilen nur durch Sprechen überliefert wurde, verblasste die korrekte Aussprache des reinen Konsonantentextes mehr und mehr. Es fügten sich je nach Region Halbvokale und Vollvokale beim Sprechen ein, für die es keine Schriftzeichen gab.

Ab etwa dem 6. Jahrhundert drohten die schriftlich überlieferten Texte ihr Verständnis zu verlieren. In der Folge mühten sich die Gelehrten, das Geschriebene zu bewahren und mit der Vokale nutzenden Sprache in Einklang zu bringen, ohne dass man die heiligen biblischen Urschriften verändern musste. Seit dem 8. Jahrhundert gibt es ein allgemein gültiges Vokalisationssystem. Die gesprochenen Vokale – das heißt einige, aber bei weitem nicht alle – werden entweder durch eigene Buchstaben bezeichnet oder durch diakritische Zeichen dem vorangehenden Konsonanten zugeordnet – meist darunter, ganz gelegentlich auch daneben oder darüber. Es ist so kompliziert, wie es sich anhört.«

Er setzte die Brille ab und schaute mich prüfend an.

»Rabbi, bitte ...«, drängte Hannah und deutete auf ihre Uhr. »Was haben Sie herausgefunden?«

Der Rabbi rollte mit den Augen und setzte die Brille wieder auf.

»Dass ihr jungen Leute es immer so eilig habt! Ich möchte nur, dass ein Journalist, der mit der deutschen Sprache jonglieren kann, wissen muss, dass dieses Hebräisch nicht mehr unserer heutigen Umgangssprache, dem *Ivrith* ...«

»Rabbi Menachem ...«, drohte Hannah jetzt mit stark anschwellender Stimmlage und schob etwas Umgangssprachliches nach, das ich nicht verstand, was aber den Boden der reinen Höflichkeit verlassen zu haben schien.

»Na schön«, brummte der Rabbi und verzog kurz missmutig das Gesicht. Er schlug in dem vor uns liegenden Buch zwei mit Papierstreifen gekennzeichnete Seiten auf.

»In diesem Buch wird in stark geraffter Form auf das erste Buch Mose Bezug genommen. Doch an verschiedenen Stellen, wo eigentlich in der Urschrift die Vokalzeichen stehen sollten, stehen zwei Punkte wie bei deutschen Umlauten. Nur gibt es dergleichen in der hebräischen Schrift nicht.«

Hannah rollte mit den Augen und verzog das Gesicht, auf dem ich förmlich ablesen konnte, was sie dachte: *Mann, sei nicht so umständlich. Das habe ich schon selbst festgestellt.*

Aber sie sagte nichts.

Unbeirrt fuhr der Rabbi in seiner ausschweifenden Erklärung fort.

»Ich habe alle mir bekannten Erklärungen der Schriftgelehrten studiert, bin aber zu keinem greifbaren Ergebnis gekommen. Daraufhin musste ich mich über das Internet mit Spezialisten in Verbindung setzen ...«

»Was kam da raus?«, seufzte Hannah und begann das Spielchen mit dem Feuerzeugdeckel.

»Wenn Sie rauchen möchten«, der Rabbi schaute über seine Brille hinweg, »im Flur steht ein Aschenbecher. Darf ich in Ruhe fortfahren?«

Das Feuerzeug schnappte ein letztes Mal aus Protest und verschwand in der Handtasche.

»Dass doppelte Punkte benutzt wurden, ist reine Irritation. Auch standen diese keineswegs immer dort, wo im Hebräischen ein Vokal angezeigt werden sollte.«

Der Rabbi lehnte sich zurück und genoss die Spannung, die sich aufbaute, wie ein Artist, dessen oberste Kür mit einem Trommelwirbel angekündigt wurde.

Betont langsam putzte er sich wieder die noch nicht verschmutzten Brillengläser.

»Ich bedaure, zugeben zu müssen«, beugte er sich wieder über das Buch, »dass ein Kollege aus New York die richtige Idee hatte. Sehen Sie ...«

Mit einem frisch gespitzten Bleistift deutete er auf die markierten Worte.

»... die Position, an der die Markierung steht, ist entscheidend.«

Wir drei schoben die Köpfe über den Seiten zusammen, und der Rabbi setzte ein triumphierendes Lächeln auf.

»Verstehe ich nicht«, gab ich zu und lehnte mich enttäuscht zurück.

»Ist doch ganz einfach, wenn man Hebräisch lesen kann.«

Es klang wie ein Trost. Aber nicht für mich und ich dachte an das Buch in meiner Tasche.

»Wenn man jeden Buchstaben vom Satzanfang ab zählt, dann steht der ›Umlaut‹ an der Stelle, die einem Buchstaben im lateinischen Alphabet entspricht. Und jeweils zwei gegenüberliegende Seiten bilden einen Namen. So einfach ist das.«

Während ich noch versuchte, diese Erkenntnis für mich nachzuvollziehen, reagierte Hannah bereits.

»Wie viele Namen enthält dann dieses Buch?«

Der Rabbi suchte in der Mappe und zog ein Blatt hervor.

»Hier, ich habe sie aufgeschrieben. Es sind genau einunddreißig.«

Hannah nahm das Papier an sich, überflog es kurz und ließ es zusammen mit dem Buch in ihrer Tasche verschwinden.

»Das ist für Sie, Rabbi.« Sie schob einen Umschlag über den Tisch und stand abrupt auf. »Herzlichen Dank für Ihre Mühe. Unsere Zeit drängt. Komm, Joshua.«

Mit einem »Wir sehen uns!« zu mir verließen beide den Raum, als sei der Teufel plötzlich hinter ihnen her.

Es war alles so schnell gegangen, dass sich der Rabbi zum Abschied erst erhob, als sich Hannahs Absätze bereits klappernd über den Flur entfernten.

Was sollte ich jetzt mit meinem Buch machen? Ich konnte kein Hebräisch und hatte auch nicht vor, es in näherer Zukunft zu lernen.

»Diese jungen Leute haben nie Zeit«, murmelte der Rabbi kopfschüttelnd und prüfte den Inhalt des Umschlages. »Aber Zeit ist Geld«, strahlte er und verschloss zufrieden das Kuvert im Schreibtisch.

Ich saß noch wie angewachsen auf meinem Stuhl und überlegte krampfhaft, was jetzt zu tun war.

»Essen Sie wenigstens mit mir? Es gibt *Lattkes*. Habe ich frisch machen lassen. Nicht aufgewärmt aus der Mikrowelle oder tiefgefroren.«

Bei seiner Einladung fiel mir dieser scheußliche »Gefillte Fisch« ein, und mein Magen schrie: Bloß nicht! Aber ich musste mich zusammenreißen, sonst war das Buch für mich wertlos.

»Ja, gerne. Wenn es keine Umstände macht.«

»Es macht keine«, lächelte er. »Ich hatte mit vier Personen gerechnet. Bitte kommen Sie.«

Er führte mich in einen Raum im Erdgeschoss, der wie eine Gemeinschaftsküche mit Tischen und Stühlen eingerichtet war. Auch hier herrschte die Schmucklosigkeit vor, die den Augen keinen Halt, keinen Fixpunkt bot, so wie ich es aus katholischen Kirchen kannte.

Wir nahmen an einem Tisch Platz, der für vier Personen gedeckt war.

Lattkes stellte sich als ganz harmlose Kartoffelpuffer heraus, denen nur ein gewisses Quantum an Karotten und als Gewürz Paprika und Basilikum beigemengt waren. Dazu gab es mein Lieblingsgetränk, Bier.

Zehn *Lattkes* später – das Zeug schmeckte wirklich gut – prosteten wir uns zu.

»Das deutsche Reinheitsgebot beim Brauen ist ein Segen für die gläubige Küche«, schmunzelte der Rabbi. »Bier ist koscher. Aber darf ich fragen, was Sie hierher führt?«

Eine gute Frage. Nach dem Abgang von Hannah war mir auch nicht mehr klar, warum sie mich mitgenommen hatte.

»Das hier«, sagte ich und zog das Buch hervor.

Der Rabbi begutachtete es und begann zu blättern.

»So wie es aussieht, scheint es das gleiche zu sein, was vorhin auf meinem Tisch lag. Hannah sagte mir, dass es nur ein Exemplar davon gibt. Und jetzt ...?«

Er schüttelte den Kopf und begann die Stellen zu markieren und die Buchstaben zu zählen.

Die Namen, die sich ergaben, schrieb er mit Bleistift an den Rand der jeweiligen Seiten.

»Es ist genau das gleiche Buch. Es birgt dieselben einunddreißig Namen, mit denen ich aber nichts anzufangen weiß. Was wollen Sie und Hannah damit?«

Einen Moment zögerte ich. Was sollte ich ihm sagen, wenn es Hannah offensichtlich auch nicht getan hatte? Durfte ich ihm etwas sagen und wenn, was?

Ich musste meine Situation neu definieren, durfte mich nicht mehr als höriger Kettenhund einer begehrenswerten Frau benehmen. Ich war Journalist, und meine Aufgabe war klar umrissen. Informationen zu sammeln und zu verwerten, wo immer sich die Möglichkeit bot.

Seine braunen Augen sahen mein Ringen um eine Entscheidung. Er klappte das Buch zu und schob es über den Tisch.

»Soll ich Ihnen sagen, was ich davon halte?«, rettete er mich aus der Zwickmühle der Gedanken. »Es hat mit diesem Kasten zu tun, über den Sie geschrieben haben. Stimmt's? Sie sind es doch mit dem Kürzel P.S. und haben heute einen neuen Artikel in Ihrem Blatt, der sich indirekt damit befasst. Sie sind sehr mutig.«

»Was meinen Sie damit?«

»Weil Sie sich mit etwas befassen, dessen Hintergrund Sie nicht kennen.«

Was wusste ein Rabbi, der mindestens zehn Jahre jünger war als ich, von Hintergründen?

Er hatte sich überhaupt verwandelt, seit Hannah nicht mehr anwesend war. In ihrem Beisein hatte er sich wie ein devoter Clown verhalten, der Männchen machte, um dafür bezahlt zu werden. Nun strahlte er die natürliche Souveränität eines Geistlichen aus.

»Welche Hintergründe?«, wurde ich jetzt neugierig.

Er deutete wortlos auf das Dreieck auf dem Bucheinband.

»Und was bedeutet das Dreieck?«

Ich hatte das Gefühl, dass es doch eine Fügung gab. Natürlich war es das Dreieck, das meine erste Aufmerksamkeit erregt hatte, aber in dem Trubel der Ereignisse war es bei mir in Vergessenheit geraten.

Der Rabbi lehnte sich zurück und schaute an die kahle Decke, als stünde dort ein Text, den man ablesen konnte. Genauso begann er zu sprechen, ohne den Blick zu senken. Wie ein Medium, das den Bezug zu seiner Umwelt verloren hatte.

»Das war das Zeichen einer mächtigen Loge im Rheinland. Diese

Loge der *Chesed*«, er deutete auf das Dreieck, »das bedeutet im Hebräischen ›vier‹, wurde von vier Bankhäusern in Köln, Frankfurt, Wien und Zürich getragen.«

Es entstand eine lange Pause, die nur vom Geklapper der Küchenhilfe unterbrochen wurde, die das Geschirr abräumte.

»Viel anderes als dieses Geschäft blieb uns Juden ja nach der spanischen Inquisition von 1478 nicht übrig.

Die Logenbrüder waren zu jener Zeit hoch geachtete Leute, die sich gerade in der Weltwirtschaftskrise stark sozial engagierten. Genau das war den Nazis dann ein Dorn im Auge. 1936 wurden alle Logen gezwungen, sich aufzulösen, und ihre Mittel wurden beschlagnahmt. Wer bis dahin nicht das Land verlassen hatte, landete im Lager.

Nichtjüdische Logenmitglieder standen unter ständiger Beobachtung und wurden mit Verhören und Verhaftungen drangsaliert. So muss es auch mit der *Chesed* geschehen sein, von der man nie wieder etwas gehört hat.«

»Warum erzählen Sie mir das?«, versuchte ich mir einen Reim aus der Diskrepanz zwischen den verschiedenen Meinungen zu machen, die ich bisher gehört hatte.

Sein braunen Augen suchten Blickkontakt, als versuchten sie, in meiner Retina zu lesen.

»Ich weiß nicht. Hier läuft etwas, das Unheil über unsere Gemeinde bringt. Man bezahlt mich für meinen Dienst. Das ist gut, denn wir sind eine arme Gemeinde. Aber ich werde es nicht dulden, dass wir missbraucht werden. Erzählen Sie mir, um was es geht, und ich werde Sie mit einem Mann zusammenbringen, der Zeitzeuge ist.«

16

Es war schon dunkel, als ich mich entschloss, mal wieder nach Hause zu gehen, um mindestens die Kleider zu wechseln. Alles roch nach dem, was sich so an Gerüchen in den vergangenen achtundvierzig Stunden an mir festgesetzt hatte.

Die Treppe fiel mir heute besonders schwer, da sich aufgrund meines Artikels jeder in meiner Stammkneipe verpflichtet gefühlt hatte, mir einen auszugeben.

Aber was sollte es? Ein klitzekleiner Triumph des journalistischen Proletariats, und ich war im Urlaub. Mehr durfte ich heute – oder war es schon morgen – nicht erwarten.

Der Hausmeister besaß die Freundlichkeit, mir das Schlüssellochsuchen zu ersparen, indem er die Tür von innen aufriss, um mich bis zum ersten Stock mit Drohungen zu verfolgen, dass man – wer war »man«? – mich nicht länger in diesem Haus dulden würde, da es nur Probleme mit mir gäbe.

Ab dem zweiten Stock wurden seine Tiraden schon unverständlicher. Wahrscheinlich war er wieder mal besoffen. Ab dem dritten Stock hörte ich nur noch mein Keuchen und den Wunsch in mir Gestalt annehmen, meine Etage zu erreichen.

Vorletzter Treppenabsatz. Nur noch zehn Stufen, und das Delirium begann. Ich sah eine dicke fette Katze, die mir um die Beine strich, und vernahm ein Grunzen über mir.

»Sind Sie es, Stösser? Wird aber auch Zeit. Kommen Sie. Ich helfen Ihnen.«

Jemand zog mich über die letzten Stufen hoch, dann setzte mein Filmprojektor aus.

Es war schon hell, aber der Albtraum des letzten Treppenabsatzes war immer noch da und lag in Gestalt der fetten Katze auf meiner Bettdecke.

»Wünschen der Herr seine Kopfschmerztablette in Wasser, Kaffee oder Bier aufgelöst?«

Die Stimme kam mir bekannt vor, und die Umrisse der Figur, die im Türrahmen lehnte, nahmen langsam Kontur an.

»Was machen Sie denn hier?«, seufzte ich und zog mir die Bettdecke über den Kopf.

»Mich entschuldigen«, klang es gedämpft.

»Dann nehmen Sie diesen verdammten Kater aus meinem Bett.«

Kögel lachte in einer Lautstärke, die mir wie der Start eines Flugzeuges vorkam.

»Der Kater riecht Ihren Kater und will nur mit ihm spielen. Aber jetzt machen Sie mal, dass Sie auf die Beine kommen. Wir haben zu tun. Ich bringe gleich ein Bier.«

»Wir? Kann wohl nicht sein. Ich habe Urlaub«, knurrte ich unter der Decke hervor.

»Das ist mir bekannt«, kam es aus der Küche, »aber wir beide haben ein ernsthaftes Problem.«

Ein Ruck, und er hatte mir die Bettdecke weggezogen.

»Los, trinken Sie das und dann sehen Sie zu, dass Sie zu sich kommen! Ihre jüdische Mieze ist nämlich abgereist.«

»Sie ist keine jüdische Mieze«, stöhnte ich unter dem Kissen als letzten Halt der Bettwärme hervor. »Nicht jeder Deutsche ist automatisch ein Katholik oder Christdemokrat. Sie ist Israelin. Geht das nicht in Ihren verdammten Dickschädel?«

»Von mir aus ist sie Israelin«, zog er mir auch noch den letzten Rest meiner alkoholisierten Geborgenheit vom Kopf. »Und jetzt schwingen Sie Ihren Arsch unter die Dusche. Es reicht mir. Sie stinken wie ein Penner.«

Langsam, ganz langsam stemmte ich meinen Oberkörper hoch und schaute in ein ähnlich zerknitterte Gesicht von Kögel, wie meins gleich im Spiegel aussehen würde.

»Haben Sie hier etwa genächtigt?«

»Wo denn sonst? Ich mache jetzt Frühstück.«

»Ich habe nicht um nächtlichen Polizeischutz gebeten«, murrte ich über diese Zwangswohngemeinschaft.

»Ist es auch nicht«, kam es aus der Küche zurück. »Ist mehr so 'ne Art Notgemeinschaft. Meine Frau meinte, dass einer zu viel im Bett sei. Da gab eben ein Wort das andere. Na ja, Sie kennen das ja. Nach vierzig Jahren Ehe kommt da schon einiges zusammen.«

»Was verschafft mir die Ehre Ihrer Entschuldigung?«

Ich versuchte das Mistvieh von Kater zu verscheuchen, das an mir schnupperte und nieste.

»Der Tarot-Mörder ist jetzt in aller Munde und hat die Leute sensibilisiert. Erzähle ich Ihnen, wenn Sie wieder wie ein Mensch aussehen. Ich hasse einen schlampigen Anblick beim Frühstück. Den kann ich auch zu Hause haben.«

Kögel hatte sich angestrengt. Was er zum Frühstück auffuhr, hatte er bestimmt nicht in meinem Kühlschrank gefunden. Selbst die Tageszeitung lag an meinem Platz.

So viel Zuvorkommenheit machte mich misstrauisch. Das war nicht der Kögel, den ich kannte.

»Was ist mit Hannah?«

»Gestern zusammen mit dem Riesenbaby abgereist«, mümmelte

er, während er mit einem Zahnstocher zwischen den Zähnen pulte. »Wussten Sie, dass diese Hannah Motzkin einen Diplomatenpass hat?«

Woher sollte ich das wissen? Diese Frau war für jede Überraschung gut, und ich würde mich nicht wundern, wenn sie auch noch Geheimdienstchefin wäre. Mir war viel wichtiger, wo jetzt die Unterlagen waren, die ich bei ihr deponiert hatte.

»Die Garage ist übrigens leer. Sie wissen nicht zufällig, wo die ganzen Zeitungen und Dokumente hingekommen sind?«, setzte er genau bei diesem Thema an.

»Habe ich bei einer Spedition einlagern lassen«, mogelte ich mich aus der Situation.

»Alle?«, fragte er über die Kaffeetasse hinweg.

»Natürlich. Warum?«

»Weil diese Hannah plötzlich hundertzwanzig Kilo Übergepäck hatte.«

»Warum sind Sie wirklich hier?«, bog ich von dem für mich peinlich werdenden Thema ab und bemühte mich, meinen Ärger darüber zu unterdrücken, dass ich mehr als alter Gockel gefühlt, als rational gedacht hatte. Hannah hatte mich mit der einfachsten Masche, die Frauen im Gepäck haben können, geködert und benutzt.

»Sagte ich doch«, ging Kögel endlich auf meine Frage ein. »Der Artikel hat die Leute wach gemacht, nicht mehr jeden tödlichen Unfall als solchen hinzunehmen. Und wir haben wieder einen Unfall mit Tarotkarte.«

»Und dann sitzen Sie noch hier herum?«

Er hob abwehrend die Hände.

»Langsam. Das war gestern, und ich schicke inzwischen meine Leute. Wenn ich auftauche, dann wittert das LKA gleich wieder etwas. Aber so war es ein ganz einfacher Reitunfall, der auch nicht über Polizeifunk gemeldet wurde. Wir fahren nachher zu diesem Gestüt.«

»Welche Karte?«

Kögel köpfte sein zweites Frühstücksei wie ein Scharfrichter.

»Hab sie noch nicht. Mein Mitarbeiter sagt, es sei so etwas wie ein Mond darauf.«

Mond. Das war die achtzehnte Karte im großen Arkanum.

»War das Frühstück nicht ausreichend?«, fragte er lauernd, während ich eine Pizza aus dem Gefrierfach zog.

Ich hatte von ihm gelernt und meine, nein Hannahs Liste im Karton der Tiefkühlpizza versteckt. Hier hatte die Hausdurchsuchung nicht nachgesehen.

»Waren wohl wieder nur Weiber dabei«, knurrte der Kommissar kopfschüttelnd. »Meine Leute hätten das Versteck gefunden.«

Der Mond entsprach auch dem achtzehnten Buchstaben unseres Alphabets, dem »R«.

Jetzt hatte ich das eindeutige Wort »GOLD«, das »R«, ein »U« und das »H«.

»GOLDRUH.« Das ergab langsam einen Sinn.

»›GOLDUHR‹ passt aber auch«, sinnierte Kögel. »Diese Dechiffriermaschine ist doch bestimmt nicht auf Ihrem Mist gewachsen«, prüfte er die Handschrift auf der Liste.

»Das war doch sicher wieder diese Jü ... pardon: Israeli?«

Die ganze Situation wuchs mir über den Kopf. Eine Frage jagte die andere, ohne jemals in die Nähe einer Antwort zu kommen.

Kögel war mir ständig auf den Fersen. Aus zweiunddreißig Soldbüchern und einem Foto mit ebenso vielen Männern waren inzwischen, je nach Auslegung, mal einer mehr, mal einer weniger geworden. Hannah hatte mir eine perfekte Bühnenshow geboten, auf die ich auch noch hereingefallen war. Kögel zog seine eigene Vorstellung ab, ohne dass ich sie bisher durchschauen konnte. Ich kam mir wie der verschwundene Kasten vor.

Alle glaubten, dass man nur mit meinem Wissen weiterkam. Welchen Inhalt ich hatte, schien niemand zu interessieren.

»Was ist hier los?«, knallte ich das Besteck auf den Tisch. »Was treiben Sie und diese Hannah für ein Spiel?«

»Darf man bei Ihnen nach dem Frühstück rauchen?«

Kögel schien ganz schön in der Scheiße zu sitzen, dass er plötzlich diese Höflichkeit an den Tag legte.

Er biss wie immer das Mundstück des Zigarillos ab, spuckte es aber nicht wie üblich in die Gegend, sondern fieselte es behutsam von der Zunge und krümelte es in eine leere Eierschale.

Die Prozedur, die nun folgte, kannte ich schon. Anzünden, einatmen, Luft anhalten, die Konsistenz des Zigarillos prüfen, durch Mund und Nase einen Schwall von Dampf ablassen und ausatmen.

»Sie sind als Halbwaise aufgewachsen, nicht wahr?«, begann er mit den Husten unterdrückender Stimme. »So wie ich. Meinen Vater habe ich nie gekannt. Sie sind 1946 geboren. Ich 1936.«

Er berührte den Punkt, den ich, seit ich mir über meine Familienverhältnisse Gedanken machen konnte, verdrängt hatte, da es keine Möglichkeit gab, Licht in diese Vergangenheit zu bringen.

Er lehnte sich zurück. Die Tabakrolle wippte zwischen seinen Lippen. Sein Blick verharrte irgendwo an einem Bild hinter mir.

»Durch diesen ›Tarot-Mörder‹ habe ich mich getraut, mal näher in meiner Vergangenheit zu stochern«, hob er betont langsam an. »Wissen Sie, was ich da gefunden habe?«

Ich ahnte es, hoffte aber, dass es nicht wahr sein würde.

»Durch die Nürnberger Gesetze 1935 wurden alle Ehen zwischen Juden und Christen für nichtig erklärt.«

Er machte eine Pause und prüfte, ob ich Interesse zeigte.

»Ist mir bekannt«, bestätigte ich.

»Als meine Mutter vor zwanzig Jahren starb, hinterließ sie das, was eben alte Leute aus dieser Zeit alles aufbewahren. Aber keine

Fotos ihres Mannes. Bis auf eines. Ich konnte damit nichts anfangen, bis Sie der Haushälterin des Baulöwen das Foto dieser Ausbildungskompanie zeigten. Genau dieses Foto fand ich in einem alten Album. Verstehen Sie, warum ich ärgerlich war, dass mir das LKA ins Handwerk pfuscht?«

Das war allerdings eine Erkenntnis, die bei mir einen umfangreichen Denkprozess auslöste.

Zweiunddreißig jüdische Männer in Wehrmachtsuniformen. Hannahs Großvater, je ein Vorfahr von Hermann Seid, Hermann Müller, von Kommissar Kögel, wahrscheinlich noch einer meines Verlegers und dieser neue Tote. Nur der Professor und der Steinmetz passten nicht ins Bild.

»Ich fürchte«, spann Kögel weiter, »dass diese Botschaft noch nicht komplett ist. GOLDUHR ist kein jüdischer Name. Es sind mehr aus diesem Einsatz zurückgekommen, als wir gedacht haben. Und die – oder ihre arisierten Nachkommen – tragen untereinander einen Rachefeldzug wegen was auch immer aus. Wenn wir nicht herausfinden, wie die Leute damals wirklich geheißen haben, sehen wir verdammt schlecht aus, den wahren Unbekannten ausfindig zu machen. Ich weiß ja noch nicht einmal, wie meine Mutter hieß, bevor sie und ich ›arisiert‹ wurden. Und wir wurden das. Da bin ich mir jetzt ganz sicher. Bei Kindern unter sechs Jahren hat man einfach den Stammbaum geändert. Damit hatten sie keine jüdischen Erzeuger mehr, und die Mütter taten aus Angst nichts, um das aufzuklären. Sie heirateten meist sehr schnell wieder, um alles ungeschehen zu machen, oder kamen in ›Zuchtstationen‹, um mit der Herrenrasse gekreuzt und veredelt zu werden. Das war es.«

Ich versuchte den Gedanken beiseitezuwischen, der sich mir aufdrängte, als habe er etwas Wichtiges, nicht mehr zu Verleugnendes zu sagen. Mein Zeugungsdatum musste um Weihnachten 1945 gelegen haben, und meine Mutter hatte nie über einen Mann gesprochen. Auch hatte ich nach ihrem Tod nichts gefunden, was darauf hingewiesen hätte, dass überhaupt jemals ein Mann für meine Zeugung verantwortlich gewesen war. Eine Geburtsurkunde war alles, was meine Existenz bestätigte. Als Vater war »unbekannt« eingetragen.

Mich fror bei der Vorstellung, dass sich da draußen Väter in einer Art Parallelleben für ihre Anonymität rächten.

Was war mit der Gruppe damals wirklich geschehen? Ich wurde den Eindruck nicht los, dass den beiden Darstellungen vom Dompropst und Hannah etwas Entscheidendes fehlte. Aber was?

»Denken wir logisch«, setzte Kögel seine Betrachtungen langsam sprechend fort, »dann hat der, der den Kasten hat, einen Schlüssel zur Vergangenheit einiger Leute in der Hand. Ein direkter Vorfahre kann es vom Alter her nicht sein. Also ist die Zusammensetzung des Inhaltes ein Code, der zu den Nachkommen dieser Männer und deren ... ja, *was* führt?«

Er löschte die Glut des Zigarillos im verbliebenen Eiweiß des letzten Frühstückseis und setzte behutsam den abgeschlagenen Deckel wieder wie eine Grabplatte auf den Torso.

»Haben Sie eine Idee? Ich komme nicht weiter.«

Er griff unter sich und zog den Kater am Nackenfell wie eine pralle Einkaufstasche auf seinen Schoß.

Ich rang mit mir, ob ich ihm trauen sollte oder nicht. Seine Argumente waren einleuchtend. Sein Hiersein nicht.

Sollte ich ihm sagen, dass ich einen Schlüssel in Form des schwarzen Buches hatte, oder sollte ich versuchen, ihn möglichst unverfänglich loszuwerden? Mein Besuch beim Rabbi war ihm offensichtlich entgangen. Das konnte meine Chance sein, ihn auf seine Ehrlichkeit zu prüfen.

»Was würden uns die wirklichen Namen der Männer helfen, wenn wir sie wüssten?«

Seine Hand hielt einen Moment lang beim Kraulen des Katers inne.

»Sie haben recht. Nicht viel. So wenig wie ich an den Namen meines Vaters komme, würden uns die wahren Identitäten dieser Männer nutzen. Es ist doch alles im Krieg verbrannt und nur rekonstruierbar, wenn jemand seine Geburtsurkunde, sein Familienstammbuch oder sonstige Papiere vorweisen konnte. Eine wahrhaft perfekte Tarnung für den Tarot-Mörder.«

Er setzte den jämmerlich miauenden Kater ab, wie er ihn aufgenommen hatte.

»Der oder die Unbekannte will uns aber etwas sagen. Sonst wäre der Hinweis über die Karten sinnlos. Wir müssen die Zeitungen durchgehen. Es gibt keine andere Möglichkeit. Los, fahren wir zu dieser Spedition.«

»Eigentor«, gackerte meine logische Gehirnhälfte. »Das hast du dir selbst eingebrockt. Nun erklär mal schön.«

»Ja, ähm ...«, begann ich zögerlich zu beschreiben, was mir passiert war, und Kögel verzog mit jedem meiner Worte mehr die Mundwinkel zu einem Grinsen.

»So ähnlich habe ich mir das vorgestellt«, quittierte er meine Beichte. »Sie einen geilen Trottel zu nennen ist mir ein zutiefst befriedigendes Bedürfnis. Darf ich das schwarze Buch jetzt sehen, oder muss ich es erst in der Mikrowelle auftauen?«

Er studierte sorgsam die Namen, die der Rabbi am Rand der Seiten notiert hatte, und schien jeden einzelnen durch die Mühle seines Langzeitgedächtnisses laufen zu lassen.

Dann klappte er das Buch zu und schob es mir wieder hin.

»Wenn wir den Mörder kennen würden, könnten wir ihn anrufen und ihm sagen, dass er aufhören kann. Wir haben die Botschaft verstanden. Kommen Sie, ich zeige Ihnen was, und dann haben wir mit dem Rabbi zu reden.«

Eine halbe Stunde später erreichten wir den Eingang des Jüdischen Friedhofs in der Venloer Straße.

Ohne lange herumzusuchen, führte mich der Kommissar zu einem Grab, das nur durch eine in der Erde eingelassene Steinplatte gekennzeichnet war.

Das Grabumfeld war sehr gepflegt, was mich bei den Daten des Verstorbenen wunderte.

»Moses Ewald Goldrausch. 1871–1936, Bankier«, stand in bemerkenswert unversehrten goldenen Lettern in die Platte eingelassen.

»Da liegt unser geheimnisvoller Hinweis«, deutete Kögel auf das Grab, auf dem, nach mir nicht ersichtlichem Muster, kleine Kiesel abgelegt waren. »Auf diesem Grab haben wir den Professor gefunden. Mit ausgebreiteten Armen, wie ans Kreuz genagelt, oder als wenn er es beschützen wollte. Da die Obduktion ergab, dass er schlicht und einfach an Altersschwäche verstorben ist, hat er sich wahrscheinlich noch bis hierher geschleppt, um seine Botschaft loszuwerden.«

»Botschaft?«, fragte ich verständnislos und schob mit dem Fuß die Kieselsteine von der Platte.

»Ja. Botschaft. Dieser Name Goldrausch ist als einziger in ihrem schwarzen Buch vermerkt, der anscheinend vom Anfang bis zu seinem Tod nicht geändert wurde. Und was haben wir an Karten?«

Das stimmte. Das Wort konnte der Namen sein. Es fehlten nur noch drei Buchstaben. Das »A«, das »S«, und das »C«.

»Aber das Todesjahr passte nicht ins Gefüge.«

»Genau das sollen wir vermutlich herausfinden. Ich bin mir sicher, dass dieser Verblichene der Schlüssel ist.«

»Was machen Sie da?«, tönte eine strenge Stimme hinter mir. »Sie können doch die Steine des Gedenkens nicht einfach wegschieben. Legen Sie die gefälligst wieder hin.«

Eine alte Dame funkelte mich mit ihren blauen Augen an.

»Los, wird's bald«, stieß sie energisch ihren Gehstock in den Boden.

»Moment mal«, ging Kögel auf sie zu und hielt ihr seinen Ausweis vors Gesicht. »Was heißt hier Steine des Gedenkens?«

Die Frau prüfte den Ausweis von beiden Seiten und ließ ihn wie aus Versehen fallen.

»Sie sollten sich lieber um Grabschänder kümmern, als in ihrem Ordnungswahn das Gedenken von Hinterbliebenen zu entfernen.«

Damit drehte sie sich um und wandte sich zum Gehen.

»Nicht so schnell«, hielt Kögel sie am Arm fest. »Was haben die Steine zu bedeuten?«

Ein abfälliges Lächeln husche über ihr faltiges Gesicht.

»Sie kennen sich wohl nicht mit unseren Bräuchen aus?« Unwillig schüttelte sie Kögels Hand ab. »Jedes Mal, wenn ein Hinterbliebener das Grab seines Angehörigen besucht, hinterlässt er als Andenken etwas Unvergängliches. Und das sind in der Wüste eben nur Steine. Kann ich jetzt gehen?«

Kögel nickte gedankenverloren und zählte die Kiesel, die ich versucht hatte, halbwegs wieder an ihren Platz zu schieben.

»Diese Steine waren nicht hier, als wir den Professor fanden. Und nun sind es sieben Stück.«

»Sie meinen ...?«

Kögel nickte. »Ich meine ... Gehen Sie bitte mal der alten Dame nach. Sie scheint häufiger hier zu sein. Ich habe mich ihr gegenüber heute schon genug danebenbenommen.«

Es war nicht schwer, sie einzuholen. Ein Gehfehler hinderte sie daran, schnell vorwärtszukommen.

»Entschuldigen Sie, mein Name ist ...«, stellte ich mich vor.

Eine Sekunde musterte sie mich von oben bis unten und hinkte dann zu einer Bank.

»Setzen Sie sich!« Sie deutete auf den Platz neben sich. »Sie sind also der Journalist, der gestern diesen Artikel geschrieben hat.«

Es schien sich inzwischen allgemein rumgesprochen zu haben.

Sie schnäuzte sich mit einem von Spitzen umnähten Taschentuch und kramte eine Tüte mit Vogelfutter aus der Handtasche.

»Sei'n Sie jetzt ganz still«, flüsterte sie und legte den Zeigefinger vor die Lippen. »Ich werde jetzt testen, ob Sie ein guter oder böser Mensch sind.«

Mit spitzen Fingern streute sie das Futter um uns herum und ahmte dabei die gurrenden Laute der Tauben nach.

Es dauerte nicht lange, bis sich die ersten Tiere vorsichtig näherten, schnell ein Korn aufpickten und wieder auf Abstand gingen.

»Na ja, man kann Sie lassen«, stellte sie befriedigt fest, nachdem das letzte Korn vor unseren Füßen verschwunden war und die Vögel sich wieder in die Bäume verzogen hatten. »Wissen Sie, die Tiere merken es sehr schnell, wenn man ihnen nicht wohl gesonnen ist. Um den Dom gibt es da Bestrebungen, sie loszuwerden, die mir nicht gefallen. Schreiben Sie doch mal darüber.«

Verstohlen sah ich auf meine Uhr. Es war schon fast eine halbe Stunde vergangen, und ich hörte mir aus reiner Höflichkeit das belanglose Plappern einer alten Frau an.

»Kannten Sie diesen Herrn Goldrausch?«, versuchte ich endlich Grund in mein Ansinnen zu bringen, erntete damit aber nur ein hysterisches Kichern.

»Wo denken Sie hin! Haben Sie mal gesehen, wann der gestorben ist? Da war ich erst zehn Jahre alt. Nein, nein. Aber er muss noch Verwandte haben.«

»Wie kommen Sie darauf?« Ich schien meinem eigentlichen Ziel endlich näher zu kommen.

»Na hören Sie mal!« Sie sah mich entrüstet an. »Sie waren es doch, der die Beweismittel dafür von der Grabplatte geräumt hat.«

Dieser bockige Altersstarrsinn begann an meinen Nerven zu zerren.

»Haben Sie mal jemanden gesehen, der dort ein Gedenksteinchen niedergelegt hat?«, versuchte ich meinen Atem unter Kontrolle zu halten, um nicht unhöflich zu wirken.

Sie legte wie ein Filmdiva das Kinn auf den abgewinkelten Handrücken und schob die Unterlippe vor.

»Lassen Sie mich nachdenken. Mein Mann und ich kamen 1971 – oder war es 1972? – nach Köln zurück. 1985 ist mein Mann gestorben und hier beerdigt worden. Nein, bis dahin habe ich keine Gedenksteine auf dem Grab des Herrn Goldrausch gesehen.«

Verzweiflung kroch in mir hoch und ich schwor mir, niemals einen Bericht über oder in einem Altersheim zu schreiben.

»Und danach? Ich meine, nach dem Tod Ihres Mannes sind Sie doch erst hierhergekommen?«

»Halten Sie mich für senil?«, stampfte sie energisch mit dem Stock auf. »Natürlich bin ich erst seit dem Tod meines Mannes hierhergekommen. Nein, danach habe ich auch keine Steine gesehen, bis ...«

»Bis wann?«, drängte ich nun energisch.

»Wenn Sie mir versprechen, einen Artikel über den Taubenmord am Domplatz zu schreiben, dann sage ich es Ihnen.«

Das fehlte mir noch, dass ich mich auf die Seite der militanten Tierschützer schlug. Dann war es nur noch eine Frage der Zeit, wann Kögel mit sämtlichen streunenden Katzen Kölns bei mir einzog.

»Ich verspreche es.«

Sie hielt mir die Hand hin und studierte meine Mimik.

»Abgemacht?«

»Abgemacht.«

»Seit etwa einer Woche kommt ein junger, hübscher Mann ans Grab des Herrn Goldrausch. Er ist vielleicht Ende dreißig. Aber nicht älter. Hat dunkle, kurze Haare, sehr freundlich, sehr gepflegt und hat ständig so ein Ding über den Ohren. Ich weiß nicht, wie man das nennt, aber es hat ein Kabel zu einem Gerät, das am Gürtel befestigt ist ...«

Die Beschreibung passte zwar auf die Hälfte der männlichen Jugend der Stadt, aber mir kam eine Idee, und ich verabschiedete mich so höflich, wie es meine plötzliche Eile zuließ.

Kögel lag mit der Katze auf der Brust schnarchend auf dem heruntergelassenen Beifahrersitz. Eine Politesse schlich unschlüssig um den im totalen Halteverbot stehenden Wagen.

»Kripo Köln«, gab ich eine kurze Erklärung und schwang mich hinters Lenkrad.

»Wo fahren wir hin? Haben Sie was rausbekommen?«, murmelte der Kommissar, ohne die Augen zu öffnen.

»Ja. Sie sollten sich mal um unseren Sam im Verlag kümmern.«

Kögel scheuchte den Kater auf den Rücksitz und stellte seine Rückenlehne hoch.

»Geht nicht«, murmelte er nach einigen Überlegungen. »Das ist nicht mein Bereich. Ich habe keine Handhabe gegen ihn. Ich kann ihn als Mordkommission schlecht wegen eines 1936 gestorbenen Bankiers vorladen. Und bevor Sie mir mit dem Argument des unerlaubten Abhörens des Polizeifunks kommen, das ist auch nicht mein Bereich. Haben Sie nicht eine bessere Idee, um mich loszuwerden?«

»Doch, Sie versöhnen sich wieder mit Ihrer Frau, und ich sage Ihnen Bescheid, wenn sich was ergibt.«

»Vergessen Sie es«, brummte er und schloss wieder die Augen, »wir fahren jetzt zum Rabbi.«

Hilflos kramte ich in meiner Ideenkiste, um ihn wenigstens für ein paar Stunden loszuwerden. Aber der alte Fuchs schien jeden meiner Gedanken im Voraus zu kennen.

»Wenn Sam seit der ersten Tarotkarte Gedenksteinchen auf ein jüdisches Grab legt, dann steht er in Verbindung mit der Geschichte«, versuchte ich es ein letztes Mal.

»Möglich«, grunzte Kögel. »Aber der läuft uns nicht weg. Erst will ich diesen Zeitzeugen des Rabbis kennen lernen, und dann nehmen wir uns den Tod des Gestütsbesitzers vor.«

Ich war ein Rindvieh. Es hätte mir klar sein müssen, dass Kögel ein Gedächtnis wie ein Computer hatte. So war ihm bei meiner Beichte über die verschwundenen Zeitungen und Kladden nicht entgangen, dass ich aus lauter schlechtem Gewissen versuchte hatte, durch ein »Ja aber, da ist noch ein Zeitzeuge« mein Gesicht zu wahren.

Das Glück hatte an diesem Tag doch noch ein Einsehen und ersparte es mir, dem Rabbi meinen ungehobelten Begleiter erklären zu müssen.

Er war nicht im Haus und ließ mir einen Umschlag übergeben, den Kögel sofort an sich nahm und inspizierte.

»Ich glaube, wir sind nicht richtig angezogen«, murmelte er und gab mir das Papier aus dem Umschlag.

Die Information enthielt nur den Namen einer männlichen Person und die Anschrift einer Seniorenresidenz rheinaufwärts. Von einem Kollegen, der sich gesellschaftspolitisch betätigte, wusste ich, dass es sich um ein Schloss handelte, in dem nur die oberen Hundert der Gesellschaft ihre letzten Tage verbrachten.

»Außerdem ist das nicht mein Einflussbereich«, bemerkte Kögel und ich hörte eine gewisse Resignation in seiner Stimme. Nervös spielte er mit dem Sicherheitsgurt und trommelte mit den Fingern auf der Armlehne. Er rang mit sich, ob er nun als Privatperson die Landesgrenze und damit seinen Kompetenzbereich überschreiten oder sich erst über die genannte Person schlaumachen sollte. Das erforderte aber wieder den Zugriff auf den LKA-Computer oder ...

»Na schön«, gab er nach. »Ich werde mich über diesen Sam und den toten Reiter schlaumachen. Aber Sie nehmen nicht meinen Dienstwagen, ziehen sich wie ein anständiger Mensch an – und nehmen gefälligst ein aufgeladenes Handy mit.«

17

Zwei Stunden später erreichte ich das angegebene Ziel und kontrollierte im Rückspiegel, ob meine Krawatte den richtigen Sitz hatte.

Zwei Pförtner überprüften meine Identität. Mit einem besseren Fahrzeug wäre es wahrscheinlich nur ein Durchwinken gewesen, denn beim Anblick der chromblitzenden Karossen auf dem Besucherparkplatz hätte auch eine Neulackierung meines Golfs nur reine Kosmetik bedeutet.

Dafür war es überraschend leicht, Zugang zu diesem »Zeitzeugen« des Rabbis zu erhalten.

»Senator, hier ist Ihr Besucher«, stellte mich die Schwester einem Bündel Mensch vor, dass nur noch von einem im Rollstuhl sitzenden Anzug zusammengehalten wurde.

Das Gesicht war aschfahl, die Haut spannte sich um die Backenknochen, und die dürren Hände zitterten. Der Mann wog kaum noch vierzig Kilo und musste altersmäßig schon jenseits von Gut und Böse sein.

Das sollte also mein Zeuge sein, der mehr wusste, als mir bisher bekannt gemacht worden war? Mir kamen Bedenken, dass dieser Mann vorher sterben würde, bis ich in Erfahrung gebracht hatte, was der Rabbi mir angedeutet hatte.

Der alte Mann hob langsam den Kopf und sah mich aus hellwachen Augen an. Mühsam versuchte er mir die Hand zu reichen.

»Meine Schwester hat Sie mir anders beschrieben«, sprach er leise. »Bitte entschuldigen Sie meinen Zustand. Aber ich hatte Sie schon vor Jahren erwartet. Nun bin ich schon fast hundert Jahre alt, und es wird immer mühseliger, sich an die Geschichte zu erinnern.«

Ich konnte mich des Eindrucks nicht erwehren, dass ich mit dem falschen Mann sprach.

»Ihre Schwester? Wer ist das?«

Ein müdes Lächeln, in dem alle Pein der Welt zu liegen schien, spielte kurz in seinem Gesicht.

»Sie haben sich heute mit ihr über Tauben unterhalten. Auf dem Jüdischen Friedhof. Erinnern Sie sich noch?«

Warum fiel mir zu dieser Überraschung nur Hauptkommissar Kögel ein, der gerade dabei war, mit zwei weißen Tigern bei mir einzuziehen und aus meinem Wohnzimmer eine Taubenzucht zu machen?

»Was hat das mit dem Rabbi zu tun, der mir Ihre Adresse gab?«, versuchte ich wieder Ordnung in meine Gedanken zu bekommen.

Der Senator hob schwach die Hand und krümmte den Zeigefinger.

Die einige Meter abseits wartende Schwester eilte herbei und löste die Bremse am Stuhl.

»Folgen Sie uns bitte«, sagte sie und schob den alten Mann in Richtung Fahrstuhl. »Der Senator ist schon sehr schwach und benötigt viel Kraft zum Sprechen. Daher verständigen wir uns nur durch Zeichen. Dann fühlt er sich nicht verpflichtet, seine Stimme überzustrapazieren. Ich bringe ihn und Sie jetzt in das Empfangszimmer. Dort können Sie ihm alles erzählen.«

»Wie lange wohnt der Senator schon hier?«

Die Schwester lächelte und gab die Frage wie an einen Taubstummen mit Zeichensprache weiter.

Der zuckte kurz mit den Fingern.

»Er wohnt schon länger hier, als ich alt bin. Über fünfundzwanzig Jahre.«

Die alte Hand wedelte flach hin und her, als passe dem Senator etwas nicht.

»Der Senator wünscht momentan keine weiteren Fragen«, übersetzte die Schwester und schob den Rollstuhl in den Aufzug.

Obwohl sich der Fahrstuhl nur unmerklich in Bewegung setzte, schien die Aufwärtsbewegung den Senator noch um ein paar Zentimeter mehr zu stauchen. Aber ich empfand zu meinem Erstaunen kein Mitgefühl für dieses Häuflein Elend. Der Mann war unübersehbar vom Tode gezeichnet, aber er strahlte eine körperlich spürbare Energie aus, die mich schaudern ließ.

Er hatte mich erwartet wie jemanden, der schon lange vorher angekündigt worden war. Aber wer hatte mich außer dem Rabbi und der alten Dame avisiert? Das Spiel schien vor ein paar Stunden mit der Entschlüsselung des Namens Goldrausch von uns durchschaut worden zu sein, und es galt nur noch, einen Verrückten von den letzten drei Morden abzuhalten.

Aber nun war ich mir plötzlich nicht mehr sicher, ob wir nicht von Anfang an eine völlig falsche Spur verfolgt hatten.

Wie hatte Kögel gesagt? »Selbst wenn wir den Unbekannten hätten, könnten wir ihm keinen Mord nachweisen.«

»Der Senator verfolgt sehr aufmerksam, was Sie bisher geschrieben haben«, übersetzte die Schwester die Zeichensprache des alten Mannes. »Er wünscht von Ihnen zu erfahren, was Sie wissen und bisher nicht gedruckt wurde.«

Zwei schnelle Handbewegungen folgten.

»Alles ganz genau, bitte.«

Das *Bitte* der Schwester stand zwar nicht im Einklang mit den energischen Bewegungen der Hände des Senators, aber ich nahm den guten Willen für die Tat.

Es dauerte fast eine Stunde, bis ich alles wiedergekäut hatte. Der Senator hatte in dieser Zeit regungslos mit geschlossenen Augen zugehört, und ich war mir nicht sicher, ob er nur eingeschlafen oder gar schon gestorben war.

Es vergingen lange Minuten.

Meinen fragenden Blick beantwortete die Schwester mit einem Schulterzucken und einem Blick auf ihre Uhr.

»Senator«, sprach sie ihn leise an, »es ist Zeit für Ihre Medikamente.«

Der öffnete langsam die Augen und nickte.

»Geben Sie mir von den Kreislaufpillen die doppelte Menge«, kam es krächzend aus seiner trockenen Kehle, und zu mir gewandt, »die Geschichte stimmt nicht ganz ... Sie stimmt so eigentlich überhaupt nicht.«

»Das geht nicht«, protestierte die Schwester. »Ich darf Ihnen ohne Genehmigung des Arztes keine doppelte Menge geben.«

Sein Blick wanderte an ihr hoch und seine Hände begannen zu spielen.

Was er damit sagte, konnte ich nur am Gesicht der jungen Frau ablesen, die sich beeilte, eine Spritze aufzuziehen.

Nachdem sie die Kanüle aus seiner Armvene gezogen und den Raum seltsam eilig verlassen hatte, trat eine Art Verklärung in das Gesicht des Senators. So als habe man ihm ein Rauschmittel injiziert, begann er mit einer ruhigen, festen Stimme ...

»Sie werden mich jetzt nicht unterbrechen. Alles was ich sage, können Sie verwenden, wie Sie es wollen. Aber ich werde danach keine Fragen mehr beantworten.«

Sein Körper richtete sich im Rollstuhl auf, und die dürren Hände prüften, ob die Krawatte um den noch dürreren Hals richtig saß, als mache er sich zu einer Rede vor einem vollbesetzten Auditorium bereit.

Er schloss die Augen wie ein Künstler, der sich noch einmal sammelte, bevor der Vorhang aufging. Dann drehte er den Stuhl leicht zu mir und faltete die Hände im Schoß.

»Es war ein böses Spiel«, begann er mit leiser Stimme. »Wir Logenbrüder waren zu gutgläubig. Hofften, durch unseren Einsatz noch etwas im Sinne der Gesellschaft und unserer Familien tun zu können.

Schon 1934 stellte man klare Forderungen, uns aufzulösen und dem Regime mit unseren internationalen Verbindungen zu Diensten zu sein.

Von ehemals mehr als zweihundert Mitgliedern verließen die meisten bald Deutschland. Wir zweiunddreißig mussten bleiben, da wir unsere Bankgeschäfte nicht so schnell auslagern oder auflösen konnten. Das nutzten die neuen Machthaber und machten uns ein Angebot ...«

Er legte den Finger vor die Lippen, lauschte und bedeutete mir, näher zu kommen.

»Sehen Sie nach, ob jemand vor der Tür ist ...«, flüsterte er.

Geräuschlos, wie ich es schon in Filmen gesehen hatte, näherte ich mich der Tür und riss sie mit einem Ruck auf.

Ein schneller Blick rundum, aber der Gang war leer.

»Gut«, murmelte er.

»Dann bringen Sie mich jetzt zum Aufzug. Wir fahren in meine Wohnung.«

Mit Gesten dirigierte er mich durch die Gänge bis zu einem Lift, dessen Öffnung gerade Platz für einen Rollstuhl ließ.

Mit zittriger Hand führte er eine Codekarte in einen Schlitz. Fast lautlos öffnete sich eine Edelstahltür und gab ein Kabine frei, die nur Platz für das Gefährt des Senators und eine Begleitperson bot.

Eine Begleitperson, die höchstens die Figur einer zierlichen Schwester, aber nicht dreißig Kilo Übergewicht wie ich hatte.

Verzweifelt versuchte ich mich dünn zu machen. Es half nichts. Jedes Mal stieß sich die Tür wieder irgendwo an mir und glitt in die Öffnungsposition zurück.

»Halten Sie verdammt noch mal die Luft an und stellen sich auf die Zehenspitzen. Sie müssen hier rein, sonst können Sie meine Aussagen vergessen«, knurrte der alte Mann ungehalten.

Ich tat wie geraten. Die Tür schloss sich, aber ich hatte das Gefühl, dass ein Teil meiner Jacke draußen geblieben war.

Die Fahrt endete in einem mehr als hundert Quadratmeter großen Wohnraum, der teuer und geschmackvoll eingerichtet war. Links und rechts führten von griechischen Statuen flankierte Durchgänge in weitere Räume. Den Fenstern nach befanden wir uns im Dachgeschoss.

Der Rollstuhl erklomm einen Berg von fächerartig übereinander angeordneten Seidenteppichen, die auf dem Boden das Gefieder eines Rad schlagenden Pfaues und zugleich eine ausgezeichnete Schalldämmung bildeten.

Die dürre Hand bedeutete mir, ihn zu einer ebenfalls mit Pfauensymbolen versehenen Sitzgruppe zu fahren.

»Setzen Sie sich«, wies er mich an, auf dem Sofa Platz zu nehmen. »Hinter Ihnen sind alle Getränke der Welt. Bedienen Sie sich, oder rauchen Sie nach Herzenslust. Nehmen Sie keine Rücksicht auf mich.«

Dies, eigentlich als überaus generöse Aufforderung eines sehr alten Mannes zu erachten, beschwor in mir eine böse Ahnung. Er hatte nach der doppelten Menge an Kreislaufmedikamenten gefragt und eine Injektion erhalten.

»Wie viel Zeit haben wir noch?«

Ein kurzes Zucken umspielte seinen Mund, und der Blick wanderte zu einer Uhr, die schräg hinter mir auf dem Kaminsims tickte.

»Es wird reichen«, murmelte er. »Aber mit jeder weiteren Frage von Ihnen verschwenden Sie meine verbleibende Zeit und die Chance, die Wahrheit zu erfahren.«

Eine Sekunde wurde ich unsicher. Nein, es war keine Erpressung und auch keine Drohung. Er meinte, was er sagte. Er hatte mit der Spritze dafür gesorgt, dass ihm bald niemand mehr eine Frage stellen konnte.

Mit dieser plötzlichen Erkenntnis begannen mein Gehirn und meine Gefühle Karussell zu fahren. Der Journalist in mir platzte vor Fragen, die gestellt werden mussten, wurden aber von der Achtung vor der Größe dieses alten Mannes am Sprechen gehindert. Seine anfangs von mir gefühlte Kälte war eine nicht zu begreifende Souveränität ...

»Die Nazis hatten es nur auf die Auslandsvermögen der Bank abgesehen«, knüpfte er nahtlos dort an, wo er zwei Stockwerke tiefer begonnen hatte. »An die kamen sie aber nur, indem sie unsere Familien als Geiseln nahmen und uns als Wohltäter des Regimes darstellten, um auch andere Juden in Sicherheit zu wiegen. Dazu wurden diese Fotos der Ausbildungskompanie 108 gemacht, die es nie gegeben hat.

In Wahrheit hatten wir zweiunddreißig verbliebenen Brüder der Loge nur den Auftrag, unsere weltweit verstreuten Kunden persönlich mit unserem Wissen um ihre nicht ganz astreinen Geschäfte zu erpressen und die Liegenschaften unseres Bankenkonsortiums zu Geld in Form von Gold oder Diamanten zu machen und diese an die Reichsbank zu transferieren.

Als die *Drachenfels* Beirut erreichte, nahm man uns die Soldbücher ab und änderte mit gefälschten englischen Pässen unsere Identität.

Die Gruppe war bereit zum Umsteigen auf ein kleineres Schiff, als zehn von uns zum Kapitän gerufen wurden, der uns eröffnete, dass wir nicht in Palästina an Land gehen würden.

Ich ahnte damals, dass die von Bord gehenden Mitglieder der Loge dem Tod preisgegeben werden sollten. Denn wir zehn Verbliebenen waren der Kopf der Banken und der Loge. Die anderen waren nur normale Unternehmer, ohne den weitreichenden Einfluss, den sich die Machthaber wünschten.

So war es dann auch. Nach dem Krieg erfuhr ich, dass man sie den französischen Behörden als deutsche Spione avisiert und bald darauf ihre Familien deportiert hatte.«

Er machte eine kurze Pause, sah zur Uhr auf dem Kamin und ballte seine knochigen Finger zu zitternden Fäusten.

Mir war nicht wohl. Weder in meiner Haut noch an diesem Ort. Die emotionale und körperliche Kälte dieses Mannes schien förmlich vom Rollstuhl über den Seidenteppich unter meinen Füßen an mir hochzukriechen.

»Bedienen Sie sich«, sagte er, als mein Blick Hilfe suchend die zahlreichen Flaschen im Barwagen neben dem Sofa abtastete.

Ich goss mir einen doppelten Bourbon ein, stürzte ihn hinunter und füllte nach. Es half. Die Kälte in meinem Körper wich einer wohlig kribbelnden Wärme.

»Ich muss mich kürzer fassen. Die Zeit ...« Er öffnete die Fäuste wieder und legte die Hände flach auf seine Schenkel. »Über viele Umwege erreichten wir Südafrika.

Die uns mit dem Wohl unserer Familien erpressten, hatten sehr genau gewusst, dass der größte Diamantenhändler der Welt einen Teil seiner Geschäfte über unsere Banken in Köln und in der Schweiz abwickelte und dass einige von uns in diesem Land ausgedehnte Ländereien besaßen.

Sie hatten auch bedacht, dass große interne Geschäfte unserer

Bank nur getätigt werden konnten, wenn die Mehrheit des Vorstandes dem zustimmte. Und wir zehn waren der gesamte Vorstand. Deshalb hatte man uns zusammen gelassen.«

Schweiß trat auf seine Stirn und sein Atem wurde kürzer. Mühsam führte er die rechte Hand zu seinem Einstecktuch und tupfte sein Gesicht ab.

»Wenn wir gehofft hatten ...«, fuhr er mit stockender Stimme fort, »dass wir hier ein wenig Freiheit haben würden, dann sahen wir uns getäuscht. Man hatte uns genau den Mann zum Aufpasser geschickt, der das Foto von uns als Offiziere gemacht hatte. Er war ein Major der damaligen Canaris-Abwehr.«

Ein Schmunzeln huschte über sein Gesicht. Das Taschentuch hing wie das weiße Fell einer toten Katze zwischen seinen Fingern über der Rollstuhllehne.

»Das war ein dummer und deshalb gefährlicher Mann. Genau das richtige Opfer für unseren Joshua, den Sie als Jakob Motzkin kennen.

Joshua war eine Mischung aus verspieltem Jungen und pflichtbewusstem Manager, wie man heute sagt. Er verstand es, jeden um den Finger zu wickeln, wenn es ihm nutzte, ohne dass der andere das Spiel durchschaute. Ich glaube, er hätte auch noch seinen Henker überreden können, sich das Beil selbst an den Hals zu setzen. So beschäftigte er diesen Major viele Monate lang, damit er uns nicht allzu sehr bei unseren Transaktionen in die Quere kam.

Wir transferierten viele Millionen in das Land, was einmal unsere Heimat gewesen war.

Genutzt hat es bekanntlich nichts.

Als der Krieg begann, wurde dieser Major endlich von den Behörden in Gewahrsam genommen, und wir stellten uns den Engländern als das zur Verfügung, was wir nun einmal waren: vertriebene deutsche, jüdische Bankiers, die jede Hoffnung auf ihre Familien aufgegeben hatten.«

Sein Blick streifte flüchtig die Uhr, als wolle er es eigentlich nicht mehr wissen, wann die Zeit abgelaufen war, und er wischte sich wieder den Schweiß von der Stirn.

»Wir richteten uns so gut wie möglich in der neuen Heimat ein und gingen nun für die Engländer unseren Geschäften über die Schweiz nach. Nur dieser verrückte Hund von Joshua hatte den Traum, seine Familie eines Tages wiederzufinden. Er bewarb sich im schon recht hohen Alter von vierzig Jahren bei der englischen Armee für Palästina und bekam den Job auch noch.«

Sein Atem wurde kürzer und wandelte sich langsam in ein keuchendes Rasseln.

»Wir haben uns aus den Augen verloren. Mussten aber bald feststellen, dass er nicht gegangen war, ohne Diamanten im damaligen Wert von mehr als hundert Millionen Dollar mitgenommen zu haben. Ein gigantisches Vermögen ...«

Seinen klapprigen Körper durchlief ein Schüttelfrost, die Finger krallten sich in die Armlehnen, und die Augen bekamen den Glanz, wie ich ihn nur einmal bei meiner Mutter Sekunden vor ihrem Tod gesehen hatte.

Ich hatte mich plötzlich nicht mehr unter Kontrolle, sprang auf und schüttelte ihn.

»Senator!«, brüllte ich mit hysterischer Stimme, »... Senator! Nicht sterben! Was ist mit dem Geheimnis des Buches und der Karten?«

Zweimal holte ich aus und schlug ihm mit dem Handrücken auf die Wangen.

Aber er öffnete die Augen nicht mehr.

»Es sind ... Punkte ... Mikropunkte ... Tempel«, kam es lallend über die fast geschlossenen Lippen, dann sank sein Kopf auf die Brust.

Vergeblich versuchte ich noch eine Regung, ein leises Pochen der Halsschlagader zu fühlen. Da war nichts mehr.

Der Senator war tot.

Leise, als könnte vielleicht doch noch Leben in ihm sein, als könnte er nur eingeschlafen sein, tastete ich mich rückwärts auf das Sofa. Ohne durch ein Geräusch die Ruhe zu stören, schenkte ich mir lautlos noch ein Glas ein und prostete ihm zu.

»*Cheers*, alter Mann. Was hast du für ein Leben hinter dir! Grüße deine alten Kameraden. Wir sehen uns bestimmt wieder.«

Es dauerte noch ein weiteres Glas, bis meine Sinne wieder funktionierten.

Hier stimmte etwas nicht.

Der Senator hatte unser Gespräch auf eine längere Zeit angesetzt, sonst hätte er das eigentliche Geheimnis der Umlaut-Punkte nicht erst in letzter Sekunde preisgegeben.

Die Schwester hatte ihm eine für ihn unkalkulierbar hohe Dosis injiziert. Als er das bemerkte, war es zu spät.

Was sollte, was konnte ich jetzt tun? Mein Gehirn arbeitete fieberhaft.

»Tempel«, hatte ich als letztes Wort verstanden. Aber welcher?

Ziellos durchsuchte ich das Appartment, das mit jeder Tür, die ich öffnete, größer wurde. Jeder Raum glich einem Museum, in dem die ausgefallensten Kunstwerke jedes Kontinents zusammengetragen worden waren.

Die Schwester hatte gesagt, dass der Senator etwas für mich vorbereitet hatte. Aber was? Wie konnte das aussehen, wie war es verpackt?

Diese Wohnung nahm kein Ende und schien sich über den gesamten Dachbereich des Schlosses hinzuziehen. Nach einer halben Stunde wusste ich nicht mehr, wo ich hereingekommen war. Zimmer reihte sich an Zimmer.

Was machte ein todkranker Mann alleine mit solch einem Palast unter dem Dach? Selbst der reichste Patient, auch wenn er es sich leisten konnte, würde doch lieber in seiner heimischen, überschaubaren Villa bleiben und sich pflegen lassen, als sich freiwillig noch mehr unnützen Raum anzumieten.

Ich wollte es gerade aufgeben, als mir ein unscheinbar kleines, in Gold gehaltenes Dreieck an einer Türfüllung ins Auge sprang.

Das Türschloss war durch einen Kartenleser gesichert, wie es heute in Hotels modern war.

Trotzdem drückte ich die Klinke, wie Gelegenheitsdiebe an jedem Türgriff parkender Autos prüften, ob nicht doch ein unverschlossenes dabei war.

Sie gab nach, und die Tür ließ sich öffnen.

Der Raum dahinter war dunkel und schien fensterlos zu sein. Kühlere Luft als in den bisher von mir begutachteten Räume empfing mich, als sei dieser Raum klimatisiert.

Ich öffnete die Tür ganz, und eine indirekte Beleuchtung sprang an, die wie ein nächtliches Leitlicht in Hotelgängen, etwa eine Handbreit über dem Boden angebracht war.

Im Halbdunkel erkannte ich einen großen Konferenztisch und zählte zweiunddreißig Stühle mit hohen, senkrechten Lehnen.

Links neben der Tür ertastete ich einen Lichtschalter. Abgeschirmte Neonröhren flackerten rundum an der Decke auf und tauchten den etwa zehn mal sieben Meter messenden Raum in eine angenehme indirekte Beleuchtung.

An der rückwärtigen Wand flankierten zwei mannshohe, silberne siebenarmige Menora eine Art Altar, auf dem sich ein fein geschnitzter Kasten aus Ebenholz in die Höhe reckte. Die Seitenwände waren mit Fotos, gerahmten Dokumenten und Urkunden behängt, die allesamt aus einer Zeit vor meiner Geburt stammten.

»Tempel« hatte der Senator das genannt. Mir kam der Raum eher wie ein Mausoleum vor, das stumm über die Vergangenheit und seine Erinnerungen wachte.

Vielleicht war es einmal als Gebetsraum benutzt worden, vielleicht war es auch nur ein Gedenkraum an die Loge der *Chesed*.

Genau in der Mitte des Konferenztisches ausgerichtet, verdeckte ein weißes, mit dem goldenen Dreieck gewirktes Tuch etwas Kastenförmiges.

Die Tischplatte wies keine Staubspuren auf, stellte ich beiläufig fest. Demnach konnte dieses verdeckte Gebilde noch nicht lange dort stehen.

Vorsichtig zupfte ich an dem Tuch. Es bot keinen Widerstand und glitt herunter, als habe es keinerlei Kontakt zu dem Gegenstand unter ihm.

Ich hatte mir alles Mögliche ausgemalt, was der Senator für mich vorbereitet haben konnte, aber das nicht …

Da es mir unangenehm war, mit dem Fund – oder war es ein hinweisendes Geschenk – den gleichen Weg zurückzugehen, dauerte es etwas, bis ich aus dem Labyrinth von Räumen über eine Treppe den Weg hinunter zur Empfangshalle gefunden hatte.

Es war an diesem Tag sicher nicht meine beste Idee, nachdem ich das Objekt im Auto verstaut hatte, noch nach dem Chefarzt zu fragen. Aber nun war es passiert, und die Dame am Empfang rollte verzweifelt mit den Augen bei dem Versuch, ihn ausfindig zu machen.

»Herr Doktor, hier ist ein Journalist …«, quiekte sie in den Hörer, nachdem sie ihn endlich aufgetrieben hatte, »… der behauptet, dass Sie den Senator ermordet haben. Könnten Sie bitte mal ...?«

Er konnte. Es dauerte keine zwei Minuten, bis ein weiß bekittelter Mann meines Alters mit wütenden Schritten durch die Halle auf mich zustrebte.

»Haben Sie noch alle beisammen, so etwas zu behaupten?«, fuhr er mich an und prüfte mit einem kurzem Rundumblick, ob jemand in der Halle hatte zuhören können.

»Ich war zugegen, als die betreuende Schwester dem Senator die Injektion gegeben hat«, beharrte ich auf meiner Behauptung.

Verunsichert tasteten seine Blicke mein Auftreten ab.

»Darf ich mal Ihre Legitimation sehen?«, startete er das, was von mir momentan nicht als Angriff, Verteidigung oder beides einzuschätzen war.

»Na gut. Kommen Sie bitte mit.« Er gab mir meinen Presseausweis zurück und ging voraus.

Nach einem Rundgang durch die Gänge des Erdgeschosses öffnete er die Tür zu einem halb verdunkelten Krankenzimmer und zog das Leintuch von einem Körper.

»Ist er das?«

Der Tote vor mir war noch dürrer, als ich ihn im Anzug eingeschätzt hatte. Dieser Körper erinnerte mich an Aufnahmen, die die Amerikaner von der Befreiung der überlebenden Häftlinge deutscher KZ gemacht hatten.

Ich nickte stumm.

»Na schön«, ging der Doktor mit scharfer Stimme und in den Taschen geballten Fäusten zum Angriff über. »Dann folgen Sie mir mal ins Büro. Da werde ich Ihnen etwas über diesen Mann erzählen.«

Ohne auf mich zu warten, rauschte er aus dem Raum.

Wütend stieß er die Tür zum Büro auf und fuhr eine ältere Frau an, die am Computer Daten eingab: »Hilde, wie lange arbeiten Sie hier?«

»Fast dreißig Jahre«, stotterte diese irritiert.

»Dann holen Sie die Unterlagen über unseren Senator und kommen zu mir ins Büro. Ich brauche Sie.«

Mit langen Schritten durchquerte er den Raum, öffnete mit einer Codekarte sein Büro, warf sich in einen ledernen Rollsessel hinter einen mit Akten überfrachteten Schreibtisch und bedeutete mir, irgendwo auf den zwei vorhandenen, ebenfalls mit Papierstapeln belegten Stühlen Platz zu suchen.

Er zog eine Schreibtischschublade heraus, setzte die Füße darauf, zündete sich eine Zigarette an und schaute in den Park hinaus.

»Wir warten, bis Hilde alles beieinander hat. Ich brauche sie als Zeugin«, murmelte er und trommelte mit den Fingern der linken Hand auf die Tischplatte.

Es dauerte zwei Zigaretten lang, bis Hilde kam. Ohne die gewünschten Unterlagen, aber völlig aufgelöst und den Tränen nahe.

»Die Unterlagen sind weg«, atmete sie schwer und ließ sich auf der Abdeckung des Reißwolfes nieder.

»Was heißt weg?« Der Arzt richtete sich auf und drückte die Zigarette aus.

»Weg, ganz einfach weg. Die Betreuerin des Senators kann ich auch nirgends finden.«

Der Doktor biss sich auf die Unterlippe und trommelte nun mit allen Fingern auf die Platte.

»Das ist doch ein Irrenhaus hier«, murmelte er zu sich selbst. Seine Augen zuckten nervös, als begleiteten sie optisch seinen Denkvorgang. »Na gut. Hilde, Sie sind jetzt meine Zeugin, dass alles, was ich jetzt Herrn Stösser zur Kenntnis gebe, weder von mir noch von sonst jemandem aus dem Haus ist. Sollte etwas davon mit unseren Namen in Verbindung gebracht werden, werden wir beide bezeugen, dass Herr Stösser sich widerrechtlich Zugang zum Archiv verschafft hat.«

Was sollte das denn werden?

Ich war es gewohnt, dass sich ein Informant nur unter der Zusicherung erklärte, dass sein Name nicht genannt wurde. Aber diese Version war mir neu.

»Herr Stösser, sind Sie damit einverstanden?«

Was blieb mir anderes übrig, als dem zuzustimmen. Ein Journalist, der nicht jeden erdenklichen Kompromiss einging, um an Informationen zu kommen, war sein Geld nicht wert. Und wie ich nachher was formulierte, um nichts und doch alles zu sagen, war die hohe Schule meines Berufes.

Der Arzt lehnte sich zurück und wippte mit dem Sessel.

»Als dieser Mann, den Sie als Senator kennen, uns vor etwa einem Jahr vom Kuratorium als Dauergast zugewiesen wurde ...«

»Was meinen Sie mit Kuratorium?«, unterbrach ich ihn.

Der Doktor zog die Augenbrauen hoch und schaute Hilde fragend an, die kurz mit den Schultern zuckte.

»Sie sind aber nicht gut vorbereitet«, beugte er sich über die Schreibtischplatte. »Ich war davon ausgegangen, dass Sie das Umfeld unserer Institution bereits studiert haben. Aber so kann und darf ich Ihnen keine weiteren Erklärungen ohne Zustimmung des Vorstandes geben. Guten Tag, Herr Stösser, und sollten Sie weiter bei Ihrer Behauptung bleiben, wir hätten Herrn Goldrausch ermordet, dann treten Sie dafür erst einmal den Beweis an. Hilde, bringen Sie den Herrn raus und informieren Sie auch die Pforte. Dieser Mann hat hier Hausverbot.«

Rindvieh, blödes!, war das Höflichste, was ich mich nennen konnte. In dieser Angelegenheit unterliefen mir Fehler, die ich einem Anfänger nicht verziehen hätte, und ich hatte es nicht besser verdient, als vor die Tür gesetzt zu werden.

Ob ich wollte oder nicht, ich musste mir eingestehen, dass ich den Fall mit Hannahs Augen zu sehen versuchte. Kögel hatte unwissentlich recht, als er mich einen geilen alten Trottel genannt hatte.

So ging das nicht weiter.

»Was machen Sie da?«

Der Chefarzt und Hilde waren aufgestanden, um mich hinauszukomplimentieren, aber ich rührte mich nicht vom Stuhl und wählte Kögels Handynummer.

»Ich rufe jetzt die Polizei und meine Redaktion an, um Ihnen die Durchsetzung Ihres Hausrechts zu erleichtern.«

Kögel war sofort am Telefon, bestürmte mich mit Fragen und versuchte im gleichen Atemzug seine Recherchen über Sam loszuwerden.

»Moment bitte, Hauptkommissar Kögel, ich habe hier ein dickes Problem«, stoppte ich seinen Wortschwall und gab dem Doktor das Handy.

Ich konnte nicht verstehen, was Kögel von sich gab, aber es war nicht zu übersehen.

Der Doktor nahm Haltung an und hielt sich je nach Kögels Lautstärke das Telefon mal näher, mal weiter vom Ohr entfernt.

»Der Hauptkommissar möchte Sie sprechen.« Er reichte mir das Gerät zurück und forderte Hilde mit einer Handbewegung auf, sich wieder auf den Reißwolf zu setzen.

»Verdammt noch mal, was ist da los?«, hörte ich seine vertraut vorwurfsvolle Stimme. »Tun Sie so, als ob Sie das Gespräch beenden, aber lassen Sie das Ding an. Ich will mithören.«

Ich tat wie geheißen, drückte eine Ziffertaste, die einen Ton von sich gab, als habe ich das Gerät ausgeschaltet und steckte es mir mit dem Mikrofon nach oben in die Brusttasche.

»Doktor, Sie sind mich sofort los, wenn Sie mir ein paar Fragen beantworten, und ich verspreche Ihnen, Sie niemals als Informanten zu erwähnen.«

Als sei es üblich, dass man sich in diesem Haus nonverbal verständigte, flogen Blicke zwischen dem Arzt und Hilde hin und her. Die Frau zuckte hilflos mit den Schultern, der Doktor nickte nach kurzem Überlegen.

»Na gut. Aber über unsere Gäste werde ich nichts sagen.«

Obwohl ich genau das vorgehabt hatte, musste ich mich damit zufriedengeben, dass er sich hinter seiner Schweigepflicht versteckte.

»Was ist das für eine Stiftung und wer kann hier seinen Lebensabend verbringen«, versuchte ich mehr über die Klientel zu erfahren.

Der Chefarzt setzte sich auf die Schreibtischkante und überlegte, was er mir gefahrlos sagen konnte.

»Hier kann jeder seinen Lebensabend verbringen, wenn er es sich leisten kann«, umschiffte er meine Frage. »Die Goldrausch-Stiftung gibt es bereits seit den Fünfzigerjahren. Die Zentrale befindet sich auf den Kaiman-Inseln. Das finden Sie auch alles im Internet. Sonst noch was?«

»Ja, wie konnten Sie wissen, wo sich der Senator aufhielt, und ihn so schnell finden? Seine Betreuerin ist ja offensichtlich verschwunden.«

Er rutschte vom Schreibtisch und öffnete mir die Tür, hinter der bereits zwei uniformierte Männer mit ernsten Gesichtern warteten.

»Das war Ihre letzte Frage. Nun gehen Sie bitte, oder ich lasse Sie vom Sicherheitsdienst vor das Tor bringen. Es ist kein Geheimnis, dass schwache Patienten an einem mobilen EKG angeschlossen sind, das der Zentrale permanent berichtet, auch wo sie sich gerade auf dem Gelände oder im Schloss aufhalten«, rief er hinter mir her.

Die Wachmänner wichen nicht von meiner Seite, bis ich das Gebäude verlassen hatte.

Es war eine dieser seltsamen Ahnungen, die sich manchmal noch aus unserem prähistorischen Stammhirn zu unserem ach so modernen Denkapparat durchkämpften. Diese Ahnung veranlasste mich, etwas zu tun, was mir unter normalen Umständen nie in den Sinn gekommen wäre.

Langsam rollte ich auf die Ausfahrtschranke zu, die aber keine Anstalt machte, sich zu öffnen.

Die Ahnung bestätigte sich.

Zwei Wachmänner, jetzt mit Pistolen am Gürtel, stellten sich mir in den Weg.

»Steigen Sie bitte aus«, klopfte einer an mein Fenster.

Ehe ich reagieren konnte, wurde die Beifahrertür aufgerissen und mein Zündschlüssel abgezogen.

»Was soll das?«, versuchte ich zu protestieren und erinnerte mich, dass das Handy immer noch eingeschaltet in meiner Brusttasche steckte. »Kögel, hören Sie mich?«, versuchte ich einen Hilferuf.

Aber niemand antwortete. Die Leitung war tot.

»Scheiße«, entfuhr es mir bei dem Blick auf den Akkustand. Das Gerät war leer.

»Steigen Sie freiwillig aus, oder muss ich nachhelfen?«, legte der Dickere von den beiden drohend seine Hand an die Waffe, während der andere begann meinen Wagen zu durchsuchen.

»Kann ich Ihnen irgendwie behilflich sein?«, versuchte ich die Situation nicht eskalieren zu lassen und stieg aus.

Der Dicke durchsuchte meine Taschen.

»Verflucht noch mal, wie geht dieser Kofferraum auf?«, schimpfte der andere.

»Langsam. Nicht mit Gewalt«, versuchte ich ihn daran zu hindern gegen meinen alten Wegbegleiter zu treten, und ich schwor meinem Golf, ihn auch mal wieder waschen zu lassen, wenn er sich jetzt recht bockig zeigte.

»Die Kofferraumklappe klemmt seit dem letzten Winter. Wenn Sie jetzt auch noch mein Eigentum beschädigen, habe ich wenigstens jemand, auf dessen Kosten ich sie reparieren lassen kann.«

Ich hörte mich besonders gelassen an, aber mir schlug das Herz bis zum Hals.

»Die Sitzbank lässt sich von innen umklappen«, kommentierte der Dicke die Bemühungen seines Kollegen.

»Los, kriech rein. So kommst du auch dran.«

Sie gaben nicht auf, wie ich gehofft hatte.

Jetzt half nur noch Beten. Aber zu wem? Mir fiel auf die Schnelle der Schutzpatron der Autofahrer nicht ein.

»Was ist das für ein Kasten?«, kam es aus dem Auto.

»Mein Werkzeug. Braucht man bei so einer alten Karre«, quetschte ich heraus und versuchte den Kloß im Hals unten zu behalten.

Der Riegel schnappte auf und am Hinterteil des Wachmannes vorbei konnte ich sehen, wie er den Deckel anhob.

»Nichts. Nur Werkzeug«, kroch er wieder hervor und wischte sich die schmutzigen Finger an einem Taschentuch.

»Nichts für ungut. Wir tun nur unsere Pflicht.« Der Dicke hielt mir die Wagenschlüssel hin und ging die Schranke öffnen.

18

Es war schon dunkel, als ich leicht alkoholisiert die Haustür aufschloss. Breitbeinig und mit in die Hüften gestemmten Armen erwartete mich der Hausmeister wie ein Racheengel auf dem unteren Treppenabsatz.

»So geht das nicht weiter. Ich dulde keine Schwulen und Haustiere hier. Sie haben es sich selbst zuzuschreiben, wenn Sie in den nächsten Tagen die Kündigung erhalten . . .«

»Jetzt halten Sie mal die Luft an«, unterbrach ich seine Tiraden. »Wenn Sie mir noch einmal ein Päckchen raufschleppen, aus dem Nitroglyzerin heraustropft, und damit sowohl die Spur eines Bombenlegers verwischen als auch riskieren, dass das ganze Haus in die Luft fliegt, dann sind Sie es, der unter den Brücken schlafen wird. Und wenn gelegentlich ein Mann bei mir auftaucht, dann ist das mein Polizeischutz. Haben wir uns verstanden?«

Es dauerte ein paar Sekunden, bis das in seinem versoffenen Gehirn ankam.

Dann aber zeigte es Wirkung. Wie von einer Abrissbirne getroffen verdrehte er die Augen, klappte den Mund wortlos auf und zu und ließ sich auf die Treppe fallen.

»Na endlich klappt heute mal was«, brummte ich für mich und stieg über den nach Fassung ringenden Mann hinweg.

Doch er fing sich schneller wieder, als erwartet.

»Seit wann ist Nitroglyzerin rot? Sie ziehen aus, und damit basta!«, tönte es hinter mir her, als ich gerade den dritten Stock erreicht hatte.

Einen Moment hielt ich inne und überlegte, was ich grundlegend in meinem Leben falsch machte.

Der Verlag beugte sich der öffentlichen Meinung und zog mich auf meine Kosten aus dem Verkehr, die Staatsanwaltschaft wartete nur darauf, sich für das von mir abgelehnte Angebot zu rächen, Hannah hatte mich benutzt, und Kögel war schon wieder in meiner Wohnung. Und ich hatte noch nicht einmal eine Freundin, bei der ich für eine Weile unterkriechen und mich ausweinen konnte.

Irgendetwas musste sich ändern. Aber was und vor allem wie?

In meinem Alter noch eine passende Partnerin zu finden würde sich wohl als ausgesprochen schwierig gestalten.

Eine ältere kam nicht in Frage. Ich wollte nicht so wie Kögel mit einer nörgelnden Mami den Rest meiner Tage verbringen.

Eine gleichaltrige. Nein danke. Die hatte den hormonellen Rubikon bereits überschritten und wahrscheinlich schon Enkel, auf denen sie bevorzugt herumgluckte.

Was blieb da noch?

Peter, du bist hier der Armleuchter, gestand ich mir ein. Aber es half nichts. Zuerst musste mir etwas einfallen, den Kommissar loszuwerden, um wenigstens in meinen vier Wänden Ruhe zu haben.

Die Wohnungstür war nur angelehnt. Im Gang brannte Licht.

Schon wieder jemand, der meine Räume durchsuchte? Mein Gehirn fuhr auf höchste Frequenz hoch und suchte fieberhaft danach, wie ich mich zur Wehr setzen konnte. Dieses Mal würde ich mich wehren. Dazu war ich fest entschlossen.

Aber bis auf ein paar Kleiderbügel an der Garderobe fielen mir keine kurzfristig erreichbaren Gegenstände ein.

»Ist hier jemand?«, hörte ich mich wie ein Fremdling vor meiner eigenen Wohnung jammern.

Der Lichtkegel der Esstischlampe warf einen massigen Schatten in den Flur.

»Peter, sind Sie das?«, kam eine mir bekannte Stimme aus dem Wohnraum.

Der Schatten kam auf mich zu und grinste entschuldigend.

»Tut mir leid, dass ich hier einfach eingedrungen bin. Aber in der Redaktion waren Sie nicht, Ihr Handy geht nicht, und ich konnte schlecht die ganze Nacht vor der Tür warten.«

Joshua streckte mir seine Pranke zur Begrüßung hin.

»Wa ... was wollen Sie denn hier?«, versuchte ich meine Überraschung in den Griff zu bekommen. Aber das gelang mir erst nach einem doppelten Whisky.

»Haben Sie Probleme damit?« Joshua deutete auf das Glas und setzte sich an den Esstisch.

»Geht Sie das etwas an?«, fauchte ich zurück.

Wer hatte es schon gerne, auf seine Schwächen hingewiesen zu werden. Ich litt unter der Berufskrankheit der Journalisten, Ärzte und Politiker. Nüchtern war das alles nicht zu ertragen.

»Entschuldigung«, murmelte Joshua. »So war das nicht gemeint. Ich soll Sie von Hannah grüßen. Sie kommt nächste Woche wieder nach Köln.«

»Warum ist sie dann erst mit den ganzen Zeitungen und Unterlagen abgehauen? Was wollen Sie hier in meiner Wohnung? Das ist Einbruch und in Deutschland strafbar«, giftete ich und schenkte mir nach.

Der Koloss lehnte sich zurück, lächelte milde und legte seine Hände flach auf den Tisch.

Mir fiel das erste Mal auf, dass er am linken Ringfinger das gleiche Symbol trug, das Hannah in Form eine Anhängers um den Hals hatte.

Ein Dreieck mit zehn winzigen Diamanten.

»Wir brauchen Ihre Hilfe. Es läuft einiges aus dem Ruder.« Seine Stimme klang ruhig, fast wie ein Selbstgespräch.

»Wer ist wir und was läuft aus dem Ruder?«, schob ich unbeabsichtigt scharf nach.

Joshua beugte sich vor und faltete die Hände auf der Tischplatte wie zum Gebet. »Wir sind die Loge, und damit Sie verstehen, was schiefläuft, muss ich Sie bitten, mir zu schildern, was Ihnen Senator Goldrausch vor seinem Ableben erzählt hat. Danach werde ich Ihnen die Zusammenhänge erklären.«

Mein Reflex war drauf und dran, die Bekanntschaft mit dem Senator zu leugnen, aber die Logik sagte mir, dass dies keinen Zweck haben würde.

»Sie beschatten mich?«

Joshua nickte. »Ja, zu Ihrem Schutz.«

»Wozu benötige ich einen Schutz?«

»Weil Sie in Lebensgefahr sind«, flüsterte er mit gepresster Stimme.

Ich schüttelte den Kopf. Das war doch nur eine Finte, um an Informationen zu kommen, die die Loge offensichtlich nicht hatte.

»Blödsinn«, knurrte ich ungehalten. »Wer sollte mich warum umbringen?«

»Weil Ihr letzter Artikel keine gute Idee war«. Joshua lehnte sich wieder zurück und hakte die Daumen in den Hosenbund. »Sie sind unwissentlich ein paar Leuten zu nahe gekommen, die keinen Spaß verstehen.«

»Kennen Sie den Spruch«, ich beugte mich über den Tisch und suchte Augenkontakt, »um Schlangen aufzuscheuchen, muss man auf den Busch klopfen?«

Er lächelte süffisant. »Dann sollte man aber auch wissen, was man mit denen macht, wenn sie sofort zum Angriff übergehen. Aber gut. Ich erkläre Ihnen die Situation. Dann berichten Sie über den Senator. Einverstanden?«

Es hatte keinen Zweck, jetzt noch weiter Katz und Maus zu spielen, und ich stimmte in der Hoffnung zu, endlich die Story meines Lebens zu bekommen.

»Über den Verbleib der Verbannten auf der *Drachenfels*«, hob er, jedes Wort abwägend, an, »gibt es mehrere Geschichten. Welche nun stimmt, ist eigentlich unerheblich. Tatsache ist, dass die Loge der *Chesed* nie aufgehört hat zu existieren.

Sie war ein international verflochtenes System von Bankiers, Börsenhändlern und Rohstofflieferanten. Die Nazis müssen sich lange überlegt haben, was sie damit machen, ohne selbst großen Schaden für ihre Wirtschaft anzurichten.

Sie kamen auf diese blödsinnige Idee, aus den Kölner Mitgliedern Arier zu machen, indem man sie in einen Waffenrock steckte. Man gab ihnen eine vermeintliche Aufgabe, um ihre Familien zu schützen. Aber wirklich wichtig für sie waren von den zweiunddreißig Männern nur zehn. Die anderen musste man, um Unruhe in der Gruppe zu vermeiden, irgendwie loswerden. Was lag da näher, als mit einer vermeintlichen Freiheit im Gelobten Land zu locken?«

Er stand auf und holte sich ein Glas aus dem Küchenschrank.

»Fühlen Sie sich ganz wie zu Hause«, murrte ich und versuchte den in mir aufsteigenden Zorn auf Sparflamme zu halten. »Ich habe zurzeit Tag der offenen Tür.«

»Entschuldigung. Ist die dumme Angewohnheit eines Junggesellen.« Er setzte das erste Mal ein gewinnendes Lächeln auf und schenkte sich einen mehrstöckigen Whisky ein.

»Sie werden Probleme damit bekommen«, frotzelte ich.

Mit einem Schluck verschwand der Inhalt des Glases in seiner Kehle. »Ich passe mich nur an.« Er füllte das Glas wieder und lachte wie ein beim Unfug ertappter Junge.

Irgendwie verstand er es, das Eis zwischen uns zu brechen und meine Antipathie auf seine wirklich furchteinflößende Körpergröße zu reduzieren.

»Meine Schwester und Sie würden ein gutes Paar abgeben«, rülpste er und zog sich die Jacke aus, faltete sie sorgsam zusammen und legte sie über die Sofalehne.

»Wie bitte? Die ist zu jung für mich«, protestierte ich halbherzig.

Ich versuchte in seiner Mimik zu lesen, ob er das ernst gemeint hatte, und konzentrierte mich gleichzeitig darauf, die in mir plötzlich wie einen freigelassenen Sektkorken aufsteigende Freude nicht ans Licht zu lassen.

»Kann wohl nicht sein«, grinste Joshua. »Sie schwärmt nur noch von Ihnen, und außerdem könnte ein junger Mann diesen Wildfang nicht bändigen. Sie braucht eine erfahrene Hand. Ihr verstorbener Mann war auch zwanzig Jahre älter als sie.«

»Sie wollten mir eine Erklärung geben.« Ich vertrieb meine Gefühlswallung und hoffte, dass meine Gesichtsröte im Licht der Esstischlampe nicht allzu viel verriet.

»Na schön.« Das Lächeln wich aus seinem Gesicht. »War kein guter Zeitpunkt, als Heiratsvermittler aufzutreten. Aber Sie sollten es sich überlegen. Wo war ich stehen geblieben?«

»Bei den zehn wichtigen Mitgliedern der Loge«, gab ich das Stichwort.

Er nickte nachdenklich, als bestätige er ein inneres Zwiegespräch und gab ein dumpfes Grollen von sich.

»Anhand des Buchcodes wissen wir nun, wie die Leute mal geheißen haben. Nur, bis auf Goldrausch hat keiner seine Ur-Identität behalten. Auch unser Großvater hat sich nach dem Krieg nur einmal als Krodensky zu erkennen gegeben. Das war während der Wiedergutmachungsverhandlungen 1953 hier in Köln. Danach nie wieder.«

»Was ist mit Professor Hofmann?«, versuchte ich die Gelegenheit am Schopf zu packen, um endlich selbst aus diesem Namensgewirr schlau zu werden. »Der war doch, wie seine Koffer beweisen, auch in Südafrika.«

Joshua schüttelte den Kopf. »Der Professor war nie aktives Mitglied der Loge. Er war ihr Rechtsberater und musste als Jude selbst das Land über England verlassen. Dass man sich in Südafrika wieder getroffen hat, war reiner Zufall. Er war aber auch der Einzige, der 1953 wieder hiergeblieben ist.«

»Wozu dann seine Sammlung von Zeitungen aus jener Zeit, die er fein säuberlich im Haus gestapelt hatte und deren Extrakt Ihre Schwester einfach entwendet hat?«

Joshua drehte an seinem Ring und zuckte kurz um die Mundwinkel.

»Sie hat die Unterlagen nicht entwendet. Sie sind Beweismittel für die Loge und gehören uns sozusagen.«

»Beweise wofür?«, hakte ich leicht verärgert nach, und der Riese hob abwehrend seine Pranken.

»Seinen Sie nicht sauer. Der Professor ist damit nicht weitergekommen, und Sie haben überhaupt keine Möglichkeit, damit etwas anzufangen. Glauben Sie mir.«

»So, aber Sie?«, ließ ich meinem Ärger jetzt freien Lauf. »Sie dringen in meine Wohnung ein, wie es Ihnen passt, bitten um meine Hilfe, schmeicheln mir mit Ihrer Schwester und stellen mich gleichzeitig als Trottel hin …«

»… wenn Sie sich ausgetobt haben, kann ich dann weitermachen, damit Sie verstehen, was wir für eine Situation haben?«, murmelte Joshua leise, kaum hörbar, aber es klang drohend.

»Von mir aus«, knurrte ich. »Aber bitte mit einer Logik, die ich verstehe, und nicht mit diesem orientalischen Um-den-Brei-herum-Gerede.«

»Na gut. Dann fange ich noch mal von vorne an«, seufzte er und verdrehte die Augen.

»Ein Kasten wird am Dom gefunden, und Sie bringen das in der Zeitung.

Danach kommen Leute um, und der Kasten verschwindet.

Wir finden im Nachlass unseres Vaters ein Foto und ein Buch aus der Zeit des Großvaters. Die Entschlüsselung ergibt nur einunddreißig Namen, obwohl, ohne den Fotograf, zweiunddreißig auf dem Foto sind.

Gehen wir mal davon aus, dass Goldrausch es nicht nötig hatte, seinen Namen zu verschlüsseln, dann war er die im Buch fehlende Person.

Ist das so weit nachvollziehbar?«

»Nein. Warum sollte Goldrausch ...?«

Joshua wehrte ab. »Darauf komme ich noch. Das ist ein Fall für sich. Aber bis hierher können Sie folgen?«

Ich nickte und holte mir ein Bier aus der Küche.

Mit seinen viel zu großen Fingern entblätterte er einen viel zu kleinen Kaugummistreifen und rollte ihn genüsslich zwischen den Zähnen zusammen.

»Von nun an beginnt es kompliziert zu werden«, knatschte er auf der Masse herum und schob sie von einer Backe in die andere. »Die Zeitungen und Kladden weisen auf Enteignungen von jüdischen Unternehmen hin. Wie wir in der kurzen Zeit feststellen konnten, ist das bei den jüdischen Vorbesitzern, die noch lebten, zum Teil auch wiedergutgemacht worden. Aber eben nur zum Teil.

Was ist zum Beispiel mit denen geschehen, die ihr Eigentum nicht zurückfordern konnten, weil sie einen Namen angenommen hatten oder annehmen mussten, der mit ihrem Eigentum nicht mehr identisch war? Denn dieses Problem mit Todesfolgen scheint hier vorzuliegen.«

»Da mordet jemand, um sich zu rächen?«, fasste ich ungläubig zusammen, obwohl ich selbst schon diese Vermutung hegte. »Der muss älter als Goldrausch sein, und woher hat er die Informationen, während wir mit all unseren technischen Hilfsmitteln nicht weiterkommen?«

Goldrausch, meine Beute und die Mikropunkte, schoss es mir durch den Kopf.

Joshua blies den Kaugummi auf und sammelte die Blase kurz vorm Platzen wieder mit der Zunge ein.

»Die zweiunddreißig haben Familien hinterlassen. Frauen und Kinder ... Wissen Sie, was die Nazis damit gemacht haben?«

Es entstand eine Pause, die vor Peinlichkeit knisterte.

»Entschuldigung. Das wollte ich nicht«, stotterte der Riese und wischte sich mit dem Handrücken über die Augen. »Ich wollte in dieser Angelegenheit nur sagen, dass diese Familien bis zu Kriegsbeginn relativ sicher gewesen sein müssen ...«

Er machte eine kurze Pause, um tief durchzuatmen.

»Danach hat man die wertlosen Familien deportiert und die Frauen, die als Deutsche ›nur‹ mit einem Juden verheiratet waren, arisiert. Das heißt, dass ihre Ehen für nichtig erklärt wurden und ihre halbjüdischen Kinder in Umerziehungslager kamen. Die Frauen aber waren vogelfrei. Verstehen Sie? Ab 1940 wurden solche ›artvergessenen Weiber‹ als Zwangsprostituierte in die Wehrmachtslager geschickt ... und wir wissen nicht, welchen Namen sie dann gehabt haben und wie die Kinder hießen, die daraus entstanden sind. Ist das Problem für Sie so erkennbar?«

»Es könnte eine dieser unbekannten Frauen sein, die sich durch eines ihrer Kinder rächt«, folgerte ich übertrieben sachlich.

Joshua nickte und lächelte über die gebaute Brücke. »Möglicherweise, und damit kommen wir zu den Goldrauschs ...«

»Ich störe wohl ...?«

Ohne von uns bemerkt worden zu sein, hatte sich Kögel in die Wohnung geschlichen.

»Was machen Sie, verdammt noch mal, hier? Können Sie nicht klingeln?«, fuhr ich ihn erschrocken an.

»Der Hausmeister sagte mir, dass schon ein Mann von der Kripo in der Wohnung sei. Da wollte ich Ihnen helfen. Man kann ja nie wissen … bei Ihrem Umgang.« Ein breites, hämisches Grinsen strahlte über sein Gesicht. »Aber ich will nicht weiter stören. Wie ich sehe, haben Sie sich ja schon Polizeischutz aus Israel besorgt. Sie haben einen wirklich klugen Hausmeister. Der wusste das schon vor mir. Stimmt's, Herr Major Motzkin vom Geheimdienst?«

Joshua grinste noch breiter zurück, zog sich ruhig seine Jacke an, nickte kurz und hielt mir seine Hand hin.

»Vielen Dank für die Einladung. Wir sehen uns.«

»Wie kommen Sie dazu, ohne mein Wissen Kontakt zu diesem Walross aufzunehmen?«, polterte Kögel los, als das Knarren des Treppenhauses unter den schweren Schritten Joshuas nachließ. »Wissen Sie, dass der Kerl ein hohes Tier beim Mossad ist und seine Schwester vermutlich unter diplomatischer Immunität eine Spezialabteilung für das Auffinden jüdischen Eigentums leitet?«

Ich saß immer noch wie vom Blitz getroffen mit der Bierflasche in der Hand am Tisch.

»Mal ganz langsam«, versuchte ich Zeit zu gewinnen, um meine Gedanken wieder einzufangen, die sich vor Schreck in alle Richtungen verflüchtigt hatten, »ich will Ihnen etwas zeigen.«

Langsam legte ich meinen Arm um seine Schulter und führte ihn unter sanftem Druck zum Ausgang.

»Sehen Sie das?« Ich deutete auf die immer noch halb offene Tür. »Da werden Sie jetzt ganz ruhig hinausgehen, die Tür von außen schließen und erst wiederkommen, wenn ich Sie rufe oder Sie eine gerichtliche Verfügung vorweisen können. Gute Nacht.«

Damit schob ich ihn, jetzt mit Gewalt, in den Hausflur und schlug die Tür hinter ihm zu.

Einen Augenblick herrschte draußen Stille, dann hörte ich ihn brummen, dass ich noch einmal froh sein würde, einen Freund wie ihn zu haben.

»Freunde stelle ich mir anders vor«, schimpfte ich und verbarrikadierte die Tür mit zwei Essstühlen, die bei einem erneuten Eindringen von wem auch immer genügend Widerstand bieten würden. Hoffte ich. Dann schloss ich zweimal ab und ließ den Schlüssel so stecken, dass er von außen nicht aus dem Zylinder gedrückt werden konnte.

Zufrieden mit meiner Burg zog ich mich aufs Sofa zurück und legte die Beine hoch.

»Freunde ...«, wiederholte ich in Gedanken und ließ mir den Tag durch den Kopf gehen.

Darin fand ich nur Hinweise, dass ich weder den grobschlächtigen Kögel noch diesen dubiosen Israeli zu meinen Freunden zählen konnte. Beide nutzten mich aus einem mir nicht ersichtlichen Grund nur für sich. Beide verstanden es geschickt, meine Stärken und Schwächen durch Schmeichelei und Drohungen auszunutzen.

Joshuas Informationen hatten mich zwar irritiert, aber mir gleichzeitig bestätigt, dass mein gesunder Menschenverstand auch alleine in der Lage war, Zusammenhänge zu definieren.

Jemand tötete auf raffinierte Weise Menschen, die nicht in Zusammenhang zu bringen waren, und stellte gerade deshalb einen Zusammenhang durch die Tarotkarten her, mit dem aber auch nur Kenner der Materie in der Lage waren, ein Losungswort zu entziffern. Und was sollten wir mit dem Namen eines alten Mannes, den man offensichtlich auch noch vor meinen Augen beseitigt hatte, bevor er alles sagen konnte?

Das hoffte ich morgen herauszufinden. Dann war das meine Story, und die Kögels mit oder ohne Kater und die Motzkins mit oder ohne menschliche Katze konnten mir gestohlen bleiben.

Meinen Wissensvorsprung würden ich mit niemand teilen, ihn einfach erst einmal kommentarlos auf der Titelseite veröffentlichen und der Dinge harren, die sich automatisch zu weiteren spannenden Reportagen entwickeln mussten.

Zufrieden mit mir überprüfte ich noch mal die Barrikade, schaute nach, ob das Handy am Ladekabel angeschlossen war, räumte die Gläser in die Spüle und ging zu Bett.

19

Es wurde eine unruhige Nacht.

Mein Unterbewusstsein führte einen regen Krieg mit dem Gehirn, indem es den Denkapparat davon zu überzeugen versuchte, dass meine Situation nicht so positiv war, wie ich sie im Wachzustand haben wollte. Dabei scheuten sich die Kampfhähne nicht, mich plastisch zwischen zwei rivalisierende Raubkatzenrudel zu transferieren, mit nichts anderem bewaffnet als einer Unterhose.

Meine verzweifelten Versuche, mich als unangreifbaren Schatten darzustellen, zu fliehen, scheiterten. Je mehr ich unternahm, umso mehr konzentrierten sich die Meuten auf mich und zogen den Kreis enger und enger.

Ich schlug mit den Armen. Aber der Traum vom Fliegen stand heute Nacht wohl nicht auf dem Programm …

Schweißgebadet schreckte ich hoch und tastete die Bettdecke ab, ob noch irgendwelche Raubtiere auf ihr lagen. Es dauerte eine Ewigkeit, bis mir bewusst wurde, dass ich es nur mit einem Albtraum zu tun und verschlafen hatte.

Es war schon neun Uhr morgens. Für Frühstück und eine ausgiebige Morgentoilette blieb keine Zeit mehr. Hastig zog ich mich an, entfernte die Türbarrikade und stürmte die Treppe hinunter.

Die Stimme des Hausmeisters von unten bremste meinen Lauf im ersten Stock.

Vorsichtig beugte ich mich über das Geländer.

Diese menschliche Ratte redete auf die beiden alten Frauen ein, die links und rechts von mir wohnten und auch nicht gerade als nette Zeitgenossinnen zu bezeichnen waren. Die einzige Gemeinsamkeit, welche die beiden alten Weiber verband, war, sich lautstark über die Hausbewohner die Mäuler zu zerreißen und ihre Gehbehinderung. Keine schaffte es ohne die Hilfe der anderen, vom vierten Stock auf die Straße zu kommen, damit dort ihre beiden Köter die ständig wechselnden geparkten Autos markieren konnten.

»... ich habe es mir gleich gedacht ...«, hörte ich die eine sagen.

»... ich kann es nicht glauben. Dieser Journalist soll *was* sein ...?«, sagte die andere.

»Doch. Es stimmt. Der Stösser ist ein ganz Linker. Ich habe ihm doch unwissentlich die Bombe hinaufgebracht ...«, dröhnte der Hausmeister. »Nicht auszudenken, was alles hätte passieren können. Aber ich habe die Polizei informiert. Seitdem wird er regelmäßig von zwei Leuten überwacht.«

»Mein Gott«, stöhnte die eine. »Warum entfernt man solch einen Kommunisten nicht einfach?«

»Ich dachte, der sei schon ausgezogen ...«, jammerte die andere. »Da waren doch die Leute, die Kartons aus seiner Wohnung geschleppt haben.«

»Das war der Staatsschutz ...«, prahlte der Hausmeister.

Es wurde Zeit, dass ich weiterkam und mir jetzt ernsthaft Gedanken darüber machte, wo ich demnächst meine Ruhe finden würde.

»Guten Morgen, die Damen. Guten Morgen, Herr Blockwart. Passen Sie gut auf. Ich erwarte noch ein paar Bomben. Legen Sie mir die einfach vor die Tür«, stürmte ich an den dreien vorbei.

Die nächste Prüfung meiner Nerven stand an. Nach knapp einer Stunde erreichte ich das Haupttor der Bayer-Werke.

Zu der Prozedur, die ein uniformierter Pförtner über mich ausschüttete, fiel mir kein besserer Vergleich ein als die Einweisung in den Hochsicherheitstrakt eines Gefängnisses.

»Darf ich die Schuhe wenigstens anbehalten?«, murrte ich, nachdem ich den Inhalt meiner Taschen in einen Kasten geleert hatte und dieser akribisch auf irgendwelche Feuer entfachende Gegenstände untersucht worden war.

»Anmelden«, klatschte der Aufseher einen Formularblock auf den Tresen und schob mir den gefilzten Kasten wieder zu. »Das ist ein Fotohandy. Das bleibt hier. Fotografieren verboten.«

Mir kam Hannahs Spruch in den Sinn, und ich konnte mich nicht zurückhalten.

»Gibt es Sie auch in freundlich? Oder lacht bei Ihnen nur Ihre Frau, wenn sie Sie in der Unterhose sieht?«

Aber außer einem strafenden Blick erntete ich keine weitere Reaktion.

»Da fehlt Ihre Autonummer«, wies er mich mit gleichbleibender Unfreundlichkeit zurecht.

Es hatte keinen Sinn, ihm erklären zu wollen, dass ich nicht auf dem Firmengelände parkte. Die Zeile auf dem Formular fragte danach, also hatte sie gefälligst auch ausgefüllt zu werden.

»Sie werden abgeholt«, grunzte er und donnerte den Einlassstempel auf das Papier.

Im Gegensatz zu den Problemen, überhaupt für jemand eine Zutrittserlaubnis zu erhalten, klappte der weitere Ablauf deutschperfekt.

Der Zubringerbus wartete schon, als ich die Pförtnerei verließ.

»Zu Graf Odilo von Schweinitz. Stimmt's?«, fragte der Fahrer überfreundlich, demaskierte sich aber im gleichen Atemzug: »Bitte anschnallen. Rauchen nur in den ausgewiesenen Räumen, und Fotografieren nicht erlaubt.«

Irgendwie schien hier einer von den Vorschriften des anderen nichts zu wissen. Umso bemerkenswerter war es, wie es solche menschlichen Roboter geschafft hatten, solch ein Konglomerat von Gebäuden und Produktionsanlagen miteinander zu verknüpfen und seit mehr als hundert Jahren zu einem weltweit führenden Betrieb auszubauen.

Ich lehnte mich seufzend zurück. In diesem Land musste es wohl immer und überall »Hausmeister« geben.

Die vom Senator erwähnten Mikropunkte versprachen die Lösung zu sein, und außer meinem alten Schulfreund Graf von Schweinitz kannte ich niemand, der sich mit dieser Materie auskannte.

Da es mir zu riskant war, die »Beute« mit mir herumzuschleppen, hatte ich sie auf der Rückfahrt vom Schloss bei seiner Frau mit den nötigen Anweisungen deponiert.

Odilo von Schweinitz – ein großer Name, hinter dem sich ein Mann verbarg, der schon in der Schule Probleme mit seinem zwergenhaften Wuchs gehabt hatte. Sein klapperdürrer Körper wurde von einem viel zu großen Kopf gekrönt, der aber bereits im Gymnasium die Anzeichen eines Genies in den naturwissenschaftlichen Fächern erkennen ließ.

So verschwand er nach dem Studium sofort hinter den Schutzmauern der Bayer-Werke, ohne die er auch niemals eine Frau, seine ehemalige Laborantin, kennen gelernt hätte. Die beiden hatten es dann irgendwie geschafft, dass sich Odilos Erbanlagen nur in Form von Hochbegabung an zwei normalwüchsigen Jungen zeigten.

Wieder empfing mich ein Pförtner, oder war das hier schon ein Portier?

Auf einer Wurststulle kauend überprüfte er kurz meinen Laufschein und krümelte ein »Ihr Besuch ist da« ins Telefon.

»Aufzug. Vierter Stock«, mampfte er und widmete sich wieder seiner Zeitung.

»Tach, bleib gleich drin und steck das an«, empfing mich Odilo am Lift, reichte mir eine Plastikmarke, wie ich sie von Röntgenärzten zur Kontrolle von Strahlung kannte, und drückte das zweite Untergeschoss.

»Woher, zum Teufel, hast du diesen Kasten? Wir können von Glück sagen, dass ich kurz darauf nach Hause kam, nachdem du das Ding bei meiner Frau deponiert hast.«

»Verstehe kein Wort«, murmelte ich und versuchte vergeblich, ein Schuldgefühl bei mir zu entdecken.

»Wirst du gleich selbst sehen.« Er eilte mit seinen kurzen Beinen voran und öffnete mit einer Codekarte eine Stahltür, hinter der sich eine weitere befand, die sich nur über einen Zifferncode öffnen ließ.

»Steck endlich den Dosimeter an«, maulte er ungehalten und deutete auf das Plastikschild, das ich immer noch in der Hand hielt. »Wir sind hier im Strahlenlabor, und das ist nur zu deinem eigenen Schutz, und außerdem ...«

»... ist es Vorschrift«, vollendete ich den Satz.

»Warum tust du es dann nicht gleich? Du bist immer noch derselbe Sturkopf...«, schimpfte er in Anlehnung an unsere Schulzeit.

Es dauerte etwas, bis auch die letzte Deckenlampe flackernd angesprungen war und den vielleicht zehn mal zehn Meter großen Raum in gleißendes Licht tauchte.

»Wir haben nicht mehr viel mit dieser Art von Strahlung zu tun«, entschuldigte Odilo die Unordnung.

Alles wirkte, wie seit Jahrzehnten vergessen. Auf den Labortischen stapelten sich Kisten und Kästen, die wenigen noch vorhandenen Messgeräte schlummerten unter gelblichen Folien.

»Dieser ganze Komplex wurde zur Zeit des Kalten Krieges atomsicher dreißig Meter unter der Oberfläche eingerichtet. Es ist eine autarke Stadt für sich«, erklärte er kurz und schaltete das Licht in einem wie aus Panzerglas gebauten übergroßen Aquarium an.

Zwei von außen bedienbare Roboterarme ragten wie abgetrennte Gliedmaßen ins Innere.

»Ist das der Kasten?«, fragte Odilo an mir hoch.

Ich nickte.

Das war der Kasten, den Martin unter meinen Augen am Nordturm freigelegt hatte, der dann spurlos verschwunden war und den ich dann aus dem Gebetsraum des Schlosses hatte mitgehen lassen.

»Wenn ich nicht zufällig gestern Abend meine Jacke daraufgelegt und meine Frau nicht, wie jeden Abend, meine Taschen kontrolliert und den sich verfärbenden Dosimeter darin gefunden hätte, dann wäre Folgendes passiert ...«, erklärte Odilo mit besorgter Stimme und drückte einen Knopf auf dem Bedienfeld.

Aus einem Lautsprecher erscholl ein Knarren wie von einem schnell feuernden Maschinengewehr, und zwei Messgeräte ließen ihre Anzeiger bis zum Anschlag tanzen.

»Reicht das?« Er schaltete das Geräusch ab.

Wenn meine Kenntnisse über Strahlungen auch nur marginal waren und sich auf das beschränkten, was jeder interessierte Zeitungsleser seit der Katastrophe von Tschernobyl 1986 wusste, so war mir doch optisch und akustisch klar geworden, welche Gefahr von diesem alten Munitionskasten ausging.

»Gab es 1936 schon angereichertes Uran?«

Odilo zuckte mit den schmalen Schulten und schob die Brille auf der Nase zurecht.

»Keine Ahnung. Ich bin kein Atomphysiker. Aber warum nicht. Otto Hahn hat 1939 die Wirkung der Kernspaltung entdeckt. 1942 haben die Amerikaner die erste kontrollierte Kettenreaktion zustande gebracht und 1944 die bekannten Atombomben gebaut. Nur, wenn in diesem Kasten hochangereichertes Uran war, und etwas anderes kommt bei dieser Strahlung nicht in Frage, dann ist es erst ab 1945 da hineingekommen.«

»Wie kommst du darauf?«, erschrak ich. Meine ganze schöne Verschwörungstheorie drohte ins Wanken zu geraten.

»Ich habe mir die Nacht um die Ohren geschlagen ...« Odilo lächelte das erste Mal, und der Stolz in seiner Stimme war nicht zu überhören. »Aber nicht wegen dir, sondern weil es mich persönlich interessiert«, relativierte er seine Aussage.

»Erzähl schon. Was hast du rausgefunden?«

Die Frage war ich ihm schuldig, obwohl mich viel mehr interessierte, was mit den Mikropunkten in dem schwarzen Buch war.

»Ja ...«, strahlte er und kletterte auf eine Kiste, um die Platte des Labortisches zu erreichen. »... der Kasten hat zwei Lackierungen ...«, fuhr er fort und ließ seine Beinchen über die Tischkante baumeln. »Ich habe beide analysiert und beide sind von der damaligen IG-Farben. Ich konnte sogar noch ihre Chargennummer identifizieren. Daher kann ich mit Gewissheit sagen, wann welche Lackierung aufgebracht worden ist.«

»Und was schließt du daraus?«, bemühte ich mich weiter und hoffte, dass es nicht zu gelangweilt klang.

»Die Grundierung und die erste Lackierung wurde nur für die Marine produziert. Sie stammt definitiv aus den Jahren 1934 bis 1936. Danach wurde die Rezeptur geändert.«

»Und die nächste Schicht?«

»Ist eine Sonderfarbe, die nur einmal 1939 für eine belgische Berkwerksgesellschaft in einer einzigen Charge hergestellt und nach Elisabethville verschifft wurde. Begreifst du das?«

Nichts davon begriff ich. Ich wusste noch nicht einmal, wo diese Stadt lag und welchen Bogen er schlagen wollte, zwischen einer

Grundierung von 1934, was mir gerade noch einleuchtete, und einer belgischen Bergbaugesellschaft.

»Du warst schon in der Schule ein fauler Hund«, kommentierte er meine Verneinung und rutschte auf der Tischplatte hin und her. »Ich habe mich für dich im Internet schlaugemacht, damit du ordentlich viel zu schreiben hast. Also:

Elisabethville lag zu jener Zeit in Belgisch-Kongo, heute Demokratische Republik Kongo. Das liegt in Zentralafrika, wenn du mal danach suchen solltest. Davor haben sich die Franzosen und Portugiesen darum gekloppt, und die Franzosen waren es auch, die dort Uran gefunden haben. Dieses Erz wurde aber erst mit der Entdeckung von Otto Hahn interessant. Die Amerikaner und Engländer, die, wie schon erwähnt, 1942 erstmals die Kettenreaktion in den Griff bekommen hatten, brauchten jetzt dringend Uran in großen Mengen. Dazu griffen sie auf die bis dahin einzig sofort ausbeutbaren Vorkommen im Kongo zurück. Kapierst du das endlich?«

»Das Atomzeitalter war geboren«, seufzte ich und setzte mich neben ihn auf die Tischkante.

Odilo nickte und fixierte den Kasten in seinem gläsernen Käfig, als könnte er ihm so noch ein paar Geheimnisse entlocken.

»Was ist mit dem Buch und den Mikropunkten?«, drängte ich, da ich einsah, dass dieser Kasten für meine Story nur ein besseres historisches Füllsel zu werden drohte.

»Nichts«, knurrte er. »Absolut nichts. Ich konnte zwar diese Punkte als Filmträger entschlüsseln, aber die Strahlung hat alle Informationen darauf gelöscht. Tut mir leid.«

Er kletterte wieder auf die Kiste, um vom Tisch zu kommen, und löschte das Licht im Panzerglaskasten.

Meine Laune sank ins Unendliche, und ich hatte nur noch den dringenden Wunsch, hier rauszukommen und mich irgendwo sinnlos zu betrinken. Alles, was so verheißungsvoll begonnen hatte, stürzte ins Bodenlose. An eine kometenhafte Rückkehr in den Verlag war nicht mehr zu denken. Ganz klein würde ich unter dem Teppich des Verlegers um einen kleinen Posten bitten müssen ...

Odilo klopfte mir auf den Schenkel. Meine Verzweiflung war mir wohl anzusehen.

»Lass den Kopf nicht hängen. Ich hatte mir auch mehr davon versprochen. Aber eine kleine Aufmunterung habe ich noch für dich. Komm mit.«

»Was passiert mit dem Kasten?«, wollte ich wissen, als wir das Labor verließen und die Schleusentüren hinter uns zufielen.

»Den werde ich den Aufsichtsbehörden gleich melden. Hier kann er nicht bleiben. So, wie der strahlt, ist das Atommüll erster Klasse.«

»Und wo bleibe ich?«

Odilo hob die Hände und ließ sie wieder fallen.

»Schreib darüber, oder lass es bleiben. Ganz wie du willst. Nur weißt du jetzt, warum das Ding in dieser schwindelnden Höhe untergebracht wurde. Der Auftraggeber wusste um die Gefährlichkeit. Na ja, er hat es zur damaligen Zeit zumindest geahnt«, verbesserte er sich. »Wer immer das Zeug da einmauern ließ, hat es dort nur zwischengelagert. Wann ist der Staat Israel entstanden?«, wechselte er übergangslos das Thema.

Ich verstand nicht, wie ich langsam überhaupt nichts mehr auf die Reihe bekam. Jeder vermeintliche Schritt vorwärts brachte mich zwei Schritte zurück. Je mehr ich entdeckte, umso weniger passte etwas zusammen.

»1948, glaube ich. Was hat das mit dem Kasten zu tun?«

Odilo lächelte verschmitzt und drückte auf den Knopf zum sechsten Stock.

»Mein Reich.« Er öffnete die Tür zu einem Raum, der endlich wie ein Labor aussah und nicht wie die Katakombe längst verblasster Hoffnungen.

Sonnenlicht strömte über die Labortische und Gerätschaften, und was den Raum so sympathisch machte, hier arbeiteten Menschen, die nichts mit der Verbissenheit der Pförtner gemein hatten. Freundlich lächelnde Wissenschaftler. Wer hätte das gedacht!

»Susanne, sind die Analysen fertig?« Odilo schaute an einer blonden Schönheit hoch, die nur etwas durch einen zu großen Labormantel verunstaltet wurde.

»Sofort, Doktor von Schweinitz. Ich bringe sie Ihnen ins Büro«, lächelte sie und musterte mich kurz.

»Danke«, grinste Odilo zurück, »dann gehen wir erst einmal einen Kaffee trinken, und ich erläutere dir meine Theorie.«

Sein Büro lag auf der anderen Seite des Flurs und hatte nichts von einem Gefängnisraum, wie ich es beim Chefarzt des Schlosses empfunden hatte. Die Tür wies keinerlei besondere Sicherheitsmaßnahmen auf. Die Einrichtung war hell, übersichtlich und der Schreibtisch überraschend aufgeräumt.

»Setz dich«, forderte er mich freundlich auf, vor dem Tisch Platz zu nehmen.

Er ließ sich in einen Sessel nieder, dessen Sitzpolster knapp über dem Boden angebracht zu sein schien, denn für eine Sekunde verschwand der kleine Mann unter dem Tisch. Ein leises Surren ertönte, und der Sessel fuhr hoch, bis Odilo die richtige Position erreicht hatte, um sich wie ein Mann normaler Größe mit den Unterarmen auf der Platte abstützen zu können.

»Ist doch praktisch«, schmunzelte er über mein Staunen. »Hat mir meine Frau zum Geburtstag geschenkt. Seitdem sind alle meine Sitzgelegenheiten so konstruiert. Da kann sogar ich Haltung bewahren.«

Ohne sich durch Anklopfen bemerkbar zu machen, brachte Susanne Kaffee und eine Mappe, musterte mich abermals lächelnd und verließ den Raum.

»Na na«, drohte Odilo mit dem Finger. »Da scheint sich ja was anzubahnen. Sei vorsichtig. Susanne ist gerade glücklich geschieden und meine beste Kraft. Außerdem ist sie zu jung für dich alten Esel. Bist du eigentlich verheiratet?«

»Können wir das Thema wechseln?«, brummte ich.

»Also nicht. Du bist und bleibst ein sozialpolitischer Rohrkrepierer«, amüsierte er sich und schlug die Mappe auf. »So ungefähr habe ich mir das vorgestellt«, murmelte er für sich, nachdem er etwa die Hälfte der Analysen durchgeblättert und überflogen hatte.

Bei einem Blatt hielt er inne und rückte seine Brille gerade.

»Hoppla«, jauchzte er. »Wir haben doch noch etwas entdeckt. Deine Story scheint dir sicher zu sein. Nur etwas anders, als du dir das vorstellst.«

Er drückte den Knopf auf der Wechselsprechanlage zu seiner Linken.

»Susanne, kommst du bitte mal, aber vorher verbindest du mich mit Professor Schünnemann. Danke ...«, und zu mir gewandt: »Tut mir leid, mein Dicker, ich muss mir jetzt erst etwas Gewissheit verschaffen. Das kann eine Stunde dauern. So lange wird sich Susanne um dich kümmern. Ihr könnt in der Kantine zu Mittag essen. Aber benimm dich. Das Mädchen ist im Dienst.«

Aus der Stunde wurden zwei, und ich konnte nicht mehr unterscheiden, ob es die Aufregung war, endlich etwas Näheres über den Kasten zu erfahren, oder die Anregung, die Susanne bei mir hervorrief.

Bereits nach einer halben Stunde war ich über ihr Leben informiert und dass sie einen achtzehnjährigen Sohn hatte, der unbedingt Journalistik und Medien studieren wollte. Wenn mein Gehirn auch anfänglich einen ständigen Vergleich zwischen Hannah und dieser völlig anderen Erscheinung von Frau zog, so verblasste die israelische Version langsam mit jedem Wort dieser rheinischen Frohnatur mit ihrem aufs Höchste ansprechenden Äußeren. Dass sie mit zweiundvierzig zu jung für mich sein sollte, fand ich nicht, und außerdem wohnte sie in meinem Stadtteil.

»Der Graf ist so weit.« Sie schaute auf den Pieper. »Hoffentlich haben wir etwas gefunden, was dir weiterhilft. Mein Sohn wird jetzt nicht mehr zu bremsen sein, wenn er hört, wen ich kennen gelernt habe.«

»Kannst du mich mit in die Stadt nehmen? Ich kann mir seit der Scheidung kein Auto mehr leisten«, meinte Susanne, als sie mich vor Odilos Büro ablieferte, und drückte dabei unauffällig, aber fest meine Hand.

»Möchte bloß mal wissen, was ich noch studieren soll, um die Frauen zu verstehen«, empfing mich der Graf.

»Verstehe kein Wort«, ließ ich mich voller Spannung in den Besuchersessel fallen, »was geht dich das überhaupt an?«

Er putzte akribisch seine Brille.

»Ihr kennt euch erst zwei Stunden und schon seid ihr beim ›Du‹. Ich bin hier der Leiter der Grundlagenforschung, und du bist schon immer ein Hurenbock gewesen. Da werde ich mir ein paar Gedanken machen dürfen. Aber nun zum Thema ...«

Er breitete eine Reihe Papiere vor sich aus, rieb sich die Nasenwurzel und suchte meinen Augenkontakt.

»Hör mir genau zu. Verinnerliche dir, was ich jetzt sage, oder schreibe es von mir aus mit. Aber merke dir: Sollte ich oder die Bayer-Werke jemals erwähnt werden, dann schicke ich dir drei Dutzend Pförtner auf den Hals. Verstanden?«

Ich nickte in Erwartung seiner Analyse, fragte mich aber, woher er meine Aversion gegen die Berufsgruppe der Aufpasser kennen konnte. Sollte es möglich sein, dass sich die unteren Chargen in einem Konzern noch bei einem Chef über einen unangepassten Besucher beschweren konnten?

»Damit ich dich nicht mit unverständlichem Fachjargon langweile und du womöglich eine falsche Interpretation schreibst, fasse ich unsere Analysen wie folgt zusammen ...«

Nun sprach der Wissenschaftler, der es schon in der Schule perfekt verstanden hatte, mir die kompliziertesten mathematischen Formeln so zu erklären, dass ich in der Lage war, die Klassenarbeiten leidlich zu Ende zu bringen. Dafür stand ich ihm, dem körperlich Unterlegenen, gewissermaßen als Leibwächter die ganze Zeit zur Seite.

»Der Kasten ist unwiederbringlich kontaminiert und damit für niemand mehr zugänglich.

Das schwarze Buch aus dem Kasten ist ebenfalls Atommüll und auch in der Entsorgung.

Alles, was wir feststellen konnten, ist, dass die Punkte über den Schriftzeichen zum Teil Mikrofilme waren, die aber keinerlei Informationen mehr enthielten.

Wir stellten weiterhin anhand eines vergleichbaren Buches fest, das du uns zur Verfügung gestellt hast, dass das Buch aus dem Kasten niemals aus dem Jahr seiner Drucklegung stammen kann.«

Er sah, dass ich Luft holte, und winkte ab.

»Halt die Klappe. Fragen kannst du nachher noch. Das Buch aus dem Kasten ist vermutlich zeitgleich mit den Mikrofilmen entstanden, die in dieser Form erst ab zirka 1950 einsatzbereit waren und womöglich aus der Produktion eines unserer damaligen Unternehmen stammen, die diese Art der Verschlüsselung 1944 entwickelten, aber während des Krieges aus Materialmangel nicht mehr produzieren konnten.

Dein Vergleichsbuch hat keinerlei Mikropunkte und dürfte wirklich aus dem Jahr 1935 stammen.«

Nun holte er tief Luft und bestellte Kaffee über die Sprechanlage.

Zum Zeichen, dass nicht gesprochen werden durfte, während Susanne das Gewünschte brachte, legte er den Zeigefinger auf die Lippen und wartete, bis sie lächelnd das Zimmer verlassen hatte.

»Dann haben wir uns den Kartensatz vorgenommen. Er ist ein kompletter Kartensatz des Tarot. Bestehend aus 22 Trümpfen, 16 Hofkarten und 40 Zahlkarten. Zusammen also 78 Karten. Diese sind zwar auch kontaminiert, aber komischerweise nicht in dem Maß wie das Buch. Wieso nicht? Weil sie in einem lederbezogenen Bleietui steckten. Das hat die Strahlung zumindest zum Teil, wenn auch nicht ganz abhalten können; jedenfalls haben wir auf ein paar Karten noch etwas entdeckt ...«

Mit gespreizten Fingern drehte er eines der vor ihm liegenden Papiere zu mir.

»Wir müssen davon ausgehen, dass die Tarotkarten der eigentliche Informationsträger waren. Kannst du das lesen?«

Ich beugte mich vor und versuchte etwas zu entziffern. Es war die Kopie einer Vergrößerung eines Schwarz-Weiß-Negativs und schien mathematische Formeln zu enthalten.

»Ich kann es lesen. Ja, und?«

Odilo lächelte und drehte das Blatt wieder zu sich.

»Versuche es nicht zu verstehen. Ich begreife es auch nicht und musste mit meinem alten Freund Professor Schünnemann Rücksprache halten. Er ist beim *CERN* Leiter der Forschung. Nun zu den anderen Details ...«

Er drehte mir mit der gleichen lasziven Fingerhaltung fünf weitere Bögen hin, die ähnliche Vergrößerungen darstellten.

»Versuch auch das nicht zu verstehen.« Er lehnte sich zurück und schmunzelte über mein Bemühen, bei den Darstellungen ein Oben und Unten zu erkennen. »Das sind Teile eines Konstruktionsplanes für einen Druckwasserreaktor«, erklärte er, sammelte die Kopien wieder ein, steckte sie in die Mappe zurück und zog die Verschlussbänder über die Ecken.

Es entstand eine lange Pause, in der Odilo an meinem Gesicht abzulesen schien, was in meinem Gehirn vorging, untermalt von einem gelegentlichen Getrappel von weiblichen Schuhen auf dem Gang.

»Habe mir schon gedacht, dass du jetzt überhaupt keinen Ansatzpunkt mehr für eine Story siehst«, grinste er, ließ seinen Bürohochsitz hinunterfahren und trippelte zur Tür. »Komm mit. Ich zeichne dir jetzt meine Hypothese auf.«

Was folgte, war die perfekte Inszenierung eines Genies.

In einem mit allen erdenklichen Geräten ausgestatteten Sitzungsraum stellte er mir optisch dar, wie er die Situation sah, und ich musste anerkennen, dass er mir nicht nur während der Schulzeit in der Konsequenz seines Denkens überlegen gewesen war.

Mir fiel dazu nur die Aussage eines Schachgroßmeisters ein, der gute und schlechte Schachspieler einfach dadurch trennte, indem er verglich, wer wie viele Züge des Gegners im Voraus berechnen konnte.

Reichlich verwirrt, aber immerhin im Besitz einer logischen Story verabschiedete er mich weit nach fünf Uhr mit einem Rundruf über die Haussprechanlage:

»Frau Susanne Krodolsky, bitte melden Sie sich bei Schweinitz im Seminarraum.«

»Warum tust du das alles für mich?« Ich ging in die Hocke und konnte nicht umhin, ihn in den Arm zu nehmen.

»Weil du ein armseliges Arschloch bist, das so nie ein Zuhause finden wird.« Er schlang seine kurzen Arme um mich. »Und jetzt lass mich los. Sonst denkt noch jemand, dass wir schwul sind.« Er befreite sich und wischte ein paar Tränen aus den Augenwinkeln.

»Hier seid ihr«, platzte Susanne herein. Ich dachte schon ...«

»Denken Sie nicht so viel«, knurrte Odilo mit abgewandtem Gesicht. »Sehen Sie lieber zu, dass dieser Komiker das Gelände verlässt, ohne eine Palastrevolution mit den Sicherheitskräften anzuzetteln ... und, Peter, denk daran, deine Erbanlagen sind wahrscheinlich stark geschädigt. Du warst zu lange mit dem Kasten zusammen.«

20

Ein Pendelbus, der die Arbeiter und Angestellten bei Schichtwechsel zu den Werktoren beförderte, lieferte uns am Haupttor ab.

Susanne hatte mich die ganze Zeit nur angesehen, aber nichts gesagt. Sie holte mein zurückgelassenes Handy aus der Pförtnerei und nahm mich bei der Hand.

»Magst du reden? Ich bin eine sehr gute Köchin.«

Erbanlagen gestört, Impotenz, Siechtum durch von Krebs zerfressene Zellen spukte wie ein Millionen Volt schwerer Blitz durch mein Gehirn und fand an den Schädeldecken keinen Ausgang.

Verdammt noch mal, ich wollte und musste reden. Aber wo sollte ich anfangen?

Als optisch gepolter Mensch konnte ich nicht so einfach aus dem hohlen Bauch reden. Meine Gefühle bedurften der Schriftform, und die brauchte Zeit.

Erbanlagen geschädigt.

Warum hatte Odilo das erst im Beisein von Susanne gesagt? War er besorgt darum, dass nicht wissentlich Krüppel zwischen uns gezeugt werden, oder war er nur eifersüchtig?

Meine Gedanken schienen in Susannes Hand überzugehen und von dort in eine Art telepathisches Verständnis zu transferieren.

»Mach dir keine Gedanken. Ich kann eh keine Kinder mehr bekommen«, lächelte sie fast entschuldigend, und: »Der Graf sammelt alle deine Artikel. Er scheint stolz auf dich zu sein. Unterstell ihm bitte nichts Negatives. Einen besseren Freund findest du nicht.

Was glaubst du, wie er diese außerplanmäßige Untersuchung dem Finanzvorstand erklären kann? Es gibt dafür keine Auftragsnummer, die diesen Aufwand rechtfertigt. Außerdem muss er die Radioaktivität begründen, die Tausende an Entsorgung kosten wird. Aber kleine Menschen und kleine Staaten wissen sich in ihrer Not immer zu helfen. Dazu gehören nun auch mal unorthodoxe Methoden.«

Mir fehlten einfach die Worte, und ich erwiderte nur dankbar ihren Händedruck, versuchte das heulende Elend hinunterzuschlucken.

»Scheiße«, entfuhr es mir, als wir uns dem Parkplatz näherten.

Ich drückte Susanne meinen Autoschlüssel in die Hand.

»Warte bitte hier, bis ich weg bin. Dann nimm bitte den dreckigen Golf da vorne und fahr zu dir nach Hause. Ich komme später vorbei.«

Ohne auf ihr fragendes Gesicht zu reagieren, schritt ich auf den schwarzen BMW zu, der in Höhe meines Wagens parkte.

»Neue Freundin? Könnte mir gefallen. Ich stehe auf blonde Frauen.«

»Zu alt für Sie!«, fuhr ich Joshua unbeabsichtigt heftig an. »Sind Sie schon wieder dabei, mich zu beschützen?«

Er lächelte gequält. »Nein. Ich überlege nur, was die Industrie erfinden muss, damit bei Ihnen mal ein Handy funktioniert. Seit Stunden versuche ich, Sie zu erreichen. Los, steigen Sie ein.«

»Wozu? Ich habe meinen eigenen Wagen«, bockte ich und warf einen Hilfe suchenden Blick zu Susanne, die unschlüssig neben meinem Wagen stand.

Joshua verfolgte den Blickwechsel und brummte: »Wir holen Hannah vom Flughafen ab. Der wird das nicht gefallen, dass sie Konkurrenz bekommen hat. Also steigen Sie schon ein. Dann verrate ich Sie auch nicht.«

Ich zögerte. Odilo hatte vielleicht doch recht gehabt. Ich war zu alt. Zu alt, um es mit zwei jüngeren Frauen gleichzeitig aufnehmen zu können. Jahrelang keine Frau und nun gleich im Doppelpack.

»Junge, du spinnst komplett«, haderte ich mit mir.

»Was muss ich tun, damit Sie endlich mitkommen?« Joshua stützte sich auf dem Wagendach ab. »Vielleicht die Nebenbuhlerin auch noch mitnehmen? Dann möchte ich aber nicht dabei sein, wenn das meine Schwester sieht. Aber vielleicht hilft es bei Ihrer Entscheidung, dass Sam verschwunden ist.«

Damit enthob er mich meinem Zwiespalt. »Was heißt verschwunden? Um den wollte sich doch Kommissar Kögel kümmern.«

»Genau da scheint das Problem zu liegen«, brummte der Riese und musterte Susanne, die versuchte, an meinem Schlüsselbund den richtigen Schlüssel für die Autotür zu finden. »Möchte bloß mal wissen, was die jungen Weiber an Ihnen finden.« Er schüttelte den Kopf, als Susannes Wickelrock beim Einsteigen kurz aufsprang und einen tiefen Blick zwischen ihre Schenkel bot. »Jetzt steigen Sie endlich ein! Hannah wartet nicht gern. Sie bringt wichtige Informationen aus Israel mit.«

»Was haben Sie mit Sam zu tun?«

Joshua verdrehte die Augen und stöhnte. »Sie nerven. Entweder Sie steigen ein oder . . . gehen jetzt zu Fuß.«

Susanne hatte nach ein paar Versuchen den Golf endlich zum Laufen gebracht und fuhr winkend davon.

»Sie haut Ihnen schon nicht ab«, tröstete Joshua und ließ das Navigationssystem aus dem Armaturenbrett fahren.

Er rief den Stadtplan von Leverkusen auf und vergrößerte den Abschnitt um die Bayer-Werke.

»Sind Sie jetzt beruhigt?«, winkte er mich in den Wagen. »Der weiße Punkt auf der Karte ist Ihr Golf.«

Es dauerte ein paar Sekunden, bis ich verstand. »Sie haben einen Sender bei mir angebracht?«

Sein schallendes Gelächter quittierte meine Frage.

»War gar nicht so einfach, eine saubere Stelle zu finden, damit der haften blieb. Oder haben Sie sich gedacht, dass ich Ihnen wie in alten Zeiten dauernd hinterherfahre? Nein, bei mir funktioniert die Technik.«

»Danke«, quittierte ich den Seitenhieb auf meinen ewigen Handykrieg und ärgerte mich, dass ich Susanne meinen Wagen überlassen hatte.

Nun war ich vom guten Willen dieses Riesen abhängig. Irgendwann würde Susanne den Wagen in der Nähe ihrer Wohnung parken. Wenn ich Pech hatte, fand sie sogar einen Platz genau vor der Tür, und mit diesem Navigationssystem war sofort die dazugehörige Hausnummer und somit ihre Identität herauszufinden.

»Wie heißt Ihre neue Freundin?«, hakte Joshua genau da ein, als wir auf die Autobahn einbogen.

Gebannt folgte ich dem weißen Punkt, der jetzt auf den Parkplatz eines Supermarktes einbog.

»Geht Sie nichts an. Was haben Sie mit Sam zu tun, und was ist mit diesem Goldrausch?«, versuchte ich von Susanne abzulenken.

»Goldrausch? Ach ja. Da hat uns dieser Kögel unterbrochen. Erzähle ich Ihnen, wenn Hannah dabei ist. Und Sam ist einer von uns.«

»Wer ist ›uns‹? Der Mossad?«

Joshua schüttelte unwillig den Kopf und erhöhte die Geschwindigkeit auf über zweihundert.

»Dass euch immer zuerst der Mossad einfällt. Der ist ein ganz normaler Staatsschutz und kein Geheimbund. Nein, Samuel gehört zur Familie. Er ist unser kleiner Bruder.«

Kleiner Bruder? Die ganze Familie Motzkin schien auf der Jagd zu sein.

»Was macht der in unserem Verlag?«, versuchte ich bei Tempo zweihundertvierzig zu erfahren.

Joshua zog mit den Zähnen ein Kaugummi aus dem Papier und wechselt mit einem Knopf am Lenkrad die Ansicht auf dem Navigationsdisplay.

Mein Golf war immer noch auf dem Supermarkt-Parkplatz.

»Haben Sie sich jemals Gedanken gemacht, wie Ihr Verlag schon kurz nach dem Krieg eine Lizenz von den Alliierten bekommen konnte?«, mampfte er. »Dazu musste man über eine Menge Devisen verfügen, denn die Deutsche Mark war noch nicht eingeführt und die Entnazifizierung noch nicht abgeschlossen.«

Darüber hatte ich mir allerdings noch keine Gedanken gemacht.

Ehemals selbstständige Regionalzeitungen waren während der Nazizeit »gleichgeschaltet« worden, und es bedurfte nach dem Krieg eines langwierigen Genehmigungsverfahrens, um wieder als selbstständiger Verleger eine Lizenz zu erhalten. Manche Verleger heute überregionaler Blätter hatten bei der Erlangung dieser Lizenz mehr Geschick bewiesen, andere weniger oder hatten sie aufgrund ihrer Vergangenheit nicht mehr erhalten.

»Sie meinen …?«, versuchte ich einen aufkeimenden Gedanken in Worte zu fassen.

»Ich meine nicht, ich weiß«, schmunzelte Joshua, »dass Ihr Senior-Verleger Junke ein nichtjüdisches Mitglied der Loge war.«

»Und Sam sollte als euer Agent herausfinden, woher das Geld kam?«, tastete ich mich vorsichtig an den Hintergrund dieser beängstigenden Information.

Das bedeutete, dass ich unwissentlich meinem Chef zu nahe gekommen und meine Chance, in diesem Verlag jemals wieder Fuß zu fassen, gleich null war.

»Nicht nur das …«, murmelte der kauende Riese und bog von

der Autobahn Richtung Flughafen ab. »Sam hatte auch die Aufgabe, sich intern in die Kommunikationsleitungen einzuschalten, um die Art der Verbindungen eures Junior-Chefs Dr. Junke zu diesem Goldrausch zu prüfen.«

Mein Verleger und Goldrausch?

Diese Möglichkeit löste in mir eine Kettenreaktion von Gedanken aus, die in einer waghalsigen Vermutung mündete:

Die Stiftung und die Loge waren ein und dasselbe.

Joshua hatte nur beiläufig bei seinem Einbruch bei mir bemerkt, dass die *Chesed* nie aufgehört hatte zu bestehen.

Eine Hypothese jagte nun die andere. Hannah suchte verschollenes Vermögen der Logenmitglieder und Joshua die Drahtzieher, die sich über Jahrzehnte daran bereichert hatten. Waren diese ausfindig gemacht und zahlten nicht, dann wurden sie raffiniert aus dem Leben gezogen.

Aber was hatten Goldrausch, die Hinweiskarten auf seinen Namen und der Kasten damit zu tun?

»Sie muss ja nicht alles wissen.« Joshua klappte das Display ein, auf dem ich gerade noch erkennen konnte, dass sich der Golf auf dem Weg nach Köln befand.

Hannahs Mimik verhieß nichts Gutes. Demonstrativ deutete sie auf ihre Uhr, als der BMW an der Bordsteigkante ausrollte.

»Habe ich mir schon gedacht, dass bei zwei Männern einer zu viel ist, um sich an abgemachte Zeiten zu halten«, fauchte sie Joshua an, der keine Anstalten machte auszusteigen und nur grinste. »Du weißt genau, dass ich Unpünktlichkeit hasse. Kann mir mal jemand von euch Bauern mit dem Gepäck helfen?«

Da Joshua sich nicht rührte, stieg ich aus und griff mir die zwei Koffer, um sie gleich wieder abzusetzen.

»Himmel. Wieviel hundert Kilo Diamanten hast du da drin?«, stöhnte ich und wuchtete jetzt jeden einzeln in den Kofferraum.

»Keine Diamanten«, lächelte sie flüchtig und stieg hinten ein. »Das sind die Kopien der Unterlagen, die ich mitgenommen habe. Sie stehen zu deiner Verfügung. Mach damit, was du für richtig hältst, aber vernichte sie nicht. Du wirst sie noch brauchen.«

Ihr Feuerzeug klickte, und bald waberten die Rauchschwaden durch den Wagen.

Sie war blass und ungeschminkt, sah müde aus und spielte nervös mit ihrer Halskette. Ihre gewohnte Souveränität war der Unruhe der Tigerin kurz vor dem Sprung gewichen.

»Joshua, hör auf zu schlafen«, murrte sie, »fahr endlich zum Schloss. Wir haben genug zusammen, um diesem Goldrausch die Hölle heißzumachen.«

Joshua nahm seine Pranken vom Lenkrad, legte sie auf die Oberschenkel und sah mich an. »Wollen Sie jetzt endlich erzählen, was Sie mit dem Senator besprochen haben?«

»Falle. Dies ist eine Falle«, schrie alles in mir.

Die beiden haben sich telefonisch abgesprochen, um dich auszuquetschen, und du Rindvieh lässt dich auch noch durch einen simplen Trick mit einem Sender an deinem Golf direkt in ihre Hände locken.

Wie zur Bestätigung öffnete Joshua das Display wieder und suchte den Ausschnitt auf dem Stadtplan.

Susanne schien zu Hause zu sein. Der weiße Punkt bewegte sich nicht mehr und war nur zwei Blocks von meiner Wohnung entfernt.

»Wir hören.« Der Riese verlieh seinen Worten mit einem gefährlich gepressten Unterton Nachdruck, und Hannah stieß lautstark eine Qualmwolke von sich.

»Senator Goldrausch ist tot. In meinen Armen gestorben. Und irgendjemand hat dabei nachgeholfen.«

Joshua blies den Kaugummi auf, schaffte es aber dieses Mal nicht, ihn wieder einzufangen. *Pitsch!* machte es, und die Reste verteilten sich um seinen Mund.

Hannah beugte sich mit der Zigarette im Mundwinkel zwischen die Vordersitze und sah ihren Bruder scharf an.

»Was soll das heißen? Hattest du etwa den Auftrag?«

Der klaubte sich wie ein Clown nach dem Auftritt die Gummireste aus dem Gesicht und zuckte mit den Schultern. »Der Zentrale wurde es zu heiß. Der Kerl hat genug Unheil angerichtet. Was sollte es? Der hätte sonst vor lauter Bosheit noch zwanzig Jahre gelebt.«

»Ich fasse es nicht«, stöhnte Hannah und ließ sich in den Sitz fallen, um daraus gleich wieder wie eine gespannte Feder nach vorne zu schießen.

»Ist es, verdammt noch mal, nicht einmal unter Geschwistern möglich, sich abzustimmen? Der Kerl war meine letzte Möglichkeit, die Wahrheit zu erfahren. Und du Trampeltier lässt ihn umlegen. Ich krieg die Krise und deine Vorgesetzten ein Verfahren vom Wirtschaftsministerium an den Hals, dass euch miesen Befehlsempfängern das Wasser im Arsch kocht.«

Joshua zuckte wieder mit den Schultern und startete den Motor.

»Befehl ist Befehl«, meinte er nur und fuhr los.

Ich hatte in meiner langen Tätigkeit schon einiges erlebt. Mörder interviewt, mit deren Familien und den Hinterbliebenen gesprochen, versucht, die Motive von Kinderschändern zu verstehen, aber das ging über mein Fassungsvermögen und meine Nervenkraft.

Da stritten sich die Schwester und ihr Bruder ganz offen in meinem Beisein und ohne eine Sprache zu benutzen, die ich nicht hätte verstehen können, darüber, warum ein ohnehin schon fast toter Mensch mutwillig ins Jenseits befördert worden war.

Meine Herzfrequenz steigerte sich, bis ich meinen eigenen Pulsschlag hören konnte, meine Lungen begannen nach Luft zu ringen, und der Schweiß trat mir aus allen Poren. Ich saß im Auto eines Killerpärchens, hatte das Geständnis eines Mörders und konnte nichts damit anfangen. Im Gegenteil. Ich war nun zu einem gefährlichen Zeugen geworden. Eine Panikattacke drohte in mir aufzusteigen, und mein Gehirn überschlug sich bei der Suche nach einem Ausweg.

Angriff!, war das Einzige, was mir dazu einfiel.

»Kann mich mal jemand aufklären, was hier vor sich geht?«, versuchte ich den Kloß im Hals durch Räuspern zu verscheuchen. Meine Stimme klang trotzdem jämmerlich.

Hannah hatte sich wieder zurückgelehnt und nagte auf ihrer Unterlippe herum.

»Du bist soeben unbeabsichtigt Zeuge eines Mordgeständnisses geworden. Du bist dir im Klaren darüber, was das für dich bedeutet? Die Mitglieder des Geheimdienstes sind allesamt Kinder, die nicht erwachsen werden wollen. Und Kinder sind grausam. Sie kennen nur das Recht des Stärkeren. Ein Unrechtsbewusstsein haben sie nicht. Und die israelischen Kinder schon dreimal nicht, da sie sich auf das Alte Testament berufen. Auge um Auge, Zahn um Zahn.«

Sie zündete sich wieder eine Zigarette an, und Joshua trieb den Drehzahlmesser bis zum Anschlag.

»Hier, lies das«, kramte Hannah einen Briefumschlag aus der Tasche.

»Was ist das?« Ich wendete das Kuvert, das noch eine Briefmarke der Reichspost trug und als Adressaten einen Joshua Krodensky in Tel Aviv auswies. Ein Absender war nicht vermerkt, aber ein schwach erkennbarer Stempel auf der Vorderseite vom April 1947 deutete darauf hin, dass der Brief von den englischen Behörden zensiert und freigegeben worden war.

»Deine Lebensversicherung«, kam es in einem blauen Tabakschwall vom Rücksitz.

Ich öffnete das mit einem scharfen Gegenstand geöffnete Kuvert.

Es enthielt ein sorgsam gefaltetes, vergilbtes Blatt, das mit steiler Sütterlinhandschrift beschrieben war.

Köln, den 12. September 1946

Geliebter Joshua!

Ich weiß, Du hast es mir verboten, Dir zu schreiben, und ich hoffe auch, dass Deine jetzige Familie Dir deswegen keine Probleme bereiten wird.

Ich hatte gehofft, dass nach dem Krieg alles besser wird, aber das ist bisher nicht eingetreten. In unserem ehemaligen Haus haben die Engländer eine Kommandantur eingerichtet, und ich lebe jetzt bei Deiner ehemaligen Sekretärin, die ihren Mann im Krieg verloren hat.

Die Lebensmittelbeschaffung ist eine Katastrophe. Wir müssen teilweise mit dem Fahrrad bis ins Bergische Land, um unser Hab und Gut gegen Kartoffeln, Gemüse und Milchprodukte einzutauschen. Es ist demütigend, was aus diesem Volk geworden ist. Aber ich will mich nicht beklagen, euch wird es in Palästina nicht viel besser gehen. Man hört, dass Anwerber durch die Auffanglager ziehen, um jüdische Flüchtlinge ins Gelobte Land zu bringen.

Die Suche nach unserem Sohn David habe ich noch nicht aufgegeben. Ich habe seine Beschreibung dem Suchdienst des Roten Kreuzes gegeben.

Aber nun zum eigentlichen Grund meines Briefes: Vor genau zwei Wochen habe ich Dir einen weiteren Sohn geschenkt, der das Ergebnis Deines überraschenden Besuches vom Dezember 1945 hier in Köln ist. Den Vater habe ich als unbekannt angegeben, aber ihm, Deine Zustimmung voraussetzend, den Namen Peter-Maria gegeben. Er wird groß wie sein Vater, nur etwas untergewichtig ist er. Aber das liegt an unserer mangelhaften Versorgung. Ansonsten hat er alle Merkmale von uns beiden und schreit bereits wie am Spieß.

Das wollte ich Dich wissen lassen und verbleibe in ewiger Liebe zu Dir

Deine Judith

Ein Brief, der wohl zu jener Zeit millionenfach geschrieben worden war. Aus ihm sprach in wenigen Worten der ganze Schmerz einer zwangsgeschiedenen Frau und Mutter zweier Söhne, die nach dem Krieg unverhofft ihren verschollen geglaubten Mann wieder getroffen hatte, um festzustellen, dass er ihr endgültig nicht mehr gehörte. Und ich hieß Peter-Maria, meine Mutter Judith, und das Geburtsdatum war genau meines.

Verstört faltete ich das Papier zusammen und bat Hannah um eine Zigarette.

Die tippte Joshua auf die Schulter. »Halt mal an. Ich glaube, unser Onkel braucht frische Luft.«

»Seit wann weißt du das?«, quälte ich hervor, nachdem Joshua einen Rastplatz angesteuert und Hannah mich aus einem Flachmann mit einem großen Schluck Whisky versorgt hatte.

Sie setzte sich zu mir auf die Bank und nahm meine Hand. »Seitdem ich den Nachlass meines Großvaters geöffnet habe. Ich wollte es dir eigentlich viel später sagen, aber die Situation erforderte, dass ich es jetzt loswerden musste. Du solltest dich freuen, jetzt eine wirkliche Identität zu haben.«

Freuen? Worüber?

Plötzlich war ich nicht mehr ein unbeteiligter Journalist, der einfach so aus der Distanz berichten konnte und dann zur nächsten Story überging. Ich war als Familienangehöriger und Mitwisser eingebunden. Egal was ich auch schrieb oder jemals aussagen musste, ich würde befangen sein. Man hatte mich geschickt zum Mittäter gemacht.

»Was wisst ihr über diesen David, meinen Bruder?«

Hannah schüttelte den Kopf und trat eine Zigarette aus. »Nichts. Wenn er eurer Mutter weggenommen worden ist, dann hat er keine ursprüngliche Identität mehr, der man nachgehen könnte.«

Warum mir gerade jetzt ein Gedanken hochkam, konnte ich nur mit dem unergründlichen Reich des Unterbewusstseins erklären. »Was ist, wenn du von deinem Stiefonkel ein Kind bekommst?«

Hannah zog die Stirn in Falten und sah mich von der Seite an. Dann schmunzelte sie.

»Ein verlockender Gedanke, die Reinkarnation meines Großvaters in mir zu tragen. Das werde ich mir noch einmal durch den Kopf gehen lassen. In einem Monat weiß ich mehr.«

Lachend zog sie mich von der Bank hoch und drückte mir einen Kuss auf die Wange.

»Komm, Stiefonkel, wir haben noch einiges zu tun.«

Erbanlagen verändert, schoss mir Odilo durch den Kopf. Ach nein, das war ja vor dem Kasten, zog mein Zeitgedächtnis gerade noch rechtzeitig die Rettungsleine, bevor sich Panik in mir breitmachen konnte.

»Kannst du nicht mal, wenn ich schon hier bin, mit deiner Detektivspielerei aufhören?«, wies Hannah Joshua zurecht. Der hatte sich während unseres Gespräches mit seinem Navigationssystem beschäftigt.

Der Gemaßregelte grunzte etwas auf Iwvrith und wechselte den Ausschnitt auf dem Display.

Hannah zuckte mit den Schultern.

»Er findet Sam nicht. Sam trägt an seiner Uhr einen Sender, aber der antwortet nicht.«

Sie sagte das, als sei es das Belangloseste der Welt, dass mal eben ein Mensch verloren geht.

»Ist das beunruhigend?«, versuchte ich, nicht ganz so geistesabwesend zu wirken, wie ich es tatsächlich war. Meine Gedanken kreisten und flatterten, schwangen sich auf, um gleich wieder abzustürzen.

»Joshua ist darauf getrimmt, Probleme zu lösen«, lächelte sie und klopfte ihrem Bruder auf die Schulter. »Stimmt's?«

Es klang höhnisch, als nehme sie die Tätigkeit des Mossad nicht sonderlich ernst. Nahm sie überhaupt etwas außer sich ernst?

Meine Gedanken kreisten weiter.

Was war mein Vater für ein Mensch gewesen? Was hatte er mir an Erbinformationen überlassen, und warum hatte meine Mutter nie darüber gesprochen? War ich jetzt verpflichtet, hinter unserem enteigneten Besitz herzujagen? Wie sollte ich das anstellen?

Konnten mir die Kopien der Zeitungen und Kladden im Kofferraum dabei helfen? Oder waren es die vernichteten Informationen auf den Mikrofilmen, die mir genau dazu fehlen würden?

Fragen über Fragen, aber keine Antwort.

21

Das Handy riss mich aus meinen wirren Betrachtungen.

»Ich fasse es nicht. Das Ding geht ja mal bei Ihnen«, tönte Kögel.

»Wo stecken Sie? Ich brauche Sie in einer dringenden Angelegenheit. Können wir uns in einer halben Stunde vor Ihrem Haus treffen?« Dann drückte er das Gespräch weg, ohne auf eine Reaktion von mir zu warten.

»Was Wichtiges?« Hannah streichelte meine Nackenhaare. »Ich hoffe doch, dass wir beiden heute ein Familienfest feiern. Es gibt so viel zu erzählen.«

»Später vielleicht. Ich muss das alles noch verdauen«, versuchte ich mich aus der Einladung zu mogeln. Mir war einfach nicht danach, plötzlich in Familie machen zu müssen, die ich bisher nur in Form einer Botschafterin kennen gelernt hatte, die mit allen Wassern gewaschen zu sein schien. Und eines Auftragskillers. Und eines Redaktionshackers, wenn man Sam noch hinzuzählte.

»Schade«, schmollte Hannah. »Aber morgen Abend bist du fällig, und komm ja nicht auf die Idee, dich zu drücken. Ich schicke dir Joshuas gesamte Truppe auf den Hals.«

Die Drohung hatte ich heute doch schon einmal von Odilo gehört. Nur konnte ich mir vorstellen, dass drei Dutzend Pförtner in Unterhosen gegen drei nackte Leute aus Joshuas Gefolge nur lächerlich wirkten, und bestätigte brav den Termin.

Ich hatte schon befürchtet, dass Kögel mir hämisch grinsend aus dem BMW helfen und seine blöden Sprüche loslassen würde. Aber er hatte sich in den Hausgang zurückgezogen und unterhielt sich angeregt mit meinem speziellen Freund, dem Hausmeister.

»Wird das jetzt zum Dauerzustand?«, empfing er mich.

»Was?«

»Dass Sie unter dem Protektorat des Mossad stehen. Oder bereiten Sie bereits die Hochzeit vor?«

Er schob mich aus dem Haus und schaute sich nach dem BMW um, der gerade in einer Seitenstraße verschwand.

»Kommen Sie«, drängte er mich in einen Kleinwagen, der schlecht geparkt und halb auf dem Bordstein stehend zwischen die Wagen der Anwohner gequetscht war. »Ich brauche Ihre Hilfe. Dabei kann ich diese Jud... – Israelis nicht gebrauchen.«

»Was, zum Teufel, soll das noch? Ich bin müde und habe heute die Schnauze voll«, nörgelte ich.

»Ich habe Sam, oder besser, er hat mich. Er will aber nur mit Ihnen reden«, presste Kögel hervor und schlug eine Richtung ein, die mir bekannt vorkam.

»Warum verhaften Sie ihn nicht einfach?« Ich lehnte mich zurück und schloss die Augen. Die Informationsflut des heutigen Tages begann mich zu ermüden und mir zugleich auf den Geist zu gehen.

Langsam musste ich mir eingestehen, dass mir das alles nichts mehr nutzen würde. Ende der Fahnenstange. Aus und vorbei, wenn ich es nicht schaffte, noch irgendeinen Verlag zu finden, der sich für einen von allen Seiten demontierten Journalisten interessierte. Und dazu fiel mir im Kölner Blätterwald keiner ein.

»Ich kann einen Israeli nicht verhaften«, murmelte Kögel. »Ich kann ihm nichts nachweisen, was gegen unsere Gesetze verstößt, außer dass es verboten ist, Steine auf ein Grab zu werfen. Und ob das zu einer Ausweisung führt, bezweifle ich.«

»Verstehe. Deshalb hat er Sie«, gähnte ich und versuchte mir vorzustellen, dass Susanne jetzt vielleicht mit einem Abendessen auf mich wartete. Mein Golf hatte lang genug auf dem Supermarktparkplatz gestanden. Ich schob den Gedanken beiseite und ersetzte den Traum durch ein Bett und ein Fass schäumendes Bier.

»Sam hat um Schutzhaft oder politisches Asyl gebeten.«

Jetzt gingen meine Träumereien aber zu weit, und ich riss die Augen auf.

»Wie bitte?«

»Sie haben richtig gehört«, lächelte Kögel gequält. »Ich habe einen Entscheidungsnotstand. Das würde politische Kreise ohne Ende ziehen. Ein Israeli bittet um politisches Asyl in Deutschland. Das hat es noch nie gegeben.«

Schlagartig fiel die Müdigkeit von mir ab und machte dem Jagdinstinkt eines alternden Trüffelschweins Platz.

Wenn diese Information stimmte, dann musste ich sie als Erster mit Leben füllen. Als Veröffentlichungsorgan bot sich für solch eine Meldung eine Presseagentur an; die zahlten ohnehin besser als der eigene Verlag.

»Und was hat er als Grund angegeben?«, drängte ich Kögel, der mal mit der linken, mal mit der rechten Hand versuchte, während der Fahrt sein Feuerzeug in den Jackentaschen zu suchen.

Ich drückte den Zigarettenanzünder neben dem Aschenbecher und reichte ihn ihm.

»Ich hatte mir überlegt, wie ich mit Sam ins Gespräch kommen könnte«, begann er die Sache spannend zu machen. »Vorzuwerfen hatte ich ihm ja nichts. Also konnte ich auch nicht so einfach in den Verlag latschen und ihn befragen, und zu Hause scheint er selten zu sein. Hat wohl irgendwo eine Freundin. Dann habe ich ihn spätabends nach Dienstschluss abgepasst. Anfangs war er misstrauisch, wegen der Aufenthalts- und Arbeitsgenehmigung oder so. Erst als ich ihm versicherte, dass mich das als Mordkommission nicht interessiert, sprudelte er plötzlich los. Er sei in Lebensgefahr und ich solle ihn in Schutzhaft nehmen ...«

»Ja, und ...?«, versuchte ich seine Denkpause zu verkürzen.

»Er faselte etwas von einer Stiftung ...« Pause.

Stiftung? Bei mir gingen die Alarmglocken an. Die Verbindung des Senators zum Verleger, wie Joshua unbedacht erklärt hatte?

»Weiter«, drängte ich, aber Kögel schob nur das Zigarillo von einem Mundwinkel in den anderen und konzentrierte sich auf den Verkehr.

Was war denn heute mit ihm los? Er war doch sonst so gesprächig und schnell mit Erklärungen bei der Hand, auch wenn sie sich größtenteils auf Vermutungen stützten.

Der Wagen hielt vor der Synagoge, ohne dass Kögel ein weiteres Wort gesprochen oder meine Fragen mit einer körperlichen Reaktion als »empfangen« bestätigt hatte.

»Da drin ist er. Mir fiel nichts Besseres ein.« Er deutete auf das Gebäude. »Sagen Sie ihm, dass er mehr erzählen muss, bevor ich ihn wirksam schützen kann, oder er soll sich an seine Botschaft wenden. Was mir überhaupt die beste Möglichkeit zu sein scheint, bevor sich hier die Geheimdienste in die Wolle kriegen. Ich bin zu alt, um mich noch auf politische Spielchen einzulassen.«

Er drückte mir einen Zettel in die Hand, auf den er drei Telefonnummern gekritzelt hatte.

»Was ist das?«

»Wenn es Probleme geben sollte, dann rufen Sie die an. Eine davon wird schon zu erreichen sein. Geht Ihr Handy mal für eine Weile?«

Ich prüfte den Ladezustand des Gerätes. Der Akku war noch voll.

Er nickte zufrieden und löste meinen Sicherheitsgurt, der surrend in die Halterung zurücksprang.

»Viel Glück. Passen Sie auf sich auf. Ich habe keine Lust, Steinchen auf Ihr Grab zu legen.«

Während ich auf die Synagoge zuging, versuchte ich krampfhaft zwischen meinem knurrenden Magen, einem durstigen Gaumen und dem müden Körper zu vermitteln, bloß nicht schlappzumachen und meinem Gehirn noch die letzten Reserven zur Verfügung zu stellen.

Irgendetwas war in den letzten zwei Tagen geschehen, das ich übersehen hatte. Aber was?

Schritt für Schritt ging ich noch einmal alles durch. Aber es waren einfach zu viele Informationen, die hinten und vorne nicht zusammenpassen wollten.

Das Schloss, der Senator, die Stiftung, der kontaminierte Kasten, Odilo. Ein Schreiben meiner Mutter, das mich plötzlich einen Erzeuger haben ließ, einen Kögel, der überraschend die Lust am Jagen verloren hatte, und nun einen Sam, der auf meinen Verleger angesetzt worden war und jetzt vor einer Stiftung auf der Flucht zu sein schien.

Mich fror, und ich bedauerte es das erste Mal in meinem Leben, keine Waffe zu besitzen, verscheuchte den Gedanken aber gleich wieder.

Als ich den Umgang damit hätte lernen können, fand ich es wie viele meiner Studienkollegen schicker, den Wehrdienst zu verweigern und in den Sozialdienst zu gehen. Da konnte man sich bei einem Joint und einer Flasche billigen Fusel so richtig gegen das Establishment auflehnen und die Welt verbessern.

Aber nichts hatte sich geändert, als wir nach dem Studium um einen Job hechelten und lernen mussten, dass immer noch das Kapital zeigte, wo es langging. Und wir hatten uns angepasst.

»Du hättest doch den Umgang mit einer Waffe lernen sollen«, murmelte ich in mich hinein und probierte, ob die Synagogentür verschlossen war.

Sie ließ sich öffnen, und ich fühlte eine Hand, die mich in den fast finsteren Gebetsraum zog und die Tür hinter mir verschloss.

»Endlich sind Sie da. Kommen Sie. Der junge Mann wartet. Ich habe es geahnt, dass es mit dieser Konstellation Schwierigkeiten geben wird. Sie haben sicher Hunger und Durst.«

Der Rabbi eilte mit weit ausgreifenden Schritten voran und löschte im Vorbeigehen die gesamte Beleuchtung des Gebetsraumes.

Wir folgten dem Weg, den ich schon einmal mit Hannah und Joshua gegangen war, und fanden uns in der Küche wieder.

Er bedeutete mir, Platz zu nehmen, und beeilte sich, zwei Bier und belegte Brötchen aus dem Kühlschrank zu zaubern.

»Wissen Sie, das alles regt mich so auf, dass ich alleine nichts hinunterbekomme. Daher bin ich froh, dass Sie da sind. Dieser Kommissar war mir nicht geheuer.«

Es folgten noch eine Platte mit Brötchen und einige Bierchen, bis sich bei uns die Anspannung löste.

»Wo ist der junge Mann jetzt?«, fragte ich und fegte die Brösel mit der Handkante vom Tisch.

»In meinem Büro und macht sich nützlich. Unser Computer spinnt, und er meint, dass er das wieder hinbekommt.«

Der Rabbi war ein vertrauensseliger Mensch, einen Mann wie Sam, der vor keinem Passwort haltmachte, unbeaufsichtigt mit seinen Daten allein zu lassen. Aber ich sagte nichts.

Mich interessierte etwas ganz anderes. »Was hat Sie bewogen, mich mit dem Senator zusammenzubringen? Gibt es eine Verbindung, die ich kennen sollte?«

Der Rabbi nickte und konzentrierte sich kurz. »Die Familie Goldrausch war schon immer ein Gönner der Kölner Synagogengemeinschaft. Vor dem Krieg war es der Senior, der auf unserem Friedhof beigesetzt ist, nach dem Krieg sein jüngerer Bruder. Bis vor wenigen Jahren ließ es sich der Senator nicht nehmen, regelmäßig am Schabbat hier zu beten. Dann verließ ihn langsam seine Gesundheit, und er glich seine Abwesenheit durch großzügige Spenden aus, wofür wir ihm ewig dankbar sein werden.

Warum ich Sie mit ihm zusammenbringe, hat mit diesem Buch zu tun, das mir Frau Motzkin und kurz darauf Sie mit dem gleichen Exemplar gezeigt haben.«

Er holte uns noch zwei Flaschen. Der Mann wurde mir langsam sympathisch in seiner warmen Offenherzigkeit, die nichts von einer Art Selbstdarstellung erkennen ließ.

»Wissen Sie, bei dem Buch hat mich etwas irritiert. Ich habe den Eindruck, dass diese Bücher nur gedruckt worden sind, um etwas zu verheimlichen. Denn die Texte aus der Thora sind so aus dem Zusammenhang gerissen, dass sich jeder Schriftgelehrte die Haare raufen würde, wie man eine biblische Botschaft derart verstümmeln kann.«

»Was meinen Sie mit ›verstümmeln‹?«, horchte ich auf. Waren es nicht nur die Mikropunkte, die nach Odilos Prüfung erst nach dem Krieg angebracht worden sein konnten und in meinem Buch, das ich dem Verleger entwendet hatte, offensichtlich fehlten?

»Wissen Sie, ich habe mir das, nachdem Sie fort waren, überlegt. Es war schon eine geniale Idee, die Identität der Logenbrüder hinter diakritischen Zeichen zu verstecken, in einer Schrift, die ein Unkundiger ohnehin nicht entziffern konnte. Also konnten die Textfragmente auch nicht zufällig gewählt worden sein. Sonst hätte es gereicht, irgendein fortlaufendes Kapitel aus der Thora oder einem anderen Buch des Tanach – des Alten Testaments, wie Sie sagen würden – zu nehmen. Da hätte man ausreichend Markierungen einbauen können. Nein, es muss eine Übereinstimmung zwischen den Texten und der Stelle geben, an der die Umlaute platziert sind. Daher habe ich Sie mit Senator Goldrausch zusammengebracht. Denn ich erinnerte mich, dass er diese Art von Buch einmal erwähnte und sagte, dass darin das ganze Vermögen der Loge stecke.«

»Zusammengebracht? Sie haben vorher mit ihm gesprochen?«

Der Rabbi machte ein Gesicht, als hätte ich die dümmste Frage der Welt gestellt.

»Natürlich. Ich konnte Ihnen doch ohne seine Genehmigung nicht seine Adresse geben. Da habe ich ihn angerufen und erzählt, dass mir zwei Bücher vorgelegt worden waren, die auf die Loge hinweisen, und er hat sofort zugestimmt, dass man Sie vorlässt.«

». . . ich hatte Sie schon früher erwartet . . .« Diesem Ausspruch des Senators hatte ich keine Bedeutung beigemessen.

Irgendwie musste Joshua vorher von meiner Ankunft im Schloss informiert worden sein. Aber wie? Der Rabbi war es sicher nicht. So weit reichten meine verrohten Menschenkenntnisse noch, dass er eine grundehrliche Natur hatte und anscheinend noch nicht einmal vom Tod des Senators wusste.

Ich schob den Gedanken für später auf, denn die Lösung dieser Frage brachte mich momentan keinen Schritt weiter.

»Kann ich jetzt bitte mit Sam sprechen?«

Der Rabbi schaute auf seine Uhr.

»Ja, natürlich. Der junge Mann müsste das Problem jetzt gelöst haben. Aber bitte, wenn es möglich ist . . . verstehen Sie mich nicht falsch. Auch die jüdische Kirche hat das Recht auf Gewährung von Kirchenasyl, aber . . .«

»... es wäre besser, wenn ich ihn gleich mitnehme«, vollendete ich seinen Hilfeschrei. »Ich tue, was ich kann«, versuchte ich mich selbst zu beruhigen, denn ich hatte keine blasse Ahnung, was ich mit Sam machen sollte.

Zu mir konnten wir nicht. Sowohl Kögel als auch Joshua würden diesen neugierigen Hausmeister als Wachhund engagiert haben. Susanne fiel mir ein. Aber da stand mein verwanzter Golf vor der Tür. Und an Hannah war nicht zu denken, bevor ich nicht wusste, was Sam mit mir besprechen wollte. Odilo? Da ich seine Familie nicht näher kannte, war es mir zu riskant, einen angesehenen Wissenschaftler in was auch immer hineinzuziehen.

Im Büro war kein Licht eingeschaltet. Sams Gesicht wurde nur von zwei Bildschirmen erhellt. Links stand der klobige Monitor des Rabbis, rechts war ein Laptop angeschlossen.

»Hi«, grinste Sam kurz und widmete sich weiter den Tastaturen.

»Schnüffelst du schon wieder unbefugt in Programmen?«, knurrte ich aus dem Dunkel.

Er schüttelte nur konzentriert den Kopf. »Von wegen. Ich mache gerade mit dem Synagogencomputer eine Wurmkur. Der Rabbi hat sich so ziemlich alles eingefangen, was da zurzeit im Internet unterwegs ist. Das Ding konnte ja nicht mehr gehen. Da ich aber meine Programme nicht mit mir herumschleppe, muss ich mein Anti-Viren-Programm auf dieses gute Stück hier von meinem Laptop herüberziehen, und das sucht schon eine ganze Weile erfolgreich nach ungebetenen Gästen. Dauert aber nur noch fünf Minuten.«

Der Rabbi und ich nahmen wie Zuschauer, die erwartungsvoll darauf warteten, dass der Vorhang die Bühne endlich freigab, auf den Besucherstühlen Platz und lasen nur an der wechselnden Helligkeit der Bildschirme die Aktivitäten der Programme in den Maschinen und Sams Kopf ab.

Ein Handy klingelte. Sam griff in seine Tasche, schaute kurz auf das Display und nahm den Anruf entgegen. Wenige Sekunden später gab mein Handy Laut. Es war Susannes Nummer. Im gleichen Augenblick, als ich die Annahmetaste drückte, riss sich Sam seinen Apparat vom Ohr und beide Handys gaben den gleichen nervenzerfetzenden Pfeifton von sich.

»Scheiße«, schrie mich Sam an. »Machen Sie sofort das Ding aus.« Er drückte sein Gespräch weg, beugte sich blitzschnell über den Schreibtisch und riss mir mein Gerät aus der Hand.

»Keinen Laut jetzt«, flüsterte er, schaltete die Schreibtischlampe an, zog mit einer gekonnten Handbewegung den Akku aus meinem Gerät und begann das Innenleben zu untersuchen.

Er schüttelte den Kopf, legte den Finger auf die Lippen zum Zeichen, dass keiner etwas sagen durfte, riss einen Zettel von einem Notizklotz, kritzelte etwas darauf und reichte ihn uns.

»Strikte Ruhe, ich brauche eine Lupe.«

Der Rabbi nickte und versuchte geräuschlos aus dem Stuhl zu kommen, der aber durch ein knarrendes Geräusch auf sich aufmerksam machte, wie ein erkälteter Zuschauer genau dann die Vorstellung stört, wenn es am spannendsten ist. Vorsichtig zog der Kirchenmann eine Schublade im Schreibtisch auf, die sich natürlich bei dem Alter des Möbels auch nicht lautlos öffnen ließ, und reichte Sam das Gewünschte.

Es tat weh, zuzusehen, wie der Technikfreak mit einem viel zu großen Taschenmesser die feinen Innereien meines störrischen Gerätes zu zerlegen begann. Dazu fiel mir ein mittelalterlicher Kupferstich ein, auf dem ein Mann eine Hufschmiedzange benutzte, um einem geplagten Menschen, der von zwei Männern gehalten wurde, einen Zahn zu ziehen.

»Seit wann haben Sie dieses Gerät?« Sam schob mir auf einem Zettel etwas zu, was wie ein sehr klein geratener, schwarzer Zündholzkopf aussah.

»Was ist das?« Ich versuchte das Ding zwischen die Finger zu bekommen, musste aber einsehen, dass eine Pinzette wohl das bessere Werkzeug gewesen wäre.

Sam lehnte sich zurück und schüttelte ungläubig den Kopf.

»Eine Wanze, die alles überträgt, auch wenn das Gerät nicht eingeschaltet ist. Dann hat sie eine Reichweite von fünfhundert Metern. Sobald das Handy aktiv ist, erhöht sich der Radius um das Zehnfache. Gute Arbeit. Wer hat Ihnen das Ding untergejubelt?«

Der Rabbi stand wie eine Wachsfigur angewurzelt neben der offenen Schublade, und mein Gehirn weigerte sich, das eben Gesehene zu verstehen.

»Peter, Sie müssen doch gemerkt haben, dass dies nicht Ihr Handy sein konnte? So ein Gerät präpariert man nicht mal eben. Dazu bedarf es Zeit und Fachkenntnisse.«

»Es sieht aber aus wie meins«, versuchte ich mich zu rechtfertigen und durch gleichzeitiges tiefes Durchatmen meinen Blutdruck unter Kontrolle zu bringen. »Und außerdem muss man an meine SIM-Karte kommen, sonst nutzt die ganze Manipulation nichts.«

Sam schüttelte den Kopf. »Sie hätten es aber merken müssen. Spätestens wenn Sie versucht hätten, das Adressbuch aufzurufen. Denn Ihr eigenes kann nicht auf diesem Speicher sein und wer das bewerkstelligt, der kopiert Ihnen jede SIM-Karte der Welt.«

Als habe er den ganzen Tag nichts anderes zu tun, als sich mit dem Innenleben von elektronischen Geräten zu beschäftigen, setzte er das Gerät wieder zusammen und überprüfte seine Funktionen.

»Es geht wieder«, murmelte er zufrieden und schob es über den Tisch.

Was man in der Atomindustrie als GAU (größten anzunehmenden Unfall) bezeichnete, traf auf mich als GAT (größten anzunehmenden Trottel) unter der Sonne zu. Da mir die Funktionen eines Handys nie einleuchten wollten, hatte ich gar kein Adressbuch angelegt. Ich hatte mich lieber auf meinen Rufnummernspeicher im Gehirn verlassen und die Nummern dem Gerät jeweils über meine Finger mitgeteilt. Also nach guter alter Art eingetippt. Natürlich mit Ortsvorwahl. So viel hatte ich begriffen.

»Was war das für ein Ton?« Der Rabbi löste sich aus seiner Starre und lehnte sich erschöpft an den Tisch.

Sam trennte die beiden Computer voneinander und klappte seinen Laptop zu. »Rabbi, Ihrer geht jetzt zwar wieder. Aber Sie müssen täglich das Anti-Viren-Programm updaten, wenn Sie wissen, was das ist.«

Der Rabbi nickte und stotterte ein »Dankeschön«.

»Der Pfeifton vorhin«, nahm Sam die Frage auf, »war eine Rückkopplung. Mein Handy ist nämlich andersherum präpariert. Ich kann damit nach versteckten Wanzen suchen. Werden, wie vorhin, zufällig beide Geräte aktiviert, kommt es auf kurzer Distanz zur Überlagerung der Frequenzschwingungen und zu diesem Pfeifen. So spürt man aktive versteckte Mikros auf.«

Mich plagte nun ein ganz anderes Problem, als mich mit technischen Spitzfindigkeiten zu befassen. Wo und von wem war mein Handy ausgetauscht worden, und vor allem, was hatte der Unbekannte seit wann alles mitgehört?

»Funktioniert die Wanze auch, wenn der Akku leer ist?«, versuchte ich den Zeitrahmen abzustecken.

»Natürlich«, nickte Sam. »Der Akku hat immer noch eine Restspannung, die zwar nicht mehr für das Handy, aber für das Mikrofon durchaus reicht.«

Das war genau das, was ich nicht hatte hören wollen. Verdächtig waren jetzt alle, die mich in den letzten Tagen ständig ermahnt hatten, das Gerät funktionstüchtig bei mir zu tragen.

Kögel und Joshua hatten sich bei jeder Gelegenheit darüber beschwert, dass ich nicht erreichbar gewesen war. Aber auch ... Ich musste mit Sam sprechen. Sofort.

Der schien den gleichen Gedanken zu haben. Er sackte den Laptop in die Schutztasche und reichte dem Rabbi die Hand.

»Wir müssen leider gehen. Vielen Dank für die Bewirtung. Peter, wo haben Sie Ihren Wagen stehen?«

»Rabbi, gibt es einen nicht einsehbaren Ausgang, an dem uns ein Taxi aufnehmen kann?«, umging ich Sams Frage. Es war mir peinlich zu gestehen, dass ich vor lauter Wanzen bald einen Kammerjäger beschäftigen konnte.

»Natürlich«, nickte der Gottesmann. Er wirkte erleichtert, dass wir seine Gastfreundschaft aus freien Stücken nicht überstrapazierten. »Ich rufe Ihnen sofort eins. Kommen Sie!«

»Moment«, stoppte Sam den Drang des Rabbis, uns loszuwerden. »Warum rufen Sie nicht zuerst das Taxi und führen uns dann hinaus?«

»O ja, natürlich«, stotterte der Rabbi. »Ich bin ganz durcheinander. Solch eine Aufregung ist nichts für mich.«

Er griff zum Telefon und wählte eine gespeicherte Nummer. »Ein Taxi zum Lieferanteneingang der Synagoge bitte ... Das Taxi ist in zwei Minuten hier. Folgen Sie mir bitte«, lächelte er mühsam, nachdem er die Bestätigung der Taxizentrale erhalten zu haben schien.

Ich hatte Sam bisher für einen etwas verspielten jungen Mann gehalten, der eigentlich nichts ernst nahm. Alles, was er tat, sah so leicht aus, dass mir manchmal Zweifel gekommen waren, ob er ein wirkliches Interesse am Verlagswesen hatte. Er war lustig, zu jedem

Scherz aufgelegt und hatte mehr als einmal die gedrückte Stimmung in der Redaktion mit kleinen Kunststücken aufgeheitert.

Heute Abend schien er ein anderer Mensch zu sein. Er war professionell, ohne Flausen und wirkte wie ein mit allen Wassern gewaschener Profi. Welche seiner Seiten war die wirkliche? Vielleicht beide? Nur konnte ich keinerlei Verbindungen zu seinen Geschwistern Hannah und Joshua finden. Konnten sich die Gene so voneinander unterscheiden?

Ich wusste erst seit ein paar Stunden, dass ich, wenn ich das nach der Vererbungslehre der Nazis definierte, ein Halbjude war.

Gab es so etwas wie einen Halbkatholiken oder Halbmoslem? Gab es überhaupt etwas halb – und wenn, von was? Die Natur kannte jedenfalls kein Halb. Entweder – oder. Die Prämisse des Alten Testaments.

»Das Taxi«, beendete der Rabbi flüsternd meine sinnlosen Betrachtungen und öffnete die Tür, die von der Küche zu einer Art Innenhof führte.

Sam und ich schlüpften hinein, und alle Lichter, die bisher im Gebäude gebrannt hatten, erloschen mit einem Schlag. Der Diesel setzte aus dem Hof zurück und bog in die Hauptstraße ein.

»Wohin?«, fragte der Fahrer.

Sam saß neben mir und umklammerte seine Tasche. Ich spürte förmlich, dass auch er gespannt war, wohin ich die Richtung lenken würde. Aber er sagte nichts und sah zum Fenster hinaus.

»Düsseldorf«, wies ich den Fahrer an, der sofort den Basispreis auf dem Taxameter wechselte.

Dieses verdammte Telefon und das Wissen, dass ich dauernd abgehört worden war, hatte mich in die Verlegenheit gebracht, einen Ort zu suchen, an dem wir uns ungestört unterhalten konnten und Sam notfalls für ein paar Tage bleiben konnte. Nach langem Hin und Her war mir dazu nur eine Möglichkeit eingefallen …

22

»Schönen Abend«, grinste der Fahrer und schnalzte mit der Zunge. Es war nicht das erste Mal, dass er jemand von Köln hierhergebracht hatte, denn er steuerte ohne weitere Fragen die von mir in letzter Minute angegebene Adresse an. Rheinuferweg.

»Halten Sie das für eine gute Idee, ein Taxi zu nehmen?«, knurrte Sam, nachdem der Wagen abgefahren war. »Unsere Spur lässt sich doch so wie eine Autobahn verfolgen. Haben Sie Ihren Wagen verschrottet?«

Ich sagte nichts und klingelte an einer schweren, von Hand getriebenen Messingtür, die den Eingang zu einer alten Villa bildete.

Die Sprechanlage knarrte, und eine weibliche Stimme fragte nach dem Passwort.

»Luzifer«, antwortete ich und sah, wie Sam im Licht der Außenbeleuchtung die Stirn missmutig in Falten zog.

»Hören Sie, wenn Sie irgendeine Schweinerei vorhaben, lege ich Sie um.« Er hob seine Jacke an, unter der kurz der Knauf einer Pistole zum Vorschein kam.

»Sie werden doch Ihren Onkel nicht alle machen wollen?«, scherzte ich. Aber wohl war mir nicht mehr mit diesem Knaben, der plötzlich überhaupt keinen Spaß mehr zu verstehen schien.

Die Tür sprang auf und fuhr kurz zur Seite. Gerade Zeit genug, um Sam am Arm zu packen und ihn mit durch die Öffnung zu ziehen. Dann fiel sie wieder satt ins Schloss.

Ein mit schwachem Rotlicht wie in der Dunkelkammer eines Fotolabors erleuchteter Gang empfing uns. Ich wusste von meinen früheren Besuchen, dass wir eine Art Schleuse passierten, die mit Nachtsichtgeräten und Infrarotkameras den Gast ein letztes Mal überprüften. Am Ende des Ganges forderte eine neben einer weiteren Tür eingelassene Tastatur, ähnlich wie bei einem Bankautomaten, den Gast auf, einen Zifferncode einzutasten.

Einen Moment musste ich mich konzentrieren, jetzt nichts falsch zu machen. Es gab nur einen Versuch. Sollte die Kombination nicht richtig sein, würde der Gang unter Betäubungsgas gesetzt und wir uns ein paar Stunden später in den Rheinauen mit einem Brummschädel wiederfinden. Der Code war von mir vor Jahren, als mich ein Bekannter in dieses Haus eingeführt hatte, willkürlich festgelegt worden. Er bestand aus meiner Körpergröße in Zentimetern und meinem Gewicht in Kilo.

Das waren noch Zeiten. Die Größe konnte noch stimmen, aber für mein jetziges Gewicht würde ich den Code sprengen müssen.

Es funktionierte. Die Tür glitt geräuschlos beiseite.

Der kleine Empfangsraum hatte sich kaum geändert. Drei lederne Sitzgruppen, zwei Stehtische, eine Bar, die gleichzeitig als Empfang diente. Die einzige sichtbare Neuerung waren die Dame hinter der Bar und ein Flachbildschirm.

»Guten Abend, Luzifer«, strahlte die Blondine, die höchstens knapp oberhalb der staatsanwaltfreien Grenze alt sein konnte. »Kitty ist schon benachrichtigt. Was darf ich euch bringen?«

Sam schaute sich prüfend um und ließ sich in einen Sessel fallen.

»Whisky pur«, orderte er, und ich schloss mich ihm an.

»Was ist das denn für ein Laden hier? Das ist doch ein Bordell«, gab er sich gleich selbst die Antwort.

»Sie sollten dieses Wort aus Ihrem Gedächtnis streichen«, flüsterte ich mit einem möglichst drohenden Unterton. »Wir sind hier absolut sicher, solange wir uns an die Hausordnung halten, die besagt, dass wir uns in einem Club befinden. Jedes Mitglied hat einen Decknamen, eine Codenummer, die Schnauze gegenüber jedem Nichtmitglied zu halten und einen Leumund. Und ich bin deiner, mein lieber Neffe. Darf ich um die Waffe bitten?«

»Ich denke nicht daran«, kam wieder der jugendliche Trotzkopf zutage.

»Das darf doch nicht wahr sein«, kam eine mir bekannte Stimme aus dem Hintergrund. »Ich hatte schon befürchtet, dass du verheiratet bist und deswegen nicht mehr kommst. Lass dich ansehen ...«

Kitty. Ich kannte keine Frau, die solch ein Timbre in der Stimme hatte. Sie brauchte nur die Tageszeit zu wünschen und jeder Leiter eines Gospelchors hätte sie sofort als Leadsängerin genommen.

Ich kannte sie seit unserer Schulzeit. Damals hieß sie Petra Klocke und war da schon ein hässliches Entlein. Auch alle Raffinessen der damals aufkommenden Perückenkunst halfen nichts. Man konnte sie sich noch nicht einmal schön trinken. Das hatte sie im Laufe der Jahre beflügelt, sich auf das zu konzentrieren, was sie wirklich konnten. Geschäfte machen.

Mit einer unglaublichen Energie hatte sie sich in diesem Gewerbe hochgearbeitet und in der Zeit des ausgehenden Wirtschaftswunders so viel Geld beiseitegelegt, dass diese Villa gekauft und komplett umgebaut werden konnte. Seither war sie die graue Eminenz der Szene und im Besitz mehrerer Lokale in Düsseldorf und Köln.

Ich erhob mich und versuchte zu lächeln.

Sie war noch hässlicher geworden. Warum mussten Frauen ihren altersbedingt auseinandergehenden Körper nur immer in zu enge Kleider pressen?

Nur einer hatte sich, bis auf die grauen Haare, kaum verändert, und der folgte ihr auf Schritt und Tritt. Othello.

Woher sie diesen hoch aufgeschossenen, feingliedrigen Schwarzen hatte, wusste nur sie. Eines Tages hatte sie ihn von einer Reise mitgebracht. Das war vor zwanzig Jahren. Seitdem war er ihr Schatten.

Sam hatte sich unter den drohenden Blicken von Othello auch aus dem Sessel geschält und deutete eine Verbeugung an.

»Du hast einen Gast mitgebracht«, lächelte Kitty, »du kennst die Regeln.«

Sie machte eine kleine Kopfbewegung zu Othello, der einen langen Schritt auf Sam zu tat und seine weiße Handfläche hinhielt.

»Die Waffe, bitte«, sagte er in einem sehr verbindlichen Ton.

Sam zögerte und legte reflexartig die Hand an die Stelle, wo die Pistole in seinem Bund steckte.

Ich ahnte, was kommen würde, denn ich hatte den Afrikaner einmal in Aktion gesehen. Man unterschätzte ihn wegen seiner schlaksigen und wenig athletischen Figur.

Sams Augen verrieten, dass er sich das Ding nicht kampflos abnehmen lassen würde, und er trat einen Schritt zurück.

Das war ein Schritt zu viel. In dem Augenblick war er bereits über das ausgestreckte Bein von Othello nach hinten gefallen. Der setzte seinen Fuß auf die Hand, die der Waffe am nächsten war und zog die Pistole mit einem flinken Griff aus Sams Hose.

Kitty rollte die Augen. »Musste das sein? Darf ich jetzt auch um eure Handys bitten. Und der Laptop bleibt auch in Verwahrung.«

Othello half dem verdutzten Sam wieder auf die Beine und streckte ihm die Hand hin. »Herzlich willkommen als Freund von Luzifer. Sie bekommen alles wieder, wenn Sie unsere Gastfreundschaft nicht mehr benötigen.« Damit trat er wieder zwei Schritte hinter Kitty zurück und verschränkte die Arme hinter dem Rücken.

»Bitte!« Kitty machte eine Handbewegung zum Empfangstresen, um uns zu bedeuten, wo wir unsere elektronischen Geräte abzugeben hatten.

Das Mädchen nahm die Dinge entgegen und deponierte sie zu anderen Geräten, die Kunden gehörten, die schon im Haus waren.

Aus dem Augenwinkel bemerkte ich, dass Sam die Raute auf seinem Handy drückte, bevor er es auf die Platte legte. Es dauerte keine Sekunde, bis das Gerät diesen nervtötenden Rückkopplungston von sich gab.

»Was ist das?« Das Mädchen sprang erschrocken einen Schritt zurück und hielt sich die Ohren zu. Kitty und Othello wechselten einen schnellen Blick und bevor sie etwas unternehmen konnten, hatte Sam über den Tresen gegriffen und die AUS-Taste auf seinem Handy gedrückt.

»Wanzen, hier sind Wanzen im Haus. Hier bleibe ich nicht«, warf er mir einen vorwurfsvollen Blick zu, verzog aber, nur für mich sichtbar, die Mundwinkel zu einem spöttischen Lächeln.

»Hier gibt es keine Wanzen«, grollte Kitty, die sich schneller als wir vom Schrecken erholte. »Dafür verbürge ich mich mit meinem guten Ruf und dem Renommee meiner Kundschaft.«

»Doch«, beharrte Sam. »In diesem Haufen von Handys ist mindestens eines, das eine Wanze beherbergt, die hier alles aufnimmt und nach außen überträgt.«

Kitty schaute mich an und fragte mich mit Blicken, ob der Typ, den ich da angeschleppt hatte, noch normal sei.

»Stimmt leider. Er hat heute Abend erst entdeckt, dass ich seit Tagen so ein Ungeziefer in meinem Handy mit mir herumtrage. Er ist auf dem Gebiet Spezialist.«

Der Volksmund behielt recht, dass Menschen, die von den Erbanlagen nicht die Schokoladenseite des allgemeinen Schönheitsideals mitbekommen hatten, über einen weitaus schnelleren und schärferen Verstand als Ausgleich verfügten. Odilo war das beste Beispiel dafür.

»Nun gut. Dann wird mir dein Freund jetzt erklären, wie ich das herausfinden kann, in welchem dieser Handys eine Wanze steckt, und ihr seid meine Gäste. Othello wird euch führen.«

Der Anflug eines triumphierenden Grinsens ging über Sams Gesicht, und er erklärte Kitty, wie es möglich war, das betreffende Gerät ausfindig zu machen. Danach führte uns der Mohr in die »heiligen Gemächer«.

Ebenerdig schlossen sich an den offiziellen Teil die so genannten Kontakträume an. Sie bestanden aus einem großen Raum, der in der Mitte von einem Bar-Rondell beherrscht wurde, an dem sich die Klienten mit den Mädchen vertraut machten, und diversen kleineren Separees, in die man sich auch nur zum Gespräch zurückziehen konnte.

Im Untergeschoss warteten die Einrichtungen für die leiblichen Genüsse wie Sauna, Whirlpool, Ketten, Peitschen und Folterbänke.

Eine Treppe höher waren die Appartements der Damen. Die Stockwerke waren mit einem Zweipersonenaufzug verbunden, sodass man unbemerkt zwischen den Ebenen pendeln konnte.

Othello ging voran und hielt uns die Tür zum Kontaktraum auf.

Ein gutes Dutzend Männer saß um die Bar herum und versuchte sich mehr oder weniger begierig Eindrücke von ihrer Wahl der Nacht zu machen. Für Stammgäste gab es keine freie Auswahl; das hätte zu Komplikationen geführt. Die mussten sich sofort nach ihrem Besuch für die nächste Woche auf spezielle Wünsche und eine Dame beim Empfang eintragen. So hatte Kitty Zeit, eine Art Belegungsplan zu erstellen, der sicherstellte, dass es keine Interessenskonflikte unter den Kunden gab und dass Mädchen, die nicht mehr gefragt waren, rasch durch andere ersetzt wurden.

Das ging in einem relativ sozialen Rotationsverfahren. Wer im Stammhaus ausgedient hatte, wurde in einem ihrer Lokale weiterbeschäftigt und hatte die Aufgabe, dort neues Personal anzuheuern. Was bei den umliegenden Universitäten offensichtlich kein Problem darstellte.

Ich überflog kurz die Anwesenden und drehte mich abrupt wieder um.

Sam hatte den Mann auch gesehen, der gerade damit beschäftigt war, seine Hände im Ausschnitt eines Mädchens zu versenken, und strebte an Othello vorbei, der immer noch die Tür offen hielt, zurück in den Empfang.

»Gibt es ein Problem?«, schaute Kitty von ihren Versuchen auf, das betreffende Handy mittels Sams Anweisung ausfindig zu machen.

»Wir hätten gerne einen Raum, in dem wir uns ungestört unterhalten können.«

Kitty runzelte die Stirn. »Und deswegen kommt ihr hierher? Da wäre ein Nebenzimmer in einer Kneipe aber weniger aufwendig gewesen. Aber bitte, wie ihr meint. Ihr seid meine Gäste. Othello, bring die Herrschaften in die Bibliothek.«

Othello zeigte mit keiner Miene, was er von der ganzen Sache hielt, und ging wieder voran.

Im ersten Stock öffnete er mit einer Codekarte eine Tür, die als solche nicht zu erkennen war. Dahinter führte eine Treppe ins Dachgeschoss. Hier herrschte eine völlig andere Atmosphäre. Nichts war billig, neppig oder profan.

»Die Privatgemächer von Kitty«, klärte uns Othello kurz auf und führte uns in einen Raum, der wie ein Raucherzimmer zu Queen Victorias Zeiten ausgestattet war. Eine überdimensionale grüne

Ledersitzgruppe, flankiert von Lampen haltenden Messinglöwen, Teetischchen, Stehaschenbecher, Bücherregale vom Boden bis zur Decke und ein Schachtisch, auf dem eine angefangene Partie weiterer Züge harrte.

»Wenn die Herrschaften etwas benötigen.« Othello wies auf einen Kasten neben der Tür, »dann drücken Sie bitte diesen Knopf auf der Sprechanlage. Die Bar befindet sich hinter *Grimms Märchen*, und die Eiswürfel finden Sie bei Jack London.«

Dann schloss er mit einer kurzen Verbeugung leise die Tür hinter sich.

»Ich fasse es nicht.« Sam ging klopfend an den Buchrücken entlang. »Alles hohl. Nur Attrappen.«

Mir war es egal. Es hätte mich auch gewundert, wenn es bei Kitty anders gewesen wäre. Ich war einfach nur noch müde, wollte das Gespräch mit Sam hinter mich bringen und dann endlich in meinem Bett verschwinden.

»Du hast dich nicht gewundert, dass unser Verleger hier ist.«

Ich war es jetzt leid, weiter auf Etikette zu machen. Dieser junge Schnösel war seit ein paar Stunden mit mir verwandt, und ich schien nach meinem jetzigen Informationsstand altersmäßig so etwas wie das Familienoberhaupt der Familie Motzkin alias Krodensky alias Stösser zu sein. Also würde ich von jetzt an auf dem »Du« beharren.

»Wie kommst du darauf?« Sam öffnete *Grimms Märchen* und erleichterte sie um eine Flasche Whisky.

»Das Handy. Du hast es doch präpariert.« Ich gähnte.

»Stimmt«, grinste Sam und goss uns ein. »Aber ich schwöre, dass ich nicht wusste, dass er hier ist.«

»Du hast also auch mein Handy manipuliert.«

Sam schüttelte energisch den Kopf. »Tut mir leid, Onkel. Aber das war ich nicht, und das sollte uns beiden zu denken geben.«

»Dann nicht. Ist auch egal. Erzähl mir lieber, warum du Polizeischutz oder politisches Asyl suchst.«

Sam warf sich in einen der ausladenden Sessel und legte die Beine über die Lehne.

»Tue ich doch nicht«, grinste er und begann sich etwas zu drehen, was ich noch aus meiner wilden Zeit kannte.

»Lass den Mist, hier wird kein Joint geraucht«, versuchte ich zu verhindern, dass mich dieser süßliche Geruch noch schneller ins Reich der Träume beförderte.

»Sei nicht so streng, Onkelchen.« Er zündete sich das Tütchen an und sog den Rauch begierig ein. »Ich erzähle dir auch alles, was du wissen willst.«

Wenn ich auch bisher daran gezweifelt hatte, dass dieser Bursche zu Hannah und Joshua gehörte, zumal er unter einem anderen Familiennamen im Verlag geführt wurde, so schälte sich die Familienähnlichkeit langsam heraus. Er war ebenso ein Chamäleon wie seine große Schwester. Mal der Profi, aber Sekunden später der verspielte Junge, der jetzt sein Hasch genoss.

»Du hast also kein Asyl beantragt. Der Kommissar lügt demnach?«

Die ersten Schwaden des grünen Afghanen waberten durch den Raum.

»Nein, dieser Kögel lügt nicht.« Sam flegelte sich noch bequemer in den Sessel. In einer Hand das Whiskyglas, in der anderen wie ein Dandy die mit spitzen Fingern gehaltene Papierrolle. »Er hat begonnen mir dumme Fragen zu stellen, da habe ich den Spieß umgedreht. Ich hatte mir sowieso überlegt, wie ich Zugang zum Rabbi finden könnte, da habe ich mich vom Täter zum Opfer gemacht und den Kommissar erwartungsgemäß total überfordert.«

»Verstehe kein Wort«, gähnte ich und kämpfte mit dem Schlaf.

»Ich hatte den Computer des Rabbi per E-Mail mit einem Wurm

lahm gelegt. Denn ich hatte die Ahnung, dass seine Festplatte mehr enthielt, als ich über die Distanz herunterladen konnte. Wir wussten, dass Goldrausch einen Teil seiner Geschäfte über die Synagoge abwickeln musste. Eine andere Möglichkeit gab es nicht. Daher habe ich um politisches Asyl gebeten und mich an der Entscheidungsqual des Kommissars geweidet. Das war ein paar Nummern zu groß für ihn, und ich sagte ihm, ich würde nur dir erzählen, wer hinter mir her sei. Und siehe da, es funktionierte. Er war froh, dass ich ihm riet, mich so lange in der Synagoge unterzubringen, bis man dich aufgetrieben hatte. Den Rest kennst du.«

Es war nicht zu glauben. Dieser Kerl war wirklich mit allen Wassern gewaschen.

Aber mich störte, dass auch Sam wieder von »wir«, sprach. Wer war »wir«? Es hörte sich an, als stünde hinter den drei Geschwistern mehr als der Geheimdienst der Israelis. Wir, wir und nochmals wir, aber niemals ein *uns*. Wie Todesengel, die einen gemeinsamen Auftrag hatten, etwas auf Erden als Wir-Gemeinschaft zu erledigen. Eine in sich ruhende und nur an sich glaubende Elitetruppe.

Alles schien sich auf diesen Goldrausch einzuschießen. Erst der Professor, der sich in seinem Tod noch unübersehbar über das Grab geworfen hatte, die Tarot-Karten, die, wenn auch noch drei fehlten, eindeutig auf den Namen Goldrausch hinwiesen, und nun Sam, der versuchte datentechnisch an diesen Mann heranzukommen. Der verblichene Senator schien einigen Leuten mehr als mir Kopfzerbrechen zu bereiten.

»Wer war dieser Goldrausch?«, versuchte ich meine Schläfrigkeit durch Neugierde zu vertreiben.

Sam nickte zufrieden, schwang sich aus dem Sessel und ging zur Sprechanlage an der Tür.

»Hört mich jemand? Wir benötigen eine große Kanne Kaffee in der Bibliothek.«

»Die Frage ist falsch gestellt«, erklärte Sam, öffnete eines der in die Mansarde eingelassenen Fenster und atmete tief die vom Rhein hereinströmende Luft ein. »Sie muss lauten: Wer ist Goldrausch?«

Überraschend schnell klopfte es an der Tür, und Othello schritt mit einer Zwei-Liter-Kanne Kaffee auf einem silbernen Tablett herein.

»Mit Empfehlung des Hauses, und ich soll Ihnen von Kitty sagen, dass sie das Handy ausfindig gemacht hat.« Damit drehte er sich auf den Absätzen um und verließ den Raum so lautlos, wie er gekommen war.

»Jetzt kommt unser Verleger aber in Erklärungsnot«, feixte Sam und zog seinen Schlüsselbund aus der Tasche, an dem so etwas wie ein Fahrzeugschlüssel mit Fernbedienung hing.

Langsam schritt er den Raum damit ab. »Der Kerl war mir zu schnell hier«, murmelte er, prüfte die Bücherattrappen, die Möbel und Lampen.

»Keine Wanzen«, stellte er zufrieden fest. »Aber mindestens zwei Kameras.«

Er wiederholte die Prozedur gegen den Uhrzeigersinn und zog die Papprücken der Schiller'schen Gesamtausgabe und die einer zwölfbändigen Agatha-Christi-Ausgabe heraus.

»Da haben wir sie. Neueste Modelle. Ich brauche sie nur etwas aus der Position zu drehen, dann können sie nicht mehr durch ihre Löcher linsen.«

Nachdem er die Buchrücken wieder an seinen Platz gerückt hatte, ließ er sich grinsend in den Sessel fallen und drehte zwei Joints.

»Technik schlägt Technik. So ist das mal, Onkelchen. Komm, jetzt rauchen wir erst einmal zusammen eine Friedenspfeife. Du wirst es nötig haben.«

Dankend lehnte ich ab. Es reichte, wenn mich der Kaffee noch eine Weile bei Bewusstsein hielt. Obwohl ... Hasch und Kaffee hatten in meinen wilden Zeiten eine potenzierende Wirkung auf meine Leistungsfähigkeit gehabt.

»Na, klappt doch!« Sam schlug sich lachend auf die Schenkel, nachdem der erste Zug mit einem Hustenanfall versucht hatte, möglichst schnell meinen Körper zu verlassen.

Die nächsten Züge verbreiteten ein leichtes Wohlbefinden in meinem Körper, als könne ich schweben. Aber mein Geist wurde hellwach. Ihn interessierte plötzlich nicht mehr, dass die ihn tragende fleischliche Hülle schläfrig war.

»Ja, wer ist Goldrausch?«, nahm ich jetzt interessiert den Faden auf.

Sam goss sich das Glas randvoll mit Whisky und schenkte mir Kaffee nach.

»Es begann nach unseren Aufzeichnungen und den Aussagen von wirklich glaubhaften Zeitzeugen alles mit der Ankunft der *Drachenfels* 1936 vor Beirut ...«

»... Kapitän, ich scheiße auf Ihren Auftrag, alle zweiunddreißig Männer an Land zu setzen.«

Goldrausch versuchte seine Verzweiflung und Müdigkeit durch einen überlauten Befehlston zu verstecken.

»Dem Großmufti von Jerusalem sind deutsche Offiziere versprochen worden, die ihm gegen die Siedlungsbestrebungen der Juden helfen. Aber kein Dokument sagt aus, wie viele.«

Kapitän Schlüter stand mit verschränkten Armen an den Kreiselkompass gelehnt und zog die Stirn in Falten. Ihm war schon nicht wohl gewesen, dass er auf seinem Frachtschiff so viele Passagiere an Bord nehmen sollte. Europa knisterte in allen Fugen. Es roch nach Krieg, und er schipperte als deutsche Offiziere getarnte Agenten durch englisch kontrollierte Gewässer nach Palästina. Und nun machte ihm seit Bilbao der Wortführer dieser Gruppe die Hölle heiß.

»Ich habe einen Befehl von Canaris, und den habe ich einzuhalten. Ich bin schließlich Korvettenkapitän der Reserve«, versuchte er sich hinter seiner Vergangenheit als ehemaliger Kriegsteilnehmer des Ersten Weltkrieges zu verschanzen.

»Eben, Korvettenkapitän a. D., mehr nicht«, giftete Goldrausch. »Sollte es Krieg geben, dann sind Sie zu alt für alles. Oder glauben Sie, dass man Ihnen mit Ende fünfzig noch ein Schlachtschiff anvertraut? Pah, nichts wird man. Sie werden an Land versetzt, um für eine lausige Rente Papierkrieg führen zu dürfen, oder vielleicht noch eine Schute auf der Elbe rauf- und runterbewegen können. Ade große Freiheit, ade Frachtbeteiligung, von der Sie und Ihre Familie letztendlich leben! Ihr Gehalt bei der Reederei ist doch ein Hungerlohn.«

Kapitän Schlüter musterte den mittelgroßen Mann in seinem schmuddeligen Straßenanzug, den er schon seit Beginn der Reise trug und der vor lauter Erregung schwitzte.

Er wusste nicht, was dieser Goldrausch in seinem Privatleben war, aber der Mann hatte recht. Die Frachtbeteiligung eines Kapitäns der christlichen Seefahrt machte einen großen Teil seines Einkommens aus. So verhinderte die Reederei, dass ein Schiff irgendwo ohne Ladung herumfuhr, und zwang den Kapitän, sich in den jeweiligen Häfen auf der Route selbst nach Ladung umzusehen, um wenigstens die Kosten für Schiff und Besatzung bis zum nächsten Ziel decken zu können. So kam es nicht selten vor, dass man, wie jetzt, nur Fracht in einer Richtung hatte. Um wieder nach Hause zu kommen, war der Kapitän auf die Frachtagenten in den Häfen angewiesen. Und die waren im Mittelmeerraum allesamt von den Engländern bestochen, bloß keine Fracht an deutsche Schiffe zu vermitteln.

»Was schlagen Sie vor?«, murmelte Kapitän Schlüter, der einsah, dass es in Anbetracht solcher Argumente nicht schaden konnte, sich die Vorschläge des Mannes anzuhören.

»Ich kaufe die volle Tonnage Ihres Schiffes von hier zu einem noch von mir zu benennenden Ort und die Rückreise zu Ihrem Heimathafen. Ob Sie zwischendrin noch Geschäfte machen wollen, ist mir egal.«

Der Kapitän überlegte und begann im Kopf zu rechnen. Die volle Tonnage bedeutete, dass das Schiff theoretisch so behandelt wurde, als sei es bis an seine Ladekapazität befrachtet. Es fuhr aber nur unter Ballast und verbrauchte somit nur ein Drittel des kalkulierten Treibstoffes. Dieser finanzielle Überhang war somit schon ein gesichertes Einkommen, auf das der Reeder keinen Zugriff mehr hatte. Und wie sich die Frachtbeteiligung aus einer nicht vorhandenen Fracht errechnen ließ, dazu würde ihm schon etwas einfallen.

»Was muss ich tun, und wie wollen Sie mich bezahlen?«

Goldrausch wischte sich mit einem schmutzigen Taschentuch den Schweiß aus dem Gesicht.

»Es gehen heute Nacht nur zweiundzwanzig Leute von Bord. Ich sage Ihnen noch, welche. Von den anderen erhalten Sie Schuldscheine, die Sie sofort am Bestimmungsort einlösen können.«

»Wer sind die zehn?« Kapitän Schlüter misstraute solchen Versprechungen. Er bevorzugte Bargeld.

»Es sind alles Leute mit Geld. Glauben Sie mir. Und die Schuldscheine werden in Dollar ausgestellt. Zufrieden?«

Der Kapitän sah zwar sein Sicherheitsbedürfnis in dieser Richtung nicht voll befriedigt, aber es waren immerhin Männer, denen Admiral Canaris zu vertrauen schien. Er willigte ein. Wer wollte nachhalten, dass nicht alle vor der Ankunft an ihrem Zielort getötet worden waren ...?

»Ja, so tauchten die zehn irgendwann in Südafrika auf«, schmunzelte Sam.

»Weiß man, was mit den anderen passiert ist?«

Sam zuckte mit den Schultern. »Wir können nur vermuten, dass der Kapitän die Behörden über Funk informiert hat, um Mitwisser an seinem Geschäft durch andere beseitigen zu lassen, oder dass er überhaupt den Auftrag hatte, dass keiner der zweiunddreißig jemals wiederkommen durfte. Auf jeden Fall hat seine Geldgier den zehn das Leben gerettet.«

Sams Version schien mir von den bisher gehörten die glaubhafteste zu sein. »Wo sind die anderen acht von den zehn, die Südafrika erreichten, abgeblieben?«

»Die sind allesamt ehrbare Bürger mit großen Familien in Israel und haben ihre Geschäfte schon längst an die Kinder weitergegeben.«

Von denen konnte demnach keiner der Unsichtbare sein, der sich durch Unfälle rächte, grübelte ich. Oder doch? »Was geschah weiter mit Goldrausch danach?«

Sam krabbelte aus dem Sessel und drückte die Sprechanlage. »Othello, kann man hier was zu essen bekommen?«

Einen Moment hörte man nur Gemurmel im Hintergrund.

»Belegte Brötchen. Ist das recht?«, kam es zurück.

»Ist recht. Danke. Was mit Goldrausch weiter geschah?« Wieder nahm er seine halb liegende Position im Sessel ein. »Der verschwand 1939 mit einem deutschen Physiker, der bei Otto Hahn gearbeitet hatte, aus Südafrika und tauchte erst 1941 mit ebendiesem Physiker in den USA auf. Was die beiden dazwischen gemacht haben, lässt sich nur vermuten. Wir nehmen an, dass der Physiker Goldrausch das Geschäft mit Uran schmackhaft gemacht hat und der sich sofort finanziell an einer Mine im Kongo beteiligt hat, um den Amerikanern als Lieferant herzlich willkommen zu sein.«

Uranmine, strahlender Kasten, Physiker aus Otto Hahns Labor. War da die Lösung?

Ich verwarf den Gedanken nach kurzer Überlegung. Laut Odilos Messungen hatte nur angereichertes Uran eine derartige Intensität, und das wuchs nicht einfach so in einer Mine. Um eine Anreicherung vorzunehmen, bedurfte es schon einer recht aufwendigen Maschinerie.

Es sei denn ... Hatte mir nicht Odilo auch Teile eines Konstruktionsplans für einen Druckwasserreaktor gezeigt? Wie hing das damit zusammen?

Er hatte recht. Ich verstand es wirklich nicht.

Othello brachte ein Platte mit Brötchen und warf einen kurzen Blick auf Schiller und Agatha Christi. Sagte aber nichts und verließ den Raum in stocksteifer Haltung.

»Was geschah dann?«, mümmelte ich mit vollem Mund und stellte erst jetzt fest, dass ich Hunger gehabt hatte.

»Goldrausch tat das, was er immer gemacht hat«, fuhr Sam kauend fort. »Sich finanziell bald an den richtigen Stellen unentbehrlich zu machen. Nach wenigen Monaten hatte er eine neue Loge der *Chesed* gegründet, die sich vordergründig mit dem Sammeln von Geldern für die Juden in Palästina beschäftigte. Es muss auch eine ganze Menge zusammengekommen sein, denn er stellte der 1948 neu gegründeten Bank Leumi Israel einen Fünfzig-Millionen-Dollar-Kredit zur Verfügung, wofür er als Anteilseigner die Sperrminorität erhielt, obwohl es sich um eine Staatsbank handelte. Von da an war sein Aufstieg nicht mehr zu bremsen. Er organisierte alles, was die neu aufgestellte Armee, die ›Zwah Haganah LeIsrael‹, brauchte. Dabei muss er wohl auch Geschmack am Waffengeschäft gefunden haben.«

Er riss den Mund weit auf und gähnte herzhaft. Der Schlaf war dabei, ihm die Augenlider zu schließen.

»Bleib wach, Junge. Ich weiß immer noch nicht, was ich mit dir anfangen soll«, versuchte ich ihn am Schlafen zu hindern.

»Du brauchst dich um mich nicht zu sorgen. Bin noch nicht im Verlag fertig. Wird mir eine Freude sein, den Verleger nach dem Befinden seiner Frau und den drei Kindern zu fragen«, nuschelte er im Einschlafen. Der Kopf fiel ihm auf die Brust.

Ich schüttelte ihn. Er durfte jetzt noch nicht ins Reich der Träume entschwinden, jetzt, wo die eigentliche Information über Goldrausch anzustehen schien.

»Los, Sam, was war mit Goldrausch danach?«

Er nahm noch einmal mühsam den Kopf hoch und schaute mich mit wässrigen Augen an.

»1953 trafen sich unser Staatsgründer Ben Gurion und euer A... Adenauer, hieß der, glaube ich, zu einem geheimen Gespräch im Waldorf Astoria in New York«, lallte er und begann die r-Konsonanten wie ein Betrunkener zu vergurgeln. »Da waren Goldrausch, mein Großvater, der Verleger und ein Staatssekretär von euch dabei ... damit ging die Schweinerei los ...«

Sein Kopf wackelte bedenklich wie bei einem Neugeborenen, das noch keine Kontrolle über seine Extremitäten hatte, konnte sich nicht entscheiden, auf welcher Körperseite er sich zur Ruhe legen wollte, und suchte sich schließlich die linke Schulter aus, um sofort in Tiefschlaf zu fallen.

Hier war im Moment nichts mehr zu machen. Ich überlegte noch, ihn mitzunehmen. Verwarf das aber. Hier war er sicherer.

»Gute Nacht, Junge«, sagte ich, fuhr ihm sanft durchs Haar und schloss die Tür hinter mir.

»Kannst du dir vorstellen, warum so ein Gast wie der Verleger mit einem verwanzten Handy hier auftaucht? Will der eine neue Story über uns?«

»Ich glaube, dass er es gar nicht weiß«, antwortete Othello mit seinem ruhigen Bass.

»Du meinst, dass dem seine Frau dahintergekommen ist?«, fragte Kitty ungläubig. »Und solche Mittel benutzt? Wir brauchen einen Detektor. Dieser junge Mann gefällt mir zwar nicht, aber vielleicht hat er eine Idee, wie wir solche Dinger erst gar nicht hier hereinlassen.«

Ich räusperte mich. Mir war es peinlich, das Gespräch mitgehört zu haben, und ich trat hinter der Ecke vor, hinter der ich mich verborgen hatte.

»Was bin ich dir schuldig?«, zückte ich meine Brieftasche.

Kitty hatte sich schnell wieder gefangen. Wie ich mir überhaupt nicht vorstellen konnte, dass es jemand verstand, sie länger als ein paar Sekunden in Verlegenheit zu bringen.

»Nichts, mein Lieber. Ich stehe noch immer in deiner Schuld. Aber tu mir einen Gefallen …«, sie reichte mir einen, in ein Küchentuch eingewickelten Gegenstand, »entferne das aus meinem Haus. Ich kann die Dinger nicht leiden.«

Durch den Leinenstoff ertastete ich die Pistole. Sams Pistole. Ich steckte sie ein.

»Kannst du mir noch einen Gefallen tun?«, fragte ich. »Dem jungen Mann ein Bett zu geben? Er findet morgen von alleine seinen Stall.«

Kitty verzog das Gesicht und prüfte, was Othello dazu meinte. Der hob nur die Schultern.

»Bitte, er ist mein Neffe, der mich dreißig Jahre gesucht hat.«

Sie seufzte. »Na, gut. Weil du es bist. Aber ich habe solche Typen mit Waffe nicht gerne als Kundschaft und schon überhaupt nicht über Nacht im Haus. Othello, kümmere dich um den Neffen von Luzifer und sag Jenni Bescheid, dass sie den jungen Mann um neun Uhr wecken soll. Und ... wenn du schon oben bist, richte die Kameras wieder aus.«

»Danke.« Ich drückte ihre Hand.

»Soll ich dir ein Taxi rufen?« Sie erwiderte den Druck und lächelte das erste Mal seit dem Prozess vor drei Jahren, der sie schwer mitgenommen und an den Rand ihrer Existenz gebracht hatte.

Damals hatte sich ein Gast bei ihr umgebracht und es als Mord aussehen lassen. Die Staatsanwaltschaft und die nicht minder scheinheilige Stadtverwaltung hatte damals alles aufgefahren, um diese Lasterhöhle, wie man sich ausgedrückt hatte, zu schließen. Dabei wusste ich als damaliger Stammgast, dass die Hälfte dieser Herren selbst einen Codenamen und einen PIN-Code für diesen Club hatten.

In allerletzter Minute war es mir gelungen, den Beweis zu erbringen, dass der Tote erpresst worden war und einfach nicht weiter gewusst hatte. Um seine Familie vor dem Ruin zu retten, musste ein Mord her, denn die Selbstmordklausel in seiner gerade abgeschlossenen Lebensversicherung war noch nicht in Kraft getreten.

23

Irgendwo hatte ich mal gelesen, dass der einzige menschliche Sinn, der niemals schlief und somit ein Leben lang seinen Inhaber permanent mit Informationen versorgte, das Ohr war. Und das teilte mir ein Geräusch mit, das ich mir vor Tagen schon vorgenommen hatte auszutauschen.

Der Radiowecker zeigte gerade neun Uhr an. Nur den Tag wollte er mir nicht verraten. War es heute oder schon morgen?

Es musste heute sein, befand ich, nachdem ich mich kurz im Spiegel begutachtet hatte, der über der Wäschekommode hing. Schlaftrunken wankte ich zur Wohnungstür, die inzwischen nicht nur das nervtötende Geläut der Klingel, sondern auch das Gehämmer von Fäusten von sich gab.

»Stösser, machen Sie auf! Wir wissen, dass Sie da sind. Hier spricht die Polizei.« Es folgte eine Warnung von wegen und sonst hole man den Schlüsseldienst.

»Scheinheiliger Armleuchter«, knurrte ich nach einem Blick durch den Türspion. »Schlüsseldienst!«

Draußen stand Hauptkommissar Kögel, wie ich erkennen konnte, in Begleitung von mindestens drei Polizisten.

»Was wollen Sie?«

»Müssen wir das im ganzen Haus besprechen?«

»Haben Sie eine Verfügung?«

»Ja.«

»Dann schieben Sie die unter der Tür durch.«

Ich beobachtete, wie Kögel umständlich ein Papier aus der Innentasche seiner Jacke zog, es glatt strich und für kurze Zeit aus meinem Blickfeld verschwand. Dafür kroch ein Schreiben mit dem Signum der Kölner Staatsanwaltschaft voran an meinen Zehen hoch.

Ich überflog es kurz und sah nur noch die Unterschrift:

Oberstaatsanwalt A. Fröhlich

Der Rest war eine konstruierte Unverschämtheit, die ich mir nicht gefallen lassen würde.

»Hereinspaziert!«, öffnete ich die Tür, da ich momentan keine andere Wahl hatte.

»Na endlich«, stöhnte Kögel. »Ich hätte auch anders gekonnt.«

»Ich weiß«, nickte ich und versuchte ein freundliches Gesicht zu machen. »Während die Herren sich hier umsehen, gehe ich mal duschen.«

»Das können Sie nachher. Setzen Sie sich aufs Sofa und rühren sich nicht«, demonstrierte Kögel seine Macht vor den mittlerweile fünf Polizisten und einem Zivilisten, der die Wohnung mit einem Geigerzähler auf Radioaktivität hin untersuchte.

»Was wirft man mir vor?«, versuchte ich in Unterhose möglichst souverän zu bleiben.

»Besitz von radioaktivem Material. Verschleierung. Irreführung der Behörden. Zugehörigkeit zu einer terroristischen Vereinigung«, tönte Kögel überlaut, damit auch alle Anwesenden seinem Triumph folgen konnten.

»Was hat die Mordkommission damit zu tun? Ich dachte, das sei Sache des BKA?« Bleib ruhig, Junge, ganz ruhig, versuchte ich mich im Zaum zu halten. Das ist eine Falle.

»Im Zusammenhang mit einem Mord bin ich dafür zuständig«, setzte er meine Hoffung außer Kraft.

Mord? So bekifft und betrunken konnte ich die letzte Nacht nicht gewesen sein, dass mir ein Mord entgangen war, den ich begangen haben sollte.

»Herr Peter Stösser«, wurde er noch dienstlicher, »Sie werden des Mordes an Frau Maria Zukowsky, geborene Maria Goldrausch, beschuldigt und sind vorläufig festgenommen. Bitte ziehen Sie sich an.«

Bevor ich reagieren konnte, legte mir einer der Polizisten Handschellen an und zog mich vom Sofa hoch.

»Kommissar?«, tönte es aus meinem Schlafzimmer. Wenige Sekunden später hielt mir Kögel die Pistole von Sam an einem Kugelschreiber wippend vors Gesicht. Die hatte ich völlig vergessen.

»Jetzt kommt noch illegaler Waffenbesitz hinzu«, feixte er wie Rumpelstilzchen.

»Abführen.«

Unter dem Gezeter der alten Weiber im Haus – »Wir haben es schon immer gewusst. Journalisten sind doch alles Terroristen und Kommunisten« – und dem höhnisch geifernden Grinsen des Blockwart-Hausmeisters, hatte man mich, nur mit einer Hose und meinem Schlaf-T-Shirt bekleidet, in den wartenden Wagen gezerrt.

Dafür, dass man mir die Handschellen abgenommen hatte, fiel die Tür der Zelle im Polizeipräsidium hinter mir zu.

Bleib ruhig und versuche zu verstehen, was da passiert ist, versuchte ich die aufkommende Panik in mir zu besänftigen.

Ein Waschbecken, eine Edelstahltoilette, ein mit Silberfolie bedampftes Stück Plastik als Spiegel und eine Pritsche. Es roch nach Erbrochenem und altem Fusel.

Mein Vorgänger hatte wohl hier seinen Rausch ausgeschlafen.

Es blieb mir nichts anderes übrig, als die Zeit zu nutzen und nachzudenken.

Mord. Wer war Maria Zukowsky alias Maria Goldrausch?

Odilo. Ihm konnte ich keinen Vorwurf machen. Ich hatte ihn mit dem Kasten in die Sache hineingezogen. Susanne hatte es angedeutet, dass die Analyse abrechnungstechnisch Probleme bereiten würde, und ein Konzern konnte es sich nicht leisten, meldepflichtige Proben wie einen radioaktiv strahlenden Kasten einfach verschwinden zu lassen.

Ben Gurion, Adenauer, Waldorf Astoria New York, 1953 . . . Pistole, Mord.

Es war genau das eingetreten, was ich insgeheim befürchtet hatte.

Mein Handlungsspielraum als Mitglied der Familie war gleich null. Schlimmer, ich war auf ihre Informationen angewiesen, um zu begreifen, was da vor sich ging. Ich konnte auf keinen Fall mit den Behörden zusammenarbeiten, ohne zwischen alle Fronten zu geraten. »Hast du klasse gemacht«, haderte ich mit mir und legte mich auf die stinkende Pritsche, in der Hoffnung, ein wenig Schlaf nachzuholen. Mehr konnte ich im Augenblick nicht tun.

12.30 Uhr zeigte meine Uhr, als mich die Zellentür mit einem blechernen Geklapper weckte.

»Mittagessen«, dröhnte eine Stimme.

Ein junger Beamter setzte mir das Tablett auf das kleine Tischchen unter dem Fenster und trat wieder in die Türöffnung zurück, als warte er auf etwas.

Kartoffelbrei mit klein geschnittenen Würstchen und eine Kunststoffflasche Wasser. Besteck: eine Plastikgabel.

»Ich will sofort Kommissar Kögel und meinen Anwalt sprechen«, knurrte ich ihn an.

Er machte ein freundliches Gesicht, als müsse er einen Irren besänftigen, und zog die Tür wie zum Schutz halb zu.

»Geduld. Es braucht alles seine Zeit. Guten Appetit.«

Dann wurde das Schloss von außen eingerastet, und ich war wieder mit meinen Gedanken und diesem Fraß für Zahnlose allein.

Es schmeckte, wie es aussah, und steigerte meinen Zorn derart, dass ich alle Kraft aufwenden musste, um nicht das wenige Mobiliar im Raum zu zertrümmern.

16.30 Uhr. Nichts geschah. Ich hatte inzwischen eine Wanderung von der Tür zum Fenster und zurück aufgenommen. Vier Schritte hin, vier her. Vier Schritte hin, vier zurück.

17.30 Uhr. Ich wanderte immer noch unablässig auf und ab und hatte mir ein Spiel ausgedacht. Zwei Schritte, einmal in die Hocke gehen und die zwei verbliebenen Schritte hüpfen.

18.30 Uhr. Ich war das Spiel leid und begann mit dem Pappteller Frisbee zu spielen. Anfangs fehlte mir die Übung, aber bald hatte ich es heraus, mit welcher Drehung ich ihn starten musste, dass er nicht mehr gegen die Tür oder die Wände knallte und abstürzte. Ein bestimmter Drall, und er blieb für eine Sekunde kurz vor der Tür in der Luft stehen, um dann wie ein Bumerang zu mir zurückzukehren. Das gefiel mir, und ich überlegte, welches Spiel ich der Gabel beibringen konnte. Würde sie, wenn ich sie durch den Teller bohrte, die Flugeigenschaften verändern, und wenn ja, wie?

19.05 Uhr. Die Tür wurde geöffnet, und der junge Beamte winkte mir.

»Der Kommissar möchte Sie jetzt sprechen.«

Artig hob ich den Teller vom Boden auf und stellte ihn auf den Tisch zurück. Die Flugeigenschaft mit Gabel war ausgesprochen miserabel.

Kögel schien das Rauchverbot aufgehoben zu haben oder einfach zu ignorieren. Sein Büro glich der Elbemündung bei Nebel.

»Sie können gehen«, war alles, was er von sich gab, und händigte mir die Sachen aus, die man mir heute Morgen abgenommen hatte.

»Unterschreiben, dass alles da ist«, deutete er auf einen Inventarbogen.

»Die Pistole fehlt, und ich bleibe hier, bis Sie mir sagen, wer die Frau war, die ich angeblich umgebracht haben soll.«

Es war irgendetwas eingetreten, was dem Kommissar nicht in den Kram passte. Er strahlte die Feindseligkeit aus, die nur Verlierer haben, die nicht verlieren können.

»Machen Sie sich ja nicht lustig über mich. Das Spiel geht dieses Mal an Sie. Aber Ihre mächtigen Freunde können Sie nicht ewig schützen, und was die Frau betrifft ... Mit der haben Sie auf der Bank auf dem jüdischen Friedhof selbst gesprochen. Raus jetzt, sonst vergesse ich mich.«

Es war wohl besser, den Rückzug anzutreten, bevor hier jemand etwas anderes gegen mich konstruierte. Und dass Kögel auf Rache sann, war unübersehbar.

24

Vor dem Präsidium erwartete mich die nächste Überraschung.

»Das ist doch nicht mein Golf?« Ungläubig ging ich um den Wagen herum und inspizierte die Nummernschilder. Es war meiner. Sam hatte die Arme auf dem Dach verschlungen, den Kopf darauf gelegt und lächelte.

»Doch, Onkelchen. Als Dank für dieses schöne Frühstück auf zwei Beinen. Könnte ich mich dran gewöhnen, und da dachte ich, dass ich deinem Wagen mal was Gutes tue. Sieht er nicht wie neu aus?«

Er hatte ihn waschen und polieren lassen. So kannte ich mein Auto seit Jahren nicht mehr.

»Und Joshuas Wanze habe ich gleich mit entfernt.« Er strahlte wie ein kleiner Teufel. »Kitty hat mich übrigens gebeten, ihre gesamten Sicherheitseinrichtungen, auch in den Lokalen, zu überprüfen und gegebenenfalls zu erneuern. Dafür bin ich jetzt Ehrenmitglied im Club.«

»Toll«, grunzte ich. »Woher hast du den Wagen?«

»Willst du das wirklich wissen? Ich denke, du weißt, wer ihn hatte«, lächelte er süffisant.

»Es interessiert mich trotzdem, wie du an den Schlüssel gekommen bist. Hast du etwa die Motzkin'sche Version von Höflichkeit an den Tag gelegt?« Ich konnte mir nicht vorstellen, dass Susanne einem ihr völlig unbekannten Mann ohne Drohung mein Auto überließ. Und wie meine »Familie« sich nahm, was sie wollte, hatte sie mir schon ein paarmal zu viel demonstriert.

»Ich habe mich ganz höflich als dein Neffe vorgestellt, der nur deinen Wagen abholen will, und habe sie dann noch in die Bayer-Werke gefahren. War das höflich genug?«

»Chamäleon«, war alles was mir dazu einfiel, denn auch Sam tat nichts, ohne irgendeine Teufelei damit zu verfolgen.

»Woher wusstest du, dass mich Kögel verhaftet hat, und wie habt ihr mich da wieder rausbekommen?«, fragte ich beim Rasieren ins Blaue.

Sam flegelte sich mit einer Pizza auf meinem Sofa herum und klickte sich durch die Fernsehprogramme.

»Joshua hat so seine Methoden, sich Hausmeister, Pförtner und sonstiges Ungeziefer zunutze zu machen«, kam es aus dem Wohnzimmer. »Und meine große Schwester hat ein paar Telefonnummern, die Wunder bewirken. Du warst also keine Minute ohne Schutz, Onkelchen.«

Einen Moment hielt ich inne, mir den Schaum aus dem Gesicht zu schaben. Hausmeister *und* Pförtner? Dann war mein Handy an der Pforte der Bayer-Werke ausgetauscht worden. Dort hatte es am längsten von mir unbeaufsichtigt gelegen.

Diese neuen Familienverhältnisse begannen mir nicht nur nicht mehr zu gefallen, sie flößten mir auch langsam Angst ein. Wie es aussah, geschah bei den Motzkins nichts, aber auch gar nichts, ohne einen vorgefassten Plan.

»Wie kamst du darauf, dir ausgerechnet unseren Verlag für ein Volontariat auszusuchen?«, rief ich aus dem Bad.

Sam war der Jüngste der Familie und ich hoffte, noch nicht so abgebrüht wie seine Geschwister.

»Glückstreffer«, kam es im Plauderton zurück. »Wir waren auf der Spur von Goldrausch und fanden heraus, dass euer Chef der

Nachkomme des Verlegers ist, der damals bei dem Gespräch zwischen Ben Gurion und Adenauer dabei war. Euer Seniorchef hat ein paar krumme Dinger gedreht, um nach dem Krieg eine Lizenz zu bekommen. Das ging nur mit der Hilfe von Goldrausch. Dass du es warst, der den Fund am Dom dokumentiert und publiziert hat, war Fügung. Hannah hatte sich ohnehin vorgenommen, bei Gelegenheit nach unserem Stiefonkel zu suchen. Deine Überprüfung ergab sehr schnell, dass du der Vermisste warst, was die Informationskette erheblich erleichterte.«

Erheblich erleichterte, kreiste es in meinem Kopf. Für wen?

Man sagt Tieren nach, dass sie weit vor der Zeit in der Lage sind, Katastrophen zu spüren. Ich hatte das erste Mal in meinem Leben eben dieses Gefühl, dass ich kurz vor solch einer stand.

Mit einer erneuten Schaummaske versuchte ich Zeit zu schinden, um ja nicht das Bad verlassen zu müssen.

»Was hat der Rabbi damit zu tun?«

»Das war uns auch nicht ganz klar. Aber seine Daten auf dem Computer beweisen, dass Goldrausch Gelder über die Synagoge auf diverse Konten ins Ausland geschleust hat.«

»Du hast ihm also kein Anti-Viren-Programm aufgespielt?«

»Hältst du mich für blöd? Ich sperre mich doch nicht selbst aus. Mit jedem seiner Updates des vermeintlichen Anti-Viren-Programms komme ich jetzt tiefer in die Kanäle hinein. Dabei glaube ich noch nicht einmal, dass der Rabbi davon weiß. Die Daten sind verschlüsselt, auf ganz raffinierte Weise. Aber ich komme noch dahinter, wie das Ding zu knacken ist.«

»Warum konntest du dann den Zugriff auf die Verlagsdateien plötzlich nicht mehr knacken?«

»Die habe ich sofort nach deinem ruhmlosen Abgang geknackt«, kam es stolz aus dem Wohnzimmer. »Das hat mich überhaupt erst auf die Synagoge gebracht und die Verbindung zwischen Goldrausch und dem Verleger bestätigt. Hannah hätte sich die Schlepperei mit den Zeitungen sparen können. Euer Verleger ist ein schlauer Hund. Der geht nicht über den Verlags-Server. Er hat seine eigene, völlig separate Leitung zum Zentralcomputer. Nicht ganz einfach, da dranzukommen. Aber es hat sich gelohnt.«

Nun hatte ich mich schon zweimal rasiert, hatte zweimal das Waschbecken und die Dusche geputzt. Jetzt fiel mir nichts mehr ein, was mich hätte länger im Bad halten können.

Die kostbare und informative Distanz war dahin. Ich musste den anonymen Beichtstuhl »Bad« verlassen und hoffen, dass Sam jetzt nicht wie ein Sünder, der plötzlich nach der Absolution seinem Pfarrer von Angesicht zu Angesicht gegenüberstand, in peinliche Starre verfiel.

»Ich habe Hunger und Durst. Kannst du mir die Zusammenhänge beim Essen erzählen? Du bist mein Gast«, versuchte ich den Faden wieder aufzunehmen.

Sam schaute auf die Uhr und wackelte abwägend mit dem Kopf hin und her. »Wir haben noch drei Stunden. Zu ein paar Bierchen und einem Steak wird es reichen. Zieh dir aber bitte etwas Gedecktes an, und ich fahre.«

Er klang so, wie ich es befürchtet hatte. Dienstlich. Er hatte nie gebeichtet. Seine Erklärung um die Zimmerecken hatte es nie gegeben. Mich fröstelte, obwohl es in der Wohnung zum Ersticken heiß war. Vermutlich bist du nach einem ganzen Tag ohne Bier auf Entzug, versuchte ich das Gefühl zu bagatellisieren. Wusste aber, dass es schlicht die Ungewissheit war, in der man mich gezielt zu halten schien.

Anfüttern nannte man das bei Anglern und Jägern, um die Beute durch Sucht nach was auch immer an den Platz ihres Todes zu gewöhnen. Verdammt, ist es einfach, dich als von Beruf neugierigen Journalisten zu ködern, haderte ich mit dieser Erkenntnis. Es musste nur außergewöhnlich genug sein, schon sprang die Flamme der Hoffnung nach *der* Story des Lebens auf, die einen berühmt machte, die einen all die Jahre Buckeln unter selbstgefälligen Chefredakteuren und arroganten Verlegern, Frustsaufen und nie funktionierendes Privatleben vergessen machte.

»Ganz schön einfach gestrickt, so ein Journalist, stimmt's?«, sah ich Sam fragend an und hoffte, dass er es nicht bestätigen würde.

Der verzog nur die Mundwinkel zu einem flüchtigen Lächeln, enthielt sich aber jeden Kommentars.

»Warum haben wir noch drei Stunden Zeit? Wozu und wofür? Ich habe heute keine Lust mehr auf irgendwelche Termine, die nicht mit mir abgesprochen wurden.«

Sam stand wortlos auf und ging ins Schlafzimmer. Nachdem er sich zwei Minuten über meine Sortierweise im Kleiderschrank informiert hatte, legte er mir mit sicherem Griff das heraus, was ich eigentlich nur zur Beerdigung von guten Freunden anzog. Ein weißes Hemd, den grauen Anzug, der am Bauch und im Schritt klemmte, eine dunkelblaue Krawatte, deren Knoten mir mal eine wildfremde Frau auf dem Friedhof gebunden hatte und den ich mich nie mehr getraut hatte zu öffnen, die schwarzen Schuhe.

»Was wird das denn? Gehen wir zu einer Leichenschau?«

Sam schüttelte den Kopf. »Nein, wir gehen zu deiner Story des Lebens. Lass es momentan dabei bewenden. Vertraue mir einfach.«

»Vertrauen?« Das war das Letzte, was ich dieser Verwandtschaft noch entgegenbringen würde.

Da war er wieder, der Köder – *Story deines Lebens ... mach etwas draus und frag nicht lange* –, der jede Logik, jede Warnung des Unterbewussten außer Kraft setzte. Die blanke Sucht setzte alle menschlichen Schutzfunktionen matt. Machte blind, nur noch dem Trieb gehorchend. Die Jagd war eröffnet.

»Was hast du am Grab von Goldrausch senior gemacht? Was sollten die Steine auf der Marmorplatte?«

»Willst du die Zeit mit Fragen vertrödeln oder langsam was essen und trinken?«, antwortete Sam lapidar und hielt mir die Kleider hin.

Das Chamäleon hatte wieder die Farbe gewechselt. Ich war gefangen in mir selbst, und er nutzte diese Schwäche gezielt aus.

»Häng das Zeug in den Schrank zurück. Mir ist heute nicht nach der Story meines Lebens«, versuchte ich ein letztes Aufbäumen. »Mir ist nach Alleinsein. Mach, dass du rauskommst, und lass den Autoschlüssel hier.« Ich wusste, dass das schiefgehen würde. Aber diesen Versuch des Widerstandes war ich mir wert.

Einen Moment zögerte Sam.

»Onkelchen ...«

»Wenn du oder jemand von euch noch jemals das Wort ›Onkelchen‹ benutzt, dann liefere ich euch an alle Messer, die das deutsche Gesetz zu bieten hat«, schnitt ich ihm das Wort ab.

Sam legte die Kleider langsam, wie einen Lilienstrauß auf einen Sarg, auf dem Bett ab und schaute mich prüfend an. Er machte jetzt das Gesicht eines alten, zum Angriff bereiten Chamäleons.

»Na gut«, fing er sich und nahm die lauernde, halb devote Haltung des Neffen vor einem vor Wut zitternden Onkel an. »Ich war jeden Tag am Grab von Goldrausch, um zu dokumentieren, dass ich ein gläubiger Jude bin. Der Sinn war, das Vertrauen der Schwester des Senators zu erlangen, die dort anscheinend den ganzen Tag mit ihrem verstorbenen Mann verbrachte. Ich hatte es auch fast geschafft, bis ihr beiden Trottel auftauchtet und ihr den Polizeiausweis unter die Nase halten musstet. Das hat sie verschreckt.«

»Was war so wichtig an ihr? Sie hat den Senator informiert. Mehr nicht.«

Sam zog ein missmutiges Gesicht. »Sie war die Dolmetscherin

bei dem Gespräch in New York zwischen Ben Gurion und Adenauer.«

»Hoppla!«, entfuhr es mir, denn so langsam begann ich die Zusammenhänge zu ahnen. Die Dolmetscherin in einem geheimen Gespräch war die einzige Person, die mehr erfuhr und somit mehr wusste als die beteiligten Personen selbst. Hier ein Wort ausgelassen, dort eine – in Ermanglung eines vergleichbaren Ausdrucks in der anderen Sprache – abgewandelte Erklärung, schon hatte das Gesprochene einen anderen Sinn.

»Wer kann sie getötet haben?«

»Wir nicht«, murmelte Sam. »Wir hätten sie dringend als Zeugin gebraucht. Also, zieh das endlich an und komm mit. Es gibt nur noch einen Weg, mehr zu erfahren.«

25

Die Badezimmerwaage und mein Instinkt hatten recht behalten. Die Anzughose streikte bereits dabei, mein Gesäß aufzunehmen, und was da vor mir aus der Dunkelheit auftauchte, hatte ich nicht in guter Erinnerung.

Sam hielt den Wagen rund hundert Meter vor dem Schlagbaum an und schaltete das Licht aus.

»Was wird das, wenn es fertig ist?«

»Den Rest musst du zu Fuß gehen. Du wirst erwartet.« Er deutete auf die hell erleuchtete Pförtnerloge zum Schloss. »Ich nicht.«

»Da rein? Kommt überhaupt nicht in Frage.« Panik stieg in mir auf. Was sollte ich in dem Gebäude, in dem mir niemand wohlgesonnen sein konnte?

Der Gebäudekomplex lag im Dunkeln und hob sich wie ein schlafender Dinosaurier gegen den Vollmond ab. Nur im Eingangsbereich wirkte eine Art Notbeleuchtung als Wegweiser. Es war fast Mitternacht. Geisterstunde.

»Der Stiftungsrat erwartet dich«, flüsterte er. »Du musst dich ihren Fragen stellen. Sonst kommen wir nicht weiter. Ich warte hier auf dich.«

»Ich denke nicht daran.« Das ging mir alles zu schnell und schien über meinen Kopf hinweg zu perfekt inszeniert. Ich kam mir wie ein Jo-Jo vor, das nach Belieben und Fertigkeit des Spielers auf und ab tanzte. »Da drinnen ist der Senator umgebracht worden.«

»Genau deswegen bist du hier.« Sam drehte zwei Tütchen und

reichte mir eines. »Rauch das, dann bist du lockerer. Es geht jetzt um Alles oder Nichts. Du bist die letzte Hoffnung der Loge. Jemand pfuscht uns ständig ins Handwerk. Wir wissen einfach nicht, wer das ist.«

»Ich mache keinen Schritt, bevor ich nicht weiß, was hier gespielt wird«, stellte ich mich stur und klickte als Demonstration den Sicherheitsgurt wieder in seine Halterung.

»Dass alte Leute immer nur Probleme machen«, seufzte Sam und zündete sich seinen Joint an, »ist ja nicht neu. Aber du bist wirklich das Produkt unseres Großvaters. Nervtötend bis zum bitteren Ende.«

Der süßliche Geruch des Afghanen eroberte sich kurzfristig den Innenraum meines Wagens und erinnerte mich an meine verflossene Jugend.

»Onkelchen«, begann Sam nach wenigen Zügen und ließ die Sitzlehne fast in Schlafposition nach hinten kippen, »der Senator war ein Schwein. Er hat den Namen der Loge missbraucht und das Geld, das er in ihrem Namen eingesammelt hat, für Waffengeschäfte mit den Feinden Israels benutzt. Aber wir konnten es ihm nie beweisen. Er war so clever, alles in eine Stiftung zu überführen. Dann bekamen die Amerikaner Ärger mit den Selbstmord-Moslems. Man konnte Goldrausch zwar auch nichts nachweisen, aber man erklärte ihn zur Persona non grata. Das hat ihn aber nicht gehindert, von hier aus«, er deutete auf die Silhouette des Schlosses, »weiter völlig unbehelligt seinen schmutzigen Geschäften nachzugehen.«

»Und deswegen musste er weg?«, keuchte ich und versuchte den Rauch des Joints durch heftiges Ausatmen von meinen Schleimhäuten fernzuhalten.

Sam nickte. »Nur war Joshua da etwas zu voreilig. Ein paar Tage später hätten es auch getan. Nun stehen wir vor dem gleichen Problem wie die, die auf dich warten. Goldrausch muss etwas hinterlassen haben, was nur du kennst. Und darüber werden die dich befragen.«

»Wer sind ›die‹ und wie kommen sie darauf, dass ich etwas wissen könnte?«

Sam drehte das Fenster herunter und wedelte mit der Hand den langsam beißend werdenden Qualm hinaus.

»Du scheinst bei deinem Besuch hier einen prächtigen Eindruck hinterlassen zu haben, und wer ›die‹ sind, wirst du gleich selbst herausfinden. Auf jeden Fall ist dies für einen Journalisten eine einmalige Gelegenheit, die größten frei herumlaufenden Verbrecher der Neuzeit kennen zu lernen. Sie arbeiten mit dem uns zustehenden Kapital gegen uns, indem sie Profite aus Waffenlieferungen schlagen, die sie an die betuchten Scheichs liefern, welche wiederum ihre Todeskommandos damit ausrüsten. Dass sie eine Menge zu verbergen haben, sieht man schon daran, dass keiner mit einem Fahrzeug gekommen ist, das man identifizieren könnte.«

»Warum laden die mich dann nicht persönlich vor?« Ich verstand den Umweg über Sam nicht.

»Das haben sie, mein lieber Onkel. Nur warst du zu der Zeit leider durch Hauptkommissar Kögel etwas in deiner Freizügigkeit behindert. Also blieb der Überbringerin der Einladung in ihrer Verzweiflung nichts anderes übrig, als sich vertrauensvoll an den einzigen Mann zu wenden, auf den sie sich verlassen kann, nämlich mich.«

»Überbringerin? Was soll dieses geschwollene Geschwätz?«

Sam stellte die Sitzlehne wieder hoch und schnipste die Kippe hinaus.

»Die haben es irgendwie geschafft, sich Susanne zu schnappen. Frag mich nicht wie, aber es ist so.«

Das war mehr, als ich heute ertragen konnte. Verzweifelt versuchte mein Gehirn gegen den in meinem Kopf aufsteigenden Dunst anzukämpfen. Warum Susanne? Sie wusste zwar etwas vom Kasten und seinem Inhalt. Aber die Zusammenhänge kannten nur Odilo und ich.

Woher, zum Teufel, konnten die überhaupt etwas davon wissen, dass ich ...? Das Handy, fiel mir siedend heiß ein. Susanne hatte es für mich beim Pförtner abgeholt. Der Lauscher hatte die ganze Zeit die Gespräche der Wachleute mitgehört und unschwer festgestellt, dass es bei den Bayer-Werken deponiert war. Einer der Pförtner brauchte Susanne nur einen schönen Feierabend gewünscht und dabei ihren Namen erwähnt zu haben.

»Onkelchen ...«, Sams Stimme wurde ernst, »was wissen Susanne und du, das ich vielleicht auch wissen sollte? Hinter was sind die her? Es muss sich um etwas Schwerwiegendes handeln, dass die sich aus ihren Löchern bewegen.«

Die Frage, wo und wie man mir das Gerät »untergejubelt« hatte, war jetzt müßig. So unliebsam wie ich mit diesem Quälgeist umging, konnte es jeder in einer Kneipe ausgetauscht haben, während ich auf der Toilette war.

»Was geschieht nun?«

»Du folgst ihrem Wunsch und machst, dass du da reinkommst. Und ich warte hier auf Susanne, die dafür freigelassen wird. So einfach ist das.«

Vernahm ich da so etwas wie eine leichte Süffisanz in Sams Stimme? Dem schien die Situation nicht ungelegen zu kommen. Ich hatte sogar das Gefühl, dass sie ihm sichtlich Vergnügen bereitete.

»Ich kann denen nichts erzählen, weil ich nichts weiß.«

Es war ein halbherziger Versuch, mich aus einer Verantwortung zu stehlen, die ich nicht haben wollte, da ich ihren Sinn nicht verstand.

»Gut. Dann erzähle ihnen das«, gab Sam lapidar zurück. »Ich warte hier auf jeden Fall auf Susanne.«

Er glaubte mir nicht.

»Hast du mich wenigstens verwanzt?«, atmete ich tief durch und öffnete die Autotür. Die Innenbeleuchtung sprang an und zeigte einen grinsenden jungen Mann.

»Hatte ich, aber das Ding ist leider in der Hose geblieben, die dir ein paar Nummern zu klein war. Aber mach dir keine Sorgen, wir passen schon auf dich auf.«

Er löste meinen Sicherheitsgurt und bedeutete mir mit einer wedelnden Handbewegung, endlich auszusteigen.

Ich zögerte. »Wie komme ich da wieder raus?«

»Verschwinde endlich«, fauchte Sam ungehalten. »Lass das unsere Sorge sein.«

Vorsichtig, jeden Lärm vermeidend, drückte ich die Autotür ins Schloss. Mein Gehirn spielte verrückt, malte sich die schlimmsten Konsequenzen aus. Meine Beine waren schwer wie Blei und gehorchten nur widerwillig dem Marschbefehl Richtung Pförtnerloge.

Der Mann hatte ein angefangenes Wurstbrot und eine Thermoskanne neben sich und beschäftigte sich beim Licht einer Schreibtischlampe mit dem Lösen eines Kreuzworträtsels.

Es war der Pförtner, der mein Auto durchsucht hatte.

»Wo wollen Sie hin?«, fragte er leicht unfreundlich, als ich zaghaft an die Scheibe klopfte.

»Ich habe einen Termin«, versuchte ich locker zu wirken. Aber mir war eher nach Rückzug zumute. Hoffentlich fragt er nicht, mit wem und warum um diese Tageszeit, schoss es mir durch den Kopf.

»Ich kenne Sie doch.« Er erhob sich und musterte mich genauer. »Einen Moment, bitte.« Dann griff er zum Telefon. »Der Journalist ist da.« Ein kurzes Kopfnicken mit einem militärischen »Verstanden!«, dann war ich auf dem Weg in mein Unglück.

In der fast dunklen Eingangshalle empfingen mich zwei Männer, die von der Statur mit Joshua verwandt sein konnten.

»Nach Wanzen und Waffen durchsuchen.«

Während mich der eine mit festem Griff abtastete, umrundete mich der andere mit einem elektronischen Gerät, das einen hochfrequenten Dauerton von sich gab.

»Sauber«, lautete der knappe Befund, und die beiden nahmen mich bis zum Aufzug in ihre Mitte.

Die beiden Türen des Lifts glitten lautlos auf. »Dritter Stock«, kommentierte einer der Männer seinen Druck auf die Bedientafel, blieb aber mit seinem Kollegen draußen. Dass ein Mann im blauen Overall in der Hocke saß und mit einem Lappen die Messinghandläufe polierte, nahm ich jetzt erst zur Kenntnis.

Er drehte sein Gesicht zu mir und legte den Finger auf die Lippen.

»Othello?«, hauchte ich erschrocken. Bevor ich fragen konnte, was er hier zu suchen hatte, deutete er auf seine Armbanduhr: »Sie haben ab jetzt dreißig Minuten, dann kauen Sie diesen Kaugummi.« Er reichte mir ein handelsüblich verpacktes Briefchen. »Sobald es anfängt wie Essig zu schmecken, verlassen Sie innerhalb der nächsten zehn Sekunden unter einem Vorwand den Raum und schließen die Tür hinter sich, das ist ganz wichtig. Vergessen Sie es nicht.«

Ein dezenter Glockenton kündigte die Ankunft des Lifts im vorbenannten Stockwerk an. Die Türen öffneten sich, und Othello beschäftigte sich weiter mit dem Messing, als gehöre er zur Putzkolonne, die jede Nacht nur das Gebäude reinigt.

Irritiert verglich ich die Zeit auf meiner Uhr. Dreißig Minuten, zehn Sekunden. Darauf konnte ich mir keinen Reim machen.

»Kommen Sie endlich. Sie lassen den Rat verdammt lange warten. Sie hatten sich für Mitternacht angesagt«, holte mich ein untersetzter, dicklicher Mann im schwarzen Anzug ins Jetzt zurück und ging voran.

Ich hatte mich angesagt? Was war das für ein Spiel? Hier stimmte doch etwas nicht. Der steigende Adrenalinspiegel pumpte meinen Kreislauf auf Angriff oder Verteidigung und trieb mir Hitzewallungen über die Haut.

Der Weg führte eine Treppe hinauf, die mir bekannt vorkam. Hier hinab hatte ich mich damals mit dem Kasten abgesetzt. Von hier aus kamen wir durch die Gemächer des Senators an den Raum mit dem Dreieck am Türpfosten, in dem ich Goldrauschs Botschaft auf dem Konferenztisch gefunden hatte.

Noch fünfundzwanzig Minuten nach Othellos Hinweis.

Wir erreichten die Tür mit dem Codekartenschloss. Mein Führer drückte seitlich vom Türrahmen auf etwas, was mir bei meinem Besuch verborgen geblieben war. Aus einem nicht ersichtlichen Lautsprecher kam ein »Ja?«.

»Der Besuch ist jetzt da«, sprach er irgendwohin in den Raum.

Richtmikrofone, schoss es in mir hoch. Das ganze Gebäude wird besser überwacht als eine Geheimdienstzentrale. Und dass die Tür zu diesem Raum nach dem Tod des Senators nur angelehnt war, war kein Zufall. Der Senator hatte seinen Tod kommen sehen und ihn zu einem letzten, grandiosen Auftritt benutzt. Nur was wollte er damit bewirken? Ich war mir plötzlich nicht mehr sicher, dass er nicht gewusst hatte, dass die Mikropunkte nutzlos geworden waren.

Die Tür sprang auf, und mein Begleiter schob mich sanft in den Raum.

Obwohl ich mir alle möglichen Szenarien erdacht und mir plastisch ausgemalt hatte, was mich erwarten würde, fiel mir zu diesem Anblick nicht mehr ein, als ... das darf doch nicht wahr sein. Du träumst.

»Sie machen sich rar, Herr Stösser. Aber bitte nehmen Sie Platz«, forderte mich eine dunkle Stimme auf und wies mir mit einer weiß behandschuhten Hand den Stuhl am Kopfende des Tisches gleich an der Tür zu.

Der Raum hatte sich nicht verändert. Die Erinnerungen der Loge hingen noch an den Wänden, die jeweils sieben Kerzen auf den beiden mannshohen Menora flackerten still vor sich hin, und das Deckenlicht war zu einer diffusen Beleuchtung heruntergefahren.

Zweiunddreißig Stühle mit hohen, steilen Lehnen, besetzt von zweiundzwanzig Kapuzenmenschen mit weiten Gewändern. Die gut über einen halben Meter hohen Spitzhüte mit nur die Augen freilassenden Maskentüchern riefen in mir nur zwei Assoziationen hervor: Ku-Klux-Klan oder die Osterbüßer von Spanien. Ein Gruselkabinett, das jeder Geisterbahn zur Ehre gereicht hätte.

Die Anwesenden sahen mich durch ihre Sehschlitze an, aber sagten nichts. Als erwarteten sie etwas von mir.

Noch zwanzig Minuten, wie ich verstohlen auf meiner Uhr feststellte. Mir begann der Schweiß aus allen Poren zu treten. Jeder dieser Spitzhüte war abwechselnd in Schwarz oder Weiß und trug auf der Frontseite in der Komplementärfarbe eine römische Ziffer. Schnell zählte ich durch. Es fehlten zehn. Die Null, der Narr, der in der Kabbalah nicht bewertet wurde; die I im Tarot, der Gaukler; die Herrscherin oder Kaiserin mit der III; Herrscher oder Kaiser IV; der Wagen VII; XI als Gerechtigkeit; XII, der Gehängte; XV, der Teufel;

XVIII, der Mond; und XIX als Sonne. Die Zahlen der zweiundzwanzig Trumpfkarten des Tarot, die den Namen Goldrausch ergeben hatten ... aber die Anwesenden waren bis XXXII nummeriert. Die zweiunddreißig Pfade der Kabbalah. Zweiunddreißig waren auf die *Drachenfels* gegangen, aber nur zehn nach Südafrika gekommen.

»Sie haben Kontakt zu uns gesucht, um uns über das letzte Gespräch mit ›I‹ zu berichten.«

Die Stimme kam aus der Maske II und klang akzentfrei. Vielleicht sechzig Jahre alt.

Noch sechzehn Minuten.

»Tut mir leid«, fasste ich meinen Mut zusammen. »Ich bin hier als Austausch für Frau Susanne Krodolsky. Danach können wir uns gerne über die letzten Minuten von Nummer I, Senator Goldrausch, unterhalten.«

Ich hatte es kaum ausgesprochen, trommelte mein Unterbewusstsein auf mich ein. »Du bist ein kompletter Idiot. Sie wissen von nichts. Das hättest du schon am Lift bei dieser merkwürdigen Begrüßung wissen müssen. Das hier ist eine Falle, und du hast immer noch vierzehn Minuten.«

»Herr Stösser«, begann die Spitzmütze mit der Nummer XXX, ein Mann, vielleicht dreißig Jahre alt mit rheinischem Einschlag, »uns ist leider keine Frau Krodolsky bekannt. Was meinen Sie mit Austausch?«

Nummer V, eindeutig frankophiler Einschlag, Alter nicht schätzbar: »Der Vorschlag kam telefonisch aus Ihrem Verlag, dass Sie uns berichten, was Nummer I Ihnen als letzte Botschaft mitgegeben hat.«

Nummer XVI, weiblich. Mühsam aufpolierter Slang undefinierbarer Herkunft: »Ein Joshua Motzkin hat in meinem Büro angerufen und sich als Ihr Redakteur ausgegeben. Was stimmt denn nun?«

Die Sache drohte zu eskalieren.

Noch zehn Minuten.

Ich konnte nur noch bluffen, um über die sich nun unendlich dehnende Zeit zu kommen. Egal was passierte, ich hatte das Gefühl, dass der Plan, wie immer er auch von wem inszeniert wurde, darauf beruhte, dass niemand der Anwesenden den Raum vor mir verließ. Susanne war von meiner Familie benutzt worden, um mich zu ködern, damit ich als letzter Zeuge des Senators alle Ratsmitglieder zusammenbrachte.

Neun Minuten.

Angriff: »Es scheint sich hier um ein gefährliches Missverständnis zu handeln. Wie ich sehe, fehlen bereits zehn Ihrer Mitglieder. Vermutlich alle durch dubiose Umstände zu Tode gekommen.« Etwas Besseres fiel mir nicht ein, und ich hoffte, dass die leeren Plätze nicht einfach nur auf Urlaub waren.

Die Masken nickten sich kurz zu und wandten mir ihre Gucklöcher zu.

Nummer IX, männlich, stark amerikanisch eingefärbtes Deutsch, etwa Mitte fünfzig: »Wir haben Ihren Bericht über den Tarot-Mörder gelesen. Sehr mutig, was Sie jetzt behaupten. Aber es stimmt. Es sind nicht nur die drei, die Sie in Ihrem Artikel erwähnten, und einer danach umgekommen. Wir haben auch sechs weitere Mitglieder in den USA, England, Frankreich und Südafrika auf sehr unerklärliche Weise verloren. Woher wissen Sie das?«

Sieben Minuten.

Sie sind interessiert. Du bist auf dem richtigen Weg. Keiner wird den Raum verlassen. Lüg, was das Zeug hält.

»Der Senator hat das angeordnet. Hat den anderen Toten eine Tarotkarte beigelegen?«

Nummer X, männlich. Hochdeutsch. Etwa Mitte dreißig: »Was heißt hat? Sollen noch mehr sterben? Nein, den anderen Leichen lag keine Karte bei.«

Sechs Minuten.

Ich nickte. »Ja, es werden noch mehr sterben.«

Ein Gemurmel unter den Masken hob den Geräuschpegel an. Die Spitzen der Kapuzen wippten hin und her, die Gucklöcher suchten sich gegenseitig.

Fünf Minuten.

Nummer XXXI, männlich, Latino-Akzent, Bass-Bariton: »Hat Ihnen der Senator gesagt, wer und warum?«

Vier Minuten.

Ich begann den Kaugummi in der schweißdurchnässten Hosentasche unauffällig mit Daumen und Zeigefinger auszupacken.

»Wer noch auf der Liste steht, hat er nicht mehr sagen können. Aber er hat einen Killer auf die Verräter der Loge angesetzt.«

Drei Minuten.

Das verdammte Stanniol um die Kaumasse war unter der Wärmeausstrahlung meiner schwitzenden Haut eine innige Verbindung mit dem Stoff eingegangen.

Nummer XXXI gab keine Ruhe: »Verrat? Wofür? Der Alte war doch schon seit Jahren nicht mehr zurechnungsfähig.«

Zwei Minuten.

Es half nichts. Bevor sich der ganze Streifen in eine unlösbare Masse im Gewebe ablagerte, riss ich ihn samt Tasche aus der Hose.

»Der Senator war durchaus nicht unzurechnungsfähig. Er war erbost darüber, dass einige der Stiftungsmitglieder ihre eigenen Geschäfte mit spaltbarem Material, und zwar an der Stiftung vorbei, machten.«

Noch eine Minute.

Das anfänglich Raunen ging in ein lautes Stimmengewirr über. Jeder schien jeden in seiner Sprache für einen Verräter zu halten, und ich hatte Zeit, den Kaugummi aus der Textilie zu befreien und endlich an seinen Bestimmungsort zu befördern. Hastig kaute ich ihn durch. Die Zeit war abgelaufen. Er schmeckte nur nach Pfefferminz. Was sollte ich jetzt tun? Die ganze Geschichte war eine Farce, der Zeitdruck und der Kaugummi vermutlich auch. Ich konnte nicht den Rest der Nacht hier mit maskierten Menschen verbringen, die angeblich zu den größten frei herumlaufenden Verbrechern gehörten, und ihnen Märchen erzählen.

Nummer V: »Hatte der Senator dafür Beweise genannt oder Ihnen übergeben?« Die Frage klang spitz und lauernd.

Zeit null plus zwei Minuten.

»Ja, der Kasten vom Dom war verstrahlt, und es gibt Mikrofilmaufzeichnungen, die belegen, wer welche Geschäfte getätigt hat.« Nun übertreibst du aber. Das badest du alleine aus, murrte mein Gehirn.

Nummer V: »Und wo sind dieser Kasten und die Aufzeichnungen jetzt?«

Zeit null plus drei Minuten.

»Gestohlen. Keine Ahnung, von wem.«

Der Kaugummi schmeckte immer noch nach diesem fiesen Kraut, das ich schon als Tee nicht leiden konnte.

Nummer XXX: »Und um uns das zu sagen, kommen Sie hierher und vergeuden unsere Zeit? Das hätten wir vermutlich schneller aus Ihrer Zeitung erfahren ...«

»Können Sie bitte ein paar Sekunden auf meine Antwort warten. Ich sollte mal kurz auf die Toilette.« Ich erhob mich. Der Gummi schien sich plötzlich in Essigessenz verwandelt zu haben und drohte meine Schleimhäute zu verätzen. Ohne eine Antwort abzuwarten, stand ich auf und verließ den Raum.

Tür auf jeden Fall hinter dir schließen!, mahnte mein Arbeitsspeicher.

Draußen saß Sam grinsend auf der Fensterbank und hielt einen Fensterflügel auf. »Los, spuck es aus, bevor es dir hochkommt.«

Ich hatte das Gefühl, dass sich diese kleine Kaumasse in meinem Mund wie Essigteig von Sekunde zu Sekunde zu vermehren schien.

Im hohen Bogen spie ich ihn in den dunklen Innenhof.

»Gib ihm was zu trinken«, murmelte Joshua, den ich jetzt erst bemerkte, der neben der Tür lehnte und seine Uhr beobachtete.

Sam hielt mir einen Flachmann hin.

Ohne zu fragen, was da drin sei, setzte ich ihn an. Erst nach dem dritten Schluck begannen meine Geschmacksnerven dem Gehirn die Botschaft eines alten Whisky zu melden.

»Was sollte denn diese ganze Scheiße?«, polterte ich los, erhielt aber keine Antwort.

»Nummer drei, den Koffer«, flüsterte Joshua in ein kleines Mikrofon, das er am Kragen befestigt hatte. »Es ist so weit. Wir können rein«, und zu mir gewandt, »es muss jetzt schnell gehen. Wir brauchen deine Hilfe. Wie viele Leute sind da drin?«

»Zweiundzwanzig. Aber ich gehe da nicht mehr rein.«

»Keine Widerrede, du bist mit eingeplant. Die tun vorläufig niemandem was.«

Othello kam mit einem Aluminiumkoffer angehetzt. Sam ließ die Schlösser aufschnappen und reichte jedem etwas, was sich wie Gummi anfühlte.

»Überziehen und Filter überprüfen«, befahl Joshua.

Unschlüssig, was ich mit dem Ding anfangen sollte, wendete ich es hin und her. Es hatte zwei Fenster, eine Art Rüssel und sah wie ein übergroßer Libellenkopf aus.

»Sag bloß, dass du noch nie eine ABC-Schutzmaske gesehen hast?«, knurrte Sam.

Wahrheitsgemäß schüttelte ich den Kopf.

»Ich fasse es nicht«, stöhnte Joshua. »Der war noch nie in der

Armee. Ein Pazifist, und das in unserer Familie. Sam, hilf ihm, das Ding anzulegen.«

Der nahm mir die Maske aus der Hand und tauschte sie gegen seine aus. »Nimm die, du hast einen ähnlich dicken Kopf wie Joshua. Die muss fest sitzen, sonst können wir dich hier schlafend raustragen.«

Mit ein paar geübten Griffen hatte er mir die Maske übergestreift und fühlte, ob die Ränder stramm am Gesicht anlagen.

»Tief ein- und ausatmen.« Ich tat wie geheißen. »Okay, Filter gut«, bestätigte er militärisch knapp und zog sich seine Maske über. Joshua und Othello warteten ungeduldig. »Handschuhe, wo sind eure Handschuhe?«, kam es verzerrt hinter Joshuas Libellenaugen hervor. »Wollt ihr überall eure Visitenkarten hinterlassen? Verdammt noch mal, macht schneller. Wir müssen hier fertig sein, bevor die Bodyguards und der Pförtner wieder wach werden.«

Zweiundzwanzig schlafende Zwerge mit ihren Zipfelmützen, fiel mir bei dem Bild ein, das sich uns bot.

Einige hatten den Kopf auf die Tischplatte gelegt, andere saßen stocksteif auf ihrem Stuhl, mit dem Kopf im Nacken oder auf der Brust. Einer war sogar unter den Tisch gerutscht und lag wie ein Fötus zusammengerollt auf dem Teppichboden.

»Nummer drei, du nimmst jedem die Kapuze ab, legst sie ihm über die Schulter, dass man die Ziffer erkennt und richtest ihn so auf, dass Onkelchen ihn zweimal fotografieren kann.«

Joshua reichte mir zwei Kameras. Eine digitale und eine mit einer Polaroidrückwand für Sofortbilder. »Das Sofortbild lässt du vor jedem auf dem Tisch liegen, die anderen brauchen wir erkennungsdienstlich«, kommandierte er. »Und du, Sam, ziehst jedem die Handschuhe aus, damit ich Fingerabdrücke nehmen kann. Wenn du damit fertig bist, hilfst du mir. Das kostet die meiste Zeit. Los, wir haben nur fünfzehn Minuten.«

Neunhundert Sekunden, überschlug ich im Kopf. Dann blieben uns pro schlafendem Stiftungsrat knappe vierzig Sekunden. Wenn das man gut ging! Der Schweiß auf meiner Stirn begann in die Maske zu tropfen und sich am Kinn zu sammeln. Die Sichtfenster erschwerten es, den Bildausschnitt festzulegen, und meine Lungen schienen durch den Filter nicht genügend Luft zu bekommen. Panik stieg in mir hoch. So etwa musste sich ein Ertrinkender fühlen, dem man einen Stein ans Bein gebunden hatte, der ihn unwiederbringlich auf den Grund zog. »Lass ja die Maske auf«, rief ich mich zur Ordnung und zwang mich, mich auf meine Aufgabe zu konzentrieren. Der Schweiß sammelte sich bereits bis zur Kinnlade. Wenn das so weitergeht, ersaufe ich noch in diesem Ding, schoss es mir durch den Kopf.

Zipfelhut herunter, auf der Schulter drapieren, Körper an die Lehne in eine aufrechte Haltung drücken, Kopf in die Kamera halten. Blitz. Polaroid aus der Kassette reißen, auf den Tisch vor der fotografierten Person legen. Bildausschnitt im TFT-Sucher festlegen, Blitz. Nächste Person. Was Sam und Joshua machten und wie weit sie waren, konnte ich bei meinem eingeengten Gesichtsfeld nicht feststellen. Wie viel Zeit bereits vergangen war, wusste ich nicht. Dazu fehlte die Zeit, auf die Uhr zu schauen. Was ich hier verrichtete war Fließbandarbeit der anstrengendsten Art.

Person von Othello ausrichten lassen, Bildausschnitt, Blitz. Ausrichten, Blitz ...

Bisher hatte ich keinen Gedanken darauf verschwendet, ob mir jemand durch den Sucher bekannt vorkam. Die schlafende Figur musste erkennbar sein. Mehr nicht.

Othello nahm der Nummer XVI die Kapuze ab und legte sie ihr über die Schulter. Es war die Frau und die achtzehnte der zweiundzwanzig. Sie kam mir bekannt vor. Nicht weil sie eine schlafende Schönheit war, die sich ihr blondes Haar zu einem Zopf geflochten hatte, oder weil sie die einzige Frau in dieser Männergesellschaft zu sein schien. Nein. Ich hatte sie schon irgendwo gesehen.

»Mach weiter«, stieß mich Sam an, »wenn du fertig bist, dann verschwinde mit Othello. Wir hängen in der Zeit. Das kann Probleme geben. Da können wir euch beide nicht gebrauchen. Hier ist dein Autoschlüssel. Wir treffen uns bei Kitty.«

Raus hier. Ganz schnell. Das beflügelte mich. Noch viermal zwei Fotos und ich konnte diese verfluchte Maske abnehmen, in der mir das Wasser langsam bis zur Unterlippe stand.

Othello und ich nahmen die Treppe, wie es uns Joshua geraten hatte. Die Masken sollten wir erst außerhalb des Schlosses abnehmen. Als wir gingen, waren die beiden erst dabei, Nummer sechzehn die Fingerabdrücke zu nehmen. Die verbliebene Zeit würde nie reichen. Es waren nur noch fünf Minuten.

Auf der Treppe zum ersten Stock lag der Mann, der mich zum Logenraum begleitet hatte. Sein Kopf war seltsam verdreht.

»Genickbruch«, kommentierte Othello fachmännisch hinter seiner Libelle. Sein Atem rasselte genauso wie meiner. In der Lobby bemerkte ich im Vorbeihasten zwei Körper, die ausgestreckt in den Besuchersesseln hingen. Der Portier hatte seinen Kopf auf das Kreuzworträtsel gelegt.

Wir rissen uns die Atemschutzgummis vom Gesicht und atmeten tief durch. Dass sich ein Schwall Schweiß in mein teuerstes Hemd und über meine einzige Krawatte ergoss, war mir egal. Nur weg hier.

26

Die Borduhr zeigte bereits 2.30 Uhr, als das Autobahnschild Kreuz Hilden im Licht auftauchte. Othello war gleich, nachdem er sich angeschnallt hatte, in tiefen Schlaf gefallen und seitdem nicht mehr ansprechbar gewesen. Ich konnte nicht unterscheiden, wer von uns beiden diesen penetranten Schweißgeruch im Wagen verbreitete, und hatte das Fahrerfenster die Fahrt über offen gelassen. Die kühle Nachtluft half mir, wach zu bleiben und mich mehr meinen Gedanken als dem ohnehin spärlichen Verkehr zu widmen.

Was ich die letzten Stunden erlebt hatte, war für mich insgesamt noch nicht greifbar. Es kam mir vor wie eine Polenta, die nur unter ständigem Rühren gedieh und quoll und dabei durch gelegentliches Blubbern ihre kleinen Geheimnisse freigab.

Was mir klarer denn je war, dass meine werte Familie, vor allem Joshua und Sam, Leute waren, die ich total unterschätzt hatte. Der Coup heute war von langer Hand vorbereitet gewesen. Beide hatten nur auf den richtigen Moment gewartet, bis ich für sie in der richtigen Position gewesen war, um widerspruchslos ihren Ködern zu folgen. Wahrscheinlich hatten sie noch kräftig daran gedreht, dass ich so und nicht anders reagierte. Beide waren eiskalte Killer, hochprofessionell im Umgang mit allerlei Gerätschaften, die es dem Gegner schwer machten zu überleben. Vielleicht hatten sie uns weggeschickt, um den zweiundzwanzig Menschen im Logenraum gleich danach die Kehlen durchzuschneiden. »Du hast die Digitalkamera«, meldete sich mein müder Kopf. Das stimmte, und ich brauchte dringend einen Computer, um diese Fotos für mich zu sichern. Aber welchen? Wem konnte ich nach dieser Erfahrung noch trauen? Ich ging alle Möglichkeiten durch. Da war niemand mehr. Hannah? Die war auf der Seite ihres Clans. Susanne? Die würde kein Wort verstehen und stand außerdem unter Sams Kontrolle. Kögel? Bloß nicht. Odilo? Dem hatte ich schon genug Ärger bereitet, außerdem war er ein Wissenschaftler und Bürokrat. Mich selbst? Keine Chance. Ich war im Visier von allen. Kitty? Vielleicht, denn mehr fiel mir nicht ein.

Die Reifen knirschten über den Kiesweg, der um die Villa herum zu einem Stahltor auf der Rückseite führte. Kitty hatte hier zwischen hohen, mit Kameras abgesicherten Mauern eine Art Nudistenfreilauf eingerichtet. Gleichzeitig war dies der Personal- und Lieferanteneingang.

»Othello, wach werden. Der Mohr hat seine Schuldigkeit getan ...«, rüttelte ich den erschöpften Mann. Der schlug die Augen auf und schaute sich einen Moment verwirrt um.

»Ja, ja natürlich, das Tor«, besann er sich und suchte nach einem Schlüssel. Wie ein afrikanischer Krieger auf der Jagd, der immer nur mit einem Auge schlief, war er sofort wach und sprang aus dem Wagen. Das Tor quietschte etwas, und es bot gerade genug Platz, um mit einem Golf mit angelegten Außenspiegeln hindurchzukommen. Als es wieder ins Schloss fiel, spürte ich seit Tagen das erste Mal so etwas wie Sicherheit, und mir war nur noch nach einem Fass Bier, einem Bad und dann vierundzwanzig Stunden Schlaf.

Bevor Othello den Schlüssel zum Eingang ins Schloss führen konnte, wurde die Tür aufgerissen.

»Ist ja allerliebst. Die beiden alten Trottel schleichen sich ins Haus, nachdem sie ihren Spaß gehabt haben. Aber ihr beiden scheint etwas über die Stränge geschlagen zu haben. Ein gewisser Joshua sucht euch nämlich schon über Telefon. Ich soll euch ja nicht laufen lassen. Denn ihr hättet etwas, was ihm gehört.«

Kitty stand wie eine Furie mit in die Hüften gestemmten Fäusten auf dem Absatz und rollte drohend mit den Augen.

»Othello, du bist ein Trottel und übernimmst sofort den Laden für diese Nacht. Das Haus ist voll. Ich hole jetzt meinen Wagen, und du bringst diese Schüssel in meine Garage.« Sie deutete auf mein Auto. »Kein Ton zu irgendwem, wenn nach uns gefragt wird. Wir sind unterwegs, ohne Handy. Kapiert?«

Der arme Kerl nickte gehorsam und hielt die Hand auf, in die ich den Autoschlüssel fallen ließ.

»Was sollte das denn? War das nötig?«, versuchte ich Kittys Ausbruch zu ergründen, nachdem ich es mir in den Lederpolstern ihres Bentley-Cabrios gemütlich gemacht hatte.

»Das will ich dir sagen, mein Lieber«, sie nutzte einen Schleichweg, um aus der Stadt zu kommen, »heute, nein gestern Nachmittag tauchte ein Hauptkommissar Kögel in Begleitung eines Amtskollegen von hier bei mir auf und befragte mich nach dir und deinem Kollegen Sam. Dabei ist mir aufgefallen, dass dieser Sam sich zu intensiv um meine Sicherheitseinrichtungen kümmerte und an allem etwas zu verbessern fand. Das machte mich stutzig. Außerdem gluckte er mehrere Stunden mit meinem Hippie-Krieger Othello zusammen, der sich plötzlich Urlaub nahm und, wie ich feststellte, gleich meine Vorräte an Betäubungsgas mit in den Urlaub genommen hatte. Findest du das nicht komisch? Ich wünsche eine Erklärung, sonst liefere ich dich gleich bei den Behörden ab. Denn wie du weißt, kann ich mir mit denen keinen Ärger erlauben.«

Kögel war sauer und zog den Kreis enger. Wenn mir nur die Verbindung zu dieser blonden Frau einfallen würde, die ich schlafend fotografiert hatte. Ich war mir sicher, dass hier eine Lösung lag. Außerdem begann mein bildhaftes Gedächtnis die Ereignisse der letzten Stunden in Formen zu kleiden.

»Ich brauche einen PC, dann kannst du es dir selbst ansehen, was los ist«, versuchte ich Kitty von der Palme zu holen. Nicht ganz ohne den Hintergedanken, dass einer der Kapuzenleute Stammgast bei ihr sein konnte.

Im auf und ab flackernden Licht der vorbeihuschenden Straßenbeleuchtung sah ich, wie Kitty mich argwöhnisch musterte.

»Glaub mir.« Ich schaltete die Digitalkamera ein und hielt sie so über das Lenkrad, dass sie die durchlaufenden Bilder auf dem Display sehen konnte, ohne zu lange von der Straße abgelenkt zu sein.

»Na gut«, seufzte sie, »wenn es uns hilft, dann bringe ich dich an einen Ort, den nur ich kenne und wo du deinen Computer und auch etwas gegen deinen Geruch findest.«

Die Sonne kündete bereits mit ihren ersten Boten einen neuen, heißen Tag an.

Kitty hatte fast zwei Stunden nichts mehr gesagt und nur eine Zigarette nach der anderen geraucht. Die vorbeifliegenden Hinweisschilder deuteten an, dass wir uns auf dem Weg ins Sauerland befanden. Ich hatte meinen Sitz in Ruheposition gebracht und vor mich hin gedöst. An Schlaf war nicht zu denken. Ein Bild jagte das andere in meinem Kopf. Nur zusammen wollte kein Film mit einer durchgängigen Handlung daraus entstehen. Einzig der Mossad war Gewinner. Wenn die Mitglieder des Clans aufwachten, würden sie an den Polaroids und ihren schwarzen Fingerkuppen schnell begreifen, dass ihre Anonymität dahin war. Zugegeben, ein äußerst schlauer Schachzug von Joshua, der mir aber bei der Lösung meines Problems wenig half. Ob nun die Stiftung weiter Waffengeschäfte tätigen konnte oder bald neue Strohmänner dafür herhalten mussten, war für mich als lokal tätigen Journalisten zweitrangig. Mich beschäftigte die Diskrepanz zwischen den sieben Tarotkarten.

Die erste hatte ich unter dem Wagen des Landtagsabgeordneten gefunden. Die zweite hatte Kögel beim Baulöwen Müller entdeckt, die dritte hatte der Steinmetz Martin bei sich gehabt. Die vierte war mir mit dem toten Vogel zugestellt worden. Die fünfte hatte der Kater im Haus des Professors am Halsband. Die sechste hatte der Professor selbst dabeigehabt, und die siebte hatte Kögel bei dem verunglückten Pferdezüchter gefunden, über den ich allerdings weiter nichts wusste.

Nach Aussage von Nummer IX letzte Nacht waren sechs weitere Mitglieder in den USA, England, Frankreich und Südafrika umgebracht worden. Zusammen elf Tote. Der Name GOLDRAUSCH hatte aber nur zehn Buchstaben. Daraus schloss ich, dass der Steinmetz nur zur falschen Zeit lange Finger an fremdem Eigentum gemacht hatte und deshalb hatte sterben müssen. Er hatte nichts mit der Loge zu tun.

Da die umgekommenen ausländischen Mitglieder, ebenfalls laut Aussage von IX, keine Tarotkarten bei sich hatten, hieß das, dass zur Bildung des Namens »Goldrausch« noch drei Karten fehlten.

Dass der Professor sich die Grabplatte von Goldrausch dem Älteren als Platz zum Sterben ausgesucht hatte, war ein glücklicher Hinweis für Kögel und mich gewesen, schneller hinter die Botschaft des oder der immer noch Unbekannten zu kommen. Das bedeutete aber nicht, dass die letzten drei Karten nicht doch noch ausgespielt werden konnten.

Zweiunddreißig Stühle, zweiunddreißig Ratsmitglieder. Davon waren zehn tot, also noch zweiundzwanzig, die diese Nacht anwesend gewesen waren.

Die Berichte über die Stärke des Ausbildungsbataillons 108/35, das 1936 mit der *Drachenfels* nach Palästina aufgebrochen war, schwankten zwischen einunddreißig und dreiunddreißig Mitgliedern. Es fehlte demnach tatsächlich mindestens eine Person, wenn nicht sogar drei. Denn ob der Fotograf nun mit dabei oder hinter der Kamera gewesen war, ob dieser dubiose Offizier, von dem Goldrausch kurz vor seinem Tod gesprochen hatte, dazugezählt oder abgezogen werden musste, war die Grauzone. Waren ihnen die fehlenden Todeskarten zugedacht? Von wem, wer waren sie und vor allem warum? Oder war unter deren Nachkommen der Mörder zu suchen?

So kam ich nicht weiter. Hoffentlich ergaben die Fotos einen Hinweis.

Kitty verließ bei Olpe-Nord die Autobahn und folgte der Bundesstraße Richtung Westen, um kurz darauf in eine schmale Straße, eine Art besseren Feldweg, abzubiegen.

Viel Landschaft umgab uns. Zu viel für meinen Geschmack, der das Stadtleben bevorzugte.

»Wohin entführst du mich?«

Kitty sagte nichts. Sie hatte nur dieses schelmische Lächeln um die Augen, das ich noch aus unserer Schulzeit kannte. Bei Tageslicht und im Profil war sie gar nicht so hässlich, und wenn sie sich zu einem anderen Make-up als dem einer Puffmutter durchrang, konnte noch etwas aus ihr werden.

Der Bentley glitt an einem Ortsschild »Halbhusten«, vorbei. Ein seltsamer Name, der bei mir die Assoziation eines Heilortes für

Tbc-Kranke auslöste. Dahinter zogen sich nur ein paar Häuser die Straße entlang. Es blieb bei viel Nichts in dieser Gegend.

Kitty steuerte den Wagen auf den Hof eines alten, aber äußerlich sehr gepflegten Bauernhofes. Fachwerk mit kleinen Fenstern und eine direkt ans Haupthaus angebaute Scheune. Das Tor stand weit auf und gab den Blick auf allerlei antikes Ackergerät, ein Motorrad unter einer Schutzhülle und einen japanischen Geländewagen frei.

»Wir sind da«, lächelte Kitty und ging zum Jeep, legte die Hand auf die Motorhaube und nickte zufrieden. »Er ist noch warm. Dann ist Mutter auch gerade erst gekommen und noch wach. Eine gute Chance auf ein Frühstück.«

Ihre Mutter lebte noch und kam um sechs Uhr morgens nach Hause? Ich rechnete kurz hoch. Kitty war mein Jahrgang, dann musste die alte Dame über achtzig sein.

»Deine Mutter fährt noch Auto?«

»Mehr noch«, lachte sie das erste Mal wirklich herzlich. »Sie hat im Nachbarort eine alte Kneipe gekauft, in der sich einmal in der Woche eine geschlossene Gesellschaft von Swingern trifft. Da macht sie die Bewirtung und gibt Ratschläge. Nebenbei macht sie noch die Buchhaltung für alle meine Betriebe. Komm, zieh den Kopf ein. Sie wird sich an dich erinnern.«

Ich musste mich bücken, um durch die niedrige Haustür zu kommen. Der erste Eindruck des Hauses setzte sich im Inneren fort. Überall antike Möbel, stilvoll arrangiert, nichts Geschmackloses.

»Nach dem Tod meines Vaters wollte Mutter aus Köln weg. Sie hat ihr ganzes Leben Auslauf gebraucht, und den hat sie hier. Wenn du reiten willst, hinter dem Haus sind Pferde.«

Der Flur mündete in einen sehr großen Wohn-Essraum, in dessen Mitte ein mit Delfter Kacheln verkleideter Ofen wie ein Stützpfeiler vom Boden bis zur Decke reichte und eine massive Ruhe ausstrahlte. Ich bin der Mittelpunkt des Lebens, versammelt euch um mich, gab dieses Prachtstück mit seiner umlaufenden Sitzbank zu verstehen.

»Ma, bist du da?«, rief Kitty laut, »ich habe männlichen Besuch mitgebracht.«

»Bin in der Küche«, kam es aus einem Raum neben dem Essplatz. »Männlich, um die Tageszeit? Den muss ich mir ansehen.«

Die alte Dame steckte ihren Kopf um die Ecke. Sie sah wie die italienische Mutter der amerikanischen Fernsehserie »Golden Girls« aus. Ein weißer Schopf, im Afrolook onduliert. Das Gesicht, braun gebrannt, hatte den Alterungsprozess nicht mitgemacht oder war kosmetisch nachbehandelt.

»Erinnerst du dich noch an meinen Schulkollegen Peter Stösser?«

Die alte Dame trat einen Schritt vor und musterte mich mit einem Küchenmesser in der Hand.

»Natürlich. Sie waren doch der pickelige Junge, der mit meiner Tochter den Tanzkurs gemacht hat. Was haben Sie ausgefressen, dass Kitty Sie um die Uhrzeit von Düsseldorf hierher bringt?«

Der Hinweis auf unseren gemeinsamen Tanzkurs war mir peinlich. Da ich unsere Tanzlehrerin mit meinem unrhythmischen Verhalten zur Verzweiflung gebracht hatte und deshalb keine der Schönheiten mit mir tanzen wollte, hatte sie mir Kitty zugewiesen, die das gleiche Problem hatte. So waren wir beiden zwangsläufig eine Art bewegungstechnische Notgemeinschaft geworden.

»Er hat nichts verbrochen. Er ist Journalist und womöglich einem Fall auf der Spur, der ihn das Leben kosten kann«, erklärte Kitty.

»Das hört sich gut an«, nickte die Mama. »Gefahr ist die Würze des Lebens. Das hält einen auf Trab. Setzt euch. Ich mache ein Bauernfrühstück.« Damit verschwand sie wieder in der Küche.

Eine seltsame Situation, befand ich. Nie hatte ich Kitty als Frau ernst genommen. War Stammgast in ihrem Club gewesen, hatte mich mit ihren Mädchen vergnügt, bezahlt und manchmal auch Danke gesagt. Jetzt schien sie die einzige Person zu sein, der ich vertrauen konnte, und langsam fühlte ich, wie die Anspannung aus mir wich und Hunger, Durst und einer bleiernen Müdigkeit Platz machten.

»Hast du die Fotos auf Speicherkarte gemacht? Sonst haben wir ein Problem mit dem Computeranschluss«, holte mich Kitty aus meiner beginnenden Lethargie zurück.

»Speicherkarte«, gähnte ich und reichte ihr den Apparat.

»Sehr gut«, lächelte sie mich an. »Dann haben wir es gleich. Aber schlaf mir jetzt nicht ein. Das kannst du noch den ganzen Tag.«

Sie startete ein Notebook, das auf einem Schreibtisch unter dem Fenster zum Garten lag, und schob die Chipkarte in den Leseschlitz.

»Kommt frühstücken!« Mutter tischte eine Pfanne mit Rührei und Speck auf. Bauernbrot und Käse rundeten das Geschmacksbild ab.

»Fangt schon mal an und gib Peter ein Bier dazu«, kam es vom Schreibtisch.

»Um diese Tageszeit ein Bier?« Die alte Dame zog die Augenbrauen hoch und zuckte mit den Schultern. »Aber wie ihr meint. Dann kommt endlich, bevor die Eier kalt werden.«

Während die alte Dame den Tisch abräumte, zündete sich Kitty eine Zigarette an und musterte mich nachdenklich. »Willst du noch ein paar Tage leben oder ein toter Millionär werden? Unter welchen Umständen sind diese Fotos zustande gekommen?«

»Ich verstehe nicht, warum du das wissen willst?«

»Bevor ich dir etwas zu einigen von diesen Leuten erzähle, muss ich die Zusammenhänge wissen, sonst verstehe ich das auch nicht.«

»Du erkennst welche auf den Bildern?« Mir war eigentlich nicht danach, noch jemanden in Gefahr zu bringen. Denn das dicke Ende stand für mich unweigerlich bevor. Meine Neffen würden keine Ruhe geben, bis sie das Ergebnis ihres Coups wiederhatten.

»Also was ist?«, drängelte Kitty. »Um mich brauchst du dir keine Sorgen zu machen. Wer bei mir verkehrt, weiß, dass ich absolut diskret bin – sein muss, sonst kann ich meine Bars zumachen. Und wer kommt schon auf die Idee, mich damit in Verbindung zu bringen.«

»Na schön.« Ich begann die Geschichte in geraffter Version zu erzählen, denn im Grunde war ich froh, endlich einen Mentor gefunden zu haben, der auch mir Vertrauen entgegenbrachte.

»Das ist ja eine schöne Geschichte«, murmelte die Mutter, die meiner Erzählung schweigend gefolgt war. »Die sind alle mit dem Betäubungsgas ausgeschaltet worden? Wie geht das denn?«

»Ich nehme an, dass der Raum eine eigene Klimaanlage hat«, erwachte Kitty aus ihrer Nachdenklichkeit. »Wenn die beiden Israelis vom Mossad sind, dann wissen die, wie das geht, das Gas darüber in den Raum zu blasen. Es ist geruchlos und lässt sich tatsächlich nur über einen speziellen präparierten Kaugummi zusammen mit dem Speichel frühzeitig erkennen. Und die Menge, die Othello mitgenommen hat, reichte, um eine ganze Elefantenherde in den Schlaf zu schicken.«

»Die Story sollten Sie unbedingt veröffentlichen. Dann sind Sie schnell ein reicher Mann«, strahlte die alte Dame.

»Genau, dann bist du ein toter Millionär«, schüttelte Kitty missbilligend den Kopf. »Aber Othello werde ich mir vorknüpfen. Der spürt wohl auf seine alten Tage das Blut seiner Bantu-Vorfahren. Kommt, sehen wir uns die Fotos an.«

Kitty ordnete die Fotos aufsteigend nach den römischen Ziffern auf den Kapuzen an. »Ein Mensch im Tiefschlaf, oder wie hier in Narkose, verliert die Kontrolle über seine Gesichtszüge. Genauso wie unter einem Rausch. Deshalb war es dir wahrscheinlich in der Eile und unter der Maske nicht möglich, mindestens vier der Leute zu identifizieren, die du aber bestens kennen musst.« Sie vergrößerte die Nummer II.

War er es oder nicht?

»Wenn du den so oft total betrunken gesehen hättest wie ich, dann wüsstest du, was dann aus seinem Gesicht wird«, lächelte sie. »Das ist dein Verleger.«

Sie rief das nächste Bild auf. Nummer V, mit dem französischen Akzent.

»Das ist ein Geschäftsmann aus dem Kongo. Ein ganz fieser Typ, wenn er nicht das Mädchen bekommt, das er haben will. Die Kleine tut mir jedes Mal leid, wie der sie zurichtet. Aber sonst sehr großzügig.«

Nummer VI erschien auf dem Bildschirm. »Das ist ein Landtagsabgeordneter und Spezi des toten Dr. Seid. Beide sind – waren – Stammgäste. Haben sich immer zusammen amüsiert. Sonst keine Auffälligkeiten.«

Nummer IX, mit dem stark amerikanischen Slang wurde vergrößert.

»Das ist die größte Sau, die bei mir verkehrt. Chef einer amerikanischen Bankniederlassung in Frankfurt. Mehr sage ich dazu nicht.«

Nummer X erkannte ich. Es war Staatsanwalt Fröhlich. »Was macht der denn dabei?«

»Was wohl?« Sie übersprang Nummer XIII und XIV, die sie nicht kannte, und rief Nummer XVI, die blonde Frau, auf.

»Das ist die Witwe von Dr. Seid. Sie hatte schon zu seinen Lebzeiten mehr Verhältnisse als manche Leute Unterwäsche im Schrank. Sie liebt den flotten Dreier. Seit ihr Mann tot ist, tröstet sie sich momentan nur mit dem Staatsanwalt und …«, sie klickte die Fotos durch, »mit dem da. Nummer XXX, dem jüngsten Bruder des Propstes. Sie ist ein ganz scharfes Luder. Die anderen kenne ich nicht, oder sie sind ganz normale Gäste. Bis auf die beiden …«

Sie rief Nummer XXXI, den Latino, und Nummer XXXII auf.

»XXXII musst du kennen. Es ist der Chef deiner Hausbank.«

»Woher weißt du, bei welcher Bank ich bin?«, war ich erstaunt über so viel Wissen.

»Wozu glaubst du, dass wir im Club ein Passwort und eine PIN-Nummer haben? Um die Anonymität unserer Kunden zu bewahren. Aber nur Trottel und Junggesellen, die Anschluss suchen, zahlen mit Kreditkarte, auf der schön ihr Name und die Bankverbindung stehen.«

»Danke«, murmelte ich, eingeschnappt ob dieses Seitenhiebs.

Die Seniorin schmunzelte. »Regen Sie sich nicht auf. Es bleibt in der Familie.«

»Zu Nummer XXXI«, fuhr Kitty ungerührt fort. »Der ist der Unheimlichste von allen, und ich bin froh, wenn der nicht kommt. Wo andere nur betrunken, anzüglich und geil sind, tritt der nur im Clan auf. Mietet für eine ganze Nacht den Club samt Inhalt und tobt sich mit seinen zirka zwanzig Spießgesellen aus. Wenn wir noch Haustiere hätten, würden die auch noch vernascht. Manchmal habe ich den Eindruck, dass die einen Betriebsausflug bei mir machen, um irgendwelche Kunden wohl zu stimmen. Die bringen Leute mit, denen ich nicht auf der Straße begegnen möchte. Othello glaubt, dass es sich um Araber handelt.«

Die Seniorin schürzte nachdenklich die Lippen. »Wann ist dieser Kerl das erste Mal bei dir aufgetaucht, und wer war sein Bürge, um in den Club zu kommen?«

Kitty schob eine CD in den Computer und aktivierte das Brennprogramm.

»Das ist höchstens sechs bis sieben Monate her, und eingeführt wurde er vom Verleger. Worauf willst du hinaus?«

Die alte Dame grinste verschmitzt. »Ist euch beiden Akrobaten nicht aufgefallen, dass diese Loge oder als was es sich ausgibt hierarchisch geordnet ist? Dieser Golddingsda, war die Nummer I. Alle anderen stehen mit ihren Ziffern weiter hinten. Sie müssen sich also nach vorne arbeiten, um aufzusteigen. Das bedeutet Krieg, nachdem Nummer I tot ist.«

Die Frau begann mir zu gefallen. Wir hatten vor lauter Bäumen den Wald nicht gesehen. Der Mossad hatte den Kopf abgeschlagen, um an den Schwanz zu kommen, der sich unweigerlich um das Erbe streiten würde. Ich war ihnen mit dem Fund der Kassette genau zum richtigen Zeitpunkt gekommen. Unwissentlich hatte ich mit meiner Lüge eines Killers, der auf einen Verräter unter ihnen angesetzt war, genau den Punkt getroffen. Es musste tatsächlich einen geben. Damit war eine Frage geklärt: warum. Aber nicht wer.

»Gedankenfehler«, protestierte die Mutter. »Warum sollte ein Killer der Loge mit Tarotkarten auf ihren ermordeten Großmeister aufmerksam machen? Ich hinterlasse doch in einem internen Machtkampf keine autobahnbreite Spur für die Behörden. Das haben die doch nach eigenen Angaben in den anderen Ländern auch nicht getan.«

Kitty nickte. »Mutter hat recht. Aber mir ist das egal, wer wem den Kopf einschlägt. Ich weiß nur, dass ich eine Reihe guter Kunden verlieren werde. Daher werde ich brav nach Düsseldorf zurückfahren und dem Mossad geben, was ihm gehört. Und dir wird Mutter zeigen, wo du duschen und dich ausschlafen kannst. Ich versuche bis heute Abend zurück zu sein. Stimmt's, Ma?«

Mir war wirklich nur noch nach einem Bett. Nach einer Dusche stand mir der Kopf schon nicht mehr, und den letzten Schlussfolgerungen der beiden konnte ich auch keine Logik mehr abgewinnen. Wann hatte ich das letzte Mal geschlafen? Gestern, vorgestern oder die Woche davor?

»Ich bin froh, wenn mal wieder ein Mann im Haus ist. Wenn er auch schnarcht. Auch das schreckt Eindringlinge ab«, grinste die Ma und half mir die Treppe hinauf ...

... Ich träumte, dass jemand rief, dass das Abendessen fertig sei, ich aber vorher duschen solle. Es kämen noch Gäste, die ihr Onkelchen besuchen wollten ...

»Onkelchen!«, rief die Stimme und wieder: »Onkelchen, los, wach werden!«

Mühsam öffnete ich die Augen. Es war dunkel. Auch durch das Fenster fiel kein Licht. Nur in der Tür stand ein Schattenriss vor einer Beleuchtung im Hintergrund. »Onkel Peter-Maria«, wurde die Stimme unerbittlicher, »steh endlich auf! Du hast genug geschlafen.«

»Sam?«

»Ja, Sam. Sei froh, dass dich nicht Joshua geweckt hat. Der ist nämlich auf hundert. Komm endlich. Wir haben mit dir zu reden.«

Es war doch ein Traum. Ein Albtraum. Wie kamen die hierher? Wo waren Kitty und die Mutter?

Schlaftrunken stolperte ich die Treppe hinunter. Joshua saß am Esstisch und schnitt sich eine Scheibe Schinken mit einem Klappmesser von einem Batzen, der vorher in der Küche an einem Regal gehangen hatte.

»Da ist ja unser Flüchtling«, knurrte er mit vollem Mund. »Wo sind die Fotos?«

»Wie kommt ihr hierher?«, gähnte ich und holte mir ein Bier aus dem Kühlschrank.

»Mit dem Auto, du Idiot. Oder wolltest du fragen, wie wir diesen gottverdammten Ort gefunden haben?«

Ich nickte, obwohl es nur noch rein hypothetisch war, zu wissen wie? Das Warum war ja bekannt.

Joshua tippte mit der Messerspitze auf meine Armbanduhr. »Die hat uns den Weg gezeigt.«

»Verstehe kein Wort«, murmelte ich.

»Neuestes Modell. Habe ich bei meinem Besuch bei dir, als uns dieser Kögel unterbrach, vorsorglich gegen deine alte ausgetauscht, die in der Küche herumlag. Gleiches Modell. Ist als Sender messtechnisch noch nicht nachweisbar. Hat nur einen Haken. Sie sendet nur alle fünfzehn Minuten, wo sie ist. Daher hat es etwas gedauert, dich zu finden. Dieses Kaff ist noch nicht einmal im Navigationssystem verzeichnet. Also, wo sind die Fotos?«

»Habe ich verabredungsgemäß im Club hinterlassen. Da warten sie auf euch.« Verdammt, was war mit Kitty passiert? Ich schielte zum Schreibtisch. Aber das Notebook war weg. Sollte Kitty mich …? Ich verwarf den Gedanken. So konnte ich mich nicht in ihr getäuscht haben.

»Wir waren im Club. Da sind sie nicht, und Othello sagte uns, dass du mit Kitty ohne Handy weggefahren bist. Also, wie bist du hierhergekommen? Außer einer Harley Davidson im Stall haben wir kein Fahrzeug gefunden. Seit wann kannst du Motorrad fahren?«

Das konnte ich genauso gut wie Reiten. Nämlich überhaupt nicht. Also waren beide Frauen fort, als hätten sie etwas geahnt, oder … jetzt etwas in der Hand, worauf sie gewartet hatten. Story verkaufen, Millionär werden, eine Menge guter Kunden verlieren, tobten mir die Aussagen der beiden durch den Kopf.

»Onkelchen, sei lieb. Du gehörst doch zur Familie«, flötete Sam gekünstelt nett. »Dir wollen wir doch nichts tun. Im Gegenteil, wir wollen, dass du die Story deines Lebens schreibst. Dann sind diese Waffenhändler ein für alle Mal ruiniert. Wir haben auch schon einen Verlag für dich, der bereit ist, dir eine Million zu zahlen. Mit den Tantiemen aus den Filmrechten kannst du dich dann für den Rest deines Lebens in der Sonne wälzen. Sag uns, wo wir den Lohn unserer harten Arbeit finden, sonst ... na ja, Joshua sag du es ihm ...«

»Weich-Ei«, schnauzte der. »Sonst wird Susanne sterben. Sie ist in unserer Hand. Du hast noch ein Bier Zeit zum Überlegen.«

Es wollte mir nicht in den Kopf, dass auch Kitty mich hereingelegt haben sollte. Was wollte sie mit den Fotos, außer ...? Nein, so verrückt konnte sie nicht sein, die Leute damit zu erpressen. Anonymität im Club hin oder her, jeder Stammgast gab irgendwann im Rausch oder bei einem der Mädchen unfreiwillig mehr über sich preis.

»Dein Bier wird warm. Brauchst du noch ein kaltes, als letzte Schonfrist für deine Freundin Susanne?«, drohte Joshua.

»Denk daran, sie hat einen Sohn. Soll es dem nach dem Tod seiner Mutter so gehen wie dir?«, setzte Sam noch eines drauf.

Das konnten nicht meine Neffen sein. Ich war mir sicher, dass es unter meinen Vorfahren niemand gegeben hatte, der so rücksichtslos seine Ziele verfolgte. Der Mann mit dem gebrochenen Genick auf der Treppe erschien vor meinem geistigen Auge. Nur ein kleines Blutgerinnsel aus seinem Ohr hatte darauf hingedeutet, dass er nicht eines natürlichen Todes gestorben war. Aber was sollte ich diesen beiden »Verbrechern« – eine bessere Bezeichnung fiel mir zu ihnen nicht ein – sagen? Woher sollte ich als selbst Betrogener wissen, wo sich Kitty jetzt befand? Fieberhaft suchte ich nach einer Möglichkeit, die beiden wenigstens von Susanne abzubringen.

Das Telefon im Flur piepte.

»Geh du dran«, befahl Joshua seinem Bruder.

»Ja?«, meldete sich Sam, hörte zwei Sekunden zu und drückte den Lautsprecher, um alle mithören zu lassen.

»Hallo, ihr drei. Hier ist Kitty. Ich hoffe Sam hat meine Anweisung befolgt und den Lautsprecher eingeschaltet. Ich habe keine Lust, alles zu wiederholen.« Es knisterte einen Moment, als würde sie über eine internationale Funkverbindung sprechen. »Um es gleich vorwegzunehmen, sollte Peter oder Othello etwas passieren, könnt ihr die Fotos vergessen. Keiner von beiden hat sie oder weiß, wo sie sind.«

»Und wo bist du?«, wollte Sam wissen, der immer noch den Hörer am Ohr hatte.

»Der Pilot sagt mir, auf einundzwanzigtausend Fuß Höhe. Wir haben draußen minus zweiundsechzig Grad. Reicht das? Also, ihr werdet jetzt schön wieder nach Düsseldorf fahren und euren Onkel nicht vergessen. Dort bekommt ihr von Othello einen Umschlag, der weitere Anweisungen enthält.«

»Woher weiß die, dass wir hier sind?«, knurrte Joshua, der dabei war, den Schinken mit seinem Messer zu erdolchen.

»Hab's gehört«, kam es aus dem Lautsprecher. »Halbhusten ist ein Minidorf und deshalb passt jeder auf jeden auf. Ein schwarzer BMW mit Frankfurter Kennzeichen erregt eben Aufsehen. Und nun tut, was ich gesagt habe.«

Es knackte in der Leitung und ein Pfeifton zerrte an meinen Trommelfellen.

»Und nun?«, fragte Sam konsterniert und legte den Hörer auf. Joshua hatte den Schinken inzwischen mehrfach ermordet und zu kleinen Würfeln verarbeitet, die man nur noch zu Bratkartoffeln geben konnte.

»Und nun?«, äffte Joshua Sam nach. »Wer ist auf die blöde Idee gekommen, dass wir dieses Bordell als Anlaufpunkt nehmen? Los, wir tun, was diese Nutte gesagt hat. Was bleibt uns anderes übrig!«

Die Fahrt zurück dauerte nur die halbe Zeit. Die beiden sprachen wenig und wenn, dann in Iwrith. Ich hatte es mir auf dem Rücksitz bequem gemacht und in mich hineingegrinst. »Kitty, du bist ein Aas. Unschlagbar. Legst die Profis vom Mossad gekonnt aufs Kreuz. Aber mach nicht den Versuch, diese Leute zu erpressen. Das geht schief. Man tritt kein verwundetes Tier, ohne selbst in Gefahr zu geraten.«

27

Die Digitaluhr am Armaturenbrett zeigte 22.30 Uhr, als der BMW vor dem Club hielt. Eine ruhige Zeit. Es würden nur ein paar Gäste an der Theke sitzen, die sich nicht mehr trauten, als den Barmädchen in den Ausschnitt zu schielen, um sich eine Stunde später als gestresster Manager, Familienvater und Ehemann brav vor den Fernseher zu setzen.

Sam sprang aus dem Wagen. »Ich gehe rein.«

»Hältst du das für eine gute Idee?«, rief ich ihm nach.

»Ich habe meinen eigenen Code. Warum nicht?«

»Weil du ein Arschloch bist. Komm sofort zurück«, brüllte Joshua hinter ihm her.

Sam hielt inne und kam dann zurück.

»Hast ja recht«, sagte er und ließ er sich wieder auf den Beifahrersitz fallen. »Habe nicht daran gedacht, dass Kitty die Codes geändert haben kann. Dann hätte ich mit dem Gas ohne Maske Bekanntschaft gemacht.«

»Kluges Brüderchen«, kniff ihm Joshua in die Wange, bis Blut aus der Haut drang. »Du hast in dem Job noch eine Menge zu lernen«, und zu mir gewandt: »Los, Onkelchen, benutze deinen Code, wir folgen dir.«

»Passwort?«, knarrte die Sprechanlage.

»Luzifer.«

Es dauerte länger als üblich. Die Tür sprang nicht auf.

»Was soll das?«, knurrte Joshua.

Das Durchladen seiner Waffe war nicht zu überhören.

»Bitte den hinteren Eingang benutzen«, meldete das Mädchen.

Das eiserne Tor stand einen Spalt weit auf, war aber von zwei Riegeln von innen so gesichert, dass gerade eine Hand durch den Schlitz gepasst hätte. Othellos weiße Augäpfel waren alles, was verriet, dass der Spalt besetzt war.

»Hier die Mitteilung für die beiden Herren.« Er reichte ein kleines Kuvert durch den Schlitz, das ich an Sam weiter gab, »und hier sind die Autoschlüssel zum Golf, der vor der Garage steht.« Damit ließ er meinen Schlüsselbund fallen, um sofort das Tor zu schließen. Ich hörte, wie die Riegel zuschnappten. Mein Passwort und der PIN-Code waren wohl auch gelöscht.

Während ich zu meinen Füßen nach den Schlüsseln tastete, vernahm ich das typische Geräusch eines hastig aufgerissenen Briefumschlags. Ein Feuerzeug wurde mit dem »Ping« des aufspringenden Deckels entzündet, dem ein paar Sekunden später ein abgrundtiefes »Scheiße. Die ist ja noch raffinierter als Hannah!« von Joshua folgte.

Bevor ich den Schlüssel gefunden und die Möglichkeit hatte, nach dem Verbleib von Susanne zu fragen, war der BMW mit kreischenden Reifen davon.

»Du bist und bleibst ein Verlierer«, versuchte ich mich zu trösten. »Du bist einfach zu alt für so einen Mist.«

Ich hatte zwar mehr als zwölf Stunden geschlafen, aber mein Geruch war auch zwölf Stunden älter geworden. Das nahm ich erst richtig wahr, als ich in meinem Wagen saß und der Innenraum meine Ausdünstungen komprimierte. Das Handy steckte in seiner Ladehalterung, aber ich konnte mich nicht erinnern, es dortgelassen zu haben. Ich drückte die Taste Akkukontrolle ... es war voll aufgeladen. »Wieder so ein Mikrofonabhörgerät«, schmollte ich und wollte es gerade von seinem Stromlieferanten befreien, als es einen Anruf von unbekannt anzeigte.

»Ja?«

»Othello. Tut mir leid. In Anwesenheit der beiden konnte ich das nicht sagen. Aber Sie finden eine Nachricht von Kitty unter Ihrem Sitz.« Dann war das Gespräch abgebrochen.

Unter meinem Sitz? Von Kitty? Schnell tastete ich mit beiden Händen den Boden unter mir ab. Es war ein größeres Kuvert, als Othello eben den Motzkins gegeben hatte. Aber das Geräusch war das gleiche, als ich es hastig aufriss. Zuerst stach mir die CD-ROM ins Auge, dann folgte eine Reihe von Zetteln, die im Club als Quittungen für Leute dienten, die ihren Besuch unbedingt von der Steuer absetzen wollten ... für Speisen und Getränke.

Die Rückseiten waren eng und in großer Hast handschriftlich beschrieben:

Mein lieber Peter,

ich hoffe, dass du diese Zeilen erhältst. Wenn ja, dann haben wir gewonnen.

Anbei liegt die CD mit den Fotos zu deiner persönlichen Sicherheit. Veröffentliche keinen Artikel darüber! Mit den Leuten ist nicht zu spaßen. Von den zweiundzwanzig kenne ich mehr, als ich dir gesagt habe. Jeder von denen hat so viel zu verlieren, dass er dich töten wird.

Ich bin mit Mutter für ein paar Wochen auf Weltreise, um zu überlegen, wie ich mich für die Jahre des moralischen und seelischen Missbrauchs an diesen Kunden rächen kann. Sie haben gut gezahlt, aber nun müssen sie auch bezahlen für das, was sie mir nie gegeben haben ... Liebe.

Ja, es ist so. Ich hatte immer gehofft, seit unserer Schulzeit, einmal einen Mann wie dich zu heiraten. Aber ich habe früh verstehen müssen, dass du mehr auf Äußerlichkeiten achtest. Wie alle.

So blieb mir nichts, als es euch Männern durch Reichtum, Glanz und Glitter zu zeigen, dass ich eine begehrenswerte Frau bin. Doch nun habe ich erkannt, dass wir beiden zu alt füreinander sind. Das Dilemma der Endfünfziger. Danach kann für uns nichts mehr kommen.

Also sind wir gezwungen, uns möglichst Partner zu suchen, die so jung sind, dass sie noch Spaß daran haben, uns die Tage wegen unseres Geldes zu versüßen und uns eines Tages nur wegen unseres Vermögens pflegen werden. Wir können uns nur noch verkaufen oder kaufen.

Othello wird so lange meine Geschäfte leiten. Deine Besuche im Club werden mir eine Ehre sein. Betrachte dich als meinen Dauergast, und versuche vielleicht eines meiner jungen Dinger auf eine vernünftigere Bahn zu leiten, die nicht so einsam macht.

In ewiger, unerfüllter Liebe zu dir,
deine Kitty

Zorn stieg in mir auf. Zorn über meine eigene Dummheit und meine Verblendung als alter Gockel. Als Junggeselle war ich stolz auf meine Unabhängigkeit gewesen. Das war aber schon Jahre her. Seit meinem fünfzigsten Geburtstag und dem sich anschließenden heulenden Elend hatte ich erkannt, es aber nicht umgesetzt, dass ich für jede menschliche Verbindung versaut war. Von da an hatte nur noch die Jagd nach einem Erfolg gezählt, den ich in jungen Jahren verpasst hatte. Aber auch dafür war die Zeit wohl jetzt schon abgelaufen. Kitty hatte Recht, ich war ein Fassadenmensch.

Susanne. Wo ist Susanne? Wütend auf mich und alles, was sich mir heute Nacht noch in den Weg stellen sollte, machte ich mich auf den Weg nach Köln. Woanders konnte sie nicht sein.

Das Hotel erreichte ich in Rekordzeit gegen Mitternacht. Unterwegs hatten die Verkehrskontrollen ein paarmal geblitzt, aber das war mir egal. Sam und Joshua wohnten in diesem Haus. Also musste Susanne hier festgehalten werden.

»Sie können hier nicht parken«, wies mich der Portier am Haupteingang zurecht. Um diese Tageszeit hatte ich keine Lust, mich mit Leuten seines Berufszweiges herumzuärgern, steckte ihm einen Geldschein zu und stürmte in die Empfangshalle. Nichts. Keine Motzkins.

Ungeduldig winkte ich einen Mann am Empfang herbei, der sich offenbar auf eine ruhige Nacht vorbereitet hatte und in nervtötender Langsamkeit Zettel sortierte.

»Wohnt die Familie Motzkin noch hier?«

»Wie schreibt die sich?«, versuchte er meine sichtbare Erregung zu seinen Gunsten zu dämpfen.

»Wie man es spricht«, donnerte ich mit der Faust auf die Marmorplatte.

Als Strafe für meinen Ausfall schlich er gemessenen Schrittes zum Computer und tastete die Buchstaben ein. Nervös trommelte ich mit den Fingern auf der Platte herum. Noch langsamer kam er zurück und beugte sich wie ein Pinguin bei der Kükenbetreuung vor.

»Frau Motzkin wohnt noch hier. Ich glaube, sie ist um diese Zeit in der Bar.«

»Und Herr Joshua Motzkin? Wo ist der?«

Der Mann schlich wieder zum Computer zurück. Die gleiche Prozedur, bis er mit einer Verbeugung mitteilte, dass Joshua bereits vor einer halben Stunde ausgecheckt hatte.

Ob das gut oder schlecht für mich war, musste mir Hannah erklären, und ich eilte in die Bar. Ein schneller Rundumblick, aber außer ein paar trinkfesten Schauspielern und Geschäftsleuten konnte ich niemanden finden.

»War Frau Motzkin hier?«, drängte ich den Barkeeper, sein Schwätzchen mit einem Gast zu unterbrechen.

Der schaute zuerst mich prüfend an und dann auf seine Uhr. »Vor etwa fünfzehn Minuten sind die Damen nach oben gegangen.«

»Damen?«

»Ja, Frau Motzkin und ein weiblicher Stammgast«, erhielt ich die leicht vorwurfsvolle Antwort eines Mannes, der sein Leben dadurch bestritt, Informationen nur gegen Umsatz und Trinkgeld zu sichern. Mit der unausgesprochenen Frage auf seinem Gesicht, was ich dagegenzusetzen gedachte, ließ ich ihn stehen.

Appartement 810.

Bevor ich klopfen konnte, öffnete Hannah.

»Wurde mir schon gemeldet, dass du im Haus bist.« Ihre Stimme klang nicht überrascht, aber auch nicht sonderlich erfreut, mich um diese Tageszeit zu sehen. »Komm herein, wenn du schon mal da bist. Joshua hat mir von deiner Heldentat berichtet.« Sie machte eine kurze, einladende Armbewegung und rümpfte die Nase, als ich an ihr vorbeischlüpfte. »Kann es sein, dass du ein Bad, ein wenig Schlaf und neue Klamotten nötigt hättest? Darf ich dir meine alte Freundin vorstellen?«

»Na, überrascht, mich hier zu sehen?«, kam es aus dem Sessel, in dem ich vor ewigen Zeiten gesessen hatte, um einen Tarotkurs von Hannah über mich ergehen zu lassen.

»Ja, äh, nein«, stotterte ich und versuchte mich zusammenzureißen. »Was zum Teufel machst du hier? Ich denke, du bist mit deiner Mutter auf Weltreise.«

Kitty grinste und reichte mir ein Glas. »Bin ich auch. Aber erst morgen. Wir mussten erst Joshua in die Wüste schicken.«

»Und das im wahrsten Sinne des Wortes«, lachte Hannah. »Er kann sich die Speicherkarte in Las Vegas bei einer Stewardess abholen. Setz dich endlich und erzähle, was dich um die Tageszeit noch hertreibt.«

»Wo ist Susanne?«, besann ich mich auf den eigentlichen Grund meines Besuches.

Hannah und Kitty sahen sich fragend an. »Wer ist Susanne?«

»Kann es sein, dass du Kitty und mich mit einer Dritten betrügst und auch noch glaubst, dass die hier ist? Mein lieber Peter, davon wüssten wir und würden das zu verhindern wissen. Erzähl uns von ihr.«

Die beiden sahen mich an, als ob ich gleich zwischen den Kiefern eines Raubtiers zermahlen zu werden drohte ... und brachen in Gelächter aus.

»Mein Lieber, du bist auf einen plumpen Trick meiner Brüder hereingefallen. Deine Susanne war nie in Gefahr. Hier, ruf sie an, wenn du dich um diese Zeit noch traust«, sagte Hannah und reichte mir das Telefon.

Eine Sekunde schwankte ich. Diese ganze krüppelige Verwandtschaft benutzte mich und machte sich auch noch darüber lustig. Wütend nahm ich den hingehaltenen Apparat und wählte Susannes Nummer.

»... Ja?«, klang es müde, nach einigen Ruftönen.

»Susanne, bist du das?«

»Wer sonst? Wer ist dran?«

»Peter. Ich wollte mich nur entschuldigen, dass ...«

»Du kannst mich mal! Seit zwei Tagen warte ich auf dich. So etwas Unzuverlässiges von Mann habe ich vor ein paar Monaten vor die Tür gesetzt«, kam es zornig zurück. Dann wurde das Gespräch beendet.

»War wohl keine gute Idee.« Hannah nahm mir das Telefon ab. »Aber wir haben die Story deines Lebens, um dich wieder aufzuheitern.«

Einen Moment saß ich wie betäubt auf der Sofakante und überlegte, ob ich mir das länger gefallen lassen musste und konnte. Joshua hatte seiner Schwester von Susanne berichtet, und die rächte sich jetzt auf ihre Art. Sie demütigte mich. Mühsam, als würde die Anspannung der vergangenen Wochen noch einmal in geballter Form über mich hereinstürzen, erhob ich mich. Nach Hause, Dusche, Bett, ausschlafen und nie mehr wach werden …

»Meine Damen, ich glaube nicht, dass wir Herrn Stösser so gehen lassen sollten …«, klang eine Stimme aus dem Nebenzimmer.

Männlich, ohne Dialekt. Stimmlage … leicht näselnd, etwa mein Alter.

Den Türknopf zum Ausgang hielt ich bereits in der Hand. Was sollte ich jetzt tun? Gehen, um meine Wunden zu lecken, oder mich der überraschenden Situation stellen? *Entscheide dich, aber schnell!*, brüllte es in mir. *Solltest du jetzt kneifen, dann bist du raus aus dem Spiel … und deiner Story.*

»Musste das sein?«, fragte Hannah vorwurfsvoll.

»Ich denke schon«, sagte die näselnde Stimme. »Peter ist kein dummer Junge und ein Journalist ohne Job. Die sind gefährlich.«

»Danke für deine Einschätzung«, sagte ich und drehte mich um. »Genau das wird euer Problem, wenn ihr mich jetzt nicht umbringt oder mir sagt, was hier läuft.«

»Bitte, nimm Platz.« Odilo deutete lächelnd auf das Sofa. »Wir töten nicht, denn wir sind selbst in Gefahr, ein zweites Mal ausgelöscht zu werden.«

Hannah ließ sich zornig in ihren Sessel fallen, zündete sich eine Zigarette an, stieß den ersten Rauch wütend von sich und begann das bekannte Spiel mit dem Feuerzeugdeckel.

Kitty hatte die Beine an sich gezogen und beobachtete uns über die über den Knien verschränkten Arme hinweg. Nur ihre Augenwinkel deuteten ein süffisantes Lächeln hinter dieser Barrikade an. So, als genieße sie die Situation als unbeteiligter Zuschauer, der für seinen Eintritt unterhalten werden wollte.

Odilo krabbelte auf die verbliebene Sitzgelegenheit und setzte sich auf die Armlehne des Sessels.

»Mein lieber Peter«, begann er von seinem Hochsitz mit tragender Stimme, »du hast den vermutlich letzten Großmeister der Loge vor dir.«

Kitty verbarg kurzfristig vollständig den Kopf hinter ihren Gliedmaßen, und Hannah verdrehte die Augen, wie ich es kannte, wenn sie ungeduldig wurde.

»Wir stecken in einer Klemme«, fuhr Odilo fort, nachdem er die beiden Frauen mit einem tadelnden Blick bedacht hatte. »Ja, ähm, wie soll ich anfangen?«

»Wissenschaftler«, stöhnte Kitty zwischen den Knien hervor.

»Graf, am besten überlassen Sie das Reden mir«, übernahm Hannah die Führung und gab den strafenden Blick zurück.

Für eine Sekunde blitzte in Odilos Augen Widerstand auf. Dann rutschte er von der Lehne auf die Sitzfläche. »Schon gut. Sie sind es schließlich, die hier Probleme macht. Also, erklären Sie es.« Schmollend verschränkte er die Arme über der Brust und schob wie ein beleidigtes Kind die Unterlippe vor.

Hannah zog ebenfalls die Beine auf den Sessel. Auch das kannte ich schon. Das deutete auf eine längere Erklärung hin.

»Wie ich dir schon erzählt habe, fing alles mit der Hinterlassenschaft meines Großvaters an, die ich nach dem Tod meines Vater fand. Darin war von einem ›Erbe der Loge‹ die Rede. Aber nicht, wo es geblieben war. Ich nahm zu den wenigen verbliebenen und mir bekannten Mitgliedern Kontakt hier in Köln auf. Mit nichts mehr als diesem Buch in der Hand. Jeder hatte davon gehört, dass es dieses Erbe geben sollte, aber keiner wusste, wo es sein könnte. Bis deine Fotos von dem Kasten in der Zeitung auftauchten. Von nun an begann die Jagd, denn du warst der Einzige, der wusste, was der Kasten enthielt.«

Odilo schaute auf seine Uhr und seufzte, »Frauen beginnen immer bei Adam und Eva. Das hätte ich kürzer gekonnt.«

»Ruhig, Graf«, wies ihn Hannah zurecht. »Sie haben doch erst diesen Mist ausgelöst. Darf ich ohne Unterbrechung weitermachen?«

Odilo kroch auf die Sitzkante vor und ballte wütend die Fäuste.

»Entschuldigung, so war es nicht gemeint.« Hannah folgte ohne Rücksicht auf Verluste ihrem Vorhaben, als Einzige erklären zu können, um was es ging und wo das Problem lag.

»Wir sind alle ein wenig nervös«, nahm Odilo die Entschuldigung an und entspannte sich.

»1951 zeichnete sich für den jungen Staat Israel eine Katastrophe ab«, nahm Hannah den Faden wieder auf. »Immer mehr Überlebende des Holocaust strömten ins Land, die mit den vorhandenen Ressourcen an Lebensmitteln und Medikamenten nicht versorgt werden konnten. Da sich der deutsche Kanzler Adenauer bereits 1950 öffentlich zur moralischen Verpflichtung zur Wiedergutmachung erklärt hatte, konnte das die einzige Rettung werden. Daraus entstanden bekanntlich die Luxemburger Verträge und eine Freundschaft zwischen den Staatsmännern. 1953 trafen sich Adenauer und Ben Gurion unter strengster Geheimhaltung in New York. Zugegen war auch Goldrausch ...«

»Und da begann der Ärger«, fügte Odilo hinzu, dem es offensichtlich nicht gefiel, dass eine Frau das Sagen hatte.

»Bei diesem Gespräch ging es«, überspielte Hannah die Unterbrechung mit einer wedelnden Handbewegung, »vornehmlich um

Adenauers Vorhaben, wieder eine deutsche Armee aufzustellen, die über Atomwaffen geringer Reichweite verfügen sollte. Auf der anderen Seite brauchte Israel dringend schwere Waffen, um sich gegen die immer militanter werdenden Araber zu wehren. So kam man überein, ausgerechnet Goldrausch als Bock zum Gärtner zu machen. Der sollte mit den Amerikanern über eine Wiederbewaffnung Deutschlands verhandeln. Einen Teil der schweren Waffen, die von den USA als ausrangiertes Kriegsgerät geliefert werden sollten, würde Deutschland den Israelis überlassen und dafür Handfeuerwaffen wie die UZI aus israelischer Produktion erhalten. Dabei machte sich kein Staat die Finger schmutzig, und wenn es schiefging, dann hatte man ein Opfer.«

Kitty gähnte und löste sich aus ihrer Igelhaltung. »Ist das alles wichtig? Wo liegt das Problem? Ich sollte in ein paar Stunden den Flieger nehmen, und unser Peter sieht auch nicht gerade aus, als wenn ihn das interessieren würde. Ihr habt ihm eine Story versprochen. Also kommt auf den Punkt.«

»Das ist der Punkt«, knurrte Hannah. »Ihr Deutschen habt ein seltsames Verhältnis zu eurer Vergangenheit. Es lief ja für Goldrausch alles perfekt, bis zu dem Augenblick, als ein Steinmetz fünfzig Jahre später zufällig einen Kasten am Kölner Dom freilegt. Inhalt: zweiunddreißig Soldbücher, ein Satz Tarotkarten, ein schwarzes Buch und ein paar Kilo Rohdiamanten, die sich als falsch herausstellen. Was tut dieser Steinmetz? Er meldet den Fund brav seinem Dienstherrn, der ihn, als Mitglied der wahren Loge, beauftragt, dem vermeintlichen Großmeister Goldrausch den Kasten zu überbringen. Kurz darauf ist dieser Steinmetz tot ...«

»... und Goldrausch gerät in Panik«, flocht ich Hannahs Ausführungen weiter. »Der Kasten hatte kein Schloss mehr, und die Diamanten waren weg. Er musste davon ausgehen, dass jemand hinter das Geheimnis der Loge gekommen war.«

Hannah nickte, und Odilo kroch wieder auf die Sesselkante vor.

»Der Kasten ist 1945 von Hannahs Großvater an den damaligen Dompropst übergeben worden«, klinkte er sich nun ein, »der das einzig verbliebene Mitglied der Ur-Loge in Köln war. Aber erst 1953 wurde er auf Geheiß von Goldrausch in dieser Höhe eingemauert. Die Geschäfte liefen für Goldrausch so gut, dass er einen Hinweis auf die alte Loge nicht mehr gebrauchen konnte. Denn den Code, den der Rabbi entschlüsselt hat, hatten er und Hannahs Großvater entwickelt.«

»Jetzt kamen zwei entscheidende Faktoren zusammen«, übernahm Hannah die Stafette. »Der Professor war ihm durch seine Recherche über die Zeitungen und die Buchhaltung der von den Nazis enteigneten Firmen auf der Spur, und er wusste nicht, ob schon jemand den Code im schwarzen Buch geknackt hatte. Dann tauchte der Tarot-Mörder in der Presse auf. Damit ahnte er, dass jemand den von ihm erpressten Männern auf der Spur war, deren Vorfahren sich am Erbe der Loge bereichert hatten. Denn genau dieses Wissen hatte Goldrausch benutzt, um wieder im alten Einflussbereich der *Chesed* die Macht zu übernehmen. Nach seiner Ausweisung aus den USA war das Rheinland seine einzige Rückzugsmöglichkeit, um ungestört neuen Geschäften nachzugehen.«

»Und da muss er sehr schlau vorgegangen sein«, erwachte Kitty aus ihrem beobachtenden Schweigen. »Denn alle – ich sage alle –, die auf den Fotos sind, waren in der einen oder anderen Weise Kunden im Club. Goldrausch hat sie nicht nur erpresst. Nein, er war schlau, sehr schlau. Er hat die Erpressten zu seinen Partnern in der Stiftung gemacht. Da er zusehends körperlich verfiel, wurden diese Männer, alle in wirtschaftlich entscheidenden Funktionen, seine Erfüllungsgehilfen.«

»Wobei?«, wollte ich wissen, denn mir war nicht klar, was ein Verleger oder ein Staatsanwalt für Hilfestellung leisten konnten.

Odilo lächelte gequält. »Gibt es einen besseren Rechtsberater als einen Staatsanwalt, der ständig über seine Verhältnisse lebt? Gibt es einen besseren Informanten im Zentrum der politischen Entscheidungen als einen Landtagsabgeordneten, der aus nichtöffentlichen Sitzungen berichtet? Und, das müsstest du doch wissen, bist ja selbst das Paradebeispiel, gibt es eine bessere Schnüfflertruppe als ein Dutzend Journalisten?«

»Was regt ihr euch dann noch auf?«, fasste ich für mich zusammen. »Mit Joshuas Coup sind die doch alle aus dem Verkehr gezogen ...«

»Eben, das ist das Problem«, hauchte Hannah in einer Rauchwolke von sich. »Jetzt ist jeder von denen gewarnt und hat Zeit genug, seine Spuren zu verwischen. Und die zu rekonstruieren wird für uns schwer sein.«

»Uns? Wer ist uns?«

Die drei schauten sich fragend an.

Einen Moment herrschte angespanntes Nachdenken und nonverbale Kommunikation.

»Na ja«, hob Hannah an. »Sagen wir es mal so. Die Aktion unserer Mossadleute, Auge um Auge, Zahn um Zahn, war übereilt. Wir, das ist unser israelisches Innenministerium und euere Sonderabteilung für Wirtschaftsverbrechen, hätten gerne ein anderes Abkommen mit dem noch lebenden Goldrausch getroffen. Mit neunundneunzig Jahren wäre bei ihm ohnehin jede Strafverfolgung ins Leere gelaufen. Aber die Informationen, die er nun durch diesen voreiligen Abgang mitgenommen hat, sind Milliarden wert.«

Kitty und Odilo nickten, als wüssten sie, um wie viele Milliarden es ging.

»Die Waffengeschäfte sind nicht mehr der große Wurf«, setzte Kitty die Umschreibung auf meine Frage fort. »Das weiß ich aus den Gesprächen im Club. Da mischt inzwischen die Russenmafia mit und bestimmt den Markt.«

»Genau«, trug Odilo seinen Teil zur Nichtaufklärung bei. »Es gibt viel lukrativere Geschäfte und davon bin ich auch betroffen. Der Wissensklau. Die Bayer-Werke investieren Milliarden in die Forschung. Meine Abteilung befasst sich zum Beispiel mit photoadressierbaren Polymeren, die die Sicherheitstechnik revolutionieren werden. Nur, jedes Mal, wenn wir glauben, ein Produkt serienreif zu haben, bringt es die Konkurrenz auf den Markt.«

»Und dieses System hat Goldrausch anscheinend mit seinen Stiftungsmitgliedern in den Industrienationen zur Perfektion getrieben«, ergänzte Hannah.

»Spionage?«, fragte ich halbherzig, um überhaupt etwas zu sagen. Im Grunde interessierte es mich nicht, wer wem was stahl. Ob durch direkte Werksspionage oder durch Sams Hackerangriffe. Egal wie ich es wendete, eine Story war daraus nicht mehr zu machen. Meine Hoffnung fand hier ihre Sackgasse, die sich mit sich selbst beschäftigte, und ich war der Mohr, der seine Schuldigkeit getan hatte.

»Wo willst du hin? Wir sind mit den Informationen für deine Story noch nicht zu Ende«, sah Hannah überrascht an mir hoch, nachdem ich eine »gute Nacht« gewünscht hatte.

»Es fehlen noch drei Karten. Ihr würdet ein gutes Trio für den Mörder abgeben. Den versuche ich zu finden, bevor er euch findet.«

»Der tötet nur Stiftungsmitglieder, die sich am Erbe der Loge bereichert haben«, hörte ich sie noch rufen, bevor die Tür hinter mir ins Schloss fiel.

28

Der Hausmeister musste einen Grundkurs in asiatischer Höflichkeit an der Volkshochschule belegt und mich als seine Testperson erkoren haben. Zwei Tage hatte ich die Wohnung nicht verlassen, keine Telefonate angenommen, den Computer nicht gestartet und auch die Zeitung ungelesen in den Abfall geworfen, die er mir auf die Fußmatte gelegt hatte. Seither erkundigte er sich zweimal am Tag durch die geschlossene Tür, ob mir etwas fehle und was er für mich einkaufen könne. Auch die beiden alten Damen auf dem Flur hatten ihr morgendliches Geschnatter zwei Stockwerke tiefer verlegt.

Nachdem ich meine Wunden geleckt und beschlossen hatte, mir mit dieser Story einen neuen Verlag zu suchen, erwachte mein Instinkt wieder aus seiner Lethargie. Etwas lag in der Luft. Ich spürte es ganz genau.

Geduscht, frisch rasiert und mit Eau de Toilette eingerieben, voller Tatendrang, den Artikel in meiner Version zu Geld zu machen, öffnete ich die Badzimmertür, um sie gleich wieder zu schließen.

Der Geruch, der durch die Wohnung waberte, kam mir mehr als bekannt vor. Er hatte sich schon wieder auf mich eingeschossen … Es half nichts. Angriff. Ich zog mir den Bademantel über und überprüfte vor dem Spiegel, wie ich am grimmigsten wirkte.

»Haben Sie einen Haftbefehl oder Ähnliches, der Sie legitimiert, schon wieder unbefugt in meine Wohnung einzudringen?«, kläffte ich Kögel an, der Brötchen mitgebracht und es sich am Esstisch bequem gemacht hatte.

»Nichts dergleichen«, lächelte er und wedelte mit einem Boulevardblatt. »Etwas Besseres. Sie reagieren auf keinen Anruf. Meine Mails scheinen Sie nicht zu interessieren, und Ihr Handy ... Na ja. Das können wir wohl vergessen. Lesen Sie das ...« Er schlug das Titelblatt auf und hielt es mir aus der Distanz hin.

Tarot-Mörder schlägt wieder zu

Köln. Der Verleger Dr. K. Junke wurde gestern Morgen tot in seiner Garage aufgefunden. Dem Anschein nach hat er sich mit den Abgasen seines Autos selbst getötet. Der zuständige Staatsanwalt A. Fröhlich geht aber von einem Mord aus, da bei der Leiche eine Tarotkarte gefunden wurde. Das LKA schaltete sich in den Fall ein ...

»Man hat die Sonnenkarte bei ihm gefunden, die XIX«, schmunzelte Kögel und faltete die Zeitung zusammen. »Jetzt fehlen noch zwei Karten. Der Gaukler und die Kaiserin. Dann ist der Name Goldrausch perfekt. Diese geheimnisvolle Person zieht ihre Rache durch, obwohl sie schon längst wissen müsste, dass wir den Hinweis auf Goldrausch verstanden haben.«

Kalter Schweiß lief mir den Rücken hinab. Vor wenigen Minuten hatte ich beschlossen, da mich das alles nichts mehr anging, es einfach als unbeteiligter Augenzeuge zu Geld zu machen. Insgeheim hatte ich auch darauf gehofft, dass dieses Spiel mit der Enttarnung der Stiftung ein Ende gehabt hatte.

»Sie machen so ein nachdenkliches Gesicht?«, grinste Kögel, dem das Lächeln auf dem Gesicht eingefroren zu sein schien. »Hatten Sie wirklich geglaubt, dass ein Wahnsinniger aufhört, bevor er seinen einmal gefassten Plan beendet hat? Nein, mein Lieber. Glauben Sie einem alten Kriminalkommissar. Der zieht die zwei Karten auch noch durch. Wie gesagt, selbst wenn wir ihn hätten, nachweisen könnten wir ihm oder ihr noch nicht einmal das kleinste Indiz. Nicht einmal der Generalstaatsanwalt würde es wagen, ein Verfahren zu eröffnen. Bewundernswert ... Aber freuen Sie sich doch wenigstens. Sie haben wieder jede Chance im Verlag.«

»Chance, welche?«, murmelte ich missmutig.

Da war für mich nicht die geringste Möglichkeit, mehr als das zu werden, was ich jetzt war. Arbeitslos. Nachfolger von Dr. Junke wurde automatisch mein von mir gehasster Chefredakteur. Sein Schwiegersohn.

»Warum glauben Sie, dass sich jemand wegen des entgangenen Erbes der Loge an diesen Leuten rächt? Die hatten doch schon vom Alter her nichts damit zu tun?«, versuchte ich meine durchgedrehten Gedanken wieder auf eine kontrollierbare Ebene zu steuern.

Kögels Gesicht verlor sein aufgesetztes Lächeln, und er warf mit einem großen Schwung seinen stinkenden Stummel aus dem geöffneten Fenster.

»Wie ich festgestellt habe«, er ging in die Küche und setzte wie selbstverständlich die Kaffeemaschine in Gang, »waren die Vorfahren der Toten alle irgendwie mit der Loge verbunden. Entweder sie waren nichtjüdische Mitglieder oder arische Schwiegersöhne, die nach 1936 plötzlich nicht mehr verheiratet sein durften. Wenn Kinder da waren ... Ich darf nicht darüber nachdenken. Wussten Sie, dass Ihr Verlag bis 1935 zwei jüdische Besitzer hatte? Nein. Natürlich nicht. Ähnlich lassen sich Verbindungen der anderen Toten als Nutznießer des Logenerbes herstellen, an denen sich irgendwer für sein entgangenes Erbe jetzt rächen will. Mit dem Fund des Kastens ist etwas losgetreten worden, auf das dieser Jemand gewartet hat. Auf die Aufmerksamkeit der Öffentlichkeit.«

Er schenkte Kaffee ein und schnitt mir ein Brötchen auf. »Käse, Wurst? Es ist alles da.« Er packte eine Plastiktüte vom Supermarkt aus, die er bisher meinen Blicken entzogen hatte. »Nun essen Sie schon. Bis morgen gibt es nicht viel. Ich möchte Sie nämlich zu einer kleinen Reise einladen ...«

»Ich muss sparen und habe keine Lust auf eine Reise.« Ich bestrich mir das Brötchen dick mit Butter, Käse und setzte ein Häubchen Quittengelee obendrauf.

»Ich sagte, dass ich Sie einlade«, kaute Kögel auf seinem Brötchen mit Wurst und Senf herum. »Es kostet Sie nichts. Im Gegenteil. Sie können dabei eine Menge Geld verdienen, als Zeitzeuge einer unglaublichen Story.«

Nicht schon wieder!, schrie es in mir auf. Der Wievielte war das jetzt, der mich mit der Story meines Lebens zu ködern versuchte? Es hatte mehr als zwei Tage gedauert, bis ich mich von der Erkenntnis erholt hatte, dass damit nicht die Erfolgsgeschichte meiner beruflichen Laufbahn zu machen war. Nun tauchte ein Hauptkommissar auf und wollte mich auch noch dafür bezahlen, dass ich sie schrieb.

»Wohin soll die Reise gehen und wozu?«

Kögel präparierte sein zweites Brötchen. Dieses Mal war der Senf unten und die Wurst oben. »Nach Südafrika.«

Einen langen Moment hatte ich damit zu kämpfen, den Schluck Kaffee von der Luft- in die Speiseröhre umzuleiten.

»Südafrika?«, keuchte ich mit erstickter Stimme. »Wissen Sie überhaupt, wo das liegt?«

»Etwa elf Flugstunden von Frankfurt. Hier ist Ihr Ticket. Ich hole Sie in fünf Stunden ab.« Er erhob sich und wischte sich die Brotkrümel mit der Handfläche aus dem Gesicht. »Es ist zwar jetzt Winter da unten. Aber nehmen Sie trotzdem nur für eine Woche leichte Sachen und Ihre Kamera mit, und vergessen Sie den Pass nicht!« Mit diesen Worten verließ er die Wohnung und zog die Tür hinter sich zu.

Südafrika. Kögel wusste etwas, was mir entgangen sein musste. Egal, wer in den vergangenen Tagen und Wochen etwas über den Verbleib der Loge nach 1936 erzählt hatte, in allem war dieses Land der Ausgangspunkt für die weiteren Ereignisse gewesen. Was hatte er vor?

Kögel hatte an nichts gespart. Nur um rauchen zu können, hatte er uns eine Fluglinie ausgesucht, bei der man in der ersten Klasse noch seinen Nikotinbedarf ungeniert decken konnte. Nach dem Flugpreis fragte ich besser nicht. Die Tickets für zwei Personen durften wohl die Hälfte seines Jahresgrundgehaltes aufgefressen haben, was der Reise einen noch höheren Stellenwert einräumte, als ich bisher vermutet hatte. Gesprochen wurde wenig während der ersten sechs Flugstunden. Das Abendessen hatte aus einem Krabbencocktail in Champagner-Sorbet, Lachs auf Seefarn mit einer Krillsauce und als Nachspeise einer Art Polenta mit Himbeersirup bestanden. So ließ es sich leben, befand ich und gab mich dem Traum hin, was ich alles mit viel Geld machen würde.

»Können Sie sich vorstellen, dass man siebenundsechzig Jahre alt werden muss, um zu erfahren, wer sein leiblicher Vater ist?«, unterbrach Kögel das monotone Brummen der Triebwerke. Mein Bildschirm zeigte, dass wir in fünfunddreißigtausend Fuß Höhe den Äquator überflogen.

Das Schreiben meiner Mutter an Motzkin erschien in meinem Kopfkino. »Ja, kann ich«, murmelte ich und tastete mich durch die Videoprogramme des Bordkinos.

»Siebenundsechzig Jahre habe ich Kögel geheißen, und nun stimmt das alles nicht mehr.« Er kramte in seinen Jackentaschen und zog drei sorgsam gefaltete Blätter Papier hervor. »Lesen Sie«, hielt er sie mir hin, »und sagen Sie mir, was Sie davon halten.«

Ein Blatt trug das Signum des Suchdienstes des Roten Kreuzes, mit dem Datum »12. Oktober 1953« und hatte als Adressaten eine Frau Judith Krodensky-Stösser, Köln. Das andere war ein Auszug neuesten Datums aus dem Zentralarchiv des BND. Das dritte erkannte ich sofort an der Handschrift wieder:

Köln, 23. Dezember 1953

Geliebter Joshua,

ich habe das Foto von dir in der Zeitung gesehen. Ich war etwas traurig, dass du bei deinem Besuch mit der Delegation nicht die Zeit gefunden hast, mich zu kontaktieren. Ich habe nämlich eine gute Nachricht. Das Rote Kreuz hat David gefunden. Leider wurde er 1938 einer linientreuen Familie als Adoptivkind zugesprochen. Die Familie heißt Kögel, und der Herr Kögel war zu NS-Zeiten Major bei der Abwehr. Ich habe mich mit dem Rabbi besprochen. Der meint, dass es für den Jungen nicht gut wäre, wenn ich jetzt Ansprüche auf ihn erheben würde. Ich habe mich dem Rat gefügt, denn zum Glück habe ich immer noch Peter-Maria. Er hat sich prächtig gemacht. Nur sind ihm die Trümmerspielplätze leider lieber als die Schulaufgaben. Vielleicht findest du mal die Gelegenheit, mir über dein Befinden zu berichten.

In Liebe

Judith

Das war mehr, als man an einem Tag ertragen konnte. Meine, *unsere* Mutter, hatte bei meiner Geburt ihren Mädchennamen »Stösser« wieder angenommen. Schweigend gab ich Kögel die Papiere zurück und hieß die Stewardess, eine Flasche Whisky zu bringen.

»Das Schreiben ist echt. Ich habe es überprüfen lassen«, schaute Kögel in die Nacht hinaus und schnäuzte sich diskret.

Wir waren Brüder.

»Seit wann wissen Sie das?«

»Du, Brüderchen, wir sind per Du.« Kögel tupfte sich die Tränen aus den Augen. »Dieses Schreiben unserer Mutter kam einen Tag, nachdem du das erste Mal über den Fund am Dom berichtet hast. Anfangs hielt ich es für einen üblen Scherz. Aber dem Schreiben lag noch dieses Foto der 108. Kompanie und das schwarze Buch bei, mit denen ich zunächst nichts anfangen konnte. Dass ich als Zweijähriger plötzlich eine andere Mutter bekam, daran konnte ich mich noch ganz schwach erinnern. Dass mein Adoptiv-Vater der dreiunddreißigste Mann damals war, habe ich auch erst durch … Darf ich mal?«, er griff in meine Brusttasche und zog mein Handy hervor, »… durch das erfahren.«

Wie Sam vor Tagen nahm er es gekonnt auseinander und hielt mir einen stecknadelgroßen Gegenstand in seiner Handfläche hin.

»Ich hatte diesen Sam unterschätzt«, fuhr er, nunmehr zufrieden lächelnd, fort. »Die alte Technik in deinem Gerät war von ihm leicht zu orten. Also musste ich dich für ein paar Stunden, mit der sehr leicht zu bekommenden Unterstützung von Staatsanwalt Fröhlich, einlochen, um dir eine nicht ortbare, neue Technik einzupflanzen. Aber das brauchen wir jetzt nicht mehr.« Er ließ das Mikro-Mikrofon in den Aschenbecher gleiten und grinste.

»Mach nicht so ein dummes Gesicht. Es ging nicht anders, um dich vor Dummheiten zu schützen. Und da du mir freiwillig ohnehin fast nichts erzählen wolltest, musste ich einen Weg finden, um Mäuschen zu spielen. Außerdem macht es vor der Familie einen guten Eindruck, wenn der Onkel nicht korrupt ist. Sich auch nicht scheut, einen Verwandten hinter Gitter zu bringen.«

Meine Synapsen standen kurz vor dem Zusammenbruch. Die Anzahl der Informationen in dieser kurzen Zeit trieben meinen Blutdruck in schwindelnde Höhen.

Sie-Kögel war jetzt zu Du-David geworden. Eine seltsame Wendung. Kögel war mein Bruder, und er hatte alles mitgehört. Zumindest, wenn ich das Handy dabeigehabt hatte. Und das war anscheinend ein paarmal zu oft gewesen.

»Woher kamen dieser Brief und das schwarze Buch?«

»Kam per Post. Kein Absender. Abgestempelt in Köln. Mehr war nicht zu erfahren.« Er setzte mein Handy wieder zusammen und reichte es mir. »Brüderchen, mach nicht so ein nachdenkliches Gesicht. Es handelt sich um ein Spiel. Ein sehr böses Spiel. Wenn du rechnen könntest, dann wäre dir schon längst aufgefallen, dass ich bereits in Pension sein müsste. Bin ich aber nicht. Du musst jetzt fragen, warum nicht?«

Er nahm meine Hand und drückte sie, wie der ältere Bruder den jüngeren durch Körperkontakt bei Gewitter zu trösten versucht.

»Warum nicht?«

»Brav. Du lernst dazu.« Er ließ meine Hand los und lachte. »Verschiedene Konzerne haben sich an uns gewandt, da Werksspionage und Datenklau ihre Investitionen zunichtemachten. Uns, das ist eine Sonderkommission für Wirtschaftsverbrechen. Da, wie du weißt, meine Frau eine Nervensäge ist, habe ich mich als Pensionär zur Verfügung gestellt, diese Kommission im Rheinland zu leiten, nur um eine permanente Ausrede zu haben, warum ich nicht zu Hause bleiben kann. Was da alles zutage kommt . . . sehr interessant. Nur eine Person bleibt undurchsichtig. Unsere Nichte Hannah. Ich bekomme nicht heraus, was sie wirklich vorhat.«

Undurchsichtig. Das war genau das, was ich fühlte. Wie zwischen Tür und Angel, mal so nebenbei, erfuhr ich, dass ich einen Bruder hatte, für den ich durch Abhören ein offenes Buch war und der unsere gemeinsame Nichte zu jagen schien. Was war hier los? Je mehr Informationen ich bekam, umso weniger konnte ich damit anfangen.

»Was wollen wir in Johannesburg?«, versuchte ich wenigstens das Ziel der Reise zu verstehen.

Kögel gähnte und brachte den Sitz in Schlafposition. »Sagte ich doch schon. Ich kann Hannah nicht einschätzen, und das versuche ich vor Ort zu klären. Lass mich jetzt schlafen. In ein paar Stunden wissen wir mehr.«

29

Pünktlich zum Geschäftsbeginn setzte uns das Taxi vor einem Hochhaus in der Main Street 170 ab. *ABSA Tower East* wies ein Messingschild am Eingang das Gebäude aus.

Der kurze Weg vom Taxi in die Eingangshalle war eine Irritation für den Kreislauf. Seit wir das Flugzeug verlassen hatten, bekam ich den Eindruck, dass in diesem Land ein Wettbewerb der Klimaanlagen herrschte. Die Außentemperatur betrug höchstens fünfundzwanzig Grad. Trotzdem schien sich jeder geschlossene Raum zu bemühen, seine Gäste durch Kühlung haltbar zu machen. Das in hellem Marmor gehaltene Foyer verstärkte das Gefühl, ein Gefrierhaus zu betreten.

David Kögel steuerte vorbei an zwei farbigen Wachleuten, die sich am Knauf ihrer übergroßen Revolver festhielten, auf das Informationsoval zu, das als strategisch wichtige Sperre mitten in die Halle gebaut worden war. Ein kurzer Wortwechsel mit dem Sicherheitsmann, ein Telefonat, dann winkte er mir, zu folgen.

»Wir werden erwartet.« Er drückte im Lift den 3. Stock.

»Wo sind wir hier?«, versuchte ich das kleine Hinweisschild neben dem Wahlknopf zu entziffern.

»Am Ort der Entscheidung«, orakelte Kögel und suchte nach etwas in seinem Jackett.

»ABSA Bank«, sprang uns in großen, goldenen Lettern entgegen, als sich der Lift öffnete und eine junge Frau uns bat, ihr zu folgen.

»Nehmen Sie bitte einen Moment Platz«, wies sie uns in Schuldeutsch eine lederne Sitzgruppe zu, »Mr. van der Velde wird sich sofort um Sie kümmern.«

»Was zum Teufel wird das hier?«, murrte ich, nachdem uns Kaffee mit Gebäck serviert worden war und Kögel sich in blauen Dunst eingenebelt hatte.

»Ich habe mit Hannah ein Geschäft gemacht, und wir werden gleich sehen, ob sie es ehrlich meint.«

»Aha, verstehe jedes Wort«, knurrte ich ungehalten über seine Geheimniskrämerei. »Was für ein Geschäft?«

Ein schelmisches Lächeln huschte um seinen Mundwinkel, in dem das Zigarillo wippte.

»Ich habe sie gebeten, mir für die Rohdiamanten den Finderlohn zu bezahlen.«

»Fi... Finderlohn? Für welche Diamanten?«, stotterte ich. Gleichzeitig tauchte in meinem Kopfkino ein kleiner Film auf.

»Der Hauptkommissar Kögel zieht in der Küche des abgestürzten Steinmetzes Martin Hofmann aus dem Gefrierfach des Toten einen Ledersack hervor und taut ihn in der Spüle auf...«

»Die Steine waren also echt und du hast sie...?«

»Psst, nicht so laut«, dämpfte er meine ungläubig hysterische Stimmlage.

»Sollte ich sie in der Asservatenkammer verrotten lassen? Sie sind schließlich das Erbe unseres Vaters, und Hannah als Diamantenhändlerin konnte ich schlecht Bergkristalle andrehen. Außerdem, wer sonst sollte sie ohne Zertifikat auf den Markt bringen als unsere Nichte?«

Vergeblich wartete ich darauf, dass mein Gehirn lospolterte, meinen Bruder einen Dieb oder zumindest einen korrupten Polizisten hieß. Nichts da. Ein Grinsen durchzog mich von den Fußspitzen bis in die Haarwurzeln, und eine Stimme in mir brachte es auf den

Punkt: *Sieh zu, was du davon bekommen kannst, denn du hast den Kasten publik gemacht.*

»Wie viel?«

»Was wie viel?«

»Wie viel hast du von Hannah verlangt«

»Den üblichen Finderlohn. Zehn Prozent.«

Zehn Prozent von geschätzten fünfzig Millionen? Ich hielt den Atem an und versuchte mir den Betrag in Banknoten vorzustellen.

»Du bist komplett verrückt«, schüttelte ich den Kopf. »Warum sollte Hannah dir fünf Millionen Euro zahlen für etwas, was auf dem Markt zwar einen nominellen, aber keinen realen Wert hat?«

Kögel drückte in Ermanglung eines Aschenbechers das Zigarillo in einer Pflanze neben der Sitzgruppe aus und zuckte mit den Schultern.

»Wenn sie schlau ist, dann zahlt sie nicht. Wenn sie aber zahlt, hat sie etwas zu verbergen und kauft mich als Mitwisser.«

»Und dafür machen wir mal eben eine kleine Reise nach Johannesburg?«

Kögel sah mich prüfend von der Seite an, als überlege er, ob ich schon für ein Geheimnis reif sei. Er wusste etwas, da wurde ich mir immer sicherer, das mir bisher verborgen geblieben war.

»Wer von den Herren ist David Kögel?«

Reflexartig zuckte Kögels Hand nach oben.

»Angenehm. Van der Velde«, reichte der hoch gewachsene Mann im grauen Seidenanzug Kögel die Hand hin. Sein Deutsch hatte einen holländischen Akzent.

»Dürfte ich Ihren Pass und die Legitimation sehen?«, ließ er seine Hand nach der Begrüßung in bittender Position verharren.

»Legitimation?« Kögel suchte in seinen Papieren, die er schon mehrfach sortiert und von einer Tasche in die andere geräumt hatte. »Meinen Sie das?« Er faltete ein Blatt auseinander, auf dem nur eine mehrstellige Zahlenkolonne handschriftlich vermerkt war.

»Genau das«, nickte van der Velde. »Wenn Sie mir bitte folgen wollen.«

Der Raum war fensterlos und durch eine Panzertür gesichert. An den Wänden zogen sich Schließfächer vom Boden bis zur Decke. In der Mitte waren zwei Laptops auf einem Tisch installiert.

»Nehmen Sie bitte an einem der Geräte Platz. Welches ist egal«, lächelte van der Velde freundlich-unverbindlich, wie alle Banker, wenn sie eine nicht überschaubare Situation vor sich hatten.

»Was wird das denn?«, kratzte sich Kögel, für den Computer ein undurchschaubares Teufelszeug waren, am Kinn.

»Kann ich Ihnen auch noch nicht sagen«, meinte der Banker, während er die Geräte startete. »Die Kundin hat uns eine CD-ROM zukommen lassen, die ich nur mit diesem Zahlenschlüssel öffnen kann. Ich nehme an, dass darauf weitere Informationen für uns und Sie sind.«

Van der Velde schob die silberne Scheibe in das Laufwerk, das leise surrend hochfuhr. Auf dem Bildschirm erschienen auf blau unterlegtem Untergrund nur die Ziffern von 0 bis 9, die abwechselnd blinkten.

»Hier muss ich jetzt den Code unserer Bank eingeben«, kommentierte van der Velde, der am gegenüberliegenden Laptop Platz genommen hatte. »Damit gehen wir sicher, dass die Informationen nicht beim falschen Geldinstitut landen.«

Er tippte eine Ziffernkombination ein, die unter der Zahlenleiste als Sternchen auftauchte.

‹ok, enter›, bestätigte das Programm und wechselte die Maske.

‹access-code›, forderte ein weißes Rechteck. »Hier gebe ich jetzt die Zahlen ein, die Sie mir gegeben haben«, murmelte der Banker, und auf Kögels Stirn begannen sich langsam Schweißperlen zu bilden.

Das Programm akzeptierte den Code und wechselte die Farbe von Blau in Gelb. Wie bei einem Bildschirmschoner tauchten römische Ziffern aus dem Nichts auf, um wieder im Nichts zu verschwinden. Es folgten helle Rechtecke, die sich die Ziffern einfingen und die Gestalt von Bildern annahmen. Von Spielkarten.

»Das halt ich nicht aus«, stöhnte Kögel, wischte sich den Schweiß von der Stirn und bot mir seinen Platz an. »Das Weib ist komplett verrückt.«

Die Karten bildeten eine Reihe, zeigten kurz eine Ordnung und drehten sich dann auf den Bauch. Ein helles Rechteck fordert zur Eingabe eines neuen Passwortes auf.

Van der Velde zog die Schultern hoch. »Ich glaube, das ist ihr Spiel. Dabei kann ich Ihnen nicht mehr helfen. Ich möchte Sie nur darauf aufmerksam machen, dass Sie bei jedem Passwort nur zwei Chancen haben. Geht das schief, ist das Programm nicht mehr zugänglich.«

Ich nahm Kögels Platz ein und fühlte, wie auch mir langsam der Schweiß aus allen Poren kroch. In den höchstens drei Sekunden, in denen die hellen Rechtecke die Ziffern eingefangen und Form angenommen hatten, konnte ich erkennen, dass es sich nun um die verdeckten Karten des großen Arkanums, die zweiundzwanzig Trumpfkarten des Tarots handelte. Hannah wollte spielen. Spielen um fünf Millionen Dollar.

»Ich glaube, Bruder David, dass uns hier jemand prüft und nicht umgekehrt«, murmelte ich beiläufig und versuchte mich zu konzentrieren. Zweiundzwanzig Karten. Ein Passwort. Zweiundzwanzig hoch zweiundzwanzig und nur zwei Versuche. Das war eine geringe Chance. Fast so gering wie beim Lotto. Der Cursor blinkte lauernd in seinem weißen Rechteck und wartete auf das richtige Passwort.

»Darf ich die Herren auf etwas aufmerksam machen?«, unterbrach van der Velde meine fieberhafte Suche nach Möglichkeiten.

»Am unteren Ende des Bildschirmes, in der Mitte, sehen Sie es? Da ist ein kleiner Balken mit abnehmender Tendenz. Ich vermute, dass Sie für die Beantwortung der Fragen nicht allzu viel Zeit haben. Das Programm hat ein Zeitschloss.«

Nun sah ich es auch. Der Balken hatte schon um mehr als die Hälfte seines ursprünglichen Zustandes abgenommen.

»Scheiß auf die zwei Möglichkeiten«, trommelte Kögel mit den Fingern hinter mir auf der Sitzlehne herum.

»Was können die Karten anderes hergeben? Gib ›Goldrausch‹ ein. Zu mehr bleibt ohnehin keine Zeit mehr. Wenn nicht, dann knöpfe ich mir unsere Nichte auf andere Weise vor.«

Van der Velde lehnte sich zurück und kreuzte die Arme über der Brust. Er schien das Schauspiel sichtlich zu genießen, wie ein Quizmaster bei der Fünf-Millionen-Frage. Alles oder Nichts.

Mit zittrigen Fingern gab ich »Goldrausch«, ein und drückte ‹enter›.

‹ok, enter›, wechselte das Programm seine Oberfläche.

Wieder erschien dieser Kasten mit den blinkenden Sternchen.

‹insert pass number Mr. Peter-Maria Stoesser›

»Ich werde noch verrückt«, schlug Kögel die Hände vors Gesicht, um sich gleich darauf ein Zigarillo anzustecken.

Van der Velde lächelte nur, sagte aber nichts.

Der Balken auf dem Bildschirm schien jetzt noch schneller abzunehmen. Ich tippte meine Passnummer ein.

‹ok, enter› wechselte das Programm erneut. Ein dreidimensionales Dreieck mit zehn blinkenden Diamanten schwebte drehend vor schwarzem Hintergrund.

Wieder dieser Kasten, der auf ein Passwort lauerte. *»Guess, what I am«*, quarrte der Lautsprecher im Computer.

»Ich krieg die Krise.« Kögel nahm eine Wanderschaft durch den Raum auf und krümelte ungeniert seine Asche auf dem Boden herum.

Es war das Zeichen, das Hannah um den Hals trug und das als Symbol für die Loge stand. Ich tippte ‹chesed› ein . . . ‹access denied›, kam als Antwort. Zugriff verweigert. Der Balken schmolz bedenklich schnell. »Verdammt, hör auf hier herumzustampfen«, fuhr ich Kögel an. »Wir haben nur noch einen Versuch. Was kann man zu diesem Gebilde noch sagen?«

Kögel stützte sich auf meinen Schultern ab und qualmte mir die Sicht auf den Bildschirm zu.

»Ich bin ja nur ein kleiner, unstudierter, pensionierter Kriminalbeamter, aber ich würde das Gebilde ein ›Dreieck‹ nennen. Am besten auf Englisch.«

Der Balken drohte ganz zu verschwinden. Schnell tippte ich ‹triangle› ein. Eine andere Chance gab es nicht mehr.

Sekundenlang geschah nichts. Als ob das Programm mit sich selbst beschäftigt sei, reagierte es nicht mehr auf das letzte ‹enter›.

Nur das leise Surren aus van der Veldes Computer deutete darauf hin, dass das Laufwerk noch aktiv war und neue Informationen in den Arbeitsspeicher lud.

Der Bildschirm erlosch für einen Moment und baute dann wieder in Schwarz-Weiß auf.

»Was ist das denn?«, stöhnte Kögel, der immer noch hinter mir stand und dabei war, sein Restzigarillo zu Kautabak zu verarbeiten.

In schneller Reihenfolge flimmerten Negative über den Bildschirm. Das hatte ich schon einmal fragmentarisch gesehen. Es waren die Vergrößerungen der Mikrofilme. Die Filme, die angeblich durch radioaktive Strahlung vernichtet worden waren.

»Können wir das ausdrucken?«, fragte ich den Banker, der das Spiel aufmerksam auf seinem Bildschirm verfolgte.

»Nein. Tut mir leid«, schüttelte er den Kopf. »Dieses Programm lässt keinen Ausdruck oder eine Speicherung in irgendeiner Form zu. Wenn es zu Ende ist, löscht es sich von selbst. Ich warte nur auf den Hinweis der Kundin, was ich mit Ihnen machen soll.«

»Da, die Zeitungsausschnitte«, brüllte Kögel. »Sieh hin. Sie gibt uns Hinweise.«

Tatsächlich rauschte eine Kopie nach der anderen der alten beim Professor gefundenen Zeitungen über den Bildschirm. So schnell, dass sie nicht lesbar, aber immerhin als solche erkennbar waren.

Genauso schnell, wie der Spuk aufgetaucht war, verschwand er in den Tiefen der Mikrochips. Stattdessen erschien ein übergroßes ‹pay them›. Dann warf das Laptop die CD-ROM aus dem Schacht.

Einen Augenblick herrschte totale Stille im Raum. Van der Velde schaltete die Geräte aus und winkte uns zu folgen. Die Tresortür fiel hinter uns zu.

Van der Veldes Büro war das, was sich ein kleiner Gehaltsempfänger unter Prunk vorstellte. Hier wurde nicht gearbeitet, hier wurde Hof gehalten. Alles war überdimensioniert und strahlte die arrogante, einschüchternde Kälte des Reichtums aus.

»Meine Herren, es war ein interessantes Spiel, was sich unsere Kundin hat einfallen lassen«, bemerkte er bewundernd-distanziert und wies uns zwei Besuchersessel vor seinem tischtennisplattengroßen Schreibtisch zu.

»Ich bin beauftragt, Ihnen dies auszuhändigen«, fuhr er fort und schob eine Schatulle über das Spielfeld.

Die Abmessungen dieses Behältnisses konnten keine fünf Millionen enthalten. Außer, sie waren mikroverfilmt.

»Bitte überprüfen Sie den Inhalt und bestätigen mir den Empfang.« Es folgte diskret ein Blatt, auf dem bereits unsere beiden Namen als Empfänger gedruckt waren. Woher hatte Hannah gewusst, dass ich mit Kögel hier war? Sie hatte es offensichtlich vorausgesetzt, sonst hätte das Programm nicht nach meiner Passnummer gefragt, ohne die Kögel allein niemals hätte sein Ziel erreichen können.

Besitzergreifend zog Kögel die Schatulle an sich und drückte auf den goldenen Knopf, um sie zu entriegeln. Der Deckel fuhr durch Federdruck hoch und gab ein schwarzes Samtinlett frei, auf dem zehn geschliffene Diamanten, wie das Zeichen der *Chesed*, in Dreiecksform angeordnet, das Tageslicht empfingen und tausendfach gebrochen widerspiegelten.

»Einzigartige Qualität. River, Magna-Cut-Schliff«, kommentierte van der Velde. »Jeder von denen hat hundert Karat. Reine Liebhaberstücke.«

»Wert?«, fragte Kögel lapidar, und ich sah ihm an, was ich dachte: Dollar wären uns lieber gewesen.

»Schwer zu sagen«, lehnte sich van der Velde zurück. »Irgend etwas zwischen zwanzig und fünfzig Millionen Dollar.«

»Und die gehören jetzt uns?«, lehnte ich mich auch zurück.

»Sie brauchen nur zu unterschreiben. Dann gehören sie Ihnen.«

Es bedurfte schon des geschulten Auges eines Journalisten, um zu bemerken, dass van der Veldes Gesichtausdruck fast unmerklich von betont distanziert-freundlich in angespannt-abwartend wechselte. Etwas stimmte mit den Diamanten nicht.

»Wo ist der Haken?« Ich legte meine Hand auf den Schatullendeckel und drückte ihn ins Schloss zurück. »Was sollen wir damit? Diese Diamanten sind doch sicherlich für uns unverkäuflich. Oder?«

»Was soll der Scheiß?«, knurrte Kögel. »Das ist mehr als erwartet.«

»Stimmt es?« Ich winkte ihm den Mund zu halten und beugte mich zu van der Velde.

Der schnellte aus seiner Ruheposition zurück an die Schreibtischplatte. »Kennen Sie sich mit Diamanten aus?«

»O ja«, log ich eingedenk des Schnellkurses, den mir Hannah zwischen Sofa und Haustür gegeben hatte.

»Na schön.« Der Banker wurde jetzt unruhig. »Die Steine haben eine Expertise, aber kein Herkunftszeugnis, da sie aus dem Privatdepot der Kundin stammen. Ein Verkauf auf dem freien Markt wird schwer, es sei denn, Sie lassen die Steine von einem illegalen Schleifer umarbeiten. Das wäre sehr schade. Aber ich mache Ihnen ein anderes Angebot . . .«

»Verstehe kein Wort«, murmelte Kögel und öffnete wieder die Schatulle. »Ich kann doch jeden Stein an einen Juwelier verkaufen, wie ich will.«

»Theoretisch ja«, lächelte van der Velde hintergründig, »aber der Wert der Steine begründet sich in ihrer Gesamtheit. Einzeln bringen sie nicht diesen Wert und . . . da gibt es noch ein Problem . . .«

»Was ist das für ein Gefühl, als Betrüger vom Betrüger betrogen zu werden?«, versuchte ich Kögels Laune aufzuhellen. Der hatte sich rauchend und grummelnd auf den Rücksitz des Bentley verkrochen, den uns van der Velde mitsamt Fahrer zur Verfügung gestellt hatte.

»Ich fasse es immer noch nicht«, kam es von hinten. »Der Kerl verschanzt sich hinter dem Kartell, dass die Steine nicht ausgeführt werden können, und knöpft sie uns so für mickrige hunderttausend Dollar ab. Hunderttausend für einen Zwanzig-Millionen-Wert.«

»Für jeden von uns hunderttausend«, verbesserte ich ihn, »und ein Treffen mit dem vermutlich noch letzten lebenden Mitglied der

Zehn. Also maul nicht herum. Diese Art des Geschäftes ist für uns ein paar Nummern zu groß.«

»Trotzdem ist es eine Sauerei«, wollte er sich nicht beruhigen. »Was sollen wir mit einem Konto über hunderttausend Dollar auf einer südafrikanischen Bank? Ich kann doch nicht jedes Mal nach Johannesburg fliegen, um Geld abzuheben. Jede größere Überweisung auf eine deutsche Bank zieht doch eine Meldung an die Behörden nach sich.«

»Kreditkarte, mein Lieber«, schmunzelte ich und winkte mit der Plastikkarte der ABSA-Bank. »Wenn du alles mit der Karte bezahlst, taucht das Geld nicht in Deutschland auf.«

»Das fehlt noch, dass ich zukünftig drei Dosen Katzenfutter per Kreditkarte bezahle.« Kögel ließ sich nicht besänftigen. »Wo fahren wir überhaupt hin?«

30

Zugegeben, van der Velde hatte sich geschickt in das Geschäft um die zehn Diamanten eingeklinkt. Wir hatten sie, mangels anderer Möglichkeiten, zu einem lächerlichen Preis an die Bank verkaufen müssen. Nun befanden sie sich im Portefeuille der ABSA und waren somit aus Hannahs schwarzem Privatbestand zu legalen, frei veräußerbaren Kleinodien geworden. Nicht schlecht, musste ich anerkennen und tröstete mich damit, dass ich unerwartet Besitzer von einhunderttausend Dollar geworden war. Trotzdem wollte sich darüber in mir keine rechte Freude melden. Mir kam das alles zu geplant vor. Als ob Hannah es darauf angelegt hatte, dass es so und nicht anders gekommen war. Van der Velde hatte sich nach der Transaktion plötzlich äußerst liebenswürdig gezeigt. Der Wagen mit Fahrer zu unserer freien Verfügung, Übernahme der Hotelkosten, Safari, wenn wir es denn wünschten, und der Name eines Mannes, der auch codiert im schwarzen Buch stand: Jonathan Kornbluth.

Und der sollte Inhaber dieser Hotelanlage sein, deren Einfahrt wir passierten.

Ngonyama Lion Lodge.

War es Zufall oder Absicht? *Lodge* bedeutete frei übersetzt auch »Loge«. Freimaurerloge.

»Wer kam eigentlich auf diese blöde Idee, dass wir mit diesem Kornbluth sprechen wollen?«, knurrte Kögel im Hintergrund, während der Fahrer vor einer Hütte hielt, an der das Schild »Reception« baumelte.

Diese Frage war berechtigt und beschäftigte mich, seit wir Johannesburg verlassen und ein paar Stunden in der Steppe nach Westen gefahren waren. Wer war auf die Idee gekommen? Van der Velde hatte es als eine Selbstverständlichkeit betrachtet, uns, nachdem die Konto und Kreditkartenformalitäten erledigt waren, den Namen und diese Adresse zu überreichen und gleich seinen Fahrer angewiesen, uns hierherzuchauffieren.

»Das ist doch ein Safariclub, der einem Negerkral nachgebildet ist«, schimpfte Kögel weiter. »Habe keine Lust, die Nacht in diesem Gebilde zu verbringen. Die wissen hier doch noch nicht mal, wie eine Kreditkarte aussieht. Wahrscheinlich muss man hier noch auf den Donnerbalken.«

»Aber es gibt Katzen. Ganz große. Davon kannst du jede Menge in dein Bett holen und bist nach einem ausgiebigen Kraulen auch gleich ihr Frühstück.« Sein Gemecker ging mir auf die Nerven. Der ganze Vorgang, seit Kögel versucht hatte, Hannah eine Art Finderlohn abzunötigen, bis hierher, folgte einem Plan. Hannah hatte nicht gezahlt. Sie hatte uns nur benutzt. Die Diamanten waren ihr von Anfang an egal gewesen. Aber sie hatte mir bei unserer ersten näheren Begegnung sich und Geld angeboten, nur um den Inhalt des Kastens zu erfahren.

Danach hatten sie die vom Professor gesammelten Zeitungen mehr interessiert.

Zwei weiß livrierte Hotelboys öffneten gleichzeitig unsere Türen und schnatterten etwas in einer Sprache auf uns ein, die ich noch nie gehört hatte. Kögel antwortete ihnen in der gleichen Sprache und stieg aus.

»Los, komm, sie wollen uns unsere Lodge und die Anlage zeigen. Dieser Kornbluth kann uns erst nach dem Dinner empfangen.«

»Was ist das für eine Sprache?« Ich blieb auf dem Beifahrersitz sitzen.

»Afrikaans. Warum?«

»Woher kannst du die?«

»Kögel. Ich heiße Kögel. Erinnerst du dich?«, sprang er wie ein zorniger Derwisch herum und wirbelte mit seinen Füßen rotbraunen Staub auf. »Mein Adoptivvater war hier sechs Jahre interniert. Vielleicht war dies sogar das Lager. Also, willst du jetzt zurück in die Stadt oder mit diesem Logenbruder reden? Es ist schließlich deine und nicht meine Story.«

Afrikaans. Dieses Wort klang gut und ging mir nicht aus dem Kopf, während die Boys uns die Anlage zeigten. Alles war komfortabler, als es von außen aussah. Swimmingpool, diverse Außen-Bars, Liegewiesen, Tennisplatz, Duschen. Die Hütte war klimatisiert. Zwei Schlafräume mit Bädern, durch einen Wohnraum getrennt, und eine Veranda mit Schaukelstühlen, die in mir das Gefühl von betulicher Freiheit weckten. Nach vollbrachtem Tagewerk noch ein paar Drinks und der Natur lauschen. Köln ade! Keine Parkplatzsuche, kein Kampf mehr mit menschlichen Hyänen – und vor allem: keine Handys.

»Du machst ein Gesicht, als hättest du den Naturburschen in dir entdeckt«, weckte mich Kögel aus meinen Betrachtungen. »Da wir bereits so riechen, mache ich den Vorschlag, dass wir mal duschen und ein paar Drinks bis zum Dinner nehmen. Dabei können wir es uns ja überlegen.«

Was sich da auf einen aus Elfenbein geschnitzten Stock stützte und uns seine dürre Hand reichte, hätte, ein paar Nuancen dunkler und mit wenig edler geschnittenen Gesichtszügen, der Bruder von Nelson Mandela sein können.

»Kornbluth. Tut mir leid, dass ich Sie habe warten lassen müssen. Aber ich erfuhr erst vor ein paar Stunden, dass Sie mich als Hauptgewinn in der Tombola der Bank gezogen haben. Folgen Sie mir bitte.«

Leicht das linke Bein nachziehend führte er uns in einen Salon, der wie der Thronsaal eines Bantufürsten ausgestattet war. Jagdtrophäen als Teppiche und als Tapeten. Handgeschnitzte Stühle aus Ebenholz und Mahagoni, Rattantische. Ein Boy brachte Getränke.

Mit einer Entschuldigung – »Mit fünfundneunzig geht das alles nicht mehr so!« – ließ er sich leise stöhnend an seinem Stock hinab in den Sessel gleiten und beobachtete uns mit wachen Augen.

»Ich hatte nicht mit Ihnen gerechnet, obwohl Hannah Motzkin es mir bei ihrem letzten Besuch angedroht hatte, dass Sie hartnäckig sind«, eröffnete er das Gespräch und prostete uns zu. »Sie brauchen mir auch keine Details zu erzählen. Ich bin im Bilde, dass es diesen Bastard Goldrausch erwischt hat. Wusste nicht, dass der überhaupt noch lebte. Nur ... der Mossad war ein paar Stunden zu schnell. Daher sind Sie beide vielleicht unsere letzte Hoffnung.«

Meinen Versuch, etwas zu fragen, machte er mit einer herrischen Handbewegung zunichte.

»Ich werde Ihnen eine Geschichte erzählen. Dann können Sie selbst entscheiden, ob Sie eine Chance sehen oder nicht. Bitte bedienen Sie sich«, er deutete auf den Barwagen zwischen Kögels und meinem Stuhl, »aber unterbrechen Sie mich nicht. Ich verliere sehr schnell den Faden. Die Verkalkung. Sie verstehen.«

Er rieb sich die Nasenwurzel und schloss die Augen. Sein Körper rutschte etwas in den Sessel, die Arme lagen entspannt auf den Lehnen.

Es sah aus, als versetze er sich durch Selbsthypnose in die Vergangenheit, wobei der Körper nur ein störendes Hindernis war, das man am besten bequem irgendwohin bettete.

»Als Goldrausch 1941 – oder war es '42, nein, ich glaube, es war Ende 1940 – mit dem Atomphysiker in die USA verschwand, waren wir Verbliebenen der Zehnergruppe froh. Der Mann war drauf und dran, uns alle an den Galgen zu bringen. Bei Geschäften vergaß er, zwischen Freund und Feind zu unterscheiden. Was wir aber nicht wussten, war, was er alles mitgenommen hatte, und das sollte uns nach dem Krieg einiges Kopfzerbrechen bereiten.«

Der Daumen seiner linken Hand tastete den Knauf des Stockes ab und ließ einen Deckel aufspringen. Mit zwei Fingern der anderen Hand entnahm er dem Hohlraum darunter ein Pulver und führte es mit einer schnellen Bewegung in beide Nasenlöcher. Es folgte ein kurzes, heftiges Hochziehen, Anhalten der Luft, kräftiges Ausatmen durch den Mund und eine Reinigung der Oberlippe mit dem Zeigefinger.

»Schnupftabak. Ein altes Leiden von Leuten, die in Minen gearbeitet haben. Unter Tage ist Rauchverbot«, kommentierte er mit geschlossenen Augen.

»Aber genau das bringt uns zu Goldrausch zurück. Er kaufte sich bei einer Uranmine in Belgisch-Kongo ein, um den Amerikanern willkommen zu sein. Woher hatte er das Geld? Von uns Mitgliedern nicht. Wir hätten noch nicht einmal gewusst, wozu man Uran braucht. Gold, Silber, Diamanten, Öl, Kohle, Erze ja. Aber Uran? Wir erfuhren durch Zufall erst kurz vor Kriegsende davon, und das durch Ihren Vater, Herr Kögel.«

Kögel war ebenfalls im Sessel in Schlafposition gerutscht. Nur meditierte er nicht. Er atmete ruhig und tief, und es fehlten nur noch Minuten, bis er schnarchte. »David, die Rede ist von dir!« Ich rüttelte an ihm.

»Höre doch alles mit«, lallte der schlaftrunken und versuchte die Beine an sich zu ziehen.

Kornbluth öffnete die Augen einen Spalt, nickte zufrieden,

als käme ihm das Desinteresse meines Begleiters recht, und fuhr fort:

»Die *Drachenfels*, das Schiff, das uns nach Südafrika gebracht hatte, sollte das Schicksal der Loge werden ... aber als wir das erfuhren, ahnten wir nicht, welche brisante Fracht sie an Bord hatte. Es war im Mai 1940, ich erinnere mich genau. Major Kögel, der damals einen jüdischen Decknamen trug, den ich vergessen habe, war mit der Kriegserklärung der Engländer an Deutschland in ein Internierungslager gebracht worden. Das war übrigens genau hier, wo meine Lodge steht.«

Langsam öffnete er die Augen und rückte sich wieder im Sessel zurecht.

Ich versuchte Kögel zu wecken, aber er reagierte nur mit einem Grunzen.

»Lassen Sie ihn«, hob Kornbluth beschwichtigend die Hand. »Er wird ein paar Stunden schlafen und sich dann an nichts mehr erinnern.«

»Sie haben ihn ...?«, keimte ein Verdacht in mir auf.

Der alte Mann nickte lächelnd. »... ein wenig aus dem Verkehr gezogen. Stimmt. Wir wissen noch nicht, auf welcher Seite er steht. Auf der seines Adoptivvaters, der ihm eine ganze Menge erzählt haben kann, oder der seines eigentlichen Erzeugers. Solange wir dazu Ihre Meinung nicht haben, bleibt er so, wie er ist. Ja, wo war ich stehen geblieben?«

»Mai 1940«, half ich ihm, den Faden wieder aufzunehmen, versuchte aber meine Gedanken wieder einzufangen, die verrücktzuspielen begannen.

Kögel ist der Tarot-Mörder!, schrie meine Erkenntnis auf mich ein. *Nur er konnte den abgeschlagenen Hühnerkopf und das blutende Päckchen in meine Wohnung bringen.*

»Im Mai 1940 wurde die *Drachenfels* von einem englischen

Kriegsschiff aufgebracht und in den Hafen von Kapstadt gebracht. Davor war sie als Versorgungsschiff für im Südatlantik operierende deutsche Kaperschiffe unterwegs gewesen. Ihre Ladung, mit der sie auf dem Heimweg nach Europa war, waren wertvolle Rohstoffe, die diese deutschen ›Seeräuber‹ aufgebrachten alliierten Schiffen abgenommen hatten. Darunter waren auch Ballen Papier, die für Indien bestimmt gewesen waren …«

Ich versuchte, Kögel wach zu bekommen. Er reagierte nicht, ließ nur unkontrolliert seine Arme von der Stuhllehne fallen.

Der alte Mann quittierte meine Bemühungen mit einem bittersüßen Lächeln, so wie ein Gefängniswärter einem Ausbrecher amüsiert dabei zusieht, wie er vergeblich versucht, seinen wohl vorbereiteten Ausbruchsplan in die Tat umzusetzen.

Inszenierung, dies ist eine bis ins Detail ausgeklügelte Inszenierung, hieb mein Instinkt auf mich ein. *Du bist eine Puppe an Fäden, die du niemals lösen kannst, ohne mit einer Karte in der Tasche zu sterben.*

»… Das Papier stellte sich als unschätzbarer Wert heraus. Allerdings nur für Goldrausch«, zog Kornbluth seine Vorstellung durch. »Es war Original-Druckpapier der Bank of England. Aber das wussten wir zu dem Zeitpunkt nicht. Der Kapitän der *Drachenfels* war immer noch unsere damaliger Schiffsführer Schlüter. Er war inzwischen Kapitän der Nazi-Marine und kam in das Lager hier. Dort schaffte er es mit Kögels Hilfe, Kontakt zu Goldrausch aufzunehmen. Die beiden kannten sich ja noch von der Reise 1936 und hatten das gleiche Parteibuch. Goldrausch vermochte es mit seinem Einfluss, die *Drachenfels* für eine Weile mit ihrer Ladung beschlagnahmen und seine Leute das Schiff auf den Kopf stellen zu lassen.«

Das Handy in Kögels Tasche machte sich mit der Ouvertüre der »Diebischen Elster« von Rossini bemerkbar. Kornbluth zog die Augenbrauen hoch und stemmte sich an seinem Stock in eine aufrechte Position.

»Wollen Sie nicht drangehen? Vielleicht ist es wichtig.«

»Für wen?«

Der alte Mann zog die Schultern hoch. »Das müssen Sie wissen. Sie haben ihn mitgebracht. Vielleicht neue Erkenntnisse seiner Dienststelle. Wir wollen schließlich nicht, dass er Probleme bekommt.«

Da war es wieder, dieses verdammte »Wir«. Wer waren »sie«? Die Stiftung? Kaum. Die hatte Joshua ausgeschaltet. Die *Chesed?* Konnte auch nicht sein, denn die Vorstellung von Odilo war mir reichlich dilettantisch vorgekommen. Mehr eine Schmierenkomödie. Wer zum Teufel steckte also hinter dem Ganzen und was wollten »sie«?

»Was ist? Wenn die Mailbox vorgeschaltet ist, bekommen Sie die Informationen nur gefiltert. Gehen Sie endlich dran ...« Kornbluth wurde ungehalten und stieß mit dem Stock verärgert auf den Boden.

Mit zwei Fingern angelte ich nach dem Telefon in Kögels Jacke und drückte den Empfangsknopf.

»Ja?«

»Kommissar, sind Sie es? Wo stecken Sie?«

So wie diese wenigen Worte gesprochen wurden, war es unverkennbar Susannes Stimme. Mein Blutdruck begann mit den Gefühlen Fangen zu spielen. Woher hatte sie diese Telefonnummer? Das wurde immer undurchsichtiger. »Bin auf Dienstreise«, versuchte ich Kögels Stimme zu imitieren. »Was ist los?«

»Wir haben einen Toten. Graf Schweinitz hat sich erhängt ...«

Ich hielt das Mikrofon zu und sah Kornbluth an.

»Was ist los?«, richtete er sich ganz auf.

»Graf von Schweinitz ist tot.«

»Gut. Sehr gut«, nickte der alte Herr. »Fragen Sie, ob es einen Abschiedsbrief und eine Tarotkarte gibt.«

»Hat der Kerl etwas hinterlassen?«, konzentrierte ich mich auf Kögels Sprechweise.

»Ja. Wie ich vermutet habe, hat er gestanden, die Bayer-Werke bestohlen und die Informationen an Goldrausch verkauft zu haben. In seiner Tasche hat das LKA eine Tarotkarte gefunden.«

»Welche?«

»Die mit der Eins.«

»Danke. Bin bald wieder zurück«, beendete ich das Gespräch und steckte das Handy irritiert in Kögels Tasche zurück.

Die Karte des Gauklers bei einem toten Zwerg. War das Zufall oder Absicht?

Odilo, der angebliche Großmeister der Loge, der sich vehement über den Wissensklau beschwert hatte, war ein Doppelagent, und ausgerechnet ich hatte ihm die letzten Informationen der Ur-Loge zur Identifikation geliefert. Hatte er die Mikroverfilmung absichtlich zerstört?

Kornbluth war auf die Sesselkante gerutscht und hatte die Hände über dem Stockknauf verschränkt. Sein Kopf wiegte sinnierend hin und her.

»Dann ist Ihr Partner nicht der Tarot-Mörder«, deutete er auf den inzwischen schnarchenden Hauptkommissar. »Das erleichtert die Sache auf der einen Seite, verkompliziert sie aber auch auf der anderen.«

Mühsam stemmte er sich aus dem Sessel hoch und begann eine Wanderung durch den Raum. Seine Augen schienen die Umgebung nicht mehr wahrzunehmen. Wie in Trance zog er seine Kreise über Zebra- und Löwenfelle, nickte und schüttelte den Kopf. Obwohl sich seine Lippen bewegten, sprach er kein Wort. Eine stille Zwiesprache mit einem Geist.

»Kapitän Schlüter wollte sich freikaufen«, setzte er nach mehreren Runden unvermittelt seine Erklärung fort. »Die Papierrollen, die die *Drachenfels* in ihren Laderäumen gebunkert hatte, waren zum Drucken von Banknoten bestimmt. Sie hatten alle Merkmale, um darauf die jeweilige Währung zu prägen. Kein Falschgeld. Echte Banknoten. Niemand konnte anhand des Papiers feststellen, dass es nicht von der ausgebenden Notenbank kam. Aber um Geld zu drucken, braucht man bekanntlich Druckplatten ... und die hatte Kapitän Schlüter hinter der Wandverkleidung seiner Kajüte versteckt. Mehr noch, Goldrausch fand nicht nur die Platten für Englische Pfund, sondern auch für amerikanische Dollar, Schweizer Franken und ... für englische Kriegsanleihen in Milliardenhöhe. Alles war für Indien bestimmt, um an das Geld der Maharadschas zu kommen und die Kolonien wie Singapur und Hongkong mit frischen Devisen zu versorgen.«

Kornbluth stoppte seine Wanderung und baute sich, mit beiden Händen auf den Stock gestützt, vor mir auf.

»Verstehen Sie jetzt, um was es geht? Nicht um Diamanten. Nicht um irgendwelche dubiosen Informationen. Wer die Druckplatten besaß, hatte die Lizenz zur unbegrenzten Geldvermehrung. Solang das Papier reichte. Die Firmen, die sich vor dem Krieg die Vermögen der Loge angeeignet hatten, brauchten nach Kriegsende – und zwar möglichst noch vor der Währungsreform – dringend neues Kapital, um sich die Lizenzen der Alliierten sichern zu können. Dazu waren frei konvertierbare Devisen nötig. Dollar, Pfund, Schweizer Franken. Goldrausch besaß alles im Überfluss. Er konnte es einfach drucken lassen. Dass diese Devisen von keinem Staatshaushalt, von keiner Notenbank gedeckt waren, konnte in den Nachkriegswirren niemand nachvollziehen.«

Erschöpft ließ er sich an seinem Stock wieder in den Sessel gleiten und schüttelte den Kopf, als sei das alles ein Albtraum.

Meine Gehirnzellen rasten. Mit dieser Information waren die vorangegangenen Makulatur. Der Tarot-Mörder war einzig hinter dieser immer noch unerschöpflichen Geldquelle her ... Wozu? Um sie zu nutzen oder um sie zu vernichten?

»Es gab damals schon Krach zwischen uns und Goldrausch, als bekannt wurde, dass er dem Kapitän für diese Platten die Freiheit versprochen hatte«, fuhr Kornbluth seufzend fort. »Major Kögel kam auf jeden Fall schon im Oktober 1945 frei. Der Kapitän überlebte den Hinweis auf die versteckten Druckplatten nur um wenige Tage. Auf der Flucht erschossen, hieß es damals.

Können Sie sich die wirkliche Macht Goldrauschs vorstellen? Nein, das können Sie nicht. Er war allmächtiger als jeder Staatspräsident, mächtiger als Gott. Denn er besaß, was alle zu dieser Zeit brauchten ... Geld.«

Wenn sich der alte Mann weiter so in den Zorn der Vergangenheit redete, musste ich die Befürchtung haben, dass auch er wie Goldrausch starb, bevor ich alles erfahren hatte.

»Was hatte das mit dem Kasten und Hannahs Großvater zu tun?«, versuchte ich ihn abzulenken und eine betulichere Gangart einzuleiten.

Einen langen Moment fixierte er mich und nahm eine Prise Schnupftabak aus dem Knauf des Stocks.

»Helmut Bauer, wie er bei der 108. Kompanie hieß, oder Joshua Krodensky – später blieb er dann bei Jakob Motzkin –, war ein Speichellecker. Er war der Briefträger für internationale Geschäfte, die Goldrausch einfädelte. Er bewunderte ihn. Dafür sorgte Goldrausch, dass Motzkin nach Palästina kam, und zwar als englischer Verbindungsoffizier. Damit hatte er einen Kurier, der keine Kontrollen zu fürchten brauchte. Goldrausch hatte nämlich nur eins im Sinn ... das Erbe der Loge auf seine Weise an sich zu reißen. Dazu gab er den unrechtmäßigen Besitzern des Logenerbes bereits 1945 großzügig Kredite, bevor die überhaupt wussten, dass es jemals eine Deutsche Mark geben würde. Damit hatten die einen Vorsprung vor allen anderen von mindestens fünf Jahren, um am Wiederaufbau Deutschlands reichlich Geld zu verdienen. Verstehen Sie? Goldrausch hat sich die Wiedergutmachung wie ein Bankier der alten Schule geholt. Du hast ein Geschäft, das dir nicht gehört, und jetzt kein Geld mehr, um es unrechtmäßig weiterzuführen, weil sich das Tausendjährige Reich, auf das du gebaut hast, plötzlich in Schutt aufgelöst hat? Gut, dann gebe ich dir das Geld. Aber zu einem Zins, der mich bald zu deinem Teilhaber machen wird. Du weißt es nur noch nicht. Denn deine Reichsmark mit schwindelerregenden Kaufverlusten pro Tag erlauben dir keinen Überblick mehr über internationale Gepflogenheiten. Und als Deutscher bist du ohnehin geächtet. Du brauchst mich. Können Sie mir folgen?«

Ich konnte. Auch wenn es nicht erhebend war, seinen eben wiedergefundenen Erzeuger in solch einem Licht dargestellt zu bekommen.

»Und was das mit dem Kasten zu tun hat?« Kornbluth schenkte sich ein Glas Wasser ein und ließ ein paar Tropfen braune Flüssigkeit aus einer Flasche hineintropfen. »Da kann ich mir nur vorstellen, dass es mehr als nur einen Kasten gab. Irgendetwas ist 1945 oder 1947, als der Kasten am Nordturm eingemauert wurde, schiefgegangen. Denn dieser Kasten enthielt nicht, wonach alle suchen und von dem nur Sie bezeugen können, dass es nicht drin war. Die Druckplatten.«

»Alle? Wer ist alle?«, hakte ich elektrisiert nach. Waren »alle« gleich »wir«?

Kornbluth kippte die verdünnten Tropfen hinunter, schüttelte sich und atmete ein paarmal tief durch.

»Ein Sauzeug. Aber die einheimischen Medizinmänner garantieren mir damit noch fünf Jahre meines Lebens. Das dürfte reichen.«

Ein hintergründiges Lächeln spielte um seine faltigen Augen.

»Herr Stösser, die Tombola ist beendet. Mehr zahlt die ABSA-Bank nicht. Ich geben Ihnen nur den guten Rat, und der ist kostenlos, nehmen Sie Ihren Partner, der in ein paar Stunden wieder wach wird, und fliegen Sie zurück. Gleich morgen. Finden Sie den wirklichen Kasten, bevor es ein anderer tut.«

Er klatschte dreimal in die Hände. Zwei Boys erschienen wie auf Abruf und nahmen den schnarchenden Kögel in die Mitte.

31

»Das ist doch ein Scheißspiel«, meckerte Kögel, der sich bei einem halben Dutzend Zigarillos und einem übertrieben großen Frühstück meine von ihm verschlafenen Erkenntnisse durch Kornbluth bis zur erneuten Überquerung des Äquators angehört hatte. »Mehr als ein Kasten? Und noch eine fehlende Karte.«

Danach versank er für die nächsten tausend Kilometer in grübelndes Schweigen.

»Was hat Susanne damit zu tun?«, versuchte ich nach mehr als einer Stunde wieder Gang in das Gespräch zu bringen. Denn meine Gedanken begannen sich im Kreis zu drehen, und dieses Schweigen fing an zu nerven.

»Susanne?«, schreckte Kögel hoch. »Nichts von Bedeutung. Sie hilft uns im Auftrag der Geschäftsleitung, verdächtige Forscher im Auge zu behalten. Sie ist schon seit fünfundzwanzig Jahren in der Firma, und dieser gräfliche Zwerg hat immer am lautesten geschrien, dass bei ihm die Forschungsergebnisse verschwinden. Aber genau sein Tod gibt mir Rätsel auf. Der passt nicht ins Bild, obwohl er die vorletzte Tarotkarte bekommen hat. Es passt jetzt überhaupt nichts mehr zusammen, es sei denn ...« Kögel wurde hektisch und rief die Stewardess, uns Schreibpapier zu bringen.

»Los, schreib alles auf, was Kornbluth gesagt hat, was er dabei für ein Gesicht machte und welche Reaktion er zeigte, als du ihm vom

Tod des gräflichen Zwerges berichtet hast ... Mach nicht so ein dummes Gesicht. Mit deinem fotografischen Gedächtnis wirst du das wohl noch hinkriegen.«

»Worauf willst du hinaus?«, fragte ich misstrauisch, denn mir war bei dem Gespräch mit Kornbluth wenig Verdächtiges aufgefallen.

»Mag daran liegen, dass ich länger als du geschlafen habe, aber du – nein wir, wir haben etwas Wichtiges übersehen. Aber schreib erst einmal. Das Langzeitgedächtnis wird sonst wieder manipuliert und gibt nur die Reflexionen vom Jetzt wieder.«

»Schreib du. Ich diktiere«, reichte ich ihm das Papier und schloss die Augen.

Der Sitzbildschirm zeigte, dass wir uns bereits dem Mittelmeer näherten, und Kögel ließ sich zufrieden grunzend in den Sitz sinken. »Genau deshalb passt der Tod dieses Grafen nicht ins Bild. Es muss zwei Kästen geben, die von unserem Vater Joshua Motzkin beim damaligen Dompropst deponiert und dann garantiert *nicht* verwechselt wurden ...«

»Verstehe kein Wort«, knurrte ich beleidigt und verärgert über mich, dass Kögel aus meiner detailgenauen Schilderung, inklusive der Tonlage seiner Schnarchtöne den wahren Sachverhalt herauszuhören glaubte.

Kögel stöhnte und steckte sich ein Zigarillo an. Es war wirklich von Vorteil, erster Klasse zu fliegen. Hier vorne funktionierte die Luftumwälzung der Bordklimaanlage noch und blies die Restemissionen in die billigeren Abteilungen hinter und unter uns.

»Afrikas Sonne bekommt deinem Kopf nicht, sonst wäre dir aufgefallen, dass Kornbluth ausgerechnet seine Medizin nahm, als du ihm den Tod des Grafen meldetest und er sofort nach einer Tarotkarte fragte. Es gibt also eine Differenz zwischen dem Mörder in

Köln und einer grauen Eminenz in Südafrika. Sonst hätte Hannah uns zur Einlösung meines – ich meine, unseres – Finderlohns zu jeder anderen Bank fliegen lassen können. Kapierst du das?«

Das war mir zu weit hergeholt, und ich war es gewohnt, mich nur auf meinen Instinkt zu verlassen. Aber der hatte bei dem Gespräch mit dem alten Mann keinen Alarm geschlagen.

»Nein. Verstehe ich nicht. Aber mach mal weiter.«

»Unser Erzeuger war laut Kornbluths Aussage der Kurier von Goldrausch, der bis 1945 ein fettes Leben in den USA führte, da er eine eigene Gelddruckmaschine im Keller und Uran in einer Mine im Kongo hatte. Deutschland brach zusammen. Was lag da näher, als das zu tun, was dieser Kornbluth gesagt hat? Die Druckplatten mussten dahin, wo dringend Devisen gebraucht wurden. Aber auch ein paar Kilo angereichertes Uran, das ja nicht wie ein Käse verdirbt. Denn er hatte schnell gelernt, dass alle Waffengeschäfte gegen die Zukunft der Atomwaffen schnell verblassen würden. Unser werter Erzeuger erschien also im Spätsommer 1945 als unkontrollierbarer Kurier mit zwei Kästen in Köln. In einem die Druckplatten, im anderen zirka dreißig Kilo hoch angereichertes Uran, das – so viel hatte er inzwischen gelernt – reichte, um zumindest einen Versuchsreaktor zu starten. Aber die mussten erst einmal an einen sicheren Ort, bis die Zeit reif war.«

Langsam stellte ich mir den Vorgang bildlich vor und kramte in meinem Gehirn nach den diversen Aussagen des Propstes, Hannahs, Joshuas und von Goldrausch.

»Der Urankasten musste also verschwinden«, folgerte ich, »da unser Vater den Propst, durch was auch immer, von der Gefährlichkeit des Inhaltes überzeugen konnte.«

»Genau. Endlich begreifst du. Ich weiß zwar nicht, wie er das gemacht hat, denn 1945 hatten nur ein paar Menschen auf der Welt eine Ahnung, was radioaktive Strahlung war. Aber wie er geschildert wird, schaffte er mit seinem Charme alles. Den Kasten mit den Druckplatten lieferte er dort ab, wohin Goldrausch ihn bestimmt hatte. Denn unser Vater war gehorsam, da ihn Goldrausch in der Hand hatte. Er hatte ja seinen Teil in Form von hundert Millionen teuren Rohdiamanten bereits abgeschöpft.«

»Da kam der Kasten 1947 in den Nordturm.«

»Eben. Man brauchte das Uran zu diesem Zeitpunkt nicht, bis Israel und Deutschland wieder selbstständige Staaten wurden. Ben Gurion und Adenauer gelüstete es nach dieser Waffe, sodass man den Kasten 1953 um seinen Inhalt erleichtern konnte. Deutschland hatte Probleme, sich wieder zu bewaffnen, also machte man das Geschäft. Du, Israel, bekommst die Wiedergutmachung von uns, lieferst uns dafür kleinere Waffen, die unsere Polizei als Selbstschutz braucht. Das stört die Siegermächte nicht. Dafür erhältst du das Uran, um einen Versuchsreaktor zu bauen, der uns beiden nützt. Die nötigen Atomphysiker waren ohnehin fast alles Juden. Das konnte klappen und hat es auch. Israel hat seitdem einen Reaktor, der waffenfähiges Uran aufbereiten kann. Deutschland hat zum Glück darauf später verzichtet.«

Immer schneller liefen die einzelnen Bilder der letzten Wochen vor meinem geistigen Auge ab. Es schien alles zusammenzupassen.

1953 Absprache Adenauer, Ben Gurion. Wo der Kasten 1947 eingemauert worden war, wussten nur unser Vater, der Propst und der damalige Steinmetz, der Vater von Martin Hofmann, treues Mitglied der damaligen Kölner Loge.

Den Austausch des Urans in schwindelnder Höhe hatte unser Vater genutzt, um den nunmehr frei gewordenen Kasten mit dem eigentlichen Erbe der Loge zu bestücken. Das schwarze Codebuch, die präparierten Tarotkarten und den Anteil der Diamanten, die er nicht mehr benötigte, da sein Geschäft in Südafrika bestens lief. Es sollte wohl eine Art symbolischer Wiedergutmachung an seinen weniger erfolgreichen, verschollenen und toten Brüdern sein.

»Ja, sehr ehrenhaft«, murmelte Kögel.

Ich hätte ihm dafür den Hals umdrehen können. Er hatte offensichtlich mehr von den Ypsilon-Chromosomen von Joshua Krodensky alias Jakob Motzkin abbekommen als ich.

»Also suchen wir alle jetzt die Druckplatten?«, versuchte ich meine schlechter werdende Laune im Zaum zu halten. Es wurde Zeit, dass dieses Flugzeug landete. Ich begann wieder Züge an meinem Bruder zu entdecken, die ich von Anfang an gehasst hatte, auch wenn ich mir mein Wohlwollen zwischenzeitlich durch 100 000 Dollar hatte erkaufen lassen.

»So ist es«, nickte er selbstgefällig, »und ich weiß jetzt auch, wo sie zu suchen sind. Hannah und Kornbluth sind nämlich die Kontrahenten.«

»Wie bitte?«

»Mal ehrlich«, wandte sich Kögel in einem amüsierten Ton mir zu, »du hast doch geglaubt, dass ich der Tarot-Mörder bin. Nachdem dieser Graf aber starb, mit Karte, konnte ich es nicht mehr sein. Denn wir waren bei Kornbluth. Dem letzten noch lebenden Zeitzeugen der Loge. Und wer hat uns dahin geködert? Das war doch alles, seit du den Kasten publik gemacht hast, ein wohl durchdachtes Spiel ... mit dem kleinen Ausrutscher des Mossad, der seine eigenen Vorstellungen von Problemlösung hat. Ich muss zugeben, sehr geschickt gemacht.«

Nein, nein und nochmals nein. Alles in mir sträubte sich dagegen, diese Version wahr werden zu lassen. Hannah war keine Killerin, die sich ein Fernduell mit einem Greis in Südafrika lieferte. Dafür war sie zu schlau.

Obwohl ...?

32

Kögels Vorhaben rief bei mir nur Kopfschütteln hervor. Trotz der Handy-Observation meiner Aktivitäten konnte er nicht wissen, was ich wusste. Staatsanwalt Fröhlich würde sich als enttarntes Mitglied der Stiftung nie und nimmer zur Ausstellung dieses Durchsuchungsbefehls hinreißen lassen. Denn wenn Kögels Vermutung richtig war, würden die Druckplatten an diesem Ort höchste diplomatische Verwicklungen nach sich ziehen.

»Das dauert ja ewig«, knurrte ich Kögel an, der schwitzend aus dem Gericht kam und lachend ein Blatt Papier schwenkte.

»Es kann losgehen«, kroch er auf den Beifahrersitz. »War nicht einfach, Fröhlich zu überzeugen. Das ist fast eine Nummer zu groß für ihn, habe ich den Eindruck. Aber nun werde ich dir den richtigen Tarot-Mörder präsentieren. Such dir schon mal einen Verlag für die Story deines Lebens.«

»Nicht schon wieder«, stöhnte ich. »Immer wenn es einer beschreit, geht es schief. Also halt die Klappe. Ich glaube nicht mehr an die Supergeschichte. Verrat mir lieber mal, warum du auf diesen Ort kommst und die Druckplatten ausgerechnet dort liegen sollen.«

Kögel zog sich die Krawatte aus dem Hemd, öffnete den Kragen und wischte sich den Schweiß vom Hals.

»Erinnerst du dich noch, als wir das erste Mal am Grab von Goldrausch dem Älteren standen?«

»Auf dem ihr den verstorbenen Professor gefunden habt?«

Kögel nickte. »Genau. Ich habe dir damals gesagt, dass dies ein Hinweis war, habe ihn aber selbst nicht verstanden. Der Professor hatte so lange alle Unterlagen gesammelt und studiert, dass er schon längst wusste, nach was alle suchen würden. Sein letzter Atemzug auf dem Grab war auch sein letzter möglicher Hinweis auf das Geheimnis der Loge. Nur hatte ihn schon jemand in Verdacht, aber den Hinweis auch nicht richtig gedeutet und ihm eine Tarotkarte zugesteckt. Denn der Name Goldrausch stand schon länger auf der Abschussliste des Mörders. Er war das Übel für die Loge. Kapierst du das?«

»Wir haben uns durch das Todesjahr 1936 täuschen lassen …«, folgerte ich.

»Genau«, schnaubte Kögel, »und deshalb können die Druckplatten nur in diesem Grab liegen. Es war ein fein eingefädeltes Spiel. Von Anfang an. Darf ich dir mal was zeigen?«

Er zerlegte sein Handy, wie ich es schon kannte, und klaubte zwei winzige Mikrofone von der Platine.

»Keine Angst. Das Zeug ist unschädlich …« Er hielt mir die Dinger in seiner Handfläche hin.

»Was rätst du, warum uns Hannah nach Johannesburg geködert hat?«

Der Bankier, die ABSA-Bank, das großzügige Angebot des Luxuswagens mit Fahrer, bis zu …

»Du hast dein Handy die ganze Zeit dabeigehabt und der Fahrer hat unser – mein – Gespräch mit Kornbluth aus kurzer Distanz mitgehört …«

»Fahr endlich«, knurrte er jetzt deutlich missgestimmt, ließ die Einzelteile des Geräts auf den Boden fallen und versuchte sie mit dem Absatz zu zerkleinern.

Als Betrüger vom Betrüger betrogen zu werden … zog es schmunzelnd durch mein Gemüt. Diese Situation – als Fall im kriminologischen Sinn konnte ich es wirklich nicht bezeichnen – überstieg alle unsere Kenntnisse und Möglichkeiten. Hier waren Vollprofis am Werk, die uns geschickt benutzten, ohne dass wir jemals den ganzen Sinn begreifen, ja, überhaupt erfahren würden.

Der Rabbi machte ein nachdenkliches Gesicht, nachdem er das Schriftstück studiert hatte, und ließ sich in den Stuhl hinter seinem alten Schreibtisch fallen. Einen Moment formte er nachdenklich seine Hände wie ein Dreieck. Die Fingerspitzen aneinandergelegt, die Daumen bildeten die Basis. Dann öffnete er eine dieser knarrenden Schubladen und zog eine Mappe hervor.

»Meine Herren, Sie kommen zu spät.«

Sein Mund verzog sich zu einem Grinsen, und die Augen enthielten so etwas wie eine schelmische, erkennende Belustigung.

»Das Grab gibt es seit zwei Tagen nicht mehr.«

Spürbar erleichtert wartete er unsere Reaktion ab, die keine war. Denn so schnell konnte das keiner von uns begreifen. Warum sollte es ein Grab plötzlich nicht mehr geben, das seit 1936 existierte?

»Lesen Sie ...«, schob er uns die Mappe über den Tisch.

Kögel war schneller als ich und griff zu. Es waren nur drei Blätter, die Kögel hin und her wendete, als habe er es mit einer Erscheinung oder einer Keilschrift zu tun, die noch entziffert werden musste.

»Das gibt es doch nicht«, reichte er mir stöhnend die Mappe.

Das erste Blatt war in Sütterlin-Handschrift verfasst, zweifach notariell beglaubigt und enthielt Senator Goldrauschs Verfügung, seinen auf dem jüdischen Friedhof zu Köln 1936 beerdigten Bruder, Bankier Moses Edwald Goldrausch, geboren 1871 in ebendieser Stadt, und ihn, Senator Haim Moses Goldrausch, ebenfalls in Köln geboren, binnen sechzig Stunden nach seinem Tod gemeinsam in das Familiengrab in Jerusalem zu überführen.

Das zweite Blatt war eine Verfügung der Stadt Köln, Nachlassgericht, ebendiesem Wunsch stattzugeben. Gezeichnet: Richter des Nachlassverwaltungsgerichts: Anton Fröhlich …

Das dritte Blatt enthielt nur die Kostenübernahmeerklärung eines Bestattungsunternehmens in Israel, für Öffnung des Grabes, alle damit entstehenden Kosten, Ablösung noch anstehender Mietlaufzeit, Überführung …

Es dauerte einen Moment, bis mein Gehirn das eben Gelesene in einen Zusammenhang gebracht hatte. Langsam schloss ich die Mappe und schob sie dem immer noch grinsenden Rabbi hin.

»Waren Sie bei der Öffnung des Grabes dabei?«

Der Rabbi nickte.

»Was wurde gefunden und überführt?«

Mit einem triumphierenden Lächeln schob er ein gefaltetes Blatt nach. Er war auf diese Frage vorbereitet.

»Die vom beauftragten Institut und mir bestätigte Liste der dem Grab entnommenen Gegenstände. Können Sie behalten. Ist eine Kopie. Nun entschuldigen Sie mich bitte. Ein verstorbener Glaubensbruder wartet auf das frei gewordene Fleckchen Erde.«

»Kneif mich! Das kann ich nur träumen«, zerbiss Kögel sein kaltes Zigarillo und fuhr mit dem Finger die Positionen der Grabinventarliste ab.

»Eine Urne. Der Kerl ist demnach eingeäschert worden. Ein Stahlkasten ohne Schloss. Inhalt: vergilbte englische Kriegsanleihen. Ein Stahlkasten ohne Schloss. Inhalt: mehrere Schatullen mit geschliffenen Diamanten. Ein Stahlkasten ohne Schloss. Inhalt: Pläne zum Bau von Industrieanlagen. Eine Bleikassette mit Schloss. Inhalt: unbekannt …

»… und eine handschriftliche Verfügung auf einem Briefbogen«, fügte ich an, »die in der Fußnote darauf hinweist, dass die Bankverbindung des Senators die Bank Leumi Israel, eine Kooperationsbank der ABSA-Bank, Südafrika, ist.«

Es dauerte zwei Ampeln, bis Kögel diesen Hinweis von mir verstand. Dann polterte er los:

»Das können doch nur wieder Weiber in der Verwaltung gewesen sein, die solch eine Fracht als normale Grabbeigabe betrachten und so etwas außer Landes lassen. Los. Drück aufs Gas. Wir müssen diese Hannah auftreiben.«

»Und wo bitte?« Für mich stand fest, dass unsere Nichte nicht mehr im Land war. Sie hatte alles, was sie gewollt hatte. Das Erbe der Loge und diejenigen, die sich daran bereichert oder ihr in die Quere gekommen waren, waren eliminiert. Durch wen? Selbst hatte sie es sicher nicht getan. Die noch ausstehende Tarotkarte machte mir Sorgen.

»Fahr zum Hotel. Die können uns sagen, wann sie wohin ist. Sie hat sich alle Flüge über die Rezeption buchen und bestätigen lassen.«

Dieser nervtötend langsame Mann hatte Dienst. Es dauerte geraume Zeit, bis wir die Auskunft hatten. Hannah war vor zwei Tagen in Begleitung von Sam nach Tel Aviv abgereist und hatte sowohl das Appartement wie auch die anderen von ihr angemieteten Räume gekündigt.

»Hier ist aber noch Post für die Herren«, bemühte sich der Portier wenigstens um eine freundliche Ausdrucksweise, die im krassen Gegensatz zu seinen Bewegungen und seinem missmutigen Gesicht stand.

Es war ein großer, versiegelter Umschlag. *An die Onkels Stösser und Kögel* war er mit einer schwungvollen Handschrift adressiert.

Dieses Mal griff ich vor Kögel zu. Unschlüssig betastete ich das Kuvert und wog es in der Hand. Es war etwa hundert Seiten Papier schwer, schätzte ich. »Hat die Bar schon geöffnet?«

»Du willst dich doch hoffentlich nicht schon am Mittag besaufen?«, zog Kögel die Augenbrauen hoch.

»Warum nicht? Du kannst ja fahren. Ich fühle, dass wir hier die Antwort auf all unsere Fragen in der Hand halten, und das kann ich nicht nüchtern ertragen. Es ist wie das Ende, unwiederbringlich ...«

»Schon gut«, seufzte Kögel entnervt, »bevor du sentimental wirst und das heulende Elend bekommst, betrinken wir uns eben. Es stimmt ja, wenn ich daran denke, dass ab jetzt nur noch meine Frau und tausend Kalorien auf mich warten ...«

Die Bar war leer. Nur der Barkeeper, der Gläser polierte. Ich suchte uns die Sitzgruppe in der Ecke, in der alles mit Hannah angefangen hatte, und legte den Umschlag auf den Tisch. Kögel sagte nichts, zündete sich ein Zigarillo an und prüfte mit flinken Augen, ob er an irgendeiner meiner Regungen meine Gedanken lesen konnte.

»Wenn du keine Nerven hast, dann mach ich das Ding auf«, murrte er nach zwei Whisky und einem Bier ungeduldig und riss das Siegel und die Lasche auf. »So bitte. Jetzt bist du dran.« Er hielt mir den Umschlag hin und führte zitternd sein Glas zum Mund.

Die ausgefranste Öffnung des Kuverts grinste mich wie ein aufgerissenes Haifischmaul an und weckte in mir Erinnerungen. Schlechte Erinnerungen an meine Schulzeit, wenn mir der Lehrer kommentarlos die korrigierte Klassenarbeit gereicht hatte und ich genau wusste, dass ich sie versiebt hatte und mich nicht traute, mich mit dem Ergebnis zu konfrontieren.

Ich nahm noch einen tiefen Schluck und riss mich zusammen. Mit einem Ruck schüttete ich den Inhalt auf dem Tisch aus. Heraus rutschten drei weitere, unterschiedlich große Umschläge, die mit den Ziffern I, II und III gekennzeichnet waren.

»Junge, unsere Nichte macht es aber spannend«, stöhnte Kögel und wischte sich mit einem Taschentuch die feuchten Handflächen ab.

Umschlag Nummer II war groß und schwer, Nummer I entsprach einem handelsüblichen, länglichen Briefumschlag, und Nummer III hatte das Format einer kleinen Glückwunschkarte, die man an Blumensträuße heftete.

Einen Moment herrschte gespanntes Schweigen zwischen uns. Nur unsere Blicke versuchten Rat in den Augen des anderen zu finden. Kögel erwies sich als der Pragmatischere und entblätterte den großen Umschlag.

Dutzende von vergilbten Dokumenten glitten heraus. »Was zum Teufel soll das denn?«

Ich betrachtete die Papiere näher. Es waren englische Kriegsanleihen. Herausgegeben 1940. In einer Stückelung von jeweils 100 englischen Pfund. Mein Durchzählen ergab einen Gesamtwert von zwei Millionen Pfund.

»Hast du eine Ahnung, was das damals wert war? Du bist doch der Ältere.« Ich hielt ein Exemplar gegen das Licht. Es hatte Wasserzeichen.

»Ich habe eine schwache Erinnerung, dass das Pfund nach dem Krieg bei sechs Mark stand. Was es heute wert ist ... keine Ahnung«, murmelte Kögel und öffnete den Umschlag Nummer I. Kopfschüttelnd überflog er die Zeilen und reichte mir das Blatt. »Hannah spinnt komplett. Aus dieser Familie sollen wir stammen? Hoffentlich vermehrst du dich nicht!« Dann öffnete er die »Glückwunschkarte« und schob sie mir grunzend hin. Es war die letzte fehlende Tarotkarte ... die Kaiserin.

Meine lieben Onkelchen,

begann das Schreiben in Hannahs steiler Handschrift, die mehr die jüdischen Schriftzeichen gewohnt zu sein schien,

hiermit ist mein Auftrag erfüllt. Das Erbe der Loge ist wieder an seinem Platz. Vielen Dank für eure manchmal nicht ganz freiwillige Hilfe.

Die beiliegenden Kriegsanleihen – ihr wisst ja, woher die stammen – können von euch bei der Bank of England problemlos eingelöst werden. Mit Zins und Zinseszins dürfte sich der Wert verdoppelt haben. Teilt es euch brüderlich.

Dafür nehme ich euch beiden das Versprechen ab, dass ihr euch mit dem Geld sofort zur Ruhe setzt – das Alter habt ihr ja – und niemals mehr über die Vorgänge sprecht oder sie veröffentlicht.

Sollte sich einer von euch nicht daran halten, dann wird die Tarotkarte an ihm vollstreckt.

Eure Nichte

Epilog

Mein Bruder David und ich mussten uns ein paar Tage Urlaub in London gönnen, bis die Formalitäten bei der Bank von England erledigt waren.

Dann trennten sich unsere Wege. Wie ich hörte, hatte er sich mit dem Teil seines Geldes eine Lodge in Südafrika gekauft. Und ich?

Na ja. Es juckt mich in den Fingern, die Story meines Lebens zu schreiben. Aber ich habe es mir bisher verkniffen. Selbst Susannes Fragen, wenn wir Hand in Hand am Dom bummeln gehen, ob es wohl noch mehr Kästen im Gemäuer geben könnte, verneine ich.

Hoffentlich nicht. Unsere Nichte könnte das missverstehen.

Danksagung

An dieser Stelle bedanke ich mich bei einigen Freunden und Bekannten, die mir bei der Entstehung dieses Romans geholfen haben.

Allen voran meiner Frau Ulla, die meine Launen bei der Recherche klaglos ertragen hat.

Bei meinem schärfsten Kritiker und Chef-Logiker Ludger Tüschen.

Bei den Testlesern für Gefühl und Spannung Susanne Broecher und Lothar Pilka und last but not least

bei meinem Lektor Dr. Helmut Pesch, der dieses Werk mit der Ruhe eines inidischen Arbeitselefanten in die richtige Form gebracht hat.

Danke

JANE R.
GOODALL
KELTEN
MOND
THRILLER
BASTEI LÜBBE

Wenn die Evolution außer Kontrolle gerät, zeigt die Natur, was in ihr schlummert …

Boris von Smercek
R_EVOLUTION
Thriller
352 Seiten
ISBN 978-3-404-15595-8

Reporterin Julie Carlton wittert die Story ihres Lebens: Vor der Küste von Queensland ist ein riesiger Fischschwarm aufgetaucht. Über 400 verschiedene Arten sind gemeinsam auf der Flucht vor einer Gruppe merkwürdig mordgieriger Delfine. Wer oder was hat aus den sanftmütigen Tieren hochagressive Jäger gemacht? Während ihrer Recherchen trifft Julie auf Dr. Scott. Der Wissenschaftler lädt sie zu einem Besuch seines geheimen Forschungslabors tief im australischen Urwald ein. Zu spät wird Julie klar, dass sie in eine Falle geraten ist. Denn im Dschungel lauert eine absolut tödliche Gefahr …

Bastei Lübbe Taschenbuch

Kann es ein schlimmeres Monster als den Hund von Baskerville geben?

Rick Boyer
SHERLOCK HOLMES UND DIE RIESENRATTE VON SUMATRA
Roman
272 Seiten
ISBN 978-3-404-15601-6

Als im Hafen von London eine grausam zugerichtete Leiche gefunden wird, steht die Polizei vor einem Rätsel. Gleichzeitig tauchen Gerüchte über ein monsterhaftes Wesen auf, das mit einem Schiff von Sumatra nach England verfrachtet wurde und einer riesigen Ratte gleicht. Hier ist die Hilfe von Sherlock Holmes gefragt. Doch dieser ist mit einem spektakulären Entführungsfall beschäftigt: Die junge Lady Allistair ist verschwunden. Eine Spur führt Watson und Holmes auf den Landsitz der Allistairs nach Strathcombe. Auch dort kommt es zu mysteriösen Vorfällen. In den Wäldern um Strathcombe scheint eine Bestie ihr Unwesen zu treiben. Hängt die Entführung der jungen Lady Allistair mit dem Mord im Londoner Hafen zusammen? Bald schweben Watson und Holmes in größter Gefahr ...

Bastei Lübbe Taschenbuch